Los inocentes

Crimen y Misterio

María Oruña

Los inocentes

Los libros del Puerto Escondido 6

DESTINO

Ediciones Destino, un sello editorial de Editorial Planeta, S. A.
Avda. Diagonal, 662-664, 08034 Barcelona (España)
www.planetadelibros.com
www.edestino.es

Adaptación de la cubierta: Booket / Área Editorial Grupo Planeta
Fotografía de la cubierta: © Silas Manhood / Trevillion Images
Primera edición en Colección Booket: septiembre de 2024

Depósito legal: B. 13.496-2024
ISBN: 978-84-233-6593-7
Impresión y encuadernación: Liberdúplex, S. L.
Printed in Spain - Impreso en España

Biografía

María Oruña (Vigo, 1976) es una escritora gallega que desde pequeña visita con frecuencia Cantabria. Allí ha ambientado la serie de novelas *Los libros del Puerto Escondido*, todas publicadas en Destino: *Puerto escondido* (2015), un exitoso debut en el género negro; *Un lugar a donde ir* (2017); *Donde fuimos invencibles* (2018); *Lo que la marea esconde* (2021); *El camino del fuego* (2022), en la que trasladó la investigación a tierras escocesas, y la más reciente *Los inocentes* (2023). En todas estas historias de misterio, los protagonistas son los paisajes cántabros y el equipo de la teniente Valentina Redondo, que se ha ganado el cariño de miles de lectores. Es autora también de *El bosque de los cuatro vientos* (2020), su primer libro independiente de la saga, ambientado en su Galicia natal. Sus novelas han sido traducidas al alemán, al francés, al italiano y al portugués, entre otros idiomas.

@maria_oruna

@Maria.Oruna.Reinoso

@mariaoruna

Para Ladi, que supo renacer

I

> La mayor parte de las malas acciones de los hombres vienen a su encuentro enmascaradas bajo la apariencia de la necesidad; luego, cometida la mala acción en un momento de euforia, de temor o de delirio, nos damos cuenta de que podría haberse evitado pasando de largo.
>
> ALEXANDRE DUMAS,
> *El conde de Montecristo*, 1844

Lo único inmutable en este mundo es el cambio, el constante movimiento. Hasta el más tranquilo e idílico de los paisajes palpita en incansable tránsito. Ahora mismo, en este instante, un mirlo acuático sale de su nido hecho de musgo y alza el vuelo. Desde el aire atraviesa sauces, plataneros, castaños y abetos del valle de Puente Viesgo. La naturaleza decora el ambiente de forma poderosa, y el vigor de árboles centenarios despliega una cadena de vida y color que embriaga el ambiente, amable y acogedor. Todavía hace frío, pero el invierno está a punto de despedirse. El mirlo, ajeno a la belleza en la que habita, se desliza con suaves piruetas por el aire. Su pequeña y rechoncha figura negra dibuja una ruta que sigue el curso del río Pas, de poco calado y aguas cristalinas. El paisaje, frondoso y ya casi primaveral, se despliega bajo su cuerpecillo como un mapa que, al abrirlo, es un sueño.

El mirlo se prepara para descender, sumergirse y cazar. Cuando tome a su presa —tal vez un pequeño insecto—, apenas ningún habitante del bosque apreciará el cambio que supone esa inevitable ejecución, necesaria para la supervivencia; sin embargo, y con las otras muertes invisibles que ya hayan sucedido para entonces en la espesura, todo el ecosistema será distinto.

Pero no perdamos de vista al mirlo. El diminuto pajarillo, que no está hecho para cavilaciones sobre la existencia, comienza a aproximarse al agua. En su descenso, tampoco él aprecia el terrible cambio que está sucediendo en las entrañas del gran edificio con el que comparte el río. Si quisiera, podría desviar su camino y dirigirse hacia el Gran Hotel Balneario de Puente Viesgo para sobrevolar los lucernarios del enorme Templo del Agua, que se esconde como un tesoro en el luminoso sótano de las instalaciones.

Mil metros cuadrados y una enorme piscina a treinta y dos grados centígrados con cascadas, cuellos de cisne, burbujeantes camas de agua y varios jacuzzis. Sin duda, la elegancia de las instalaciones y el apacible paisaje que se aprecia desde sus ventanales hacen del Templo del Agua un agradable y lujoso paraíso. Sin embargo, una dramática turbación parece crecer en su interior. Un crimen, brutal y despiadado, acaba de ejecutarse. Su efecto se desparrama por la instalación como si se tratase de una incontenible cascada llena de veneno. El impío delito va a ser descubierto muy pronto. ¿Quién podría imaginar una forma tan terrible de despreciar la vida?

Acerquémonos. Si nos asomamos ahora mismo al interior del complejo termal, podremos comprobar cómo el joven Pau Saiz, mareado, intenta levantarse de la tumbona. Solo unos minutos antes se había reclinado allí mismo con gesto despreocupado. Ahora, su cabello rubio se adhiere pegajoso a los laterales del rostro por culpa de un sudor frío y enfermizo, y él se pregunta por qué alguien ha apagado las luces. Sin embargo, el Templo del Agua es un lugar blanco y azul, donde las piscinas y los chorros de luz lo llenan todo; la claridad ilumina el espacio desde los grandes ventanales y desde los enormes tragaluces del techo, pero Pau siente que ha anochecido de repente, pues hasta el aire se vuelve a cada segundo más oscuro. El joven, de apenas treinta años, tiene un cuerpo atlético y fibroso, resultado de un ejercicio regular y una vida saludable. Sin embargo, percibe con estupor que sus fuerzas lo han abandonado de repente. Le duelen los ojos, nota la garganta terriblemente reseca y es incapaz de soportar el hedor: es una pestilencia extraña, que aúna el fuerte olor de lo que parece un desinfectante y de algo más, entre dulce y acre, que resulta indescriptible.

Entretanto, y como suele ser habitual en los balnearios, el hilo musical suena suave y tranquilo, cálido. La voz de Noa canta *Beautiful That Way* y parece querer llevar a los usuarios de la piscina hacia el relax definitivo, hacia una especie de paréntesis vital en el que la calma lo inunde todo. Sin embargo, Pau solo ve a su alrededor muertos o a personas que, con suerte, solo han perdido el conocimiento. Algunas flotan ya boca abajo en la piscina, y otras se retuercen en el suelo, tosiendo, vomitando y a punto de desmayarse. Él conoce a todos y cada uno de esos seres humanos que agonizan: habían cerrado el complejo termal para ellos durante dos horas. Una reunión social de trabajo importante, de apenas veinte personas contando a sus acompañantes, celebrada en el balneario. Tras la cena de negocios, un sueño reparador y un copioso desayuno. Unos masajes, algunos tratamientos en la galería de baños bien temprano y el broche de oro en el Templo del Agua. Solo quedaba una reunión para comer y despedirse hasta muchos meses más tarde. ¿Cómo iba nadie a imaginar que aquel baño sería el último?

Por fin, logrando reunir unas fuerzas que se diluyen por no sabe dónde, el joven logra levantarse de la tumbona. Entre la penumbra que es capaz de vislumbrar, comprueba que su tío Iñaki está cerca y se aproxima unos pasos. Transcurren unos segundos hasta que se da cuenta de que su tío ya no respira; en su rostro ha quedado dibujada una terrible mueca de pánico que ahora mira, inexpresiva, hacia el techo de las instalaciones. A su lado, una persona que no es capaz de reconocer echa espumarajos por la boca, y Pau, ya ajeno a cualquier reacción emocional que no sea el espanto y su propio miedo, se sorprende de que un ser humano pueda generar tantísima espuma. Al poco, se da cuenta de que quien agoniza de forma tan horrible es el señor Borrás; a su lado, reconoce a Álvaro Costas, un empresario de Valencia calvo y con sobrepeso que ahora parece dormido, encogido en posición fetal en el suelo.

El joven, trastabillando y tropezando consigo mismo, consigue caminar unos pasos hacia donde recuerda que se encuentra la recepción del Templo del Agua. Aunque no siente frío, su cuerpo comienza a temblar. Le parece distinguir en el suelo, más allá y en la penumbra, a Elisa Wang, la joven directora de comunicaciones de una empresa de Málaga que conoció la noche antes. Le ha parecido que Elisa al principio estaba sentada, para tumbarse después en un movimiento un poco extraño. Ahora, sorprendentemente, recuerda de pronto cómo la jornada anterior le había impresionado su belleza exótica e híbrida, entre europea y oriental, y su natural elegancia al moverse y al hablar. Su piel le había parecido de porcelana. Ahora la joven está definitivamente tumbada boca arriba, con su largo cabello negro dibujando ondas sobre el suelo. Todos llevaban un gorro para la piscina, pero a ella se le ha debido de caer cuando se ha desplomado. Pau se agacha con torpeza y comprueba que, en efecto, la mujer ha perdido el conocimiento. Intenta reanimarla y la zarandea débilmente sin ningún resultado. Por un instante ella abre sus delicados ojos rasgados, pero al momento parece sucumbir ante el peso de un sueño tóxico y profundo; también él, aterrado, se da cuenta de que su mente se desliza hacia un abismo donde no hay nada, solo silencio y oscuridad. Comprende que, si quiere sobrevivir y lograr salvar a alguien, debe continuar con su idea inicial y salir de aquel espacio lo antes posible. Necesita aire, luz. Dirige su mirada hacia la salida y ve cómo, por fin, al otro lado de unas exuberantes plantas y una cristalera que lo separa de la recepción, una empleada del balneario ya camina hacia ellos y se detiene, atónita, al descubrir la horrible masacre. El hecho de contemplar un oasis de agua tan bello cubierto de personas agonizantes y retorcidas por el suelo debía suponer un impacto para cualquiera. Y no solo resultaba aterrador el dramático lienzo que se había dibujado en solo unos minutos; la incerteza de qué habría podido suceder producía una sensación mucho más inquietante. Ante un accidente o incluso un crimen, un testigo tal vez pudiese reaccionar de forma más o menos acertada; sin embargo, ante un enemigo invisible que asfixiaba a sus víctimas, ¿qué hacer?, ¿qué decisiones tomar, si ni siquiera la propia integridad estaba a salvo?

Pau cree advertir cómo la mujer gesticula con gravedad, grita y avisa a alguien, para después bajar corriendo las escaleras y dirigirse hacia donde él se encuentra. Al instante comprende la intención de la empleada de aproximarse lo más rápidamente posible, tiene un último instante de lucidez y, mientras ella corre con un gesto de horror en el rostro, logra alzar una mano en señal de que se detenga. Acierta a decir un «No» desesperado y señala, con mano trémula, primero, hacia el montón de lo que él ya cree que son cadáveres o, al menos, personas que han perdido el conocimiento. Después, nervioso, dirige su gesto hacia una pequeña y bonita bolsa que está cerca del cuerpo de su tío Iñaki. Del sencillo recipiente todavía mana un delgadísimo hilo de fluido espeso y extraño, que a pesar de su densidad parece cera líquida transparente. Quiere explicarle que todo comenzó con ese pequeño recipiente, que recuerda que sacaron de una cajita azul, pero no se siente capaz.

La empleada comprende igualmente el mensaje de Pau, tal vez por su señal o por el extraño olor de la sala, y se lleva un pañuelo al rostro para evitar respirar directamente el aire, que ya adivina ponzoñoso. Intenta coger a Pau por la cintura para que se apoye sobre ella y así pueda caminar hacia la salida, pero el muchacho parece ahogarse.

El joven busca serenidad y dominio de sí mismo en su interior e intenta respirar profundamente, pero le resulta imposible. Se siente materialmente incapaz de llenar sus pulmones. El aire, de repente, es como si hubiese desaparecido. Pau nota como si de pronto se le vaciase la cabeza, convertida en un recipiente inútil, y se desploma ya sin conocimiento sobre el elegante enlosado.

Entretanto, en el hilo musical, Noa termina la canción y recuerda con su suave color de voz que debemos sonreír sin ninguna razón y amar siempre con la entrega limpia e inocente de los niños. Afuera, el pizpireto mirlo ya ha atrapado un diminuto pececillo y se lo ha tragado en un único gesto. Sale del río y alza el vuelo para continuar disfrutando de la música del agua y de su florido y verde paraíso. Cuando a lo lejos comienzan a escucharse las sirenas de emergencia, el pájaro ya se encuentra recogido en su nido y el mundo aparenta seguir siendo un lugar tranquilo y quieto.

2

> ¿Qué quiere decir la palabra *crimen*? [...] Muchos de los bienhechores de la humanidad, de aquellos a quienes el poder no les ha llegado por herencia, sino que se han apoderado de él por la violencia, debieron de ser entregados desde el primer momento al cadalso; pero esas personas llegaron hasta el final, y eso es lo que las justifica.
>
> FIÓDOR DOSTOYEVSKI,
> *Crimen y castigo*, 1866

Si siguiésemos el camino invisible del aire, tal vez hubiésemos podido volar desde el lugar del crimen hacia el norte, donde las olas conversan con la costa desde hace siglos. Allí, a apenas veinte minutos en coche desde el Balneario de Puente Viesgo, existe un pequeño pueblo llamado Suances. Uno de esos lugares en los que ser feliz sin darse cuenta, en los que pasear durante los veranos y a los que regresar con la memoria durante los inviernos. Un muelle lleno de modestos barcos pesqueros, con una costa preparada para los turistas y para rendirse ante la belleza. Cuando el viajero llega al acantilado de los Locos, tan salvaje y abrupto, tan imponente, sabe que se encuentra ante un refugio. Y no en uno hecho de piedra y paisaje, sino de pura energía natural. Cielo, mar, tierra e inmensidad.

Hacia el interior, al otro lado del precipicio de los Locos, se encuentra Villa Marina, una casona de comienzos del siglo XX reconvertida en pequeño hotel playero. Dispone de acceso directo a un plácido arenal y, dentro de su amplísima finca, una cabaña habita el terreno como si fuese un ser vivo. La pequeña construcción —que está a apenas cien metros del hotel— disimula sus dos alturas con la inclinación de la colina y mira desde su porche hacia la playa de la Concha, que tiene forma de amplia media luna. A pesar de que nos encontramos al final de una mañana de un húmedo mes de marzo, el todavía sol de invierno ofrece un día espléndido, y en el zaguán de la pintoresca construcción dos hombres y una teniente de la Policía Judicial están jugando a las cartas. Al mismo tiempo, terminan de comer una especie de nutrido *brunch* que se despliega en grandes platos sobre la mesa y que ya es prácticamente la comida del mediodía. A sus pies, una perrita beagle llamada Duna parece dormitar inquieta, como si en sueños intentase atrapar a un ratón.

—Seréis tramposos, ¡os estáis inventando las normas! —se queja la teniente, fingiendo indignación—. ¿Seguro que este es un juego genuinamente escocés? Podría llamar a la abuela Emily para comprobarlo —sugiere, con una sonrisa maliciosa que dirige hacia su prometido, Oliver Gordon. Él, que debe de estar a punto de cumplir los cuarenta pero conserva un aspecto juvenil y atlético, alza las manos en gesto de inocencia.

—A mí no me mires, que es este el que está poniendo las normas —se excusa, mirando hacia su amigo Michael Blake—, y te aseguro que no me suena haber visto a mi abuela jugar a las cartas en la vida.

El aludido, Michael, es un hombre joven —de edad similar a la de Oliver—, pero con un aspecto algo desaliñado. Aunque su ropa es elegante y desenfadada, en su caso parece un elemento accesorio y secundario, como si se la hubiese puesto de cualquier manera. Ahora que se siente directamente interpelado por Oliver, alza las cejas rubias y suspira con un gesto algo amanerado, aparentando con su expresión que está haciendo acopio de todas sus reservas de paciencia, aunque lo cierto es que está conteniendo una carcajada.

—¿Qué culpa tengo yo, si solo somos tres y las normas que me sé del *spoil five* son para cinco? —se defiende. Su acento es extraño, entre inglés y andaluz, resultado de haber recibido clases de español por parte de un profesor sevillano.

—Sabía que hacías trampas —sonríe ella de nuevo, logrando con el gesto que su único ojo verde brille bajo un rayo de sol. Su otro ojo, completamente negro, observa igualmente la jugada con suspicacia. El conjunto de su rostro es curioso: además del chocante contraste de color en la mirada, una estrecha cicatriz dibuja el contorno de la mandíbula.

—¡Me ofendes, Valentina! ¿Trampas yo? ¡Un honorable lord inglés!

—¡Tú no eres lord!

—Oliver —se queja Michael, desviando la mirada hacia su amigo—, dile a tu novia que está creando un conflicto diplomático.

—Os recuerdo que tengo que ir a organizar las salidas del hotel en un rato, ¿das cartas o qué? —replica Oliver con una sonrisa, mirando el reloj y haciendo caso omiso. En realidad, y a pesar de que vive con Valentina en la cabaña, él es el dueño de Villa Marina, y la administra al tiempo que da clases de inglés en la Universidad de Santander.

De pronto, Michael lanza un grito al aire y se lleva la mano al rostro, en un gesto claramente afeminado.

—*Dammit!* ¡Un nueve de diamantes!

Valentina observa con expresión escéptica la carta que Michael acaba de sacar de la baraja. Su actitud le confiere un aire felino y astuto, difícil de describir. Una singular energía que le otorga carisma y un extraño atractivo.

—A ver si adivino, ¿con el nueve de diamantes ganas tú el juego? Qué casualidad, ¿no?

—¡No, no! —exclama él, simulando estar preocupado—. Voy a perder la partida, seguro. ¡Esta carta es la de la maldición de Escocia!

—La maldición de Escocia —repite lentamente Valentina, con expresión de burla.

Después, y mientras espera una explicación inverosímil, echa un vistazo a la pantalla del teléfono móvil. Es su día libre, pero como teniente de una sección de homicidios de la Guardia Civil debe estar alerta. Comprueba que no tienen ningún mensaje; sin embargo, siente una extraña inquietud, como si algún elemento no encajase en el aire de la mañana y estuviese a punto de suceder algo. En efecto, y para confirmar de forma mágica y un poco siniestra su sensación de desasosiego, suena el teléfono. Se levanta y se aleja del porche, dejando que Oliver y Michael continúen con la conversación mientras la pequeña Duna aprovecha para subirse a la silla que ha quedado vacía, como si ahora le tocase a ella jugar a las cartas. Sobre la mesa, el nueve de diamantes reposa boca arriba, como si fuese un presagio.

Valentina Redondo lleva sus pasos de forma automática hacia el interior de la cabaña. Si el motivo de la llamada es serio, tendrá que cambiarse para asistir a Peñacastillo. No utiliza uniforme normalmente, pero tampoco puede acudir a la Comandancia con la ropa deportiva que lleva puesta desde que fue a dar un paseo con Oliver a primera hora de la mañana. El capitán Caruso parece, además, muy agitado. Es un hombre de ascendencia italiana y que normalmente, como en un guiño inconsciente a los estereotipos de sus ancestros, gesticula y exagera bastante al hablar. A veces Valentina cree que solo conserva esa forma de moverse por las visitas que realiza todos los veranos a su familia en Roma, su ciudad natal. Al otro lado del teléfono, el capitán tamborilea los dedos sobre el tapete de su escritorio y siente más que nunca el peso de sus sesenta años. Llevan un rato hablando y a Valentina la información le parece todavía sesgada y confusa.

—Entiendo que es tu día libre, Redondo, pero el tema es grave y te necesito en Puente Viesgo, que no sé si tendremos allí un puto atentado terrorista o qué cojones.

—¿Cómo? Pero, capitán... Lo que me ha contado hasta ahora parece más bien una intoxicación, un lamentable suceso con víctimas múltiples que...

—No, Redondo, esto es más serio, y quiero que te persones allí con tu equipo. No vais a poder acceder al punto caliente hasta que la zona sea segura, pero los bomberos están en ello. Fíjate si nos encontramos o no ante una alarma en grado máximum, que como el agente tóxico es todavía desconocido están teniendo que usar los EPI de máxima protección, con filtros químicos y respiradores independientes a la atmósfera.

—Pero ¿no tienen ninguna pista? Una fuga de gas,

un... No sé, un accidente... Tal vez un elemento radioactivo que...

La propia Valentina se interrumpió a sí misma. ¿Un elemento radioactivo en un balneario que mata a varias personas en solo unos minutos? Estaba pensando en voz alta y, muy posiblemente, solo especulaba de forma vacua, sin sentido. El capitán Caruso, a pesar de su acaloramiento al otro lado de la línea, pareció entender aquel silencio. Tomó aire y comprendió que había ofrecido los datos a Valentina de forma dispersa, sin orden. Volvió a empezar.

—Centrémonos, coño. Visualicemos. Dieciocho personas de un grupo empresarial que se dan tratamientos, masajes y todo el puñetero paquete de bienestar. Después cierran para ellos el Templo del Agua durante dos horas, y a los pocos minutos de llegar a la piscina empiezan todos a desmayarse o a caer directamente muertos. Hasta ahí bien, ¿no?

—Sí, capitán. Pero no me ha dicho todavía cuántas víctimas...

—Ahí está la gracia, ¿ves? Porque solo hay cuatro defunciones. ¡Cuatro! Y pensábamos que eran más, pero resulta que los médicos han reanimado a muchos... Dicen que parecía que estuviesen sedados.

—¿Sedados?

La pregunta de Valentina fue casi una exclamación.

—Ya sé, ya sé. Si eso es cierto, ¿cómo coño los drogaron? De entrada, no parece que los pinchasen ni que haya habido episodios de violencia explícita... Que a lo mejor estaban medio idos por la intoxicación, sin más, ¿eh? Habrá que revisar lo que hayan podido consumir antes de acceder al balneario... —reflexionó el capitán, como si estuviese hablando consigo mismo—. Aunque, por lo que sabemos hasta ahora, para el desayuno acudieron al bufet del hotel, como el resto de los huéspedes.

—Bien, ¿y los cadáveres? ¿Ya se ha procedido al levantamiento?

—Todavía no, porque hasta que se identifique el agente químico agresor, la zona no es segura. La UME ya ha sido avisada y está de camino, y de nuestros chicos ya hay dos agentes del SEDEX en Puente Viesgo —le explicó, refiriéndose al equipo GEDEX de la Comandancia que había visto ampliado su servicio de desactivación de explosivos cubriendo también amenazas químicas.

—¿La UME viene para aquí? —se extrañó Valentina, que dejó escapar un exabrupto—. ¡Pero tardarán al menos tres o cuatro horas en llegar desde León! —calculó, todavía sorprendida por el hecho de que se hubiese recurrido ya a la Unidad Militar de Emergencias, que estaba preparada para atentados y riesgos tecnológicos químicos, nucleares, radiológicos y biológicos.

—Ya conoces el protocolo, han enviado un primer vehículo de intervención y tras él irá el resto del equipo.

—Lo que está claro es que, si las víctimas han sido drogadas, esto no ha sido ningún accidente. ¿No hay ninguna pista del elemento contaminante, ningún indicio?

—Una cajita. Es como una puta bolsa de regalo, con lacitos y todo.

—¿Qué?

—Sí, Redondo, es el *summum* de lo retorcido, porque ya hay que ser hijo de la gran puta. El agente tóxico principal estaba en una caja que parecía de productos típicos de balneario, pero que al abrirla tenía un líquido que me han dicho que parece moco, casi transparente... Bastante asqueroso. Están comprobando ahora que no haya otras fuentes químicas contaminantes.

—Es decir, que iban a por todos los que estaban en la piscina... ¿De qué grupo empresarial estamos hablando?

—Formalmente, de ninguno. Son varias empresas del sector de la construcción y del inmobiliario que colaboran entre ellas. Un BNI corriente, pero de categoría, ¿me explico?

—¿Un BNI? —dudó Valentina, evidenciando que no sabía el significado de aquellas siglas.

—Un *business network*... Empresas independientes que colaboran entre sí pasándose clientes o complementándose... Creo que es a nivel internacional, aunque el que nos ocupa es solo de empresas españolas. Las que estaban en Puente Viesgo mueven mucho dinero, eso lo tenemos confirmado, pero de entrada no nos constan con irregularidades ni con ninguna investigación en curso, aunque todavía tenemos que estudiarlo. Esto es una puta ensalada de empresas, porque unos son vascos, otros catalanes, hay tres valencianos, una de Málaga, dos de Valladolid...

—¿Y todavía no ha habido ningún grupo que reivindique el ataque?

—No, pero ha desaparecido un empleado del balneario. Un tipo que llevaba solo medio año trabajando en las instalaciones y que se encargaba del grupo.

—Habrá que tirar de ahí...

—Ya se ha ordenado un dispositivo de búsqueda.

—¿Y los testigos? Si han sobrevivido catorce...

—Esa es otra, Redondo. Creo que están todos en el hospital o de camino, aunque de momento no parece que ninguno se encuentre operativo para un interrogatorio. Pero atenta, que nos faltan tres.

—¿Tres?

—Sí, porque el grupo completo era de veintiuno... Tres de ellos habían decidido no acudir al Templo del Agua en el último momento, por lo visto para ver las cuevas de Puente Viesgo.

—¿En el último momento? Qué casualidad, ¿no?

—Ahí está, qué casualidad. Habrá que revisar los detalles.

—¿Tienen antecedentes?

—No, los muy cabrones parecen hermanitas de la caridad, están limpios.

—¿Y las víctimas? Podría tratarse de un ajuste de cuentas o de un tema empresarial que...

—Ya hemos considerado esa posibilidad —atajó el capitán—, pero salvo alguna multa de tráfico, parece que las víctimas están todas limpias.

Se escuchó un resoplido al otro lado del teléfono. Valentina estaba pensando.

—Tendremos que profundizar en el historial de los tres que no estaban en el balneario.

—Espera —se excusó Caruso, con tono apurado. Al fondo podía notarse mucha actividad: voces, papeles, teléfonos sonando; el capitán dio un par de indicaciones y continuó con la conversación—. Ya tengo a la prensa volviéndome loco con este asunto... Qué cabrones, no sé cómo se enteran siempre tan rápido. ¿Qué me decías? Ah, sí... —resolvió él mismo tras un segundo—. Una de las personas que se fue a las cuevas es hija de una de las víctimas y prima de uno de los heridos de mayor gravedad... De modo que trabajemos con tacto, ¿eh, Redondo?

—Sí, capitán.

—Allí ya está Riveiro con el cabo Camargo, está todo controlado, ¿conforme? No hace falta que salgas a toda velocidad ni nada parecido, porque hasta que sea seguro el punto caliente no van a dejar pasar a nadie, pero en cuanto llegues me informas y quedas atenta al *display*, ¿estamos?

—Estamos.

Valentina colgó el teléfono y se quedó mirando la pantalla a la que su capitán le pedía que estuviese permanentemente atenta. ¡Qué caso tan extraño! Sin duda, le faltaba mucha información para componer una idea real y completa de aquel crimen masivo. Desde luego, lo que había sucedido no era habitual. Normalmente, los asesinatos seguían patrones claros y casi siempre obedecían a razones personales, pero el hecho de que hubiesen atacado a tantos individuos al mismo tiempo suponía una forma de agresión con pocos o ningún precedente en la zona. ¿Qué oscuro y siniestro móvil podía tener una acción tan cruel como aquella? ¿Qué tóxico habrían empleado? Sin duda, sus efectos sobre el cuerpo humano debían de haber sido terriblemente dolorosos.

Para Valentina, el mal era un concepto perfectamente definible, perverso y enfermizo, pero en un caso como aquel le resultaba difícil comprenderlo y asimilar sus verdaderas dimensiones. Avanzó con paso decidido hacia el dormitorio para cambiarse, y allí encontró a su enorme gata siberiana, Agatha, acurrucada junto a la ventana. El felino no dormía, sino que la miraba fijamente, en alerta, como si supiese lo que acababa de suceder y lo que estaba por venir. Valentina pasó rápido por su lado y le acarició el lomo mientras calculaba cuántos respiradores había en la Comandancia, preguntándose si aquel material podría proporcionar verdadero aire limpio, independiente de la atmósfera exterior. En realidad, sabía que no podría acceder al lugar del *atentado* hasta que hubiese sido eliminado el peligro, pero en su mente ya preveía cualquier posible emergencia ante la cual, aun saltándose el protocolo, tuviese que intervenir. Al instante, Valentina entornó los ojos. Se acababa de dar cuenta de que resultaría imprescindible avisar al subteniente Sabadelle, con el que no siempre tenía una relación fácil. Solo él y Riveiro habían hecho el último curso de actualización de NRBQ contra agentes nucleares, radiológicos, biológicos y químicos. La teniente tomó aire y marcó el número del subteniente. En aquel asunto iba a necesitar a todo su equipo. Sin excepción.

Tras hablar con Sabadelle, Valentina terminó de cambiarse y salió a despedirse de Oliver y Michael. Ambos continuaban enredados en su conversación sobre la supuesta maldición de la carta del nueve de diamantes, y tardaron un rato en percibir que ella había vuelto. La teniente, a pesar de que era plenamente consciente de la urgencia que la requería, se retuvo a sí misma durante unos segundos. Disfrutó aquellos instantes guardando un discreto silencio, como si la escena casera la atase a una realidad más amable.

Michael leía en tono declamatorio, algo exagerado, una información que al parecer acababa de buscar en internet en su teléfono móvil.

—... Y fue el duque de Cumberland quien en el siglo xviii ordenó por escrito, en el dorso de un nueve de diamantes, que se aniquilase a todos los supervivientes de la batalla de Culloden, y desde entonces se asegura que...

—¡Qué pesado! —negó Oliver, interrumpiéndolo—. ¡Fue eso, pero con la matanza de Glen Cloe, en el siglo XVII!

—Que no, *quillo* —replicó el otro, categórico—, que es lo que dice aquí de Culloden. O eso, o que cada noveno rey de Escocia era un tirano, ya no me acuerdo. Además, ¿qué es eso de Glen Cloe?

—Ah, pues resulta que como los jacobitas habían perdido la guerra, tenían que jurar lealtad al nuevo rey... Iban a hacerlo, pero el correo postal en las Tierras Altas no era lo que se dice muy veloz, de modo que entre las ganas que les tenían a los MacDonald y la excusa de que aún no había sido confirmado el nuevo jurament...

—¿Qué MacDonald, los de las hamburguesas?

—¡Y yo qué sé! —se rio Oliver, encogiéndose de hombros; él era inglés de ascendencia escocesa y hasta tenía casa familiar con su padre y su abuela Emily en Stirling, al sur de Escocia, pero desconocía muchos detalles de la historia de los clanes—. Pero sí te aseguro que se cargaron a sangre fría a más de treinta MacDonald, que en realidad sí habían jurado lealtad... Y, de rebote, liquidaron a más de cuarenta familiares que tuvieron que huir a las montañas de Glen Cloe y murieron de frío.

Michael escuchó con atención. En su calidad de clarinetista y compositor, con frecuencia parecía encontrarse un poco en otro mundo, donde la música lo llenaba todo. Sin embargo, su agudo y punzante sentido del humor revelaba que estaba realmente atento a lo que sucedía en su entorno. Frunció el ceño e hizo una leve mueca de resignación.

—En fin, aquellos soldados cumplían órdenes, *man*.

—No, Michael —negó Oliver—, lo que pasó fue una salvajada. Ya entonces tuvo que suponer un revuelo tremendo, porque si no ni siquiera habría llegado a nuestros oídos.

—Eran otros tiempos. O clavaban el cuchillo o les rajaban la garganta, qué te crees. El verdadero responsable sería quien diese la orden, no los soldados.

Valentina reveló por fin su presencia, se reclinó sobre la mesa e intervino.

—Es curioso, ¿no? Según las normas de cada época, uno puede ser un asesino o un héroe. Todo es muy relativo.

Michael la observó con curiosidad.

—Tú trabajas en un cuerpo militar, Valentina. Eres una soldado y siempre harás lo que...

—No —corrigió ella—, soy teniente de una sección de homicidios, no una soldado. Es muy diferente.

—Vale, pero obedeces órdenes.

—Solo bajo normas, valores y parámetros que he aceptado previamente.

Michael miró a Oliver.

—¿Siempre es así de sabidilla?

—Siempre —confirmó él con gesto de pesar, como si la situación fuese muy grave. Después le hizo una señal a Valentina y dirigió la mirada hacia su teléfono móvil. Ella comprendió que le preguntaba quién la había llamado. Iba a responder cuando Michael retomó el asunto de los crímenes, dirigiéndose precisamente a ella.

—En fin, que yo creo que me entendéis, ¿no? Yo solo quiero decir que cada cual sigue el sistema que le toca, y esos soldados cumplieron órdenes simplemente por obediencia y para sobrevivir.

Oliver se llevó la mano derecha a su cabello oscuro, que peinó con el gesto de forma automática. Después dirigió su mirada azul cobalto hacia su amigo.

—Es la paradoja del crimen; ya sabes eso que dicen... Mata a un hombre y serás un asesino; mata a millones y serás un conquistador...

—Ah —lo interrumpió el propio Michael—, ¿eso no es de Jean Rostand? ¿Cómo terminaba? —se preguntó, concentrado, para cambiar el gesto cuando pareció recordarlo—. ¡Mátalos a todos, y serás un dios!

Valentina suspiró. Aquella conversación prometía, pero no podía demorar más su salida hacia Puente Viesgo.

—Siento perderme vuestro debate sobre las paradojas de la humanidad, pero —sonrió, al tiempo que hacía una reverencia a cada uno—, Sócrates, Platón, tengo que marcharme inmediatamente. Quien me llamaba antes era el capitán Caruso —añadió, con una significativa mirada a Oliver, que cambió el gesto hacia una expresión de intranquilidad.

Un día libre, llamada de la Comandancia. Mal asunto.

Valentina explicó de forma somera por qué se marchaba en su día de descanso a trabajar, dejando a Oliver todavía más preocupado. No era para menos: se dirigía de forma deliberada hacia la zona caliente del incidente, donde un agente agresor químico sin identificar había tumbado a más de una docena de personas en solo unos minutos.

—¿Estarás bien, seguro? ¿Quieres que te acompañe?

—¿Te acompaño yo a dar clases a la universidad? —replicó ella con sorna.

—No, pero allí no corre peligro mi vida.

Ella se rio y miró a Michael, que estaba a solo unos metros.

—Michael, si nos atacase ahora un intruso, ¿quién querrías que te defendiese?

—Tú, por supuesto —sentenció él, fingiendo de forma exagerada absoluto convencimiento. De pronto, pareció surgirle una duda—. En la Guardia Civil os enseñan artes marciales y esa clase de cosas, ¿no?

Ella sonrió y se mordió el labio inferior; negó con el gesto, despidiéndose y dándole un largo beso en los labios a Oliver, que la siguió con la mirada. Se casaban en solo dos semanas, y él ya se había resignado a que Valentina se viese siempre enredada en casos que resultaban, como mínimo, inquietantes. Michael se acercó a su amigo.

—Tranquilo, si es un gas tóxico, con que no respire no le pasará nada.

—¿Qué?

—Era broma. ¿No ves que tienen máscaras?

Valentina todavía pudo escuchar alguna otra frase mientras se alejaba, sabiendo que las chanzas de Michael no tenían como objeto restar importancia al peligro, sino desafiarlo en la medida de lo posible. ¿Cómo iba ella a imaginar que aquel asunto cambiaría su perspectiva de las cosas y de la vida para siempre? Cuando se montó en el coche, pudo ver a Agatha en la puerta de la cabaña. Normalmente era de carácter desapegado y huidizo, aunque a veces, sin motivo aparente, se refugiaba en su regazo durante un rato, sin mirarla, para después volver a desaparecer. Ahora, la enorme y peluda gata de color claro maullaba de forma lastimera y serena, como si ya hubiese asumido una pena muy profunda. La teniente Redondo no supo adivinar si el felino reflejaba su propia tensión o si, como una advertencia, lamentaba con un sexto sentido lo que estaba a punto de suceder.

3

—¡No hay nada más sospechoso que una coartada! ¡Los inocentes jamás tienen coartada!

Agatha Christie,
Un cadáver en la biblioteca, 1942

Puente Viesgo estaba a apenas treinta kilómetros de Santander, la capital de Cantabria. Valentina había llegado bastante rápido desde Suances, sorteando prados, valles y montañas de ensueño. El ambiente era frío pero soleado y, en apariencia, bucólico; sin embargo, un asesinato múltiple acababa de tener lugar en aquel pequeño rincón del mundo. Parecía imposible que la maldad pudiese habitar entre tanta belleza, pero lo cierto era que se había deslizado por allí dejando marcado su paso, al igual que una serpiente deja su huella cuando se arrastra sobre la arena.

Cuanto más se aproximaba Valentina al balneario, más evidente resultaba que en el pueblo se vivía una actividad inusual. Cruzó con su coche el puente sobre el río Pas y se encontró ya cerca del torreón del balneario y de la entrada del Templo del Agua, a solo unos metros de la recepción del hotel, con el que se conectaba directamente a través de un elegante túnel que discurría por el subsuelo. La primera casa de baños que se había levantado en aquel mismo lugar databa del siglo XVIII, pero el Gran Hotel, con su balneario, había sido construido en 1889; todavía guardaba en su estética cierto aire nostálgico, propio de la época decimonónica. La zona estaba acordonada y Valentina no podía aproximarse demasiado, pues aceras y carretera estaban llenas todavía de ambulancias y de sanitarios que iban corriendo de un lado a otro. Saludó a un compañero, que la reconoció al momento y la dejó pasar para que aparcase el vehículo en una zona habilitada. Todo parecía haber sido coordinado de forma impecable. Valentina sonrió y pensó que esas primeras medidas serían obra, sin duda, del sargento Jacobo Riveiro, su mano derecha. Era mayor que ella, de ánimo reposado y tranquilo, observador, y hasta la fecha no parecía haberle molestado nunca el hecho de recibir órdenes de una mujer. Lo localizó a solo un par de docenas de metros, cerca de una gran carpa; no le resultó difícil hacerlo, pues Riveiro era de buena estatura y a aquellas alturas Valentina podría distinguirlo en una multitud.

Los bomberos habían instalado en la zona de aparcamiento del hotel una especie de enorme tienda de campaña para acoger a los heridos, aunque la mayoría ya habían salido hacia el hospital Marqués de Valdecilla, en Santander, y solo quedaban tres en la improvisada carpa médica. Valentina se acercó al sargento Riveiro, que tomaba notas en su inseparable libreta mientras hablaba muy concentrado con un hombre un poco más alto que él, que se expresaba de forma firme y sosegada. Ambos llevaban un traje blanco de bioseguridad de tela de tyvek similar a los que utilizaba la policía científica, aunque el hombre llevaba en la mano, además, una máscara de oxígeno. Entretanto, varios guardias mantenían protegido el perímetro, cuyos límites ya estaban llenos de curiosos y periodistas. Cuando Riveiro vio a Valentina, la saludó con una sutil inclinación de cabeza, en un gesto de confianza propio de quienes son camaradas desde hace mucho tiempo. Pidió disculpas a su interlocutor y se acercó rápidamente a ella.

—Ya veo que al final te han llamado y te han fastidiado el día libre —le dijo, en tono de confidencia y sin recurrir a ningún otro tipo de saludo.

—Eso parece... ¿Cómo vais?

—Despacio; nosotros aún no hemos podido acceder en condiciones al complejo termal, aunque ya hemos desalojado por completo el hotel y el balneario. Camargo y varios guardias están tomando declaración al personal y a los huéspedes. Caruso ya te ha informado de todo, ¿no?

—Sí, me ha vuelto a llamar mientras conducía y estaba un poco alterado, creo que vendrá en un rato... Por cierto, ¿ese quién es? —le preguntó, viendo que el hombre con el que estaba hablando tenía gesto apurado y se había quedado esperándolo.

—Luis Gómez, un médico especialista en intoxicaciones agudas que han mandado desde Valdecilla para atender aquí mismo a los pacientes más críticos —le explicó, señalando con la mirada el hospital de campaña improvisado que habían montado los bomberos.

—¿Y por qué los tienen aquí y no los mandan directamente al hospital?

—Han empezado a hacerlo hace un rato, pero antes han tenido que estabilizarlos y preparar zonas de aislamiento en Valdecilla por si las propias víctimas fuesen ahora fuente de contaminación.

Valentina alzó las cejas en señal de asombro. Desde luego, el agente tóxico debía de ser muy potente, propio incluso de ataques terroristas. Puso las manos sobre las caderas, en jarras, y miró concentrada a su alrededor. Aquel pequeño pueblo, con sus casitas unifamiliares, su césped bien cuidado y los jardines llenos de flores de temporada, ¿objeto de un atentado? ¿De qué calibre y con qué arma química? Y sobre todo, ¿por qué y para qué agredir a aquel grupo concreto de personas? La teniente respiró profundamente y miró a Riveiro.

—Vamos con tu médico.

Se aproximaron a Luis Gómez, que al verlos se dirigió hacia ellos sin ceremonias.

—Aquí ya no puedo hacer gran cosa, seré de más utilidad en Valdecilla. Si me disculpan...

—Espere —le pidió Riveiro—, mi teniente quisiera hablar con usted. Solo un par de preguntas.

—Por supuesto —asintió el hombre con expresión seria y algo apurada. Resultaba obvio que estaba deseando marcharse. A Valentina le pareció sorprendentemente tímido.

—No le robaré más de cinco minutos, se lo prometo —le aseguró ella—. Ya sabemos que todavía hay que esperar los resultados del laboratorio, pero ¿cree que podría aventurar la causa de la intoxicación?

Él negó con suaves movimientos de cabeza.

—No, teniente. Nunca he visto nada igual. Resulta evidente que estamos ante una intoxicación criminal y no ante un mero accidente fortuito, pero cualquier diagnóstico que pudiese darle sería de presunción, no etiológico... Necesitamos los resultados del laboratorio. Sin embargo, es posible que...

—¿Sí? —Le animó a continuar Valentina, viendo que dudaba.

—Lo que le voy a decir resulta casi una temeridad por mi parte al no tener el resultado de las pruebas, pero los síntomas de los pacientes... Las pupilas tan dilatadas, la incapacidad para tomar aire, los temblores, la palidez... Algunas de las víctimas han descrito un olor como a desinfectante, desagradable y dulce al mismo tiempo... Como quitaesmalte, ¿comprende? —preguntó, intentando asegurarse de que entendían sus palabras, para continuar hablando enseguida, inmerso en sus razonamientos—. Sin embargo, a pesar de ese olor, juraría que podríamos estar ante un gas nervioso. Se supone que son incoloros e inodoros, pero para variar su potencia pueden ser mezclados con otras sustancias, que les dan textura, color y un olor muy diferente.

Valentina carraspeó de forma involuntaria, preocupada.

—Cuando habla de un gas nervioso, ¿se refiere a un arma química?

—Me refiero a tabún, sarín, somán...

—Pero... Todos ellos —intervino Riveiro, con el ceño fruncido— están prohibidos y clasificados como armas de destrucción masiva por Naciones Unidas —aseguró con el semblante cada vez más preocupado, demostrando que, en efecto, y tal y como recordaba Valentina, tenía frescos los datos que le habían facilitado en su última actualización del curso de NRBQ sobre aquel tipo de productos.

—Así es —confirmó el médico—, aunque esperemos que no se trate de esa clase de tóxico. Podría ser también cianuro, de modo que tendremos que analizarlo muy bien para dar con el neutralizante o con el antídoto adecuado lo antes posible.

—¿Antídoto? —se asombró Valentina—. Entonces, las víctimas podrán recuperarse —concluyó, esperanzada.

Luis Gómez mostró un semblante poco optimista. A pesar de ello, sus palabras fueron en principio en otra dirección.

—Confiemos en que sí... Aunque casi siempre quedan trastornos posteriores. Hemos administrado atropina a todos los afectados, pero si fuese cianuro necesitaríamos un antídoto especial para los organofosfatos, y no siempre se encuentra disponible en cantidades abundantes en la farmacia del hospital. De todos modos, no podré decirles nada hasta que no tengamos los resultados detallados de los análisis de sangre. Y piensen que podría tratarse de otro tipo de tóxico que hubiese afectado al tejido pulmonar o al torrente sanguíneo...

Riveiro asintió.

—¿No podría ser cloruro de hidrógeno?

El médico y Valentina miraron al sargento sorprendidos. Ambos parecían asombrados por el comentario, especialmente la teniente. ¡Sí que eran efectivos aquellos cursos de NRBQ!

—No lo creo —replicó Gómez—, porque ese compuesto es incoloro pero fácilmente detectable por el olor, y se suele dar en la quema de plásticos, y aquí no me consta que hubiese un incendio ni nada similar. En cualquier caso —añadió—, nosotros tratamos al paciente, no el veneno, que tendrá que ser identificado por los especialistas.

—Perdone —se extrañó Valentina—, ¿cómo es

eso de que no tratan el veneno? Solo si saben qué ha atacado a la víctima podrán utilizar el antídoto adecuado, entiendo...

—El diagnóstico de laboratorio es fundamental, pero nuestra labor en la primera intervención debe asentarse en medidas terapéuticas independientes al agente tóxico causal, ¿comprende? Debemos limitarnos a mantener lo más baja posible la concentración de tóxicos en los tejidos y en restaurar las funciones vitales del paciente. A partir de ahí, ya podemos intentar eliminar el elemento contaminante —concluyó, dando por suficiente aquella explicación—. Disculpe, porque en realidad es un asunto algo complejo y me esperan para regresar a Valdecilla —añadió, señalando con la barbilla hacia una ambulancia que se llevaba a otra de las víctimas que todavía estaban en la carpa provisional.

—Por supuesto.

Valentina le entregó al médico una tarjeta de contacto para que los llamase tan pronto como tuviese datos concretos, y se despidió sin mayores ceremonias. Desde luego, los resultados de los análisis que se realizasen a todas las víctimas iban a resultar cruciales. Ella todavía no lo sabía, pero incluso los muertos les ofrecerían datos asombrosos.

En cuanto se marchó el doctor, Valentina resopló y se tomó unos segundos, como si los necesitase para recolocar en su mente las piezas de un puzle imaginario.

—Supongo que todavía tendremos que esperar para acceder al punto caliente —se lamentó, dirigiéndose a Riveiro y señalando hacia la entrada del Templo del Agua—. ¿Sabemos algo de la UME?

—Creo que llegarán a lo largo de la tarde. De momento se encargan nuestros compañeros del SEDEX, pero no tienen los mismos medios, ya sabes.

—Bien, ¿y las víctimas que aún están en la carpa, podemos hablar con ellas?

—Nos han dicho que no, que de momento debemos dejarlos descansar. De todos modos, los que quedan están medio desmayados, así que no creo que fuésemos a sacar ahora mismo ninguna información de interés. Los que han podido hacer alguna declaración dicen que no se acuerdan de nada; que llegaron a la piscina y que de pronto todo se volvió oscuro, sin más. Como si hubiesen apagado las luces. También hay algunos empleados del balneario afectados, sobre todo los primeros que fueron a atender a las víctimas... A varios de ellos los han llevado al hospital.

—Ya. ¿Y la comisión judicial?

—El juez y la forense, por lo que sé, deben de estar a punto de llegar.

—¿Viene Clara? —preguntó Valentina, refiriéndose a su amiga Clara Múgica, que tenía un vínculo familiar, además, con Oliver.

—Creo que sí.

—Bien. ¿Y el empleado que ha desaparecido?

—Sí... Pedro Cardelús; tenemos en la Comandancia a Torres y a Zubizarreta investigando su documentación y posibles antecedentes. De momento no han dado con nada concreto, pero analizamos todas las líneas posibles... En los teléfonos de contacto que facilitó al balneario no contesta nadie, y hemos puesto controles en todas las salidas y accesos por carretera a Puente Viesgo.

—Vale —asintió Valentina con ademán serio y sin apartar la vista del monte del Castillo, al otro lado de la carretera; con su forma cónica tan perfecta recordaba el dibujo que podría hacer cualquier niño de una montaña. En aquel monte se escondían varias cuevas Patrimonio de la Humanidad, ya que conservaban en su interior el arte paleolítico más antiguo del mundo, pero ahora a Valentina aquel dato le resultaba completamente indiferente: observaba la formación caliza sin ver, concentrada en la información que Riveiro le había ido desgranando. Por fin miró al sargento—. Ese Cardelús... ¿Tenemos algo sobre su etnia, ideas políticas, religión? Ya sabes a qué me refiero.

—Lo sé. De momento, nada. Origen catalán, de Lleida, con experiencia en otros balnearios que estamos intentando contrastar. Según el responsable de personal del hotel, su anterior empleo fue en un gimnasio de Bilbao, como fisioterapeuta... Soltero y con una tía y dos primos en Torrelavega. Ya hemos enviado un equipo a su domicilio, que está precisamente allí, en Torrelavega.

—De momento, puede ser tanto el responsable de esto como una víctima más. ¿Habéis registrado las instalaciones?

—Solo de forma parcial. Al Templo del Agua solo hemos accedido para ayudar a los sanitarios a retirar a las víctimas; este —añadió, señalando al traje de tyvek que llevaba puesto— ya es el segundo buzo que me dan; lo están desinfectando todo... Han dejado a los que estaban muertos en el mismo punto para que después la científica pudiese hacer su trabajo.

Valentina asintió, complacida con la gestión.

—¿Y la caja con el tóxico?

—La han retirado los bomberos, que se coordinaron con los del SEDEX y, con las instrucciones de la UME por radio, la han metido en un recipiente especial, completamente aislado. Imagino que nos dejarán entrar libremente cuando consideren que la zona ya está limpia y fuera de peligro...

—¿Y por qué no podemos pasar ya con los trajes de tyvek?

—No es tan fácil. Todavía no han identificado el tóxico y quieren verificar que la zona está limpia antes de dejarnos acceder. Ya sabes que es el protocolo.

—Lo sé. ¿Y hemos registrado el hotel?

—¿El hotel?

—Claro, nos falta ese empleado, Cardelús. Mientras no confirmemos que es un terrorista, puede ser una víctima secuestrada o asesinada en cualquier parte del complejo. Por cierto, ¿tenemos planos?

Riveiro asintió. Se alejó unos metros hasta el todoterreno de la Guardia Civil, haciéndole señal a Valentina de que lo siguiese. Allí, además de darle ya un traje de tyvek para que se lo fuese poniendo, le mostró un plano básico del hotel balneario. Todo estaba conectado. El hotel, el antiguo balneario con sus cabinas de tratamientos en la galería de baños y el Templo del Agua. Ascensores, galerías de un lado a otro y túneles subterráneos. Habría resultado fácil desplazarse rápidamente de una zona a otra. Valentina estudió con detenimiento el sencillo mapa.

—¿Y las cámaras?

—Las tienen en la entrada, en algunos pasillos y en el Templo del Agua, pero no en las cabinas del balneario. Ya sabes, protección de datos, derecho a la intimidad y al honor... La gente anda por aquí medio en pelotas.

Valentina alzó una ceja.

—De todos modos, lo que más nos interesa ahora es el Templo del Agua. ¿Estáis con ello?

—Sí, se está revisando para verificar quién dejó la caja con el tóxico, aunque justo el punto donde la pusieron resulta parcialmente ciego, al interponerse una tumbona y una de las columnas en el ángulo. Estamos rastreando incluso varias horas previas a la llegada del grupo para ver quién entró con un bulto y salió de allí sin él. No creas que es fácil, porque el bulto no era tan grande y se podía disimular con los albornoces y las toallas que daban a los usuarios.

Valentina asintió, concentrada.

—¿Cuántas cámaras hay?

—Cuatro. Es como un rectángulo, hay una en cada esquina enfocando a la piscina.

—Entonces se podrá ver bien quién acompañaba al grupo.

—Sí, parece que las imágenes no tienen mucha definición, pero en principio todo apunta a que quien los acompañaba era Cardelús... Aunque esto no tiene por qué resultar significativo porque formaba parte de su trabajo guiarlos y podría no tener nada que ver con la bolsa... ¿Y si fue un tercero el que la dejó ahí?

—De momento no podemos descartar nada. Por cierto, ¿qué hay de los que se fueron a las cuevas?

Riveiro mostró durante unos segundos una mueca de extrañeza. Al instante asintió, comprendiendo a quiénes se refería Valentina.

—Ah, esos tres. Ella está alteradísima y le han tenido que dar un tranquilizante. Se llama... —comenzó, consultando las notas de su libreta—. Aquí está. Aratz Saiz, y es hija de uno de los empresarios más importantes de la reunión, que ya consta como fallecido. También está herido muy grave su primo, Pau Saiz, que creo que es de los que van ahora en ambulancia camino de Valdecilla. Ella se fue a las cuevas con Daniel Rocamora, su marido, y con Rafael Garrido, un señor mayor que parece que es socio capitalista en varias de las empresas de todo el tinglado empresarial, aunque no es titular de ninguna.

—¿De qué empresas? ¿De las de alguno de los fallecidos?

—No he podido verificarlo todavía, ya te imaginas —replicó Riveiro, señalando con la cabeza el caos que los rodeaba—, pero creo que participa en varias. Aunque la más importante ya te digo que era la del padre de Aratz Saiz, que tenía poco menos que un imperio de la construcción.

—Bien, ¿y dónde tenemos a los tres pichones?

—En un salón privado del hotel, con asistencia psicológica... Aunque te prevengo, ha ido para allí Sabadelle.

—¿Ya ha llegado?

—Sí, hace un rato, y se ha empeñado en hacer algo útil, ya sabes. Yo estaba aquí con todo el jaleo —se disculpó Riveiro, como si no le hubiese quedado más remedio que permitir al subteniente realizar su trabajo.

Sabadelle era normalmente intrusivo, algo vago y muy teatral, pero en los últimos tiempos, tras ser padre y dormir poco a causa del bebé, resultaba más histriónico de lo habitual. Valentina se mordió el labio.

—¿Me estás diciendo que se ha ido a interrogar a esa gente él solo?

—Ya le dije que debía esperarte.

—Ay, por Dios.

Valentina le hizo una señal a Riveiro para que la acompañase, tomó aire y, con decisión, accedió al hotel del viejo y extraordinario balneario de Puente Viesgo.

El subteniente Santiago Sabadelle era el encargado del departamento local de patrimonio, pues estaba graduado en Historia del Arte y tenía, además, un máster en Arqueología y Ciencias de la Antigüedad. Ahora, paseaba con gesto grave su pequeña y rechoncha figura de un lado a otro del amplio salón privado del hotel, con ambas manos entrelazadas a la espalda y gesto serio. Asentía de vez en cuando, como si su cerebro estuviese llegando a conclusiones propias de una mente preclara y astuta que deducía la verdad de los hechos de una forma superior al común intelecto de los mortales. Por fin se detuvo y se llevó la mano derecha a la perilla, que ya comenzaba a encanecer. Hizo un extraño y sonoro chasquido con la lengua y, mirando hacia las personas que tenía frente a sí, comenzó a hablar.

—La clave está en el análisis de cada uno de sus pasos, ¿comprenden? Desayunaron todos muy temprano... Bien, esto lo tenemos claro. Después la mayoría del grupo se fue a descansar o a recibir masajes y tratamientos en el balneario porque habían quedado a eso de las 11 en el Templo del Agua, que habían cerrado para ustedes hasta las 13 horas, ¿correcto?

—Co... correcto —contestó un hombre mayor, que iba vestido de forma deportiva pero muy elegante.

Por su actitud y apariencia, parecía haber salido de una época más antigua. En la mano llevaba un sombrero clásico tipo borsalino y observaba a Sabadelle con cierta fascinación, como si tuviese que asimilar que aquella escena estuviese realmente sucediendo.

—Aunque nosotros tres decidimos que preferíamos...

—¡Exacto, señor Garrido! —le interrumpió Sabadelle—. Decidieron que no irían al Templo del Agua, pero ¿cuándo sucedió eso? ¿Lo habían comunicado ya la noche previa, fue una idea sobrevenida durante el desayuno? ¿A quién, cuándo y cómo le dieron traslado de esa decisión?

—Si insinúa usted que cualquiera de nosotros tenía la más mínima idea sobre lo que iba a suceder, no solo es temerario, sino estúpido. ¿No ha visto cómo está la muchacha? —preguntó el señor Garrido, señalando a una mujer que estaba sentada en un sofá florido y alegre que contrastaba con ella misma, pues no cesaba de llorar.

A su lado, abrazándola, un hombre rubio peinado de forma impecable, de tez pálida, parecía hacer caso omiso a los comentarios de Sabadelle y se concentraba tan solo en consolar a la mujer, que tendría unos treinta y cinco años y que debía de ser, sin duda, Aratz Saiz. En el salón, que disponía de grandes ventanales con vistas al monte del Castillo, se encontraban también un guardia y dos psicólogos que habían acudido desde el hospital de Valdecilla.

—Señor Garrido —continuó Sabadelle, con expresión de tener que armarse de paciencia—, voy a pasar por alto su falta de respeto ante un agente de la autoridad porque comprendo que está bajo el estrés del shock postraumático, pero tiene que comprender que las preguntas que les realizo son parte del protocolo habitual.

—Tal vez —sugirió uno de los psicólogos, algo cohibido— sería conveniente que dejase sus preguntas para más tarde, cuando la señora Saiz se haya repuesto.

—Por supuesto —replicó Sabadelle, serio—, pero comprenderán ustedes que, aunque desde la Benemérita nos sumamos a su angustia y su dolor, solo encontrando a los malhechores que hayan cometido esta atrocidad podremos restaurar el equilibrio de la justicia que...

—Sabadelle —lo interrumpió Valentina, que acababa de llegar y había alcanzado a escuchar la última parte del interrogatorio, sin encajar todavía cómo su compañero había utilizado la palabra *malhechores* en aquel crimen múltiple—. Gracias por su trabajo, subteniente, yo me encargo.

Valentina cruzó solo durante un segundo su mirada con la del subteniente, y acto seguido observó sin disimulo a los tres supervivientes de la masacre. Podían haberse salvado de aquel extraño agente tóxico por simple casualidad, o bien estar directamente implicados en el crimen, y ella contaba con todas esas posibilidades.

—¿Y usted es...? —preguntó el señor Garrido, frunciendo el ceño. Por sus gestos, parecía que se estaba poniendo realmente nervioso.

—Valentina Redondo, teniente de la Sección de Homicidios de la Guardia Civil, y él —añadió, señalando a Riveiro— es el sargento Jacobo Riveiro. Estamos aquí para ayudarlos, pero entendemos perfectamente si necesitan reponerse. Podemos regresar un poco más tarde.

Una voz femenina y profunda surgió, de pronto, del ovillo que conformaba Aratz Saiz. Del sollozo había pasado, en solo unos segundos, al tono de la dureza y la determinación.

—No. Hablemos ahora.

—Cariño —le dijo el hombre que la abrazaba—,

es mejor que descanses. Rafael puede contestar las preguntas de la policía —añadió, dirigiéndose hacia el señor Garrido.

—No, debo hacerlo yo —rechazó ella, limpiándose las lágrimas con un pañuelo de papel y tomando aire en lo que parecía un ademán que buscaba recuperar la dignidad y la compostura—. Se lo debo a mi padre. Y a mi primo Pau.

Al erguirse, Aratz Saiz mostró un rostro de línea juvenil y dulce, de mofletes colorados y casi infantiles, que le hacían parecer una niña. Sus formas eran suaves y redondeadas, generosas, aunque sin llegar a un sobrepeso exagerado. Disimulaba su amplia figura con una blusa y un pantalón completamente negros, que contrastaban con los múltiples abalorios de colores que llevaba en sus manos, y tenía un cabello largo y oscuro cuyas puntas estaban teñidas de azul. Al acercarse, Valentina intuyó que todas aquellas pulseras y anillos no eran simple bisutería, sino joyas exclusivas de altísima calidad.

—¿Está usted segura?

—Lo estoy. Y comprendo perfectamente —añadió, mirando a Sabadelle— que tengan que incluirnos en la lista de sospechosos. Les aclaro que yo ya había manifestado el día anterior que no acudiría al Templo del Agua, porque tengo varices y no me viene bien ese calor. De hecho, le había dicho a mi padre que... —se detuvo un momento, cerró los ojos y se mordió los labios, dando la sensación de que estuviese buscando fuerzas en algún punto de su interior para poder continuar; volvió después a abrir los párpados y miró a Valentina—. Yo... le había pedido a mi padre que se viniese conmigo a las cuevas, que a él no le venían bien las aguas tan calientes.

—¿Por algún motivo en concreto?

—Sí, bueno... Era hipertenso y había sufrido el año pasado un pequeño infarto, se suponía que este tipo de aguas podían implicar alguna contraindicación. De hecho, tenía ya bastantes achaques y unos cuantos despistes... En fin, estaba ya algo mayor —lamentó, con semblante triste.

—Comprendo... Aratz, esto es muy importante: ¿habían ustedes recibido alguna amenaza?

—¿Una amenaza?

—Sí, de cualquier tipo. Empresarial, personal... Cualquier incidente, cambio o punto de inflexión que le haya llamado la atención en las últimas semanas podría ser relevante.

La joven se encogió de hombros, y su expresión de extrañeza y rechazo le dio a entender a Valentina que aquella posibilidad se le antojaba imposible.

—Tal vez no directamente a ustedes, pero quizás a alguna otra empresa del BNI... No sé si está usted en la dirección de la empresa.

—¿Yo? ¿Con los contratistas y en las obras? —preguntó con gesto de horror, al tiempo que llevaba un pañuelo de papel a su nariz, que, en apariencia, goteaba tristeza—. No, de eso se encargaban mi padre y Pau. Yo solo gestiono la imagen y los eventos de Construforest —explicó, citando por primera vez el nombre de la empresa familiar—. Mi trabajo se centra solo en el marketing.

De pronto, como si el citar a su padre y a su primo hubiese supuesto un revulsivo insalvable, Aratz pareció hundirse de nuevo.

—Dios mío, ¡Pau! —exclamó, llevándose las manos al rostro—. No me han dejado verlo, ¿saben algo más o cuándo podré estar con él?

—De momento —y aquí Valentina corroboró la información mirando a Riveiro— creo que lo han llevado a Valdecilla, al hospital. Descuide, he hablado con uno de los médicos y está en buenas manos. Mis compañeros le harán saber en todo momento su evolución y le indicarán cuándo podrá estar con él.

Aratz ahogó un sollozo.

—¡Si es un niño! Hace nada que cumplió los veintinueve... Un niño —repitió, a pesar de que ella solo tendría unos pocos años más—. ¡Y tan trabajador! No entiendo por qué nos ha pasado esto, a quién le hemos podido hacer nada como para atacarnos de una forma tan monstruosa —lamentó, conteniendo la congoja.

—Ha sido un ataque en masa, señora Saiz; tal vez ni siquiera el grupo en el que estaba su familia fuese el objetivo. Estamos poniendo todos nuestros medios para la investigación, no lo dude.

Valentina hizo un par de comentarios de consuelo a Aratz alabando su entereza, pero no se detuvo mucho más tiempo con ella. Le pareció correcto darle un poco de distancia y de tiempo para encajar el golpe que acababa de sufrir. Además, y aunque aparentaba estar desolada, advirtió que tenía la suficiente lucidez como para entender que, al observarla, la estaba evaluando. A cambio, la teniente fijó su mirada en su rubio y acicalado acompañante. Tal vez fuese un poco más joven que la señora Saiz. Su actitud era complaciente y atenta, pero intuía en él cierta malevolencia. Una de esas personas que guardan ataques en cada una de sus educadas palabras, jugando con la ambigüedad de la falsa cortesía. El hombre comprendió que había llegado su turno.

—Yo soy Daniel Rocamora, el marido de Aratz... Tampoco quiero que pierdan el tiempo —declaró, tomándola de la mano y mostrando hacia ella una expresión de inquebrantable complicidad—, de modo que ya les aclaro que no tenía ningún motivo para dejar de acudir al Templo del Agua, más que el de acompañar a mi mujer a visitar las cuevas de Puente Viesgo. Lo cierto es que yo sí que decidí acompañarla en el último minuto, porque de entrada estaba previsto que todos acudiésemos al Templo del Agua, pero entenderá que finalmente prefiriese estar con mi mujer y no con un montón de desconocidos.

—Estaba su suegro.

—¿Qué? Oh, pero... Él atendía a sus socios del BNI, y yo ya había pasado la jornada anterior con ellos; no creo que sea tan raro que prefiera estar con mi mujer, y creo que no tengo por qué dar más explicaciones.

—¿Y qué cuevas visitaron, si puede saberse? —preguntó Sabadelle en tono suspicaz. De pronto, pareció darse cuenta de que había interrumpido a su superior. No es que fuese algo extraño en él desacatar el respeto debido según las jerarquías dentro del cuerpo, pero desde que había sido padre su cansancio era tan extremo que sus filtros habituales parecían haberse diluido. Se dirigió a Valentina y procuró ofrecer un tono compungido en la disculpa.

—Estaba... Estaba pensando en alto.

El señor Garrido intervino, molesto.

—Resulta evidente que dudan de nuestra palabra, ya que tienen que verificar cada uno de nuestros pasos. En cualquier caso —aclaró, frenando con un gesto a Valentina, que había hecho ademán de hablar—, y aunque ya les adelanto que por mi parte yo tenía claro desde ayer que prefería visitar las cuevas que ponerme a remojo, podrán comprobar la reserva y la visita a la Cueva de las Monedas esta misma mañana, de diez y media a once y media, con guía y con tres turistas japoneses que vinieron en el grupo. Creo que hicimos hasta fotografías, ¿no, Daniel?

El marido de Aratz Saiz, solícito, se apresuró a sacar su teléfono móvil del bolsillo.

—¡Es cierto! Aquí tienen... Las imágenes y el correo electrónico de confirmación de la reserva.

Riveiro se acercó a examinar el material que Daniel Rocamora le mostraba, y asintió haciéndole una señal a Valentina. Parecía que decía la verdad, y desde luego ninguno de aquellos tres supervivientes podía haber estado al mismo tiempo en la cueva y en el Templo del Agua. Su coartada era impecable. De todos modos, comprobarían y contrastarían cada uno de aquellos datos de forma discreta, pues cualquier otro tipo de insinuación por parte de Sabadelle en aquellos momentos sería considerada, sin duda alguna, como un ataque y un insulto.

De pronto, la puerta del salón privado se abrió de golpe y apareció tras ella el cabo Roberto Camargo, otro de los agentes del equipo de Valentina, especialmente apreciado por su trabajo meticuloso, a pesar de su juventud. No tenía ni treinta años, pero su cabello oscuro comenzaba a peinar canas y su gesto solía ser serio y concentrado.

—¡Camargo! —exclamó Valentina, sorprendida; conocía bien al cabo, y una entrada así solo podía obedecer a un hecho importante—. ¿Qué sucede?

—Teniente, me dijeron que estaba aquí... Perdón... Por favor, ¿puede salir?

Valentina miró primero a Riveiro y después a Sabadelle. Hizo una señal a ambos para que la siguiesen, disculpándose con los tres supervivientes y rogándoles que descansasen, que después volverían a hablar con ellos. Cuando cerró la puerta tras de sí, se alejaron unos metros, pues el cabo apremiaba, con sus gestos, la búsqueda de un espacio que les ofreciese discreción y confidencialidad.

—Camargo, ¿qué pasa?

—Ya están aquí los de la UME.

—¿En serio? Qué rápidos.

—Sí, parece que en realidad estaban bastante cerca por una sesión de entrenamiento que... En fin —añadió, interrumpiéndose a sí mismo—, hasta han traído el camión ese que es como un laboratorio...

El cabo paró de hablar y pareció dudar, inquieto. Valentina puso la mano sobre su hombro en un gesto de apoyo.

—¿Qué pasa, Camargo?

—Los de la UME han visto las mediciones de los bomberos y las que ha hecho el compañero que llegó primero, su avanzadilla, vamos, y están prácticamente seguros de que se trata de gas sarín mezclado con otros componentes.

Sonó un chasquido de la lengua de Sabadelle, que no pudo contener un exabrupto:

—Hostia puta, pero ¿cómo va a ser gas sarín? ¿Quiénes nos atacan?, ¿los sirios?, ¿los rusos?

Valentina no daba crédito. Si aquello era cierto, no les iba nada mal que la UME estuviese allí. A fin de cuentas, su personal pertenecía a las Fuerzas Armadas y la mayoría provenían del Ejército de Tierra. Si las dimensiones de aquel asunto eran tan gruesas, tampoco le cabía duda de que le retirarían el caso, aunque finalmente hubiese provocado —de momento— solo cuatro muertos.

—Es posible que hayan hecho algo parecido a lo de Tokio —sugirió Riveiro, muy serio.

—¡Es verdad, el atentado del metro! —concordó Sabadelle, que era el único que también estaba al día con aquellos cursos de NRBQ—. ¿En qué año fue? A finales de los noventa, eso seguro —se contestó a sí mismo, para al instante volver a dirigirse a Riveiro—. Qué quieres decir, ¿que puede haber sido una secta? —le preguntó, ya que aquel ataque había sido perpetrado por un grupo religioso radical.

—No, no me refería a eso... En el curso nos explicaron por qué en aquel atentado el gas sí tenía olor, y antes ya nos lo apuntó el médico de Valdecilla... Habían mezclado el gas con varios compuestos para que retardasen sus efectos.

—¿Y por qué iban a querer que hubiese un efecto retardado? —cuestionó el cabo Camargo, intrigado. Valentina volvió a ponerse en jarras, que últimamente parecía su posición preferida para reflexionar. Asintió al instante, porque ya lo había comprendido.

—Un efecto retardado para poder huir, ¿no?

—Exacto. Si hubiera respirado el vapor puro del tóxico, ni siquiera el criminal que hubiese manipulado la caja habría tenido tiempo para escapar.

—¡Es que el sarín es como un puto insecticida para humanos, teniente! —exclamó Sabadelle, que parecía encantado de tener una información que a ella se le escapaba—. Un arma masiva y letal —concluyó con un tono grave que, sin pretenderlo, le quedó algo teatral.

Riveiro abrió su libreta y señaló directamente un nombre: Pedro Cardelús. ¿Habría sido él? ¿Una única persona podría haber urdido semejante masacre? ¿Con qué fin? El gas sarín había sido declarado arma de destrucción masiva por la ONU y su producción y almacenamiento eran ilegales desde principios de los noventa. Si ningún grupo terrorista reclamaba aquel atentado, ¿a qué clase de demonio se estaban enfrentando?

4

> El ambiente influye mucho en el delito, te lo aseguro.
>
> Fiódor Dostoyevski,
> *Crimen y castigo*, 1866

La vida es exigente. Hay quien considera que, si no quieres convertirte en una sombra que se limite a subsistir, debes apretarla y estar alerta. Sumergirte en sus sombras. Y eso fue lo que hicieron Valentina y su equipo aquella tarde: descender los escalones que llevaban al Templo del Agua para adentrarse en un espacio que ya nunca olvidarían. Lo más impresionante fue enfrentarse al silencio. El hilo musical ya no estaba en funcionamiento y la enorme piscina había cesado su incesante burbujeo, pero ni la música ni el baile del agua habrían sido más poderosos que aquella sólida quietud. Valentina había vivido esa situación alguna vez, cuando había accedido al escenario de algún crimen múltiple. No era habitual, pero cuando sucedía y llegaban las fuerzas del orden, algunas personas tenían la sensación de entrar en un lugar vedado y oscuro, como si caminasen dentro de una tumba.

Conformaban un grupo amplio y todos vestían

trajes de tyvek y mascarillas FFP3, a pesar de que los del SEDEX y la UME ya habían desinfectado la zona y de que se suponía que no corrían ningún riesgo, pues de lo contrario no podrían haber accedido al recinto. El GIETMA —Grupo de Intervención de Emergencias Tecnológicas y Medioambientales de la UME— había confirmado con sus mediciones que ya no había peligro, aunque debían evitar tocar los cuerpos, pues las ropas de los muertos eran también potencial fuente de contaminación. Solo el personal autorizado procedería al levantamiento y la extracción de las víctimas de forma inmediata, para despejar la zona y volver a limpiarla, aunque lo cierto era que únicamente los cadáveres afectados por compuestos radiactivos —y no tóxicos— requerían un tratamiento especial. El agua de la piscina también había sido examinada, y no parecía tampoco suponer riesgo alguno para la salud. Pareciera que, con retirar aquella ponzoñosa y diminuta caja del complejo, se hubiese limpiado el aire de golpe.

Varios guardias abrían paso, y a la cabeza del equipo forense estaba Clara Múgica, que a sus cincuenta años largos albergaba en su modesta estatura todo un mundo de experiencia. La seguía la joven forense Almudena Cardona y, a su lado, caminaban expertos de la policía científica y de la UME. Tras ellos, el diminuto juez Marín y el secretario judicial; Valentina, Riveiro, Sabadelle y el propio capitán Caruso se aproximaban con cautela y observaban un escenario lleno de contrastes. La luz de la tarde se colaba por los tragaluces y los amplios ventanales, que ofrecían cuidada y exuberante naturaleza al otro lado, en el exterior. Una puerta abierta por completo daba acceso a un jacuzzi al aire libre, del que también los responsables del balneario habían detenido su incansable gorgoteo. Dentro, el agua de la gran piscina —que al fondo era cruzada por un romántico puente, tras el que se elevaba otro agradable espacio de agua— ofrecía un baile de reflejos que invitaba a soñar. Sin embargo, cuatro cadáveres rompían de forma dramática aquella bonita postal ideada para el descanso.

Uno de los cuerpos parecía haber sido sacado del agua, como atestiguaban su postura y los restos de material médico que había a su lado y con el que, sin duda, habían intentado reanimarlo. Los otros tres cadáveres yacían en distintas posturas y bastante próximos entre sí. Uno de los miembros de la policía científica señaló a los demás que justo allí se había encontrado el paquete con el tóxico, e indicó al grupo que intentase caminar por los dos pasillos de tránsito que habían habilitado; así evitarían destruir pruebas, aunque con la avalancha de bomberos que había accedido al complejo el asunto se presentaba complicado.

Uno de los cadáveres estaba dispuesto en posición fetal; era un hombre corpulento y, al observarlo en aquella postura, parecía que invadiesen la intimidad de un adulto descansando en su dormitorio. Otro, identificado como el señor Borrás, tenía en la comisura de los labios y en la mandíbula restos de una especie de espuma blanquecina, que por segundos parecía tornarse más oscura y gris.

El cuerpo más impresionante, sin duda alguna, era el de Iñaki Saiz, el padre de Aratz. Yacía retorcido en el suelo, vestido todavía con el albornoz níveo del balneario y con el obligatorio gorro blanco y azul para acceder a la piscina. En su rostro se reflejaba una expresión de puro terror y miedo, de angustia. Tal vez aquel rictus fuese el reflejo de un dolor muy intenso, pero Valentina sabía que, al morir, se relajaban los músculos del cuerpo y se borraban las expresiones del rostro, por lo que los cadáveres se volvían seres inanimados e inexpresivos. No obstante, Iñaki Saiz no seguía la pauta habitual; sus ojos estaban abiertos con desmesura y su mirada se había quedado perdida mirando algún punto indefinido del techo. Tenía la boca abierta y mostraba una dentadura postiza perfecta, que sin duda debía de haber sido muy cara. El rostro, en definitiva, se encontraba como congelado en un semblante terrorífico y amargo, como si quisiese contarle al mundo la atrocidad que había sufrido en vida. La imagen resultaba realmente impresionante. Incluso los miembros del equipo del GIETMA parecían algo sobrecogidos ante la estampa, pues lo cierto era que no solían encontrarse escenas como aquella y que en la UME lo más habitual era enfrentarse a los resultados de inundaciones, incendios forestales y emergencias por tormentas.

Clara Múgica, la forense, se detuvo frente a Iñaki Saiz. Se agachó y, sin tocarlo, lo observó detenidamente. Sabía que debía buscar la verdad con desapego clínico, pero el gesto aterrorizado de aquel cadáver la había estremecido. Ella —que había heredado una considerable fortuna no hacía demasiado tiempo— podía permitirse no trabajar, pero encontrar casos como aquel hacía que, aún después de tantos años, mantuviese su curiosidad y fascinación por la naturaleza humana. Clara había ido a Puente Viesgo preparada para asistir a una catástrofe de grandes dimensiones y, en concreto, para una ardua tarea de identificación: tras las muertes traumáticas —y también en aquellas en que el cuerpo había sido encontrado bajo el agua—, los muertos resultaban a menudo difíciles de reconocer para quienes los habían visto como sujetos animados. Sin embargo, la lista de cadáveres se había reducido solo a cuatro, y no parecía que fuese necesario realizar las tareas identificativas que había ido imaginando de camino al balneario. Ahora todo era más fácil con las pruebas de ADN, pero recordaba que en sus inicios como forense, en un accidente de tren, habían tenido que arreglarse con huellas dactilares y registros dentales.

—Es impresionante —se atrevió a decir Almudena Cardona, la forense más joven, que había recogido su cabello rubio con cuidado bajo el traje, y que ahora arrugaba el ceño con estupor.

Observaba el rostro de Iñaki Saiz sin poder apartar la mirada. Había estudiado ese fenómeno durante la carrera, pero en la práctica nunca lo había visto. Clara comprendió que el comentario iba en realidad dirigido hacia ella y salió de su ensimismamiento.

—Sí, desde luego es poco habitual —reconoció—, y el espasmo cadavérico siempre resulta un poco impresionante.

Valentina se aproximó.

—¿Y por qué sucede?

—¿El espasmo? —preguntó Clara, que al instante se encogió de hombros, aunque con el traje de tyvek y la mascarilla no era tan fácil distinguir sus expresiones corporales—. No lo sé, es un hecho muy excepcional; yo solo lo he visto en una ocasión en toda mi vida profesional, tras el maltrato continuado a un niño, que se agudizó justo antes de morir.

Un niño. ¿Qué tendría el mal, que nos estremecía más cuando afectaba a los inocentes? Valentina respiró profundamente, aunque con la máscara el aire parecía limitado a bocanadas más discretas.

—Pero se supone que a este hombre no lo había maltratado nadie...

—Se supone.

—Creo recordar —interrumpió Cardona, concentrada— que el espasmo cadavérico reflejaba la fisonomía de la persona justo antes del momento de morir, y había una teoría para cuando las livideces cadavéricas se quedaban fijas, pero aplicándola a la visión.

Clara suspiró.

—A ver.

—No digo que crea en ello, pero a finales del siglo XIX la optografía llegó a considerarse una realidad científica...

Clara se levantó y miró a su compañera. A pesar de la máscara, Valentina pudo adivinar en ella una discretísima sonrisa.

—Cardona, la osadía de tus ideas a veces resulta muy práctica, pero veo por dónde vas y creo que no. Y no existe vínculo entre la optografía y el espasmo cadavérico.

—Lo sé, ¡lo sé! Pero ¿te lo imaginas? ¡Que el pánico hubiese quedado fijado no solo en la cara de este hombre, sino también en su retina!

Valentina perdió la paciencia.

—¿Se puede saber de qué estáis hablando?

—Nada —negó Clara Múgica con la mano, restando importancia al comentario de su compañera—. En el siglo XIX se llegó a creer en la existencia de optogramas, que se supone que registraban la última imagen que había visto el fallecido.

—Ah, joder. ¿Y de dónde se supone que se sacaba esa maravilla?

—De la retina, tras una complicada manipulación.

—Ya... Y eso... Nunca dio ningún resultado, imagino.

—No creas. Algo hubo, pero había que quitar los ojos enseguida al cadáver y el proceso era muy complejo. En todo caso —y aquí Clara se dirigió de nuevo hacia Cardona—, creo que no, que ni el rostro ni los ojos de este pobre hombre nos van a revelar nada de su asesino, que no es otro que un agente químico.

—Además —añadió Sabadelle, que por una vez había estado escuchando sin hacerse notar—, este tipo no miraba a nadie. ¿No lo veis?

El grupo siguió con la mirada hacia donde señalaba el subteniente, que era hacia una de las cuatro enormes claraboyas del techo del Templo del Agua. En efecto, al otro lado solo podía verse un cielo azul y limpio cruzado por el grácil vuelo de un pájaro.

Los cuerpos fueron retirados con el consentimiento del joven juez Marín, que por una vez había dejado de lado sus bromas y comentarios sardónicos, abrumado ante aquel espectáculo de la muerte. Valentina, al menos, no le escuchó decir ni una palabra más allá de lo previsible y protocolario. Aquel caso resultaba extraño e inquietante. Ningún argumento justificaba el asesinato, pero, si no había ningún motivo, ninguna rencilla ni venganza que resolver, ¿por qué morir? ¿Por qué habían atacado a aquellas personas de forma indiscriminada y aleatoria?

Trasladaron los cadáveres al servicio de patología del Instituto de Medicina Legal, que ya había habilitado un espacio razonablemente aislado para recibirlos y realizar las autopsias. Ahora, Valentina y su equipo —con el capitán Caruso presente— estudiaban los vídeos de la masacre en el despacho del director comercial y de marketing del Gran Hotel, Adolfo Bedia. Era un hombre alto y elegante, de cabello cano y piel bronceada, que ahora se inclinaba con gesto preocupado y nervioso ante la gran pantalla de su ordenador, que se dividía en cuatro cuadrículas: una por cada cámara del interior del Templo del Agua.

Se veían las escenas en blanco y negro y su calidad era bastante buena, pero la distancia desde donde habían sido tomadas las imágenes dificultaba reconocer los rostros de los protagonistas. Pudieron ver cómo el grupo accedía al complejo termal dirigido por un hombre moreno, con barba y gafas, que llevaba una camiseta azul en la que se leía «El Templo del Agua»; parecía explicar brevemente la forma en que se debía acceder a la piscina y el recorrido acuático que se podía realizar en ella. En un punto, Valentina ordenó detener el visionado y retomarlo solo cinco segundos atrás.

—¿Puede hacerlo solo con esta cámara? Sí, la número tres —le indicó al señor Bedia, que ejecutaba cada indicación con tensión contenida, como si al tiempo de intentar colaborar con la Policía Judicial estuviese ya calculando la dimensión y el alcance que iban a tener aquellos horribles hechos para el balneario.

Valentina, ajena a los potenciales problemas de imagen del complejo termal, continuó concentrada en cada fotograma que pasaba ante sus ojos.

—Ahí, ¿veis? Está señalando el paquete.

—Es cierto —corroboró Riveiro, que apretaba los ojos como si así agudizase la mirada.

—Qué cabrón —murmuró Sabadelle, que concluyó el exabrupto con un chasquido de su lengua.

—El máximum de la desfachatez —añadió Caruso—; ¡les estaba explicando el regalo que les había dejado!

—Entonces —siguió Riveiro, que miraba ahora su

inseparable libreta de notas— Pedro Cardelús sí sabía que estaba ahí el paquete, aunque todavía no hayamos podido verificar que lo pusiese él.

—Pero, pero... —El señor Bedia interrumpió las elucubraciones que comenzaban a gestarse en el despacho, aunque después se quedó callado.

Valentina lo miró con curiosidad. Juraría que el director comercial estaba sudando.

—Diga, siéntase en confianza. Estamos aquí para ayudar.

—Yo... Es que estoy casi seguro de que ese hombre no es Cardelús.

—¿No?

Valentina, extrañada, miró primero la pantalla y después la imagen que ya tenían de Pedro Cardelús, tanto de la documentación de que disponía la Guardia Civil como de la ficha de empleado del balneario. Un hombre de treinta y seis años, mediana estatura, cabello negro abundante y gafas de montura metálica, labios finos y barba con un volumen más grueso de lo habitual, pero no tanto como para llamar la atención. Complexión delgada y poco musculosa. No parecía haber gran diferencia entre el hombre que se veía en la pantalla y el que figuraba en la base de datos.

—Piense en la distancia desde la que han sido tomadas las imágenes y en que disponemos del material en blanco y ne...

—No, no —la interrumpió Bedia, que parecía haber recuperado su aplomo—, no lo digo por lo que veo, sino por el movimiento.

Valentina alzó las cejas y mantuvo el gesto serio hacia Bedia, requiriéndole más detalle en la explicación. El hombre volvió a activar las imágenes unos segundos atrás, cuando se veía a Cardelús entrando con el grupo. Asintió, como si con aquella última visualización su convencimiento ya fuese definitivo.

—Sí, estoy seguro. El Cardelús de las imágenes no cojea, y el que yo conozco tiene una suave renquera en la pierna izquierda. A veces apenas se le nota, pero cuando está quieto apoya las piernas de una forma muy particular, así... —explicó, adoptando una postura en la que apoyaba todo su peso en una pierna y la otra la dejaba relajada.

Valentina miró a Riveiro y después a Caruso. Resultaba posible que aquel director comercial tuviese razón, pero lo cierto era que había visto a Cardelús solo unos segundos en pantalla y que la imagen tampoco era extraordinariamente cercana ni nítida. La teniente tomó aire y, volviendo a mirar a su capitán como si le solicitase conformidad, continuó con el visionado de los vídeos.

—Señor Bedia, fíjese bien en los movimientos de Cardelús y, si ve alguna otra cosa que le llame la atención, no dude en decírnoslo.

El hombre se limitó a asentir, y a Valentina le pareció por su gesto que estaba sobrepasado, como si la experiencia vivida por la mañana hubiese saturado sus sentidos. En silencio, y como si no hubiese nada en el mundo más importante que las grabaciones que había en ese ordenador, continuaron viendo las imágenes, en las que Pedro Cardelús terminó de dar explicaciones y desapareció del marco que recogían las cámaras. Salió del ángulo de visión y, por lo que pudieron comprobar después, tras aquel instante no regresó más al Templo del Agua. Lo curioso era que había salido al exterior justo por donde estaba el jacuzzi al aire libre; también allí había una cámara de control, pero se dirigía precisamente al jacuzzi y no al jardín por donde se había escurrido el ahora sospechoso. Anotaron la hora: las 11.12 de la mañana. El empleado, en consecuencia, había estado apenas diez minutos con las víctimas y había huido en una franja de tiempo inmediatamente posterior.

Tras la marcha de Cardelús, en los vídeos podía verse al grupo disfrutar de la experiencia de estar en aquel paraíso acuático. Un joven rubio se inclinó sobre una de las tumbonas próximas a la piscina y cerró los ojos, como si fuese a descansar. Muy cerca, y próximo a la cajita con el tóxico, se encontraba Iñaki Saiz, que comentaba algo con otro hombre y parecía reírse. El resto del grupo comenzó a introducirse en la piscina, aunque algunos también optaron por sentarse en las tumbonas y en un banco alargado que había en un lateral de la piscina, que no era otra cosa que un asiento ergonómico y caliente, pensado para la más absoluta relajación.

—¿Soy yo o caminan un poco...? No sé, ¿no os parece que van a cámara lenta? —preguntó Riveiro, que observaba la pantalla con gesto de extrañeza.

—Sí, lo estaba pensando —confirmó Valentina, sin apartar la mirada del ordenador y recordando lo que le había dicho el capitán Caruso sobre las sospechas de los médicos de que las víctimas hubiesen sido sedadas; sin embargo, de momento le resultaba imposible saber si el equilibrio de aquellas personas podría haberse visto afectado por causa de los efectos inmediatos del gas.

En las imágenes, pudieron comprobar que Iñaki Saiz, sin deshacerse de su albornoz y sin ánimo aparente de entrar en la piscina, se dirigía de forma resuelta al paquete que había en suelo y lo abría con cierta dificultad, pues la tapa parecía estar sólidamente encajada. Pareció quedarse mirando el interior unos segundos, con más sorpresa que preocupación, y sacó un poco hacia fuera una especie de bolsa; aun en la distancia de las imágenes, se pudo apreciar la extraña manera en que arrugaba la nariz, como si algo lastimase su olfato. De pronto, parecieron fallarle las fuerzas y cayó de rodillas, diciendo algo que resultaba imposible de leer en sus labios. A su lado, un hombre y una mujer se aproximaron, y primero cayó ella: se desvaneció como si su cuerpo jamás hubiese tenido fuerza ni energía propios. Después llegó el turno del hombre calvo que habían visto en posición fetal, y que había sido identificado como Álvaro Costas; primero pareció sentarse en el suelo, y tardó muy poco en encogerse directamente sobre sí mismo. Otro hombre se retorcía muy cerca y ya por el suelo, como si le diesen calambres, y expulsaba unas cantidades increíbles de espuma por la boca. Lo reconocieron enseguida.

El joven de la tumbona, que Bedia identificó como Pau Saiz, sobrino de Iñaki, se levantó y, a los pocos segundos, pareció entornar los ojos mientras levantaba las manos, como si fuese un ciego que pretende palpar las paredes que lo rodean. Intentó acercarse un par de pasos hacia su tío y las personas que estaban a su lado, aunque las cámaras recogían el momento de forma parcial por culpa de las columnas. En todo caso, no llegó ni a tocarlos, pues giró sobre sí mismo mirando hacia las claraboyas del techo, en lo que parecía una búsqueda desesperada de claridad y de luz. Dio tres o cuatro pasos torpes, y de nuevo las columnas interrumpieron la visión de parte de sus gestos, aunque por la forma de inclinarse y de abrir la boca resultaba evidente que intentaba respirar de forma desesperada, sin conseguirlo. A Valentina le pareció un pez fuera del agua, a punto de asfixiarse. Vieron cómo, tropezando consigo mismo, se dirigía hacia la recepción del Templo del Agua, previsiblemente con la intención de pedir ayuda. Se agachó para intentar ayudar a una mujer, aunque no logró reanimarla. Después vieron que intentó dirigirse a la empleada que accedía a las instalaciones, pidiéndole con gestos que se alejase. Acto seguido, y a pesar de que ella ya lo había alcanzado e intentaba sostenerlo, el joven se desplomó. La mujer miró a su alrededor y pareció dudar mientras sostenía lo que parecía un pañuelo de papel sobre su rostro. Al instante, salió corriendo por donde había venido.

Después el grupo se quedó solo en aquel escenario. Algunos yacían sin conocimiento en las tumbonas, en el banco o sobre el suelo. Otros vaciaban la vida entre vómitos y espasmos. Pasaron dos minutos. Tres empleados del complejo —vestidos de forma similar a como iba uniformado Cardelús— entraron con simples mascarillas de papel y guantes, intentando rescatar a los afectados y sin entender realmente qué estaba sucediendo. Primero sacaron del agua a las cinco personas que todavía permanecían dentro de la piscina; dos de ellas estaban boca abajo, inermes ante aquel aire emponzoñado, que ya no habían vuelto a respirar. Les llevó bastante tiempo sacarlos del agua. Al terminar, las mascarillas parecían no tener ya efecto de protección alguno, y cuando uno de los empleados salió de la piscina, en sus pasos se adivinaba claramente un profundo mareo y malestar.

—Oh, ¿ese de ahí no es usted? —le preguntó Valentina al señor Bedia, viendo que accedían cuatro personas más al complejo; por sus ropas, se notaba claramente que se trataba ya de personal del hotel, y no del Templo del Agua.

—Sí —confirmó el aludido, que cada vez sudaba más—, nos avisaron y fuimos corriendo. Aguantamos ahí dentro solo unos minutos —reconoció, como si lo hubiesen vencido en una batalla—, y más tarde, cuando terminó todo, los militares nos dijeron que nos duchásemos y nos cambiásemos de ropa —añadió, señalando su propio traje, que daba a entender que estaba limpio.

Valentina se limitó a asentir y continuó mirando la pantalla. En efecto, tanto Bedia como otros dos hombres y una mujer, ataviados con lo que parecían unos elegantes uniformes de recepcionista, arrastraban e incluso intentaban cargar sobre sus hombros los cuerpos para sacarlos del Templo del Agua, mientras que los empleados que habían accedido en un primer instante ya se retiraban y llegaban otro par de apoyos, en este caso femeninos. Una de las mujeres se acercó a donde estaba la caja con el tóxico, y su sola proximidad le generó un rechazo evidente, pues se llevó las manos al rostro. Lo que había en aquel pequeño paquete, que en la distancia parecía inofensiva cera líquida, tenía que ser muy potente, pues ni siquiera el hecho de que estuviese abierta de par en par la puerta que daba acceso al jacuzzi exterior parecía aliviar el peso venenoso del aire.

—En ese momento es cuando me doy cuenta —explicó Bedia, señalándose a sí mismo en el vídeo— de que todo provenía de ese recipiente.

—¿Y adónde pudo dirigirse el sospechoso cuando salió al exterior por esa puerta, la que da al jacuzzi al aire libre?

—¿Adónde? Pues... No sé, solo a esa zona, porque si subiese por el jardín hacia arriba daría con la piscina del hotel, que está vallada... Aunque —dudó, pensativo— desde ahí no creo que suponga un esfuerzo especial saltar la cerca, es de poca altura.

—¿Y si el sospechoso bajase por el césped? ¿Qué encontraría, más vallas?

—No, no... Ahí está el viejo balneario, y si se desciende... Bueno, es bastante empinado, pero se va a dar al río.

—Empinado pero transitable, ¿no?

—Sí, supongo.

—Y una zona sin cámaras —completó Valentina, mirando a Riveiro, que hizo anotaciones en su libreta.

Continuaron visionando las imágenes y, en efecto, pudieron comprobar en el vídeo cómo Bedia, al identificar la fuente ponzoñosa, señalaba a su compañera que se alejase; con el gesto, todos hicieron lo propio, arrastrando solo hacia la salida los cuerpos más próximos a ellos mismos y que les parecía que todavía respiraban. En escena solo quedaron los cuatro cadáveres que ya había podido ver en directo Valentina.

Transcurrieron, según el reloj de las grabaciones, doce minutos hasta que apareció el primer bombero en escena. A partir de ahí fue todo mucho más rápido. Pudieron observar, ya más por curiosidad que porque las imágenes fuesen a revelarles algo, cómo retiraban con sumo cuidado y en un recipiente especial el diminuto paquete que había fulminado a aquellas personas con su sola proximidad.

Valentina dejó de mirar el ordenador y se centró en Adolfo Bedia. No tenía buen aspecto, y además de sudar de forma exagerada se estaba poniendo muy pálido.

—¿Se encuentra bien? Creo que debería verlo un médico.

Bedia negó con un gesto ligero de la mano, que pretendía ser despreocupado.

—No, no... Son los nervios. Ya estuve antes con un chico de emergencias. Tengo solo las pupilas un poco dilatadas, nada más.

—Pues yo creo que deberían volver a examinarlo, señor Bedia —replicó Valentina, obligándolo a sentarse en una silla, a pesar de sus quejas.

—De verdad, es solo la impresión. En un momento se me pasa.

—Ya —se limitó a decir ella, en tono descreído.

Después lo estudió con interés. Todavía no había secuenciado con detalle los hechos, pero nadie mejor que el director comercial para aclarar qué demonios había sucedido en aquel supuesto templo del cuidado físico y del bienestar.

Valentina se aproximó a su objetivo, pues eran tantas las preguntas que se atropellaban en la cabeza que necesitaba, al menos, ir clarificando algunas respuestas.

—Señor Bedia... Sabemos que cerraron el Templo del Agua para este grupo durante dos horas, pero imagino que esto no sería habitual...

—Oh, no, fue algo excepcional. Esta es solo la tercera vez que lo hacemos, y algo así solo lo puede autorizar la dirección. Ya les dije a sus compañeros que la directora del hotel se encuentra ahora en Madrid, pero viene de camino y podrá confirmarles todo.

—Sí, no se preocupe. Nadie duda de su palabra —le aclaró, pues a cada segundo le parecía que estaba más alterado—. Entonces, el horario habitual del Templo del Ag...

—Es de nueve de la mañana a nueve de la noche todos los días de la semana —apuró él como respuesta—, y cada usuario dispone de dos horas para realizar el circuito termolúdico.

—Aah... Por eso —intervino Riveiro, que ya hacía anotaciones de nuevo en su libreta— les dieron el horario de once a una, porque así ya habrían terminado los que iban de nueve a once, ¿no?

—Exacto. Ya les digo que no es habitual, pero se cerró como un servicio exclusivo en unas condiciones que lo compensaban.

—Entiendo —asintió Valentina, que ya imaginaba el exagerado importe económico que habría costado aquella *exclusividad*—. ¿Y quién cerró las condiciones, usted?

—Sí, yo mismo. Soy el responsable comercial, de marketing y relaciones institucionales. Lo hablé todo con la señora Saiz.

—¿Aratz Saiz?

—Sí, la hija de uno de los fallecidos. Fue su secretaria la que cerró los detalles personalizados que ella deseaba. Ya saben... Cava de bienvenida, cesta de frutas en la habitación... Esa clase de cosas. Pero lo demás lo hablé con ella, que ya nos conocía y sabía cómo funciona el balneario.

—Justo eso le iba a preguntar... Ya me imagino que tienen ustedes una reputación fantástica, pero me sorprende que tantas empresas de distinto origen vengan a reunirse aquí precisamente. ¿Quiénes conocían el balneario, solo los Saiz?

El señor Bedia se encogió de hombros, en un gesto que a Valentina le pareció expresar falsa modestia.

—Supongo que la fama de nuestros tratamientos y la calidad de las instalaciones es bien conocida, aunque don Iñaki venía una vez al año, por su cumpleaños; me dijeron que era una tradición que tenía con su mujer, y que la ha mantenido después de quedarse viudo... Pero quienes vienen con frecuencia son Aratz Saiz y su marido.

—Daniel Rocamora —dijo Riveiro, al tiempo que confirmaba el dato revisando su libreta.

—Sí, el señor Rocamora.

—Pero ella no puede acceder al Templo del Agua por temas médicos, tengo entendido...

—Bueno, que no sea recomendable en algunos casos no quiere decir que resulte perjudicial, aunque la señora Saiz suele venir a darse tratamientos con lodos marinos y baños carbónicos.

—Ah. ¿Y desde hace mucho tiempo?

—Pues... —Aquí Bedia dudó, y en su expresión mostraba que se esforzaba por hacer memoria—. Ya le digo que su familia viene todos los años desde hace mucho; ya eran clientes habituales antes de que yo me incorporase al balneario.

—¿Y eso fue...?

—Hace unos ocho años.

Valentina cruzó una mirada con Riveiro, que procedió a anotar el dato en su libreta. Después respiró profundamente, y tuvo la sensación de que se le escapaba algún detalle importante.

—Antes comentó que el hombre de los vídeos no le parecía Cardelús, que caminaba de forma extraña. Díganos, ¿cómo es Cardelús? ¿Hay algo de su personalidad que considere relevante?

El hombre, que cada vez estaba más pálido, se encogió de hombros.

—Pues... No sé. Es callado, pero muy educado con los clientes y hace su trabajo. Precisamente, fue la señora Saiz quien nos lo recomendó.

—No me diga. ¿Y eso?

—Oh, surgió casi por casualidad —explicó, restando importancia a aquella información, que de pronto, por la cara que había puesto Valentina, comprendió que podía ser muy relevante—; un fin de semana que estuvo aquí doña Aratz, coincidimos en el jardín y charlamos sobre su estancia en el hotel, y ella nos dijo que si precisábamos personal, sabía de un buen fisioterapeuta que se había quedado sin empleo en Bilbao, y al que seguro que no le importaba mudarse a Cantabria.

—Vaya. ¿Y quién se lo recomendó, la propia Aratz Saiz?

—Pues... Ya le digo, según recuerdo fue ella, y puede que también su marido. Sí, creo que los dos.

—¿Y no le resultó curiosa la recomendación? Me refiero a que la hija de un director de una empresa constructora interceda por un fisioterapeuta concreto.

—Oh, no. Todos los que pertenecen a algún tipo de BNI funcionan así, aunque sea con gente que no pertenece a su grupo. Saben que una recomendación después puede suponer otro contacto o intermediación a su favor.

—Ya veo —se limitó a comentar Valentina, que se dijo a sí misma que tendría que estudiar aquellos grupos lo antes posible—. Y... ¿Algo más? Me refiero a algo que considere importante sobre lo que ha sucedido aquí y que todavía no nos haya comentado.

—No, yo... Nada relevante. Hoy, desde el desayuno, el grupo podía escoger entre realizar tratamientos en el balneario o descansar antes de acceder al Templo del Agua. Se quedó con todos ellos a las 11 horas en la fuente termal del antiguo balneario, que está conectado con el Templo del Agua por ascensor y escaleras, lleva solo unos segundos...

—¿Y por qué quedaron ahí precisamente? —preguntó con tono suspicaz Sabadelle, que vio cómo Valentina le clavaba la mirada.

Una vez más, el subteniente interrumpía a un superior en plena toma de declaración, y lo hacía con aquel tono de detective televisivo al que no se le pasaba ni un detalle. A pesar del desacato, a Valentina la pregunta no le pareció desacertada, y miró a Bedia con gesto de interrogación.

—Bueno, era el punto intermedio más acertado tanto si decidían recibir tratamientos en la galería de baños, que está justo al lado de la fuente, bajando más escaleras, como si querían acudir directamente al Templo del Agua. Ahí podrían beber un poco del agua termal antes de iniciar el circuito.

—¿Beben el agua termal?

—Sí, claro... Tiene muchas indicaciones positivas para la salud.

—Así que bebieron agua antes de acceder al Templo.

—Sí, bueno... Se supone que sí. Fue lo acordado y es algo habitual. Claro que yo no los acompañaba durante el circuito.

—Los acompañaba Cardelús.

—Exacto. Y los que bajasen a la galería de baños serían tratados por el personal especializado según su caso.

—¿Y entretanto? Quiero decir, ¿solo estaba Cardelús pendiente del grupo?

—¿Cómo? Bueno, era un grupo pequeño y le correspondía en su turno, a primera hora ya le había tocado precisamente la galería de baños... Tenemos personal de limpieza y mantenimiento que constantemente se desplaza por el complejo, y el personal de la recepción del templo ya vio por las pantallas que pasaba algo raro y por eso una de las empleadas fue directamente a ver qué sucedía, pero comprenda que todo sucedió en cuestión de segundos y no hubo tiempo para...

—Lo entiendo, lo entiendo, por supuesto. Señor Bedia, esto no es culpa suya ni de la organización del balneario, nos hemos topado con un loco, o un terrorista, todavía tenemos que determinar a quién o a qué organización nos estamos enfrentando.

Adolfo Bedia asintió y respiró hondo, aunque por su gesto pareció que le había resultado más bien escaso el aire que habían recibido sus pulmones. Se puso en pie y se llevó la mano derecha al rostro.

—¿Por... por qué han apagado la luz?

Valentina y Riveiro se aproximaron hacia él y llegaron justo a tiempo para evitar que se desplomase en el suelo, pues ya se había desmayado. Cuando Sabadelle estaba saliendo por la puerta para avisar a uno de los médicos que todavía permanecían en el recinto, fue Camargo el que apareció corriendo en el despacho.

—¡Teniente! ¡Ha aparecido, lo tenemos!

Valentina comprendió al instante. Pedro Cardelús.

—¿Dónde está?

—¡En el sótano, en la galería de baños! Maniatado y un poco ido, pero vivo.

Y en solo tres segundos, que fue lo que tardó en encomendar la salud del señor Bedia a Sabadelle y a los guardias, ella, Riveiro y Caruso salieron corriendo hacia el sótano del viejo balneario.

5

> Todos nuestros pasos en esta vida se asemejan al recorrido de un reptil sobre la arena y trazan un surco.
>
> ALEXANDRE DUMAS,
> *El conde de Montecristo*, 1844

La urgencia de nuestros pasos, a veces, nos impide pensar con claridad. Sin embargo, mientras Valentina bajaba corriendo las escaleras, reorganizaba sus prioridades y pensamientos con rigor marcial. Si Pedro Cardelús estaba allí abajo, maniatado, ¿era inocente? ¿Quién era el culpable, entonces? Tenía que estar grabado por las cámaras, no solo cuando había dejado el paquete tóxico en el Templo del Agua, sino también cuando había accedido y salido del complejo. A medida que iban descendiendo, escalón tras escalón, Valentina sintió que se adentraba en otro tiempo, y le dio la impresión de que aquellos azulejos blancos de las paredes eran los originales del siglo XIX. Llegaron a un sótano cuyo ambiente recordaba de forma evidente la funcionalidad de un antiguo y elegante sanatorio. Se adentraron en pasillos de techo alto y en forma de arco de medio punto, donde el azulejado llegaba hasta por lo menos dos metros de altura. A cada lado del trayecto había una hilera de puertas, como si accediesen al pasillo de una cárcel y a ambos márgenes del camino hubiese multitud de celdas.

Las hechuras del lugar y hasta los carteles que numeraban las puertas parecían ser los originales, otorgando al espacio un ambiente decididamente decimonónico. Valentina detuvo su atención en dos rótulos algo gastados por el tiempo, de fondo azul marino y letras blancas, que rezaban Ducha a presión y Chorro a presión. Ante una de aquellas puertas, la más alejada, se encontraban dos guardias y uno de los técnicos de la UME. Los recibieron sin ceremonias: nada más verlos, se hicieron a un lado para que pudiesen acceder a aquel espacio. El capitán Caruso fue el primero en entrar, y lo siguieron el sargento Riveiro y Valentina. Era una sala rectangular y larga, llena de duchas dispuestas en fila a su izquierda. Cada ducha, con un sistema específico para lanzar a presión diversos chorros de agua, se cerraba con una simple cortina blanca. Frente a una de las duchas, en una silla de plástico, habían sentado al hasta ahora desaparecido Pedro Cardelús, que era atendido por dos médicos; junto a ellos, la extraña postal se completaba con otro guardia y un técnico de la policía científica. Cardelús estaba desnudo de cintura para arriba y parecía desorientado. Uno de los médicos miró al capitán Caruso con gesto inquisitivo.

—¿Está usted al mando?

El capitán asintió, y el médico señaló con un suave movimiento de su barbilla a aquel hombre de aspecto agotado que reposaba en la silla. A Valentina no le pasó desapercibido el hecho de que no llevase gafas. ¿Tal vez se las hubiese quitado el agresor, junto con la camiseta, para completar su disfraz?

—El señor Cardelús está bien, pero lo llevaremos al hospital para hacerle algunas pruebas.

—Pero ¿qué le han hecho? —preguntó el capitán, sin apartar sus ojos del hombre, que miraba a su alrededor como si no entendiese nada. En el lado derecho de su cara destacaba una marca roja muy notable, que parecía cambiar de color por momentos, y las manos todavía las tenía atadas.

—Parece que lo han drogado, pero ha recuperado la consciencia, no presenta contusiones graves y ahora mismo sus constantes vitales entran dentro de la normalidad. En cualquier caso tenemos que llevárnoslo cuanto antes para...

—Sí, sí, pero podemos hacerle unas preguntas antes, ¿no? ¿Y por qué sigue maniatado?

—Ah, eso.

El médico miró, justificándose, al técnico de la policía científica, que llevaba una cámara en la mano.

—Creo que tienen que sacar alguna foto antes de que intervengamos.

Caruso asintió. La forma en que hubiese sido hecho aquel nudo, e incluso el material de la correa con la que Cardelús hubiese sido atado podían resultar fundamentales. Sin embargo, al bajar la mirada el capitán comprobó que era una cuerda corriente la que unía las dos manos. Probablemente no podrían sacar gran información del detalle, aunque llamaba la atención lo tosco del nudo y lo poco apretado que estaba. ¿Acaso se lo habían puesto con tantas prisas que estaba mal hecho sin querer? A Valentina le pareció que hasta un niño podría escapar de un nudo tan simple.

—Dígame, ¿qué ha pasado? —le preguntó Caruso al fisioterapeuta en un tono elevado, casi gritando. Por alguna deducción inexplicable, había supuesto que el hombre, tras haber sido drogado, también había perdido parte de su audición.

Cardelús meneó la cabeza y se miró las manos, que tras la toma de fotografías ya habían comenzado a ser liberadas por un guardia. Su cabello y su barba brillaban con una especie de sudor nervioso.

—No... No lo sé. El paciente se quejó de que el agua estaba mala y me pidió que la probase.

—¿El agua? ¿Qué agua?

—La de la fuente, la del manantial que tenemos justo antes de bajar a estas cabinas.

—La fuente —repitió Valentina, que de inmediato comprendió que se refería a la misma de la que habían bebido las víctimas del gas sarín.

—Bien... —prosiguió el capitán Caruso—. Visto cómo ha terminado el cuento, ya suponemos que bebió usted. ¿Notó algo extraño, un sabor inusual?

—La verdad, yo... No, no especialmente.

—Bien, ¿y qué pasó después?

—Pues... Bajamos a esta galería, accedimos a uno de los baños a presión y preparé todo para el tratamiento... Pero no sé qué sucedió, de pronto se me volvió todo oscuro en la cabeza. Creo que me di un golpe o alguien me cogió por detrás. No... No lo recuerdo. Me he despertado hace un rato, dentro de una de estas duchas, cuando un guardia —explicó, señalando a uno de los que estaban en la puerta— me ha llamado por mi nombre. No sé si ya estaba despierto, en realidad.

—Llevaba cinta americana en la boca, capitán —explicó el aludido, que mostró la cinta ya dentro de una bolsa plástica.

Posiblemente ese detalle explicase la marca roja en el rostro del hombre. Valentina observó al guardia con agradable sorpresa: no se había dejado llevar por los acontecimientos y había preservado la prueba de forma eficiente, aunque dudaba mucho de que pudiesen encontrar huellas dactilares en la cinta. Quien había hecho aquello era un profesional. Pero ¿por qué se había molestado en dejar a Cardelús con vida si unos minutos más tarde iba a perpetrar un atentado indiscriminado? ¿Qué criterios morales y qué patrón seguía el asesino? ¿Y por qué dejaba con vida a alguien que le había visto el rostro?

El capitán Caruso no se detuvo en cavilaciones, pues lo más importante del asunto era, en efecto, que el fisioterapeuta sí había visto al asesino.

—¿Puede describir al agresor?

Cardelús volvió a mover la cabeza, esta vez en gesto de negación, quizás más por su aparente desorientación que porque no fuese capaz de apuntar las características de quien lo había atacado.

—¿Han visto unas gafas?

—No, lo siento —negó Caruso, que interrogó con la mirada a los guardias; estos, negaron con el gesto a su vez—. Las buscaremos. Disculpe la insistencia, pero es importante... ¿Puede describir al agresor?

—No sabría decirle. De treinta y pico, no creo que más de cuarenta años. No quise mirarlo mucho.

—¿No quiso? —El capitán mostró abiertamente su perplejidad—. ¿Por algún motivo en especial?

—Tenía... Tenía la mitad del rostro quemado. Una de las cejas estaba como derretida sobre la cara... Solo lo vi con el albornoz puesto, parecía tener algo de sobrepeso. Llevaba el gorro de piscina, pero creo que debía de ser rubio, porque las cejas eran claras. O castañas. No estoy seguro.

—Y entonces —intervino Valentina, concentrada—, antes de bajar al tratamiento, el paciente le pidió que probase el agua de la fuente porque le sabía rara.

Cardelús asintió.

—Dijo que había venido muchas veces y que nunca le había sabido así.

—¿Recuerda su nombre?

—Tiene que haberse registrado en la recepción —explicó el hombre, llevándose la mano a la cabeza como si le doliese, aunque no aparentaba ningún daño externo—, pero creo recordar que me dijo que se llamaba Alexander.

—Deberíamos llevárnoslo ya —interrumpió el médico, que acababa de tomar el pulso a Cardelús, todavía pálido.

—Sí, por supuesto —accedió Caruso, aunque resultaba evidente que aquel interrogatorio no había terminado en absoluto.

Valentina se dirigió al fisioterapeuta y le recordó que volverían a hablar y que debería comentarles cualquier nuevo detalle que pudiese recordar. Justo antes de salir del cuarto, Cardelús se giró brevemente y la miró con gesto cansado.

—Tenía acento sudamericano... Como de Venezuela o Colombia, de por ahí. Y la voz... Era grave, como si la tuviese rota.

Una voz rota y el rostro quemado. ¿Sería así la verdadera imagen del asesino, la de un alma marcada por el fuego? Cuando Pedro Cardelús salió del cuarto, sin necesidad de camilla pero ayudado por los médicos y los guardias, el técnico de la policía científica continuó trabajando sobre la ducha donde habían encontrado al fisioterapeuta. No parecía que por allí hubiese podido entrar ni salir nadie, las cabinas eran espacios cerrados o con ventanas muy altas y estrechas.

El capitán Caruso, Riveiro y Valentina subieron al descansillo donde se alzaba la famosa fuente. Se encontraba, en efecto, en el interior de la que había sido la antigua entrada del balneario, y ya la habían visto cuando antes habían bajado corriendo las escaleras. No parecía tener nada de especial. Una pila y un pie de mármol blanco, del tamaño de un lavabo corriente. Tres espejos sobre la pared donde se apoyaba y dos carteles que, en castellano y en inglés, explicaban que aquella era una fuente termal con indicaciones para el estreñimiento, la vesícula perezosa y la retención de líquidos.

No, nada parecía fuera de su sitio. El capitán Caruso se dirigió a Valentina:

—Teniente, este asunto es grave. El coronel jefe ya ha contactado con la UCO y vienen para aquí... Vamos a dejar todo pulidito, porque para empezar no sé por qué cojones hemos tardado tanto en encontrar a este —lamentó, señalando con la mirada hacia el pasillo por donde se había ido Cardelús con los médicos. Sin embargo, lo cierto era que, hasta que había llegado Valentina, solo se había dado orden de inspeccionar el Templo del Agua, pero no el viejo balneario ni el hotel. La teniente hizo caso omiso del comentario.

—Capitán, debemos ordenar el precinto de esta fuente de inmediato, y revisar con urgencia todo el metraje de las cámaras de seguridad... Ahora verificaremos los datos del paciente que atacó a Cardelús, aunque estoy segura de que dio un nombre falso.

—Y de que iba disfrazado, ¿no? —añadió Riveiro, que no había dejado de tomar notas.

—Eso seguro —afirmó Valentina, convencida—. Creo, de hecho, que se disfrazó dos veces. La primera para que Cardelús no pudiese describirlo y la segunda para que, ante las cámaras del Templo del Agua, los compañeros del fisioterapeuta creyesen que era él quien atendía al grupo. Pensemos que apenas estuvo diez minutos con ellos, después ya salió de escena y pudo huir antes de que se diese la voz de alarma.

—Lo del disfraz puede tener una causa más elaborada —aventuró Riveiro, pensativo—, porque el sospechoso sabía que no podía entrar con una apariencia similar a la de Cardelús, que ya estaba en el edificio, y no podía haber dos personas iguales... Pero tampoco podía entrar con su verdadera imagen, porque habría sido grabado por las cámaras y también podría haberlo descrito algún testigo —razonó, muy concentrado—; así que no le quedaba más remedio que entrar disfrazado con una imagen determinada y luego salir con la de Cardelús, porque si quería huir no iba a tener tiempo de cambiar de disfraz... Digo yo, ¿no?

Valentina se quedó con la boca entreabierta y, después, le dio una palmada en el hombro al sargento.

—Joder, ¡claro! El caso tenía que ser no mostrar nunca su verdadera apariencia, ¡y no podía entrar como Cardelús cuando el verdadero campaba ya a sus anchas por las instalaciones!

El capitán Caruso resopló, evidenciando su agobio.

—Joder, qué rebuscado todo, ¿no? ¿Qué necesidad? Podría haber cometido el atentado sin más. Si se quería cargar al grupo, podría haberles envenenado la comida o haber provocado un accidente del minibús o del vehículo de los cojones en que viajase esta gente...

El capitán volvió a resoplar, farfulló algo sobre adelantar su jubilación y se alejó unos metros para atender su teléfono, que no dejaba de sonar. Después cambió de dirección y tomó las escaleras para salir del balneario, informándolos de que iba a atender a sus superiores y a la prensa.

Valentina y Riveiro se quedaron solos y se miraron. En el rostro de ella se dibujó una mueca.

—Qué mal todo, ¿no?

—Si te refieres a que vengan los de la UCO, estaba cantado.

Ella esbozó un nuevo ademán de fastidio. La alusión a la Unidad Central Operativa no le había hecho mella, pues la esperaba. Un caso con cuatro muertos y gas sarín de por medio iba a requerir, sin duda, al órgano central de investigación del servicio de Policía Judicial, cuyo prestigio era enorme, incluso a nivel internacional.

—Me refiero a que, por una vez, Caruso tiene razón. Es todo muy rebuscado. Y muy evidente, también. Qué casualidad que Pedro Cardelús empezase a trabajar en el balneario por recomendación de Aratz Saiz, ¿no? Voy a pedir que el médico forense verifique su cojera.

—¿Por?

—¿No lo has pensado? ¿Y si es un cuento? ¿Y si ha sido él todo el tiempo? Puede tener un cómplice, pero la cuerda que tenía en las manos podría habérsela puesto él mismo tirando con los dientes. Ya viste que el nudo era testimonial, eso no habría sujetado ni a una mariposa.

—Pero si lo han drogado, aparecerá en los análisis de sangre.

—Pudo realizar toda la operación y drogarse él mismo después.

—¿Y qué sugieres? ¿Que Aratz Saiz quiso matar a su padre y a sus socios mientras ella se buscaba una coartada contratando a un fulano para que fingiese ser cojo durante medio año, pero que el tío luego va y, en el momento clave, se le olvida cojear? Si no llega a ser por Bedia, no habríamos visto ese detalle.

—Bedia podría ser un cómplice.

Riveiro alzó una ceja, evidenciando lo alocado de la propuesta.

—Vale. Todos en un complot para el que consiguen gas sarín, nada menos. Y metemos a Bedia en el ajo, que, por cierto, al pobre hombre lo hemos dejado desmayado y a saber cómo está... ¿Tú te escuchas?

—Ya, ya lo sé. No digo que haya sucedido eso, pero reconoce que suena particularmente casual lo de Cardelús y Aratz Saiz. Todo apunta a algún tipo de implicación —insistió ella, convencida. Después tomó aire y suspiró—. Ya sabes lo que tenemos que hacer ahora, ¿no?

El sargento esbozó una mueca.

—¿Además de revisar cada segundo de las grabaciones de seguridad?

—Sí, además de eso. Tuvieron que dejar el paquete con el tóxico en las dos horas previas a que entrase el grupo. Piensa que de nueve a once de la mañana el Templo del Agua estaba abierto.

—Sí, ya lo había pensado.

—Bien, pues ahora ya sabemos que, al menos en las cámaras, tenemos que buscar a un tipo en albornoz y con algo de sobrepeso con la cara medio quemada... Seguro que fue él quien dejó el paquete y luego fue a por su tratamiento en la galería de baños. ¡Qué bueno ese disfraz!

—¿Qué bueno? ¿Por qué? Con ese aspecto tuvo que llamar mucho la atención.

Ella se alejó de la fuente, dirigiéndose hacia los grandes ventanales que daban al río y deteniéndose ante una antigua y enorme báscula, que parecía casi un reloj de pared y en la que había una placa que rezaba Peso exacto mediante una moneda de 10 céntimos. Valentina observó la balanza sin verla, concentrada.

—Si muestras algo tan marcado en un disfraz, la gente se quedará con ese detalle. Con lo que quieras destacar. La cara quemada, la voz ronca. Dudo que Cardelús, si es inocente, sea capaz siquiera de recordar el color de los ojos de su agresor.

Riveiro resopló y cerró su libreta. ¿Qué más podía anotar allí ahora que no fuesen más que especulaciones?

—Pues espero que recuerde algo de interés, porque todavía tenemos que interrogar a las víctimas, ver de dónde coño ha podido salir el gas sarín, identificar al agresor y comprobar cómo ha huido y adónde...

—Y lo principal, Riveiro, ¡lo principal! —exclamó ella, volviéndose y mirándolo a los ojos. El sargento frunció el entrecejo con gesto de duda, aunque su expresión recobró enseguida el gesto de determinación.

—Te refieres a los beneficiarios.

—Exacto. ¿Quiénes eran los principales beneficiados por estas muertes? —preguntó ella, que al hacerlo se dirigía a sí misma—. Tenemos que estudiar a las víctimas. Averiguarlo todo sobre sus vidas. Hay mucho trabajo por delante.

Al instante, sonó el teléfono de Valentina. Era Oliver. Se apartó unos metros para contestar la llamada sin saber que su conversación le iba a dar una de las claves fundamentales para resolver aquel extrañísimo caso.

Qué difícil, qué imposible es elegir un amor. Oliver era consciente de que, en su vida, podría haber encaminado sus pasos hacia otras muchas opciones diferentes a Valentina. Opciones más tranquilas, sosegadas y tradicionales. Pero el latido salvaje llega cuando quiere y un día, de pronto, nos encontramos con el cerebro y el instinto enredados en las entretelas de otro corazón. Sentimos que ya solo esa singularísima elección es la única válida, como si un lenguaje antiguo, escrito en nuestra piel, nos revelase que cualquier otro camino sería una equivocación.

Ser pareja de Valentina suponía convivir con alguien que, con frecuencia, se encontraba en peligro. Oliver sostenía ahora el teléfono mientras no quitaba ojo del televisor. En la pantalla, un helicóptero sobrevolaba el balneario de Puente Viesgo y sus bosques, aunque a esas alturas, a punto de anochecer, el criminal que había perpetrado el horrible asesinato en masa ya debía de estar muy lejos. Los perros del Servicio Cinológico de la Guardia Civil acababan de llegar, y el lugar parecía una zona de guerra. Podía verse, también, un camión de la UME, que era de un sólido color verde militar con una sencilla V amarilla invertida, desde donde —según la periodista que informaba desde el mismísimo punto caliente de la noticia— una comandante farmacéutica dirigía a su equipo para que guardase restos biológicos y químicos que después gestionarían en su laboratorio. Al lado —y en esta ocasión según los rótulos sobre las imágenes—, una alargadísima tienda de campaña roja, que parecía dividirse en dos bloques más un pasillo intermedio, funcionaba como estación de descontaminación de material sensible.

—Amor, perdona que te llame, pero llevo horas sin saber de ti y estoy viendo todo el follón... Parece que estéis en Vietnam. ¿Cómo vas?

Ella suspiró.

—Imagínate, una fiesta.

—Pero lo del gas está controlado, ¿no?

—¿Cómo sabes lo del gas, lo ha dicho la prensa?

—Joder, cariño, llevan toda la tarde hablando de una fuga de gas y de varias muertes, y de que están verificando la intencionalidad del *escape*. Pero Michael y yo estamos seguros de que es un atentado, porque el despliegue con el ejército que tenéis ahí no es normal.

—Sabes que no puedo decirte nada.

—Lo sé... Pero el gas, o lo que sea, ¿lo tenéis controlado?

—Sí, por eso no te preocupes —lo tranquilizó ella, dibujando una sonrisa. No podía sacar a Oliver de su error, aclararle que el *escape de gas* no era lo que él creía, pero qué bueno era tener a alguien al otro lado pensando en ella. Ella, que solo era un saco de carne, huesos e ideas—. Estoy bien, de verdad, pero llegaré tarde. Van a venir hoy mismo los de la UCO y el tema es bastante grave... Te mando un mensaje cuando termine, ¿vale?

—Vale, pero no te vengas arriba, que nos conocemos. Todos los casos son graves, y te recuerdo que nos casamos en dos semanas.

—Que sí, no me excederé, te lo prometo —aseguró ella, convencida. No mucho tiempo atrás, su implicación en cada caso había resultado obsesiva, casi enfermiza, pero había aprendido a vivir de otra forma. Mientras hablaba, y buscando intimidad, dejó que sus pasos avanzasen unos metros más allá de Riveiro, y se vio sosteniendo el teléfono frente a una antigua bañera de mármol blanco de una única pieza, que debía de pertenecer a las instalaciones originales del balneario. De pronto, sintió deseos de seguir hablando. ¿No era acaso, en realidad, su día libre? Y lo cierto era que llevaba horas allí, sin haber probado bocado desde media mañana. Sabía que Oliver estaba mucho más preocupado de lo que mostraba, y conocía perfectamente la angustia del que espera noticias mientras la persona que quiere puede estar en peligro. A pesar de que ahora su mente solo tenía espacio para aquel horrible caso, intentó parecer jovial y redirigir la atención de su novio hacia un tema más ligero y alegre.

—Oye, ¿ya ha decidido Michael lo de la música?

Oliver se rio.

—Supongo. Lleva media tarde volviéndome loco con sus elecciones de jazz y de música klezmer para antes de la ceremonia. Ya le expliqué que en Galicia eso no se lleva, que lo deje para Stirling, pero no hay manera.

Valentina sonrió para sus adentros. El bueno de Michael, siempre dispuesto a ayudar. Era el mejor amigo de Oliver, y había ido a pasar unos días con ellos antes de la boda para echarles una mano. La celebrarían en Galicia, pues Valentina era de Santiago de Compostela y su familia vivía allí; después habría una ceremonia en Escocia, tierra natal de la familia paterna de Oliver. Todo había sido ideado inicialmente de una forma sencilla; en Galicia, una boda civil en el jardín de la casa familiar, donde lo festejarían con un alegre banquete. En Escocia, también algo sencillo y con ritos y tradiciones escocesas, aunque sabían que la abuela Emily —de la que todos desconocían su verdadera edad— ya habría ideado más de una sorpresa para prepararles una gran fiesta.

—Tienes razón. Dile a Michael que en Galicia nos centraremos solo en el marisco y que nos arreglaremos con unas gaitas, que deje sus arreglos musicales para la tierra de los unicornios.

—Se lo diré, aunque precisamente allí no vamos a poder librarnos de las gaitas. ¿Sabes que Michael por fin va a traer a su novio?

—¿El violinista? ¡Aleluya!

—Sí, mi abuela lo llamó esta tarde y le dijo que se dejase de tonterías, que no quería morirse sin verlo *asentado*. Y no te lo pierdas, porque como es mi *best man* y va a dar el discurso, le ha dicho que le está arreglando ya un traje completo con el kilt del tartán de los Gordon.

Valentina suspiró.

—La abuela Emily tendría que ser eterna.

—¡Ya verás todo lo que tiene montado!

—¿Pero no habíamos quedado en algo sencillo, en una *penny wedding*?

Oliver, al otro lado del teléfono, se encogió de hombros. Era cierto que en Escocia las bodas solían ser sencillas y familiares, y en principio habían optado por el método más simple: una entrañable ceremonia con lazos entre sus manos, tras la que ellos recibirían a todos en la casa familiar con la tarta nupcial y algo de convite, aunque cada invitado llevaría algo de comer o beber para la fiesta.

—Ya sabes cómo es. Creo que ha mandado traer una tarta desde Edimburgo. No sé cómo le da tiempo, con todos los jaleos en los que anda metida y con sus clubes de lectura.

Valentina volvió a sonreír. Ah, aquella adorable anciana, que no hacía más que leer y contar historias de crímenes terroríficos de las viejas Tierras Altas de Escocia, que se acostaba cada noche con un buen trago de ginebra, aunque fuese más patriótico hacerlo con uno de whisky. Desde luego, el mundo podía ser un lugar terrible, pero había personas que le daban una calidez parecida a la del hogar. ¿Qué sorpresas y extravagancias habría preparado la abuela Emily para su boda? Sería bonito descubrirlo. Pero ahora Valentina tenía un caso difícil, con un asesino extraño del que ni siquiera habían podido trazar un perfil. Acudió a su mente la escena que había visto dentro del Templo del Agua, aquellos cuatro cadáveres y el rostro desencajado y aterrado de Iñaki Saiz, que había vaciado su mirada perdiéndola en el cielo. Quiso pensar que había logrado tranquilizar un poco a Oliver con aquella breve charla, y decidió continuar trabajando.

—Cariño, te tengo que dejar.

—¿Para siempre?

—Muy gracioso. En serio, tengo que colgar... Oye, gracias.

—¿Por?

—Por llamarme. Luego te escribo, ¿vale?

—Vale. Voy a ver si sales en las noticias.

—No creo, aunque seguro que ves al capitán. A nosotros nos tienen en el sótano.

—Joder, qué bien, ¿no?

Valentina se rio. Se despidieron con naturalidad, como si ella simplemente estuviese haciendo recados en el supermercado y se le hubiese hecho un poco tarde para ir a casa. Estaban acostumbrados a restar importancia a la gravedad de las cosas, quizás porque sabían que asumir el riesgo era parte de la rutina, de la vida, y que si dejaban que la ansiedad y la incertidumbre los dominasen, la oscuridad terminaría por instalárseles dentro.

Valentina dio solo unos pasos y alcanzó a Riveiro, que a su vez estaba colgando su propio teléfono. También él acababa de hablar con Ruth, su mujer. Ella y sus dos hijos estaban, como Oliver, viendo las inquietantes noticias sobre Puente Viesgo en la televisión. Parecía claro que no iba a resultar posible ocultar a la población por mucho más tiempo lo que realmente había sucedido, pues con aquel despliegue militar la gravedad del asunto era evidente.

—Bajan ahora los técnicos del SECRIM y gente de la UME para tomar muestras de la fuente y precintar esto —informó Riveiro a Valentina, aludiendo al Servicio de Criminalística y a la Unidad Militar de Emergencias, pues antes de hablar con su mujer ya le habían confirmado la orden.

—Perfecto. ¿Sabemos algo del director comercial, de Bedia?

—Poca cosa. Lo han llevado al hospital... Consiguieron reanimarlo, eso sí. Supongo que es normal, al haber estado en contacto con el sarín.

En aquel momento, sintieron unos pasos apurados descendiendo por las escaleras hacia ellos. Si por un segundo pensaron que se trataba de sus compañeros del SECRIM, se equivocaron. La mismísima Aratz Saiz, seguida por un marido que no parecía poder controlarla, caminaba decidida hacia ellos.

—¿Cómo no se me ha informado? ¿Me lo explican? —preguntó, casi gritando.

—Disculpe, no sé a qué...

—¡Teniente! —gritó el subteniente Sabadelle, que bajaba a su vez corriendo tras ella, resultando obvio que, tras seguirla a buen paso, no había logrado detenerla. Se frenó a sí mismo al llegar a la altura de Valentina y Riveiro, e intentó recuperar el aliento para explicar aquel asalto—. ¡Lo de Cardelús, teniente!, que ha sabido que lo han encontrado y se lo han llevado al hospital.

—¿Y quién...?

—¡Ha salido en las noticias! —se defendió Sabadelle, que mostró con el gesto que también estaba sorprendido por el hecho de que se hubiese filtrado aquella información tan rápido.

Tal vez el capitán Caruso hubiese querido enviar un mensaje apaciguador: si no constaba de forma oficial la posibilidad de que hubiese desaparecidos ni secuestrados, sino solo una intoxicación, la exposición del caso podría parecer más tranquilizadora. Posiblemente, la prensa hubiese sabido ya desde el principio que faltaba uno de los empleados. Aratz Saiz, entretanto, estaba furiosa. De pronto, parecía que su sensación de pérdida, de luto, se hubiese transmutado en una actitud llena de rabia, de enfado con la vida.

—¿Aparece el principal sospechoso y no me informan? ¿Usted tiene familia, teniente? ¿Sabe lo que es perder a alguien querido?

Valentina endureció el gesto y miró a los ojos a Aratz.

—Lo sé perfectamente, señora Saiz.

La aludida contuvo su ira por unos segundos, en los que pareció medir a su interlocutora. Aquella teniente era tan extraña. Un ojo negro y otro verde, y la sinuosa cicatriz que dibujaba el contorno de la barbilla. Tan delgada, tan poca cosa, y tan imponente con un solo gesto. Valentina, sin apartar la mirada de los ojos de Aratz, volvió a hablar.

—Intentamos hacer lo mejor que podemos nuestro trabajo. El señor Cardelús acaba de aparecer maniatado en el sótano de este balneario y lo hemos llevado al hospital. Comprenda que trasladarle el contenido de la investigación, de momento, puede resultar improcedente.

Aratz bajó la mirada.

—Maniatado... ¿No fue él, entonces?

—No podría confirmárselo, pero de entrada los hechos apuntarían a una respuesta negativa.

Daniel Rocamora, con su estiradísimo cabello brillando bajo las luces, se aproximó a su mujer.

—¿Ves? No tenía nada que ver, te lo dije.

Aratz respiró despacio, como si la hubiese inundado una marea de alivio. Se dirigió a Valentina, que la observaba ahora con evidente gesto inquisitivo.

—Es que fui yo quien recomendó a Cardelús al balneario... Es un fisioterapeuta muy bueno, pero se quedó sin empleo en Bilbao, y yo sabía que tenía amigos y algo de familia aquí cerca, en Torrelavega...

—¿Y eso es todo?

—¿Todo? No entiendo...

—Me refiero a que si esa es toda su implicación con el señor Cardelús. ¿Lo conoce de algo más allá de lo profesional, tiene... algún vínculo?

Rocamora dio prácticamente un salto.

—¿Qué insinúa?

—No insinúo, solo pregunto. Podría haber cualquier tipo de relación personal, o algún vínculo que justificase de forma más sólida la recomendación de los servicios del señor Cardelús al balneario.

—No, de verdad —negó Aratz, con un gesto que de pronto denotaba un gran hartazgo—; le aseguro que solo lo conocía de mi gimnasio... Iba con mis amigas, pero cerró hace como medio año y los empleados se quedaron todos en la calle. Por favor, discúlpeme, ya sé que hacen su trabajo —continuó, buscando una silla para sentarse y llevándose una mano al rostro, como si sus sentimientos la desbordasen y no supiese cómo controlar todo lo que bullía en su cabeza.

Se había transformado otra vez, y ahora era de

nuevo una persona rota y desorientada. ¿Cuántas personalidades podían caber dentro de Aratz Saiz? De pronto, la mujer negó con la cabeza de forma muy enérgica y volvió a hablar en un tono muy elevado.

—Es que yo... ¡No lo entiendo! ¡Nada tiene sentido! No sabemos nada... Ni quién, ni para qué... Dígame, ¿para qué matar a tanta gente, para qué atacar de forma tan inhumana a un grupo de amigos? ¡No lo entiendo! —volvió a exclamar, prácticamente histérica.

Valentina se acercó a ella, se agachó y la tomó de la mano.

—Comprendo cómo debe de estar usted sufriendo en estos momentos, no lo dude. Pero si quiere que la ayude debe ser sincera y decirme si su padre y el resto de los invitados tenían algún problema con sus empresas, si habían recibido amenazas o si con sus próximas actuaciones podrían perjudicar a alguien... Sé que es muy duro atender estas cuestiones ahora mismo, pero, por favor, haga un esfuerzo.

Aratz negó con el gesto, y las mechas azules de su cabello se dibujaron sobre su espalda como si fuesen lágrimas.

—Ya me lo ha preguntado antes, teniente. Y no... Todo iba muy bien, de verdad, no había ningún problema. De hecho, iba tan bien y estábamos creciendo tanto que incluso Daniel iba a incorporarse al equipo de la directiva —explicó, señalando a su marido.

Él asintió con una mueca de indiferencia.

—Ahora eso no importa, cariño. Lo que tienes que hacer es descansar y reponer fuerzas para mañana. Ya pensaremos quién habría podido... Pero no, de verdad —insistió, dirigiéndose a Valentina—, no se me ocurre a nadie que pudiese querer hacer daño a ninguna de las personas que estábamos en el congreso.

—No, nadie... —concordó Aratz, a punto del sollozo y tomando a Valentina del brazo—. Se lo juro, esto era ya casi más una reunión de amigos que de empresarios... —reiteró, desmoronándose por fin y comenzando a llorar.

Su marido, solícito, acudió a consolarla, al tiempo que miraba de forma desaprobatoria a Valentina, que se alejó unos pasos y guardó silencio. Sintió que alguien la observaba, y alzó la mirada hacia lo alto de las escaleras, donde Rafael Garrido había contemplado toda la escena sin decir una palabra, observando aquel dramático lienzo con el borsalino en una mano y su elegante bastón en la otra. A Valentina le vino a la mente la imagen de un cuervo oscuro que, como buen omnívoro, siempre se alimentaría de todo aquello que pudiese conseguir. Iba a decirle algo, pero justo en aquel instante llegaron los compañeros del SECRIM y la UME para trabajar con aquella fuente donde, al parecer, había comenzado todo, y Riveiro pidió a dos guardias que acompañasen a Aratz y su marido para que volviesen con los psicólogos, pues resultaba evidente que al menos ella precisaba asistencia.

Sin embargo, Aratz solicitó desplazarse inmediatamente al hospital de Valdecilla, pues quería estar con su primo Pau y con el resto de las víctimas tan pronto como se lo permitiesen. Valentina aprobó la iniciativa, pero ordenó a un guardia que los acompañase junto con al menos uno de los psicólogos hasta que verificasen que la señora Saiz era capaz de lidiar con aquella montaña rusa de emociones en que se había convertido. Rafael Garrido, por su parte, se unió a aquella comitiva bienintencionada de camino al hospital, y a Valentina le pareció que, en aquel gesto, había más cortesía por obligación que verdadero interés.

Sabadelle se acercó a la teniente, que tras despachar aquellas órdenes y dejar espacio a los técnicos, había permitido que sus pasos la llevasen, de nuevo, frente a aquella impresionante bañera de mármol del viejo balneario. En su rostro se dibujaba el semblante de alguien que estaba haciendo un gran esfuerzo de concentración.

—Teniente... ¿Pasa algo? Se ha puesto blanca.

Ella miró a Sabadelle; a su piel pálida, que contrastaba con los mofletes rosados... Y, ah, aquella barba encanecida, siempre mal afeitada. Pero Valentina, en realidad, no observaba a su compañero, porque su cerebro trabajaba enlazando recuerdos e ideas que la llevaban a otros tiempos y a otro mundo. De pronto, su mirada se iluminó, como si hubiese sido testigo de una revelación extraordinaria.

—Dios mío... Todos esos muertos, el sarín... —masculló, para después mirar por fin a Sabadelle a los ojos, como si acabase de comprender el sentido de la epifanía—. ¡Tengo que llamar a Escocia ahora mismo!

6

> Creo que la gente mata con mayor frecuencia a los que quiere que a los que odia. Posiblemente porque solo quienes uno quiere de verdad pueden desbaratar nuestra vida.
>
> AGATHA CHRISTIE,
> *La casa torcida*, 1949

La noche comenzaba a expandirse por todas partes, y los pocos rayos de luz que aún asomaban tras la montaña de Puente Viesgo eran vencidos por la progresiva oscuridad. El capitán Caruso le había pedido a la Sección de Investigación que lideraba Valentina que volviese al Templo del Agua, pues el equipo de la UCO ya había llegado y ahora resultaba procedente realizar las necesarias presentaciones. La investigación se había convertido, desde aquel instante, en una operación conjunta.

El equipo de la UCO que había ido a Puente Viesgo estaba formado por cinco agentes, que se distinguían con facilidad del resto del personal de la Policía Judicial: a pesar de que vestían de paisano, llevaban puestos chalecos verdes de la Guardia Civil con las palabras UCO bien destacadas en color amarillo. Nada más llegar, habían sido recibidos por el capitán Caruso con aspavientos y cierto histerismo contenido. Ahora se encontraban en el Templo del Agua estudiando el escenario del crimen, en el que técnicos de Criminalística y del SEDEX ya habían prácticamente terminado su trabajo. Cuando el sargento Riveiro y el subteniente Sabadelle accedieron al complejo termal, tuvieron la sensación de adentrarse en un lugar completamente distinto al que antes habían visitado. A pesar de que la quietud del agua y el silencio todavía parecían pesar más que el aire, lo cierto era que el ambiente de tragedia y dolor se había diluido, como si allí no hubiesen muerto dramáticamente cuatro personas bajo los efectos del gas sarín. La estudiada iluminación de la piscina y de las instalaciones otorgaba a la atmósfera del lugar, de nuevo, su aire cercano y acogedor.

—¿Y la teniente, Sabadelle? —preguntó el capitán Caruso, al ver que solo venían el sargento y el subteniente.

—Mi capitán... Pues... A ver, está hablando por teléfono.

Caruso alzó una ceja, extrañado.

—¿Le han informado de que la estamos esperando? ¿Con quién habla? —preguntó con tono grave, consciente de que el brigada Peralta, a la cabeza de aquel equipo de la UCO, escuchaba la conversación.

El brigada, alto y musculoso, se acercó. Tenía el cabello muy corto, de estilo casi militar, el cuello ancho y las facciones duras y angulosas. Sabadelle, a su lado, parecía un ser diminuto y maltrecho; el subteniente parecía nervioso, y adoptó una posición estirada y formal antes de contestar.

—Pues... Mi capitán, la teniente habla con su abuela. Bueno, con la de su novio.

—¿Cómo?

—Creo —intervino Riveiro, consciente de la imagen que se estaba dando de Valentina— que es por algo vinculado al caso, mi capitán, por eso ha llamado a Escocia.

—¿A Escocia? —bramó Caruso, sorprendido. Miró al brigada Peralta con un gesto que intentaba dar a entender que aquello no era habitual—. Pero ¿qué coño se nos ha perdido en Escocia, vamos a ver?

Justo en aquel momento apareció Valentina en la entrada del Templo del Agua. Se detuvo dos segundos para observar la escena. Enseguida distinguió a quien estaba al mando del equipo de la UCO; no fue porque el brigada Peralta fuese el más grande y fuerte de todos, sino por su actitud de liderazgo, y porque además era el que estaba al lado del capitán Caruso, equiparando jerarquías. «Otro musculitos», pensó. Pero ¿por qué todos la miraban de aquella forma?

Por su parte, el brigada le clavó sus ojos negros y la observó en silencio mientras caminaba. Su delgada figura, su andar felino y algo andrógino. En alerta y desconfiada. Aquella mujer... Le pareció raro, pero le dio la sensación de que tenía cada ojo de un color distinto. Él, que estaba entrenado para diseccionar en dos vistazos los escenarios de los crímenes, también percibió en Valentina una clara rapidez mental; sí, estaba seguro de que, mientras se dirigía hacia ellos, la teniente ya se había hecho una composición de la situación.

Por un instante, ella detuvo el ritmo de sus pasos y miró a su alrededor; también había notado, sin duda, que había desaparecido la pesada niebla mortuoria que antes la había embargado al entrar en el Templo del Agua. ¿Cómo podía ser posible? Apenas habían pasado unas horas desde los asesinatos. Tal vez fuese la magia de la vida, que continuaba latiendo aunque nos negásemos a mirarla.

Cuando Valentina llegó a la altura del capitán Caruso, se hicieron los oportunos intercambios de identificaciones. Por parte de la UCO, se presentaron el brigada Gonzalo Peralta y su mano derecha, el sargento Marcos. Los acompañaban dos cabos y un cabo mayor; este último se limitó a hacer un gesto de cabeza a modo de saludo, entretenido con su conversación con un técnico del SECRIM. En la Sección de Investigación de Valentina, además de Riveiro y Sabadelle, también trabajaban el cabo Camargo y los guardias Zubizarreta y Marta Torres, pero ya tendrían tiempo después, y en la Comandancia, para las oportunas presentaciones.

El brigada Peralta se dirigió hacia Valentina.

—Ya hemos recibido en Madrid un informe preliminar de los hechos y estamos al tanto de las diligencias que han realizado hasta el momento, incluida la aparición del empleado del balneario —explicó, con una voz fuerte y bien modulada, mirando de reojo a Caruso, que sin duda había sido una de sus principales fuentes de información—, por lo que si le parece vamos a denominar a la operación conjunta Operación Templo, otorgando nombres en clave a cada miembro del equipo.

Valentina asintió. Sabía que era lo habitual, y en algunas operaciones ellos también trabajaban de esa forma. A veces se repartían los nombres de personajes de películas, otras de animales y, en ocasiones, hasta de constelaciones. Una vez, ella había sido Andrómeda. Pero ahora aquel detalle era irrelevante, y Valentina se limitó a concentrar su atención en el brigada, pues por su gesto hacia ella supo que no había terminado.

—Tengo entendido que podría tener alguna pista para este caso por algún hecho vinculado a Escocia. ¿Puede ser?

Valentina dirigió una rápida mirada asesina a Sabadelle, y después desvió un discreto gesto de observación al capitán Caruso, al que imaginaba gritando para sus adentros que aquello ya era «el máximum de las extravagancias». El sargento Riveiro, por su parte, le ofreció a la teniente una disimuladísima mueca de confianza; se conocían desde hacía años, y el apoyo era incondicional. Valentina tuvo el aplomo de recomponerse en medio segundo, en el que devolvió una mirada estoica a Peralta. Le gustó comprobar que en el semblante del brigada no hubiese burla, sino sincera curiosidad. Aquel hombre lleno de músculos al que acababa de conocer todavía albergaba sobre ella una expectativa positiva. El sargento Marcos, en cambio, la observaba como si estuviese ante un ser estrafalario al que no le quedaba más remedio que escuchar. A Valentina le preocupaba muy poco la imagen que los agentes de la UCO pudieran tener de ella, pero la jornada había sido larga, estaba cansada y era plenamente consciente de que no había tiempo que perder. Comenzó a hablar.

—He tenido una idea sobre la motivación para este crimen.

El brigada miró al capitán.

—Todavía no ha habido ningún comando que lo reclame, ¿cierto?

Caruso asintió, y todos se giraron hacia Valentina, esperando una explicación. Ella tomó aire antes de continuar.

—Hace un rato he hablado con Oliver sobre unos temas vinculados a Escocia y me vino a la mente un hecho que...

—Disculpe, teniente —interrumpió el brigada, serio. Su aspecto resultaba impresionante, con aquel semblante que parecía haber sido esculpido sobre una roca—. Para ponernos en situación, ¿quién es Oliver?, ¿y por qué Escocia?

—Es su novio, y se casan en Escocia dentro de dos semanas —soltó Sabadelle, que al instante pareció darse cuenta de haber dicho en alto algo que solo había pensado.

Se mordió el labio e inclinó la cabeza, como si de pronto hubiese algo muy interesante que observar en el suelo. Por su parte, el brigada Peralta cruzó una mirada de suspicacia con el sargento Marcos; este, fibroso y mucho más menudo que su superior, peinaba una amplia calva que compensaba con una barba abundante pero bien recortada y cuidada. Ambos agentes posaron a la vez su atención —de nuevo— sobre Valentina, que comprendió que era el momento de dejar de parecer una desequilibrada ante los ojos de sus colegas.

—Bien, como les decía, hace un rato he tenido una conversación que ha llevado mi memoria hacia un caso que sucedió a comienzos del siglo xx. Una persona que conozco en Escocia —se abstuvo de explicar que era la abuela de Oliver y que tenía casi cien años— tiene una enorme colección de libros sobre crímenes y asesinatos, y la última vez que estuve con ella me contó el caso de Charles Hutchinson; lo cierto es que había olvidado el asunto por completo, pero lo que ha sucedido hoy me lo ha traído a la memoria, y he llamado para confirmar la información, aunque la verdad es que ya tenía la idea en la cabeza.

—Esto no es un caso de novela de detectives, teniente —replicó el brigada, en un gesto que ella no supo discernir si era de pura dureza o si ahora ya dibujaba, también, cierto tono de burla—, pero espero que en ese crimen hubiese gas sarín y un paralelismo claro con lo que ha sucedido aquí esta mañana.

Valentina no se amilanó y supo revestir sus palabras de un tono firme, lleno de seguridad.

—No, el caso Hutchinson sucedió en 1911, cuando aún no había sido inventado el sarín, pero si me dan un minuto se lo explico y sacan sus propias conclusiones.

El brigada asintió y se cruzó de brazos, al tiempo que el resto de su equipo se unía en una especie de corrillo para escuchar a Valentina. El sargento Marcos, en concreto, mantenía una expresión firme y algo condescendiente, como si la existencia de personas como Valentina fuese algo que, sencillamente, había que soportar. En un principio, ella había pensado exponer su teoría directamente, pero dado el cariz que tomaba la situación, cambió de táctica: que todos los presentes siguiesen el camino deductivo que ella misma había seguido.

—Bien, se lo cuento... Charles Hutchinson decidió celebrar sus bodas de plata con su esposa, y a la comida y fiesta de aniversario estaban invitados una veintena de amigos y su hijo John junto con su prometida. El resultado de la fiesta fueron una docena de invitados intoxicados y dos muertos: el padre y el cura que asistía a la fiesta. La policía descubrió que todo fue a raíz del café que había sido servido tras la comida, que contenía arsénico. Averiguaron que el veneno había sido vertido de forma individual en cada bebida una vez servida, porque no había arsénico ni en la leche ni en el café que aún estaban en el calentador y en la cafetera.

—¿Y quién sirvió el café? —preguntó Caruso, atento a la historia.

—El hijo.

—Ah. ¿También fue envenenado?

—No... De casi veinte invitados, creo que solo se libraron tres personas, y una de ellas fue John, que se mostró devastado en el entierro y especialmente afectado, no solo porque hubiese muerto su padre, sino porque entre los intoxicados se encontraban su madre y su prometida. Como es lógico, la policía siguió investigando y descubrió que John, con solo veinticuatro años, tenía muchos caprichos caros y también muchas deudas, que normalmente cubría pidiendo dinero a sus padres. Poco antes de la celebración del aniversario, Charles Hutchinson se había negado a pagar ningún descalabro más de su hijo... Y había un seguro de vida de por medio.

El brigada Peralta descruzó sus brazos y caminó al borde de la piscina, mirando su superficie como si la verdad de todas las cosas estuviese escrita en el agua. Se detuvo y se puso las manos sobre las caderas con cierta impaciencia antes de girarse de nuevo hacia Valentina.

—Fue él, ¿no?

—Sí.

—¿Lo pillaron? —preguntó, con media sonrisa descreída.

Valentina sabía que aquello, para el caso que les ocupaba, era lo de menos; pero no le suponía ningún esfuerzo satisfacer su curiosidad.

—Huyó cuando se descubrió lo del seguro y que había sido robado arsénico del dispensario de su tío, al que él tenía acceso. No había pruebas, pero cuando se fugó la policía tampoco tuvo dudas. Lo encontraron en una isla al norte de Normandía gracias a que lo había reconocido por los periódicos el dueño del hotel donde se alojaba; se suicidó, cuando los agentes estaban ya en la puerta, ingiriendo una dosis de ácido prúsico suficiente para matar a una docena de personas.

Peralta asintió, apreciativo.

—No quiso dejar margen para el error.

—Eso parece.

—Y con esto, ¿qué insinúa? ¿Que quien atentó contra esta gente en realidad atacaba a un único objetivo?

—Eso es exactamente lo que sugiero —reconoció Valentina, convencida—. Sobre todo si finalmente el ataque no es reclamado por nadie y si no hallamos puntos en común entre las víctimas. El asesino pudo atentar contra varios para enmascarar su verdadero objetivo, de modo que así no nos centrásemos en los verdaderos sospechosos.

El sargento Riveiro, pensativo, se atrevió a intervenir.

—Aquí también faltaron tres personas en la masacre, y una de ellas es la hija de uno de los fallecidos... Podría ser un caso prácticamente idéntico: muere el padre, hiere gravemente a un familiar y ella se libra por los pelos; tendremos que comprobar no solo el testamento, sino también los seguros y la situación patrimonial de la familia.

—Y la de su marido —apuntó Valentina.

—No tan rápido —negó Peralta, alzando la mano derecha en señal de freno—. No niego lo razonable de esa teoría, que es realmente interesante, pero no corramos. ¿No han pensado que el atentado, en vez de contra una persona, pudiese haber sido ideado contra una empresa?

—¿Las que conformaban el BNI? Sí, pero...

—No... Teniente, no me refiero al grupo de empresas de las víctimas... Miren, ¿no ven este lugar? —preguntó, extendiendo los brazos como si con el gesto les estuviese mostrando por primera vez el Templo del Agua—. ¿Y si el verdadero objetivo del criminal fuese este balneario? Piénsenlo, ¿sabemos si esta empresa tiene problemas notorios con rivales hosteleros de la zona? Hay varios complejos similares al de Puente Viesgo en Cantabria y todos ellos, incluido este, se encuentran inscritos en una asociación de balnearios —explicó, haciendo que un cabo le entregase a Valentina un papel doblado, donde se detallaba el listado de aquel tipo de instalaciones termales.

Ella dudó. Por su expresión, se adivinaba que aquella idea ni se le había pasado por la cabeza.

—¿Y qué sugiere? ¿Que uno o varios balnearios han ideado este crimen para perjudicar la imagen de uno de sus competidores? No sé, no parece una teoría muy probable —expuso, mientras el cabo le aclaraba que habían obtenido aquella información justo antes de tomar el avión en Madrid para dirigirse a Santander. El brigada, por su parte, se mostró conciliador.

—Sí, es cierto que resulta una teoría muy vaga, poco probable, aunque tampoco podemos descartar la tercera vía que antes ha citado usted, teniente.

—¿Yo?

—El BNI. ¿Sabe cuál es la filosofía general de los *business network international*? —preguntó de forma retórica, mientras todos esperaban su respuesta—. Que los que dan, recibirán.

—Muy bíblico.

—Sí, es cierto —reconoció Peralta, mostrando por primera vez una sonrisa blanquísima y perfectamente alineada—. Pero, por la práctica, sabemos que es el dinero el que suele estar detrás de todo, de modo que la vía primordial de investigación debiera ser la que perfile tanto las empresas de las víctimas como el resto de las del BNI al que pertenecen, aunque no hayan acudido a este encuentro.

—Me parece bien —replicó Valentina, muy seria—, pero no porque sea la vía más efectiva, sino porque no se contrapone a las demás. Toda la información que obtengamos, de hecho, será la que determine cuál es el camino correcto.

Peralta se acercó a Valentina y la miró con gesto de suficiencia.

—Siempre quiere tener razón, ¿eh, teniente?

Ella no contestó nada. No resultaba apropiado por parte del brigada dirigirse a ella de aquella forma, por mucho que perteneciese a la UCO. Valentina era jerárquicamente superior, pues pertenecía a la categoría de oficiales, y el brigada, a la de suboficiales. Valentina dio dos pasos y se acercó a su vez a Peralta, quedando los rostros de ambos a poca distancia.

—Yo solo quiero saber quién ha cometido esta salvajada en el balneario, brigada. Y, que yo sepa, todos los que estamos aquí vamos en esa dirección.

El capitán Caruso, viendo que la tensión crecía por momentos, intervino acordando que, en efecto, el objetivo de la operación conjunta era identificar al responsable de aquella atrocidad para ponerlo a disposición judicial. Era tarde, estaban todos cansados y resultaba difícil pensar con claridad a aquellas horas. Las víctimas que ahora descansaban en el hospital podrían ser interrogadas al día siguiente, porque ahora ni siquiera los médicos lo consideraban oportuno; entretanto, habría que dejar que los técnicos, especialistas y forenses hiciesen su trabajo. El equipo de la Operación Templo no solo tendría que estudiar a las víctimas, sino también identificar al asesino. Un criminal que tuviese acceso al gas sarín era, insistió, «un individuo que se encontraba en el máximum de las prioridades de toda la Policía Judicial». Ante este último comentario, Peralta intervino.

—Sobre ese punto, tenemos alguna sospecha de quién pudiera ser, capitán. Al menos el sicario, que es quien parece que ha estado aquí.

Valentina alzó las cejas, atónita. «Capullo sabelotodo... ¡Una sospecha! ¿No podía haberlo dicho antes?» El brigada continuó con sus explicaciones.

—Hemos trazado un perfil cuando veníamos, y parece que quien ha hecho esto es un profesional.

—Eso ya lo habíamos deducido nosotros —replicó Valentina sin poder resistirse, aunque se arrepintió al segundo del arrebato.

—En efecto —continuó Peralta, con el aire de suficiencia que parecía haberse instalado en su semblante—, no cabía duda si había conseguido gas sarín... Pero el despliegue con los disfraces, el acento sudamericano que el empleado ha declarado haber escuchado... Parece obra de un mercenario, de alguien contratado para hacer el trabajo sucio.

—Sí —reconoció Caruso, muy interesado—, resulta evidente que hay un asesino que no se ha manchado las manos y otro que se ha limitado a ejecutar órdenes.

—Aunque tampoco podemos descartar —apostilló Valentina— que no exista ningún sicario y que quien haya dejado el sarín sea un miembro de una de las empresas del BNI, por ejemplo.

Peralta sonrió e hizo un suave movimiento asertivo con la cabeza.

—En efecto, teniente. Todos sabemos que de momento no podemos descartar nada —concedió, con aire cínico—. Pero nosotros pensamos que podría tratarse de uno de los sicarios más buscados a nivel internacional, porque en los últimos tiempos se ha movido por el norte de España y nos han llegado filtraciones de que podría estar trabajando en varios asuntos vinculados a armas químicas. Llevamos tiempo tras él; no solo nosotros, sino también el EDOA —explicó, aludiendo al Equipo de Delincuencia Organizada Antidroga— y la Brigada del Crimen Organizado de la Policía Nacional. Es un experto con los disfraces y un tirador extraordinario, entrenado en las selvas colombianas. Cuando dejó las FARC de Colombia con el acuerdo de paz, se vino a España para gestionar una de las oficinas de cobro de las mafias del narcotráfico. Después lo dejó para trabajar en encargos privados, pero mantiene todos sus contactos y es el perfil que de momento más nos encaja con este caso. Es muy peligroso, y algunos lo conocen como el Francotirador, pero nosotros lo llamamos el Estudiante.

De pronto, el brigada detuvo sus explicaciones, se quedó callado y dio un paso hacia Valentina.

—Se ha puesto pálida —dijo, describiendo la evidencia—. ¿Le pasa algo? ¿Es por lo que he dicho del Estudiante? —preguntó, mirándola primero a ella y después al capitán Caruso, que también se había puesto muy serio.

Sabadelle chasqueó la lengua y adoptó una expresión de compungida gravedad, mientras el sargento Riveiro, visiblemente sorprendido, alzaba la vista de las anotaciones que estaba realizando en su libreta para mirar a Valentina con semblante preocupado.

La teniente dejó que el peso de su cuerpo se apoyase sobre una de las columnas del Templo de Agua y, cuando levantó la mirada, el brigada Peralta supo que un fuego metálico y frío se había encendido dentro de aquella extraña mujer.

Existe un lugar en nuestro interior que solo nosotros conocemos. A veces se dibuja como un pequeño templo lleno de recuerdos, de instantes y referentes a los que asirnos para encontrar un sentido a la vida. Pero casi siempre hay algo más, un punto que intentamos disimular tras cortinas de niebla; un precipicio, un abismo en el que escondemos aquello que nos desfigura, porque el verdadero dolor lo rompe todo. No podemos deshacernos de esa oscuridad, pero a veces somos capaces de enterrarla, de fingir que nunca nos acordamos de ella. Y es el brillo de nuestros ojos el que disimula, el que estira una sonrisa que, como un centinela, no deja a nadie pasar a ese cuarto revuelto y extraño que no somos capaces de arreglar.

Al escuchar al brigada Peralta citar al Estudiante, Valentina sintió por un instante que su centinela bajaba la guardia; que, de pronto y por un segundo, su alma se volvía transparente y todos podían ver esa tiniebla que habitaba en su interior. Ella, la niña que había soñado con luchar contra el mal cuando su hermano, tras tumbarla con un golpe que le había dejado un ojo completamente negro para siempre, había muerto de sobredosis. Ella, que tenía la carne cosida a base de cicatrices. Las últimas, precisamente, se las había hecho el Estudiante. Y a Valentina no le importaba tanto el dolor que aquel hombre le había obligado a masticar, sino todo lo que, por su culpa, ya nunca podría vivir. Porque ella nunca podría tener hijos, ni —en consecuencia— darle a Oliver la familia con la que sabía que había soñado. Tampoco podría disfrutar de una vida normal tras perder el bazo y comprobar el daño en su páncreas, para el que tomaba medicación a diario. ¿Quién lo diría? Ella, que hacía ejercicio de forma regular y aparentaba estar en forma, en realidad se encontraba desarmada por dentro.

Pero el Estudiante no le había hecho daño de forma deliberada. Seguía órdenes, quizás como los soldados de la matanza a finales del siglo XVII en el Glen Cloe escocés sobre cuya responsabilidad moral efectiva Michael y Oliver habían discutido. No, el Estudiante no tenía nada en contra de Valentina, a la que no fue consciente de haber herido. De hecho, cuando un año atrás había sucedido aquello que Valentina había logrado hundir en los abismos de su cerebro, ella se encontraba colaborando con un equipo del EDOA en una simple reconstrucción de hechos en un crimen múltiple; habían llevado —debidamente custodiado— a un pobre y miserable drogadicto a la casa que había sido escenario de los hechos, pues era el único testigo que tenían. ¿Cómo iban a suponer que la potencial declaración de aquel despojo fuese a importarle tanto a su organización criminal? El balazo que liquidó al testigo fue realizado desde casi un kilómetro de distancia, y tras un breve tiroteo fue el rebote de un proyectil el que hirió a Valentina, que perdió el bebé que llevaba en su interior. Faltaban solo unos días para que a ella la cambiasen a un puesto administrativo más acorde a su estado. ¿Puede sobrevivirse a algo así sin cargar un terrible peso de culpabilidad? Para Oliver, y especialmente para Valentina, había supuesto un esfuerzo sobrehumano no dejarse llevar por la inercia de la tristeza. Y ahora ella estaba allí, en un caso extraño y cruel, complejo, que volvía a enredarla en una pesadilla que creía dormida.

—No será... —dudó el brigada, dirigiéndose al capitán Caruso pero señalando con el gesto a Valentina; resultaba evidente que estaba haciendo memoria y atando cabos—. ¡No será ella la agente herida en La Albericia!

El capitán lo confirmó con un simple pero intenso parpadeo y un asentimiento de barbilla. El asunto se complicaba. Si en efecto el sicario resultaba ser el Estudiante, lo recomendable sería retirar a Valentina de la investigación. Por su parte, Peralta, recuperado de la sorpresa, observó a la teniente con renovado y visible interés. ¿Era ella, entonces, la teniente que después de lo que había sucedido les había tocado las narices a ellos en la UCO y a los del EDOA para perseguir al Estudiante? Habían logrado desmantelar en gran medida a aquella organización criminal, pero el sicario se les había escurrido entre los dedos.

—Teniente Redondo —comenzó el capitán, en tono formal y serio—, convendrá conmigo en que lo adecuado será apartarla de este caso.

Valentina miró a su capitán a los ojos, y su gesto se revistió de tal dureza que sus pensamientos resultaron indescifrables. Cuando comenzó a hablar, su voz mostró dominio de sí misma y una extraña serenidad, como contenida, que dejaba intuir un torrente de furia tras aquella máscara.

—No será esta la primera vez que yo desacate una orden, capitán, pero... ¿Y si el sicario no es el Estudiante?

—Lo que importa es que podría serlo.

—¿Y eso en qué me afecta? Él ni siquiera me conoce, y lo que sucedió fue un accidente. Superé todos los exámenes psicológicos y la inspección médica del hospital militar en Madrid.

—En efecto —reconoció Caruso, bajando la voz a un volumen más confidencial y cercano, al tiempo que se aproximaba a ella—, pero por el camino casi te perdemos, Redondo.

Ella respiró profundamente ante aquella estocada. Era cierto, sí. La amargura y la rabia habían estado a punto de convertirla en un monstruo.

—Pero sigo aquí, capitán. Y he estudiado las técnicas de investigación criminal más avanzadas en el SAC de la Unidad Central de Inteligencia Criminal, y además estoy doctorada en Psicología Jurídica y Forense —añadió, mirando a Peralta, como si detallar su currículum pudiese ayudar a que el brigada le echase una mano. El agente de la UCO comprendió de inmediato, y le llevó solo un par de segundos tomar una decisión.

—Capitán, para un caso tan complejo como este, y con la presión mediática que se nos viene encima, precisamos a los mejores agentes de homicidios, y no creo que podamos permitirnos prescindir de la teniente Redondo.

—Eso es cierto, pero no sé si...

—Podríamos distribuir el trabajo —lo interrumpió el brigada— para que la UCO se centre en el sicario y la unidad de homicidios de la teniente lo haga con el otro criminal, el cerebro de la operación.

Caruso resopló y miró de hito en hito a Valentina. Tenía una relación con ella algo paternal, y era consciente del infierno que había vivido. Sin embargo, también sabía que para aquel caso precisaría todos los efectivos disponibles, y necesitaba a los mejores. Se dirigió al brigada.

—¿Qué propone, exactamente?

—Que la UCO concentre su investigación en el Estudiante —reiteró—, porque solo la posibilidad de que un individuo de su perfil pueda disponer de gas sarín ya lo convierte en un peligro público de primer nivel; con tan solo averiguar el vehículo con el que llegó hasta aquí y con el que huyó, ya tendremos al menos una vía por la que tirar para encontrarlo.

—Es poco probable que haya realizado una operación tan compleja él solo, ¿no cree? Deberíamos enfocarnos en la búsqueda de un grupo mínimo de... ¿cuántos?, ¿cinco, seis personas?

El brigada torció el gesto en señal negativa.

—No, capitán... Si fue el Estudiante, le aseguro que trabaja solo. Es un mercenario, sin más, y no nos consta que nunca haya colaborado con nadie, salvo cuando atendía los cobros del narcotráfico. Ahí solo dirigía, no actuaba. Es lo que nos consta, al menos.

—Pero podría haber requerido colaboradores para esto, ¿no? No podemos descartarlo.

—En efecto —concedió el brigada—, no podemos descartar nada, pero desde luego no nos sorprendería que el sicario hubiese trabajado solo. Por cierto, ¿han procedido a localizar los locales y gasolineras con videocámaras?

—Estamos en ello —afirmó Caruso.

—Trabajaremos con nuestros contactos los posibles laboratorios clandestinos donde se hubiese podido crear el sarín... Aunque es posible que lo hayan conseguido por la *deep web* —añadió, pensativo—. Y estudiaremos patrimonio y movimientos de todas las empresas que conforman el BNI que se ha reunido aquí, además de los de sus principales socios y, especialmente, de los que hubiesen venido a Puente Viesgo.

Valentina, que al principio había comprobado cómo el brigada Peralta le echaba una mano ante la posibilidad de que la separasen de aquel servicio, veía ahora con decepción cómo quedaban pocas opciones para su investigación.

—Y en la Sección de Homicidios —preguntó, sin disimular su irritación—, ¿qué se supone que debemos hacer, interrogar a las víctimas?

—Víctimas, testigos, personal del hotel y del Templo del Agua... Además de gestionar todos los informes que los médicos y forenses puedan facilitarnos tras examinar a los afectados y coordinar con nosotros los trámites burocráticos que haga la Plana Mayor de la UOPJ con el juez que instruye el caso —concluyó, haciendo referencia al sistema interno de la Unidad Orgánica de la Policía Judicial. Después pareció darse cuenta de algo—. Por supuesto —aclaró—, al menos uno de mis agentes de la UCO les asistirá y nos coordinaremos.

Valentina miró a Caruso, que asintió en señal de aprobación. Ella se mordió el labio inferior y dejó que su único ojo verde se distrajese con la quietud del agua. Resignada, comprendió que no tenía elección, porque cualquier queja o imposición por su parte la alejaría de aquel crimen horrendo, que ahora más que nunca quería resolver.

—Tal vez —sugirió el sargento Marcos, dirigiéndose a Valentina— sería conveniente que también uno de sus agentes trabajase con nosotros... Es importante tener a alguien a mano que conozca las costumbres locales.

—Ah. Pues... Mañana mismo nos reuniremos a primera hora en la Comandancia y podremos designarles un compañero que...

—¡Puedo acompañarlos yo! —exclamó Sabadelle, con un ademán exageradamente solícito. Al instante, el propio subteniente comprendió lo molesta que comenzaba a ser su nueva e incontrolable costumbre de lanzar al aire sus pensamientos sin que estos hubiesen pasado el filtro del protocolo ni de la paciencia necesarios. En un primer instante Valentina entornó los ojos, pero a los pocos segundos su expresión cambió y resolvió que sí, que los de la UCO podían contar con Sabadelle. Era justo, ya que a ella la habían relegado a la tediosa tarea de tomar declaración a las víctimas. No estaría mal que aquel brigada listillo tuviese que lidiar con Sabadelle durante unos días. Sin embargo, y por prudencia, encomendó al cabo Camargo que acompañase al subteniente como apoyo. Lo echaría en falta, pero estaría más tranquila.

Aquella semana iba a ser dura. El Estudiante. Pensaba que tenía su trauma razonablemente superado, pero lo cierto era que, con solo escuchar el apodo del sicario, se había encendido en su interior un marcado instinto de venganza, un fuego lleno de rabia. Cuando —ya casi de madrugada— salieron del Templo del Agua y concretaron todos los pormenores a seguir en la investigación, Valentina se despidió de varios compañeros, de los agentes de la UCO y del capitán. Atravesó la negrura de la noche acompañada de Riveiro, que tenía su vehículo aparcado muy cerca del suyo. El balneario seguía acordonado y el peso de la noche, unido a la iluminación artificial, daba un aire inquietante y misterioso al edificio. La UME —con sus impresionantes equipos— y muchos agentes todavía se encontraban allí, bloqueando el paso a los medios de comunicación y a la sorprendente cantidad de curiosos que a aquellas horas todavía pretendían obtener información privilegiada. Valentina y Riveiro esquivaron de forma deliberada el contacto visual con aquel circo que sabían que terminaría por diluirse. Al día siguiente comenzarían la jornada muy temprano y, tras todas las emociones vividas, ambos se sentían agotados y deseando llegar a casa. Mientras caminaban, Riveiro miraba de reojo a Valentina.

—¿Estás bien? Quizás el capitán tenga razón. Tal vez debieses apartarte del caso.

—Ah, joder. ¿Tú también? De momento ni me he desmayado ni me he vuelto gilipollas, ¿a que no?

Él sonrió.

—No tienes que demostrar nada —insistió Riveiro, paternal—. Todos hemos visto la cara que has puesto cuando lo han nombrado.

—Ya. El Estudiante... Te lo agradezco —le dijo ella, dándole una suave palmada en el hombro justo cuando llegaban a su coche—, pero ahora mismo no es eso lo que me preocupa. No sé si te has parado a pensarlo, pero nuestro sicario es un individuo muy peligroso, acostumbrado a asesinatos, mutilaciones, torturas y demás.

Riveiro frunció el ceño.

—Bueno, es algo que sabemos todos, ¿no? Un malnacido acostumbrado a matar y a ejecutar órdenes. No es la primera vez que investigamos a alguien así.

—Exacto. Por eso resulta muy extraño que permitiese vivir a uno de los testigos que más lo observó y que lo tuvo más tiempo cerca... —razonó, como si estuviese perdida en sus pensamientos; después tomó a Riveiro del brazo, vehemente—. Ya sé que lo más probable es que el sicario estuviese disfrazado con toda esa historia de la quemadura en la cara, pero no sé. ¿No lo ves? Tras matar a tantas personas, resulta incluso absurdo. ¿Por qué el Estudiante dejó con vida a Pedro Cardelús?

Tras el peso de la noche llega siempre la liviandad del amanecer. A veces parece que la luz del día puede ofrecer cierto optimismo sobre las cosas, nuevas oportunidades. Sin embargo, las noticias de hoy no eran buenas. El doctor Gómez, tras un sueño reparador de apenas dos horas en el hospital de Valdecilla, en Santander, se había despertado con la noticia de que tres de las víctimas ingresadas tras el ataque en el Templo del Agua también habían fallecido. Sus cuerpos no habían resistido la inhalación del producto químico que la Policía Judicial ya le había confirmado como gas sarín. Era un pesticida letal, y había provocado que se les hinchasen los cerebros. Aquella inflamación, ¿sería solo por el gas o su causa primera se encontraría en la falta de oxígeno? Siete personas en total ya habían muerto por solo respirar aquel agente nervioso inventado en 1938 en Alemania para, supuestamente, encontrar el insecticida definitivo. El hecho de que al año siguiente comenzase la Segunda Guerra Mundial había supuesto un empujón para su producción en serie, aunque su utilización efectiva por entonces, y por fortuna, hubiese sido modesta.

El doctor Gómez, al saber la trágica noticia, había suspirado con resignación, aunque los médicos del departamento de urgencias de un hospital no suelen reservar un tiempo muy amplio para hacerse preguntas. No es necesario hablar de amor, de rabia ni de culpa: a él le resultaba irrelevante que fuese un bandido o un héroe el que agonizase en la mesa de operaciones, porque tenía claro que no le correspondía al cirujano aplicar la justicia inventada por los hombres. Luis Gómez no solo había sido uno de los primeros médicos en llegar a Puente Viesgo, sino que también había sido el responsable del triaje inicial de los afectados por la intoxicación criminal, y, siguiendo sus indicaciones, unos pacientes habían salido volando en ambulancias que aullaban como los lobos ante la muerte mientras otras víctimas habían tenido que esperar su turno. ¿Había estado acertado con sus filtros y decisiones iniciales? Era difícil saberlo. En un caso como aquel, ¿qué paciente tenía prioridad: el que sufría dificultad para respirar o el que ya no podía ver? En este último caso, si el índice de colinesterasa era tan bajo que ya impedía hasta la visión, las posibilidades de sobrevivir disminuían a cada segundo.

Cuánto peso para la conciencia de un simple hombre. Sin embargo, los años y la experiencia habían forjado el carácter de Luis Gómez. Desde luego, y tal y como estaban transcurriendo los acontecimientos, el doctor iba a tener material de estudio en abundancia y mucho trabajo y datos que contrastar. Para colmo, aquella teniente tan rara del día anterior y el sargento Riveiro lo estaban esperando para hablar con él y poder acceder a tomar las declaraciones a las víctimas. El médico miró el reloj. Las nueve en punto de la mañana. Hizo un par de llamadas y, tras una ducha de apenas dos minutos y un café, se preparó para recibir a la Guardia Civil.

7

—Así pues, ¿el mundo está poblado de tigres y cocodrilos?

—Sí, solo que los tigres y cocodrilos con dos pies son más peligrosos que los otros.

Alexandre Dumas,
El conde de Montecristo, 1844

Valentina apenas había dormido. Por la noche, al llegar a Villa Marina, Oliver la había esperado con la paciencia habitual, listo para escuchar y para arroparla tras el estropicio emocional y físico del que viniese en esa ocasión. Pero el gesto le había cambiado cuando ella había nombrado al Estudiante. Hubo un clic silencioso e invisible que encendió una llama afilada en el pecho del inglés. Y era extraño percibir en Oliver aquella furia. Él, que destacaba por su inteligencia emocional, su irónico humor británico y su estable cordura. Él, al que no se le resistía ningún problema y que sabía perder con elegancia, conquistando siempre al ganador con su sonrisa. Tras escuchar a Valentina, el rostro de Oliver se había endurecido, y a ella le había parecido ver cómo, de pronto, la rabia envejecía su semblante. Curiosamente, a ella le gustó que frunciese el ceño, que respirase lento mientras pensaba en aquel sicario que mataba por encargo. Pero solo le agradó porque, por un instante, había visto a Oliver desapegándose de su habitual resolución y optimismo, que a veces le parecían impostados, para pasar a mostrarse un poco más vulnerable y, en definitiva, más humano.

—Quiero que dejes el caso.

—No puedo, Oliver. Lo sabes.

—No quieres, que es distinto —negó, muy serio; se levantó y perdió la mirada al otro lado de la ventana, donde el mar se mecía sobre la orilla en completa oscuridad. Comenzó a hablar muy despacio—. ¿Acaso te he pedido algo alguna vez? ¿Me he metido en tu trabajo? Dime, ¿lo he hecho?

—No. Pero te he explicado las circunstancias.

Ella se levantó y lo abrazó por la espalda, donde apoyó el rostro. Oliver quería resguardarla y, tal vez, protegerse a sí mismo. A fin de cuentas, aquel bebé que habían perdido era de los dos, y recordarlo implicaba una tristeza muy profunda. Valentina tenía la pena tan asumida y tan dentro de sí misma que no fue consciente, mientras hablaba, de que estaba llorando.

—No puedo huir del miedo. Tengo que hacerlo.

Él se volvió y la miró con severidad. También había, allí dentro, un fuego del que él no acostumbraba a hablar, y que a ella le dio miedo. Valentina supo en aquel instante que, si Oliver tuviese en su mano un arma y una guerra, un implacable demonio vengativo podría habitarlo sin esfuerzo. Pero Oliver había elegido digerir la vida, continuar y no transformarse en un monstruo. Su futuro marido era un amable profesor de inglés que regentaba su propio hotel en un pueblecito de la costa, y aquello era todo. Y era un sueño.

A pesar de los golpes, juntos habían intentado encontrar destellos de felicidad; sin embargo, por mucho que deseasen olvidar y seguir con sus vidas, si el diablo volvía a llamar a su puerta, ¿debían evitarlo? Oliver abrazó a Valentina y, reflexivo, acarició su cabello. Quizás también él había comprendido que no era momento de huir.

—Espero que liquides el asunto esta semana. Te recuerdo que por aquí hay alguien que se casa en breve.

—Y dos veces, nada menos.

—Dos veces —repitió él, mirándola a los ojos y secándole las lágrimas con sus manos. Valentina sonrió y lo besó en los labios.

—Bajo ningún concepto dejaría que se me escapase un Gordon del altar. Me han dicho que los de su clan tienen castillos y todo.

Él le devolvió la sonrisa y aceptó la broma —que tenía algo de verdad—, pero mantuvo la frialdad en la mirada. Respiró profundamente antes de volver a hablar.

—Ten cuidado.

Y así habían resuelto aquel reencuentro con el dolor y la pérdida, con su bebé muerto y con aquellos hijos que ya nunca tendrían. Aunque Valentina no había sido del todo honesta; tenía claro que no podía esquivar el miedo, pero había renacido en ella el implacable ánimo de perseguir a quien se lo había causado. Tal vez hubiese algo mucho más fuerte que el dolor y la nostalgia que esculpen nuestra memoria; decían que el amor podía ser eterno, pero Valentina había sentido, con absoluta claridad, que la llama más incombustible era la de la venganza.

La teniente estaba ahora en el área de urgencias del hospital de Valdecilla para proceder a la ingrata tarea de tomar declaraciones a las víctimas supervivientes. Riveiro llevaba un rato observándola.

—¿En qué piensas?

—¿Yo? —replicó ella, que intentó desdibujar en su mente el recuerdo de su conversación con Oliver—. Pues... No sé, ¿has visto por aquí alguna máquina de café? —preguntó, solo por charlar de algo liviano.

Ya habían sido informados del fallecimiento de tres personas más, y la prensa se había apostado también a la entrada del hospital. Si se descuidaban, algún periodista sería capaz de hacerse el enfermo solo para entrar en urgencias, colarse por alguna parte y acceder a información confidencial. Pasaron solo dos segundos cuando vieron al doctor Gómez acercarse a ellos con dos paquetes en la mano, que no eran otra cosa que trajes de tyvek. Los recibió con gesto serio y semblante cansado, y Valentina se preguntó si aquel hombre habría dormido. Después pensó en sí misma, y le sorprendió su propia resistencia: también debería estar agotada, pero se sentía completamente lúcida y alerta, como si aquella investigación hubiese avivado sus sentidos.

—Vengan, vengan por aquí —los invitó el médico, haciendo que lo siguiesen—. Los tenemos a casi todos en un box especial, apartado, pero los más graves ocuparon el box vital y el séptico. Algunos pacientes están débiles y con ventilación mecánica, no sé si podrán interrogarlos a todos.

—Contamos con ello, descuide. Los trajes de tyvek... ¿Realmente hacen falta?

—Es lo prudente, aunque los pacientes han sido

aseados y su ropa ha sido retirada, de modo que el tóxico es ya solo un efecto que permanece en su interior.

—Pero entonces...

—Entonces debemos seguir el protocolo —la interrumpió— para impedir que las víctimas, que ya están débiles, puedan recibir del exterior ningún tipo de virus o de agente respiratorio que pueda resultarles nocivo. De todos modos lo que tienen no es contagioso —les aclaró, al comprobar un gesto en Valentina que interpretó como de desconfianza, aunque ella solo estaba concentrada en seguir al pie de la letra sus indicaciones.

La teniente y el sargento, obedientes, se pusieron los trajes de tyvek y unas mascarillas FFP2.

Antes de entrar al box vital, Luis Gómez pareció recordar algo y volvió a dirigirse a ellos, tal vez para prepararlos para lo que iban a ver.

—Encontrarán a la mayoría de los pacientes con tos y con problemas de visión, que no recuperarán del todo hasta que logremos estabilizar su colinesterasa, entre otros factores. Es muy posible que sufran dolores de cabeza y un cansancio extremo, aunque la pérdida de masa muscular no la percibiremos hasta dentro de unos días. Procuren ser breves.

—Un momento —lo frenó Valentina tomándolo del brazo, pues el doctor ya había hecho ademán de abrir la puerta del box—, pero ¿se recuperarán?

Por contestación, la teniente recibió algo parecido a un encogimiento de hombros. Aquel hombre debía de estar tan acostumbrado a la muerte que no jugaba al optimismo con ella. Sin embargo, su respuesta aportó algo de esperanza.

—Los que han sobrevivido a esta noche es muy posible que remonten. Aunque todavía tendrán que recuperar el funcionamiento normal de hígado y riñones, y la mayoría sufrirá lagunas de memoria y amnesia, sin contar con los trastornos de estrés postraumático.

Valentina murmuró un exabrupto y miró a Riveiro, que también se había visto algo abrumado por el pronóstico de los pacientes y ya se había preparado para lo peor. Aquel médico hablaba con tanta autoridad y de una forma tan resuelta que no se atrevieron a decir nada más. Accedieron al box vital, que normalmente tenía solo un par de camillas, pero que ahora ocupaban cuatro usuarios. No era un espacio especialmente amplio, pero sí disponía de todos los elementos de supervivencia básicos, de tal forma que hacía honor a su nombre. Destacaban un enorme ordenador, dos cardiocompresores y varias neveras con carteles impresos que especificaban cuántos fármacos —y en qué cantidad— podían encontrarse en su interior. Desde Aleudrina hasta dobutamina, pasando por Nimbex y hasta por un kit de hemorragia masiva. Un enfermero y un auxiliar consultaban, concentrados, información en el ordenador. Pero quienes realmente impresionaban en aquel cuarto eran los pacientes. Cuatro hombres, y cada uno de ellos conectado a varias bolsas de suero, mascarillas de oxígeno y diversos aparatos y medidores a su alrededor, cuya función Valentina no supo identificar.

Uno de los hombres, que parecía más joven que los demás, giró la cabeza cuando entraron y centró en ellos toda su atención. Tardaron solo unos segundos en identificarlo: Pau Saiz, el primero en intentar dar la voz de alarma en el Templo del Agua, y por el que tanto se había preocupado Aratz Saiz. Su aspecto no resultaba completamente deplorable, aunque era evidente que el joven forzaba la mirada para poder verlos con algo de claridad, pues parecía percibir las imágenes de forma borrosa. Al aproximarse a su camilla, pudieron comprobar la drástica contracción de sus pupilas, que el doctor les aseguró que desaparecería por completo, con casi total seguridad, en tres o cuatro meses.

Valentina se acercó al doctor Gómez y le habló en confidencia, en susurros.

—¿Qué tal es el pronóstico de este paciente? Estaba muy cerca del paquete con el gas sarín.

Gómez miró los datos que constaban en una carpeta a los pies de la camilla y consultó algo al enfermero, que no se había movido del ordenador. Ofreció a Valentina un gesto de asentimiento, que era toda una puerta de esperanza.

—Creo que se repondrá; es joven y es fuerte. Antes lo han llevado a una sesión de oxigenoterapia en la cámara hiperbárica, y tanto él como el resto de los pacientes —añadió, señalando a los que estaban en aquel box vital— están respondiendo bastante bien al tratamiento. Además, les inyectamos a todos atropina ya en las ambulancias, y el haber acertado con el antídoto ha jugado bastante a nuestro favor. Este chico le dijo a mi compañero que estaba tumbado cuando su tío había abierto el paquete con el gas, y tal vez eso le haya ayudado.

—¿Sí? ¿Por?

—En reposo, la respiración es más pausada... Y si tuvo durante un rato los ojos cerrados, el gas le habría afectado un poco menos. Pero, si no hubiese salido de allí, en unos minutos habría muerto.

—Ya. ¿Y los análisis? Quiero decir que... ¿Han podido comprobar si las víctimas fueron drogadas de alguna forma?

—¿Drogadas? Pienso que no... Déjeme ver.

El enfermero que estaba en el ordenador le cedió espacio a Gómez, que tecleó el nombre de Pau Saiz y, después, el de otras víctimas del ataque. Valentina lo escuchó mascullar: «Bioquímica, nada. Hematología, inmunología... Bien. Farmacología, microbiología...».

—Parece que todo está correcto, teniente. Al menos en los resultados de multilaboratorio de rutina. Aunque no se pueden descartar sustancias de sumisión química, que desaparecen del organismo bastante rápido; pero sus efectos, se lo advierto, no son inmediatos. Suelen mediar bastantes minutos entre la ingesta y los resultados visibles. En las autopsias estudiarán otros niveles farmacológicos, tal vez ahí encuentren algo.

Valentina y Riveiro cruzaron las miradas, algo decepcionados. Ambos habían tenido la sensación de que las víctimas caminaban de forma un tanto extraña en el Templo del Agua. ¿Habría sido, sencillamente, el efecto del sarín, aun cuando la caja que lo contenía todavía no había sido abierta?

Valentina se acercó a Pau. Se presentó como teniente de la Policía Judicial y admiró el dominio sobre sí mismo del joven, que se retiró la máscara de oxígeno para hablar con ella. ¿Qué pensaría el muchacho, viéndola vestida con aquel traje de apariencia espacial y con la máscara? Ella sabía, por experiencia, que al no poder mostrar las expresiones de su rostro a su interlocutor le iba a resultar más difícil ganarse su confianza. Pau apretó los ojos, como si así pudiese verla mejor.

—Mi tío... ¿Está...? —El chico tragó saliva, como si le costase mucho plantear la cuestión—. ¿Está muerto? —preguntó finalmente, desesperado por averiguar qué había sucedido—. Quise salvarlo, quise salvar a todos, pero se me nubló la cabeza. Yo... No era capaz de respirar —añadió, como si precisase ser disculpado.

—Gracias a sus intentos de dar la alarma llegó antes el socorro, no pudo hacer más.

—Pero ¿y mi tío?

—Lo siento... Yo no sé si... —Valentina dudó y miró al doctor Gómez—. ¿Los pacientes ya han podido hablar con sus familias?

—No, les hemos pedido que esperen hasta este mediodía, en que les daremos noticias con los cuadros diagnósticos actualizados y veremos si es posible autorizar alguna visita cuando comprobemos la estabilización de cada paciente de forma individual. Tenemos ya varios psicólogos trabajando en el protocolo.

—¡Dejen de hablar como si no estuviese presente, joder! —exclamó Pau, que con el esfuerzo pareció consumir gran parte de sus energías—. Sé que mi tío ha muerto, pude verle la cara.

—Sí —confirmó Valentina, convencida de que ya resultaba absurdo negar la evidencia—, lo lamento, ha fallecido.

Pau respiró de forma profunda, pero volvió a inspirar con fuerza al instante, como si la primera vez no le hubiese llegado suficiente aire a los pulmones.

—¿Y... y los demás?

—Han fallecido siete personas, señor Saiz.

El joven se llevó una mano al rostro con gesto de agobio.

—Aratz... Por Dios, ¿cómo está mi prima?

—Está perfectamente; no sé si lo recordará —le explicó, ahora que sabía de la posibilidad de que las víctimas pudiesen sufrir algún tipo de amnesia—, pero ella, su marido y el señor Garrido no acudieron al Templo del Agua.

—Sí, sí..., es cierto. ¿Y mi madre? ¿Han avisado a mi madre? Estaba de viaje, pero cuando sepa lo mío y lo del tío...

—Tranquilícese, todo está ahora mismo controlado y solo debe descansar e intentar recuperarse. Si se encuentra con ánimos, quisiéramos hacerle unas preguntas.

—¿Preguntas? —repitió, con tono de enfado—. ¡Pero si aún no sé qué ha pasado! Aquí no me dicen nada y yo solo sé que de pronto se fue la luz y que ya no podía respirar. ¿Qué coño fue lo que pasó?

—Un... Un gas.

—¿Un gas? —replicó frunciendo el ceño, como si no entendiese nada.

Valentina resopló. Aquello estaba resultando más difícil de lo que había imaginado.

—Se lo iremos explicando todo con calma, pero para identificar al culpable primero necesitamos que responda alguna de nuestras cuestiones.

—¿Cómo que al culpable? —exclamó, elevando el tono—. ¿Pero no lo tienen ya?

—No, señor Saiz.

—Pero será un operario, ¡o el responsable de las instalaciones!

—No, me temo que no. No ha sido una fuga de gas ni un accidente... Ustedes han sido objeto de un ataque deliberado, y necesitamos su colaboración para investigarlo.

Pau Saiz cerró los ojos y repitió con gesto de extrañeza, varias veces, la expresión «Ataque deliberado», incrédulo.

—¿Qué... qué quieren saber?

—Para empezar, sus funciones dentro de la empresa de su tío.

—Pues... ¿Mis funciones? Llevo cuatro años en

Construforest, me encargo de la contabilidad y ayudo a mi tío en la junta directiva. No entiendo qué relevancia puede tener esto, precisamente ahora —se quejó, visiblemente cansado.

—Necesitamos medir su conocimiento de la empresa para saber si considera que pudiesen tener, tanto la sociedad de su tío como cualquiera de las del BNI, algún problema grave con terceros.

—¿Qué? ¡No, no! ¿Qué problema íbamos a tener?

—Estamos ante un atentado en masa contra todos ustedes, y necesitamos entender los motivos.

—¿Un atentado? Pero esto qué es, ¿una pesadilla?

Valentina y Riveiro volvieron a cruzar las miradas. Iban a tener que armarse de paciencia con Pau Saiz. En cierto modo, era lógica su reacción: lo estaban interrogando y, a la vez, contándole que había sido objeto —sin motivo aparente— de un atentado con un arma de destrucción masiva. Sin embargo, y aun a pesar de sus circunstancias, el chico pareció hacerse cargo del papel que a su vez también le había tocado a la policía, de modo que, tras unos segundos, pareció recobrar la entereza y la calma.

—Perdone, es que... Son muchas cosas. Miren, de verdad, no se me ocurre ningún motivo por el que nadie pudiese tener interés en hacernos daño ni a mí ni a mi familia, y tampoco a las empresas que estaban en el balneario. A algunos yo los había conocido justo el día antes, pero parecían buena gente y mi tío llevaba años haciendo negocios con ellos.

Valentina asintió, agradecida por el cambio de actitud.

—Nos dijo su prima Aratz que Construforest iba muy bien y que, de hecho, su marido, el señor Rocamora, iba a unirse a la empresa.

—Ah, eso —replicó Pau, haciendo una mueca—. Solo era algo que Aratz le había pedido al tío Iñaki para tener dónde entretener a Daniel, porque es economista y, en fin... No tiene trabajo ahora, lo despidieron del banco donde trabajaba. Era una forma de ayudarlos, ¿entiende? Daniel no nos hacía falta en el departamento contable para nada, aunque hablar con el tío sobre el asunto era cada vez más difícil.

—Ah. ¿Y eso?

—Pues... El pobre estaba con despistes, se le olvidaban cosas... Ya sabe, se hacía mayor. Y el año pasado tuvo un infarto, estaba muy delicado.

—Entiendo. Y... Disculpe si le parece una pregunta demasiado intrusiva, pero ¿tiene idea de quién heredará la empresa?

El joven tosió y se mostró algo sorprendido por la pregunta.

—Pues, ¿quién va a ser? Aratz, naturalmente. Es hija única.

—¿Heredera universal? ¿No habrá un legado, un...?

—No, no —le cortó él, convencido—. Se lo aseguro, puede comprobarlo en el notario que siempre trabaja con la familia. El tío Iñaki no era partidario de segregar patrimonio, no sé si me explico. Aratz es la heredera universal. Supongo... Supongo que ahora será ella quien dirigirá la empresa. O su marido, no sé. Ella ya hace el marketing.

—Lo comprobaremos, gracias. ¿Y sabe si su tío tenía algún tipo de seguro?

—¿Personal, dice?

—Sí, sobre su persona.

—No lo sé... Al menos no tenía ninguno vinculado a la empresa, porque habría visto el apunte contable del pago. Pero, si el atentado ha sido contra todos, ¿por qué le interesa tanto mi tío? —preguntó, mostrando de nuevo un gesto de suspicacia y extrañeza.

—Fue él quien abrió el paquete con el gas sarín.

—Oh, ¡pero eso fue por las indicaciones del empleado que nos llevó a las piscinas, Cardelús!

—Ah, sabe su apellido...

—Sí... Insistió en que lo llamásemos por su nombre —explicó, sufriendo un nuevo ataque de tos, más breve que el anterior—, y llevaba una plaquita en el pecho donde ponía el apellido. Nos dijo a mi tío y a mí que estaba muy agradecido a la prima Aratz, que le había conseguido el trabajo en Puente Viesgo.

—No me diga. ¿Y usted no lo había visto antes?

—¿Yo? No, no... Yo voy a Puente Viesgo solo una vez al año, cuando el tío nos invita a... Bueno, cuando nos invitaba a todos a su cumpleaños. La familia al completo pasábamos un fin de semana en el balneario.

—Ah... Bien, volvamos al punto anterior. ¿Qué dijo Cardelús exactamente, lo recuerda?

—Pues... A ver. Veníamos de la fuente...

—Sí, lo sabemos. Allí parece que bebieron todos del agua medicinal, ¿lo recuerda?

—Sí, sí... Imagino que bebimos todos. Sabía a rayos, como siempre. En realidad, yo solo la había probado un par de veces en mi vida, aunque según mi tío no sabía a nada.

—Bien, continúe, por favor. ¿Recuerda si se sintió mareado tras beber el agua o pasado un rato después de hacerlo?

—Pues yo... No, no recuerdo haberme mareado justo entonces. Aunque la verdad es que tengo todas las imágenes muy difusas, y fue beber y subir ya a las piscinas.

—De acuerdo. ¿Y qué pasó cuando llegaron al Templo del Agua?

Pau suspiró y cerró los ojos, que apretó con fuerza, como si el gesto le ayudase a recordar.

—Yo me había recostado en una tumbona... ¿Por qué me tumbé? —se preguntó a sí mismo, como si le costase recordar—; tal vez me mareé, no lo sé. Estaba bastante cerca del tío Iñaki, que hablaba con el señor Borrás y con el otro, el calvo... Creo que era Costas. Sí, Álvaro Costas, de Valencia. ¿Ellos han...?

—Sí, han fallecido.

—¿Y la chica? Al salir del Templo del Agua intenté ayudar a una chica de Málaga, una que tiene los ojos rasgados, como oriental —se explicó, aunque de pronto parecía muy cansado.

—Se ha salvado, no se preocupe; está siendo tratada por los médicos en este mismo hospital, aunque el pronóstico y la evolución de todos ustedes dependen de muchos factores... No puedo decirle más.

—Entiendo —se limitó a replicar Pau, que parecía tomar conciencia por fin de la dimensión real de lo sucedido. Guardó silencio solo unos segundos y prosiguió con su relato—. Cardelús pidió a todos que abriesen el paquete, que era un detalle del balneario con ellos, una sorpresa.

—¿Y se lo pidió a todos, seguro? ¿A Borrás, Costas y su tío?

—Yo... Juraría que sí. Sí, estoy seguro. Dijo algo como que abriesen el paquete enseguida, tan pronto como se fuese y antes de que *se estropease la sorpresa*.

—¿Y no le pareció raro?

Pau negó con la mano, y en el gesto se movieron gran parte de los sueros y aparatos que tenía conectados.

—Aratz había cerrado el Templo del Agua durante dos horas, y le aseguro que en la contabilidad de la empresa queda registrado el dineral que costó la gestión; no me pareció raro que tuviesen algún detalle, y tampoco que se dirigiesen al grupo donde estaba mi tío, ya que era Construforest la que había sugerido ir al balneario. Ya nos habían recibido con cava y fruta en las habitaciones —explicó, sufriendo un nuevo ataque de tos. El doctor Gómez miró a Valentina, y ella comprendió que debía dejar descansar al chico, pero quiso hacer una última pregunta.

—Entiendo que cada año se reúnen en un sitio diferente, ¿no?

—Sí. Al menos desde que yo estoy en la empresa. El año pasado estuvimos en un parador de Galicia, en Santo Estevo.

—De acuerdo... ¿Y no vio nada raro en Cardelús, algo que le llamase la atención?

—Piénselo detenidamente —intervino Riveiro, que había guardado silencio hasta aquel instante—. ¿No le pareció que Cardelús pudiese tener algo extraño en el cabello, o en la barba, como si fuese disfrazado?

Pau Saiz volvió a cerrar los ojos, concentrándose en sus recuerdos.

—¿Disfrazado? No sé, yo no le vi nada raro. Tienen que preguntarle a Aratz, que es quien lo conocía. Sí, pregunten a mi prima, ella tiene que saberlo. Ella lo conocía de su anterior gimnasio —insistió, sin poder evitar un nuevo ataque de tos.

Cuando Valentina y Riveiro se despidieron del joven para seguir tomando declaraciones, a su espalda pudieron escuchar cómo Pau Saiz murmuraba frases ininteligibles, de las que solo podía distinguirse algún «Dios mío» y un nítido «Qué vamos a hacer ahora».

Después percibieron cómo el joven intentaba contener un discreto llanto. Valentina estuvo a punto de girarse, pero un gesto del doctor la animó a no hacerlo. Tal vez en ocasiones debamos respetar que cada cual, en la intimidad, mastique su propio dolor.

El brigada Peralta no había esperado encontrar aquel sorprendente e idílico paraíso justo al lado del balneario. Era muy temprano y la mañana había amanecido vestida por una bruma que se iba deshilachando poco a poco mientras un bonito mirlo surcaba el aire haciendo perezosas piruetas. Desde luego, con la luz del día aquel lugar desprendía una atmósfera acogedora y envolvente. A Peralta le habían dicho que aquel tramo del río era conocido como la senda de Pescadores, y que era un buen coto para la pesca del salmón y la trucha. A aquellas alturas, de hecho, ya sabía que había hasta tres manantiales de aguas medicinales en Puente Viesgo, aunque solo uno surtiese directamente al balneario. Aguas mágicas y mesotermales, que emergían a 34 grados y que supuestamente curaban el reumatismo. El paseo al borde del río en el que se encontraba estaba definido y dibujado por rocas claras y calizas con formas caprichosas y envolventes, que parecían imágenes pintadas sobre un cuadro que rozaba lo irreal. ¿Se habría escapado por allí el Estudiante? Sería factible que hubiese caminado por aquella senda paralela al río. Según lo que le había contado la teniente Redondo y por lo que él mismo había podido observar en los vídeos, el sospechoso había sido grabado por última vez saliendo del Templo del Agua por la puerta que daba al jacuzzi exterior, y desde allí era fácil descender al río; él mismo lo había comprobado a primera hora, cuando ni siquiera había amanecido. El sicario habría esquivado así las cámaras de la recepción y del aparcamiento del hotel, y podría incluso haber pasado por un simple pescador.

¿Qué sistema habría utilizado para huir de Puente Viesgo lo antes posible? Si era un profesional, sabría que en breve estarían las carreteras llenas de policía y ambulancias, y que revisarían todas las videocámaras de tráfico, gasolineras y negocios a pie de carretera. En efecto, aquello era lo que estaban haciendo, pero de momento todavía no habían podido detectar ningún vehículo sospechoso, y el coche del verdadero Pedro Cardelús seguía estacionado en el aparcamiento del balneario. Lo habían registrado y el SECRIM había desplegado todos sus recursos para la toma de huellas, pero tampoco habían dado con nada relevante.

Le quedaba el consuelo de que, al menos, sí habían localizado al sicario antes de que se transformase en Pedro Cardelús en las imágenes de las grabaciones del Templo del Agua. El sospechoso había accedido a primera hora de la mañana, en la sesión de las nueve a las once horas. Y, a las nueve y media en punto, solo él y dos señoras muy mayores se encontraban en el complejo termal. Iba vestido tal y como había descrito Cardelús, y había accedido al recinto de las piscinas sin entrar en ellas ni una vez, manteniendo siempre encima su albornoz bien atado y reclinándose en una de las tumbonas. La grabación permitía detectar muy ligeramente aquel rostro parcialmente quemado, pero apenas era distinguible su verdadera cara, pues al ampliar la imagen cada uno de sus píxeles se difuminaba y perdía calidad.

Pudieron detectar cómo el sospechoso, con gran sutileza, había dejado el pequeño paquete entre una planta y una de las tumbonas, ocultando sus movimientos tras una columna y dejando encima una de sus toallas. Nadie la movería de ahí. Ningún usuario tocaba nunca la ropa de los demás, y tampoco el personal de limpieza y control, que pasaba cada cierto tiempo, molestaría a ningún cliente porque hubiese dejado una toalla apoyada sobre una tumbona. Pero ¿por qué aquel teatrillo y aquel disfraz? ¿Por qué no vestirse directamente de Pedro Cardelús y entregar el paquete a su objetivo? Las teorías que le habían trasladado el sargento Riveiro y la teniente Valentina Redondo cobraban cada vez más fuerza, aunque el brigada Peralta comenzaba a desesperarse. No estaban avanzando. Observó al agente de la Sección de Homicidios que le habían cedido. El subteniente Sabadelle le parecía a ratos una caricatura, un extraño individuo del que no era capaz de discernir si era un torpe, un vago o un cínico que se reía de todos con descaro. Por fortuna, lo acompañaba aquel joven cabo, Camargo, que parecía aportarle un poco de sentido común. Ahora, el subteniente pretendía ayudar a los compañeros del Servicio Cinológico, pero le dio la sensación de que estaba, en realidad, distrayendo a los perros con sus silbidos y un extraño chasquido que hacía con la lengua. Los animales habían tenido acceso al albornoz que supuestamente había llevado el Estudiante —si es que era él el sicario que buscaban— y, tras olfatear aquella débil pista, intentaban identificar su rastro.

—Sabadelle, venga, por favor.

—Dígame, brigada —dijo el interpelado, acercándose. El cabo Camargo lo siguió con el rabillo del ojo y se mantuvo a la distancia justa para poder escuchar.

—¿Conoce bien la zona?

—Sí, sí, por supuesto. En este pueblo llevamos también hace tiempo un caso relevantísimo con unos arqueólogos y unas monedas que...

—Ah —lo interrumpió—. ¡No me diga que también fue su equipo el del caso de las cuevas de Puente Viesgo!

—Sí, señor.

—¿Con la teniente Redondo al mando?

—Con la misma. Que al final siempre nos causa alguna baja, la mujer, pero en fin.

—¿Alguna baja?

—Ya sabe. Se nos muere algún detenido, se nos mata por un acantilado... La gente está loca, qué le voy a contar que no hayan visto ustedes en la capital. Yo, desde que soy padre, tengo más clara todavía la importancia de nuestro trabajo... Tengo un niño de diez meses, y eso cambia la perspectiva de las cosas. Me explico, ¿no? ¡Nuestro deber de limpiar las calles de maleantes!

Peralta miró a Sabadelle, que parecía encantado del papel que le había tocado en aquella investigación, y que por otra parte estaba claro que hablaba de la teniente sin consideraciones muy profundas sobre la imagen que pudiese ofrecer sobre ella. Sin embargo, el brigada ya había construido un perfil sobre Valentina. Aunque la petición no era habitual, había solicitado a la central de la UCO su hoja de servicios: necesitaba confiar en las personas con las que trabajaba. No recordaba haber leído nada sobre el caso de Puente Viesgo que citaba Sabadelle, tal vez porque hubiese sido registrado destacando otra ubicación u otros detalles diferenciales, pero desde luego le había sorprendido averiguar que a Valentina le hubiese sido otorgada la medalla al mérito con la cruz del distintivo rojo; era una medalla pensionada y especialmente honorífica, que en la práctica solía ser dada a los que habían sufrido mutilaciones o a los que, directamente, ya estaban muertos. Pero ella se había ganado aquella distinción, y él no dudaba que hubiese sido merecida. Al leer con detalle el informe, Peralta había comprendido que uno de los hechos que había llevado a la teniente a perder su bebé había sido el procurar proteger a otro compañero. Valentina también había resuelto expedientes cuyo eco había llegado a las Comandancias de todo el país. El caso del Ángel de Villa Marina, aquel bebé antiguo que habían encontrado en un sótano... Y el extraño misterio de la Quinta del Amo, y el rompecabezas de aquella goleta, la Giralda... Sabía desde hacía tiempo que aquellos logros correspondían a la Comandancia de Santander, pero no que tras ellos estuviese el equipo de Valentina Redondo. A pesar de la excentricidad del día anterior, de su llamada a Escocia, el brigada había sentido un sincero respeto por sus logros, y le había asaltado una intensa curiosidad por la personalidad de la teniente. Lamentó que no estuviese codo a codo con él en las investigaciones. Volvió a prestar atención a Sabadelle, que esperaba instrucciones.

—Subteniente, dígame, ¿han comprobado si a la hora del atentado hubo entrada o salida de autobuses?

—¿Autobuses? Pero ¿cómo?, ¿de la línea regular?

—Además de esos. Me refiero a excursiones, tanto para el balneario como para las cuevas —explicó, señalando la montaña que tenían justo delante, cuyo constante ir y venir de transportes ya había observado.

—Pues... Imagino que sí —confirmó, no muy convencido y mirando a Camargo, que se apresuró a aproximarse.

—Brigada —explicó el cabo—, estamos en ello, comprobando todas las entradas y salidas y verificando con chóferes de autobuses y también con taxistas los servicios que hubiesen realizado ayer en una horquilla de tiempo de entre las ocho de la mañana y el mediodía.

—Bien. ¿Y este sendero? —preguntó Peralta, señalando el camino que, como en un cuento infantil, se deslizaba a ambos márgenes del río—. ¿El sicario podría haberse ido caminando?

—A ver... —dudó Camargo, pensativo—. Por poder, habría podido, sí. Pero no hubiera sido un camino muy rápido ni muy práctico... Aunque hay una senda verde de unos treinta y cinco kilómetros que discurre por el antiguo recorrido de las vías del tren.

—Pero ya no hay tren, ¿no?

—No, no... Lo inauguraron a principios de siglo xx para unir Santander con el balneario de Puente Viesgo y el de Alceda; creo que la idea era estirar las vías después hasta la meseta, aunque, por lo que sé, la locomotora era tan lenta que cerraron la vía antes de que yo naciese.

—Es que eres muy joven, Camargo —interrumpió Sabadelle, notoriamente molesto por no ser el principal interlocutor—, y por eso no estás a los detalles. Yo ya había pensado en esta vía verde como posible línea de escape... Brigada, es que el cabo suele trabajar siempre desde el puesto de mando en la Comandancia, y yo estoy más acostumbrado a la operativa de campo. Fíjese si ya he revisado el asunto que puedo confirmarle que tenemos aquí mismo un plano de situación para que se haga una idea de las posibilidades de fuga por la senda verde.

—¿Aquí? —preguntó Peralta, viendo a Sabadelle

con las manos vacías y estando rodeado tan solo de la placidez del paisaje y de la música del agua.

—¡En la estación de tren, en la estación! Es aquí mismo, brigada. Venga, que dentro tenemos planos y hasta maquetas para estudiar el terreno —le explicó, señalando un sendero que ascendía y abandonaba el margen del río—. Yo mismo he estado por aquí de paseo alguna vez con mi Esther y mi Santiago —añadió con gesto ufano, citando a su pareja y a su hijo.

—Pero ¿ha hecho la ruta?

—Quién, ¿yo? —se rio, chasqueando la lengua—. ¡Una ruta senderista, yo! No, no... Paseo de domingo, mi brigada, para el vermú montañés.

Peralta alzó las cejas. No hizo ningún comentario, y se limitó a pedir a Sabadelle que lo llevase de inmediato a aquel lugar que había indicado mientras el cabo Camargo los seguía en silencio y apretando los labios. El subteniente Sabadelle, ¡diciendo que estaba acostumbrado a la operativa de campo! Cuando lo contase en la Comandancia no iban a dar crédito. En menos de dos minutos llegaron a la antigua estación de tren de Puente Viesgo, que ahora realizaba las funciones de oficina de turismo y que lucía unas agradables ventanas pintadas en color rojo inglés. El edificio era pequeño y de planta baja; disponía de un aire romántico y decimonónico, y el reloj que colgaba en el andén cubierto incitaba a soñar sobre las horas de espera de los antiguos pasajeros, que ahora ya solo eran fantasmas. En aquel espacio se conservaban algunos asientos de espera y, a pocos metros, una vieja locomotora negra se exponía al aire libre sobre unas vías que ya no iban a ninguna parte.

Era muy temprano, pero un hombre bastante mayor y de barriga prominente estaba abriendo la puerta de la antigua estación. Si le sorprendió verlos llegar con sus chalecos reflectantes y claras identificaciones de pertenencia a la Policía Judicial, no dijo nada. El pequeño grupo dio los buenos días, accedió y se dirigió directamente hacia los planos enmarcados y las maquetas orográficas. En pocos minutos, Peralta tuvo claro que, desde Puente Viesgo, se podría o ir caminando hacia el norte hasta el municipio de El Astillero, en Santander, o, por el contrario, encaminarse hacia el sur hasta Ontaneda, última parada tras llegar al balneario de Alceda. Tras un pequeño debate decidieron que, de haber huido por aquella vía, el sicario habría escogido el sur, pues el camino del norte atravesaba varias carreteras que disponían de videovigilancia y que, además —según confirmaron por teléfono con guardias de la zona—, tenían algunos tramos cortados. Por el contrario, la ruta del sur transcurría entre prados y carreteras secundarias. Serían un total de trece o catorce kilómetros. ¿Se habría arriesgado el asesino a huir de una forma tan precaria?

Peralta detuvo su mirada sobre una mesa llena de folletos turísticos. Se aproximó y ojeó con gesto rápido los trípticos. De pronto, lanzó un exabrupto y se acercó corriendo al hombre que les había abierto la estación. Le mostró uno de los folletos publicitarios y le preguntó algo que Sabadelle y Camargo no pudieron escuchar. Acto seguido, se dirigió hacia la puerta de salida y se volvió solo medio segundo.

—¡Vamos! —les gritó, apurado, al tiempo que llamaba a dos de sus guardias—. ¡Vengan conmigo!

Sabadelle, antes de seguirlo y lleno de curiosidad, deslizó la mirada hacia uno de los folletos que el brigada había tenido entre las manos. Miró con sorpresa a Camargo.

—Hostia puta, ¡que este cree que el asesino se ha ido en bicicleta!

Querer cambiar el mundo es, definitivamente, un problema. Uno solo no puede.

En la selva se tiene mucho tiempo para pensar. Mucho. Y pueden venirle a uno grandes ideas, pero también puede ser un huevón que *cree* tener grandes ideas. Creer que eres el más listo porque te llaman el Estudiante, cuando el único mérito que tienes es haber conseguido el título de bachiller y aprobar a distancia los dos primeros cursos de Filosofía de la Universidad Nacional de Colombia. La mayoría de los que estaban en la guerrilla habían sido reclutados de la miseria, en las aldeas de Meta. Yo no, yo fui a cambiar el mundo. Viajé desde Buenaventura hasta las selvas de Caquetá para realizar mi aporte intelectual al movimiento, para cambiar nuestro puto y corrupto país.

—¿Qué haces?
—Un trabajo.
—¿Qué trabajo?
—Pensar.

Releo mucho este diálogo y otros pasajes de *Crimen y castigo*, de Dostoyevski. Es el único libro que siempre llevo conmigo. En la selva no, claro. Ya cargaba todos los días treinta kilos a la espalda. Solo me acompañaba una libreta con pequeños pasajes y otras anotaciones. «Este Vargas nos salió un pensador, ¿visteis? Oye *man*, ¿qué lees ahí?» Al principio me llamaban por el apellido. Vargas. Después ya no, después ya solo era el Estudiante o Estudiante, a secas. «Estudiante, ¡la rancha!», y allá que me iba a comer mi arepa con mi pedazo de carne. Es increíble que *Crimen y castigo* fuese escrito hace ciento cincuenta años y que todavía vivamos con las mismas desigualdades. Nunca habrá solución, porque nunca llegará la educación libre a todas partes. Siempre te encuentras pendejos que se encargan de joderlo todo. Recuerdo cuando empecé, cuando me dieron el curso básico de combate. Te enseñaban las tácticas para las emboscadas, a desfilar y a hacer las marchas... Todo el componente militar. Pero también nos enseñaban política. Los principios del partido. Ahí sí que podías leer, había toda clase de libros. Con los pelaos jóvenes era más fácil, se los adoctrinaba sin esfuerzo. Era como si todo fuese muy grande, como si los impresionase el más simple uniforme. También a mí me impresionaba el sistema, ¿cómo no?

En la guerrilla hay tantas cosas que sorprenden a uno. ¿Cómo iba yo a saber que iba a ser tan buen tirador? Antes de viajar a Caquetá no había tocado un fusil en mi vida. Creo que mi arma favorita para la selva era el AK-47. Disparaba aun después de meterla en el barro y en el agua sin desajustarse. «Intenta dar a aquel objetivo; sí, a aquel.» Y yo imaginaba que era como uno de esos marines americanos, y jalaba el gatillo y le daba. Aunque fuese a un kilómetro de distancia. Creo que es una cuestión de sutileza, de medir las fuerzas. Yo empecé flojo, me costó. Pero después aprendí rápido, y siempre cumplí y procuré estar a la altura. Fue la guerrilla la que me decepcionó a mí, la que estafó mi vida. Cuando salí de la selva, tras cuatro años dentro, todo estaba igual. O peor. Fue difícil hacer la descompresión, vaciarse del todo para volver a lo urbano. Estoy tan cansado de todo esto. Ya no tiene sentido ninguna lucha, pero tampoco sé moverme en este mundo. ¿Cómo se puede ser normal, hablar con alguien sin ir armado? Ni siquiera sé por qué he venido aquí, a esta casa. Supongo que para sentirme vivo, ¿no? Uno ya se desconoce a sí mismo cuando no sucede nada en su vida que valga la pena.

El encargo del Templo del Agua tuvo su parte de emoción, y a estas alturas tampoco supone un peso particular en mi conciencia el hecho de eliminar a algunos pendejos. Pero a veces uno ya no está seguro de nada. Tendría que haber regresado a Madrid, pero, como era de esperar, han puesto controles en todas las carreteras. Qué pendeja, la teniente esta. ¿No tienen otra? Me está tocando en todas las fiestas, la socia. Se le murió una criatura en el vientre por mi culpa. ¿Cómo iba a saberlo? La teniencita no tenía que haber estado allí, y menos con un bebé dentro, aunque en la selva mis compañeras combatían preñadas hasta de siete meses. Valentina Redondo. Sé que me estuvo buscando después de lo del Junco, porque uno tiene sus contactos en todas partes. Me cae bien, me recuerda a las mujeres de la guerrilla, se le nota el valor. Una vez pasé a su lado y no se dio cuenta. Tiene electricidad dentro, la muy cabrona. Se mueve como un gato, y cuando mira sé que lo traspasa todo. Es de esas mujeres que al nacer ya vienen con la mirada vieja. Me han contado que tiene un ojo negro por un golpe, pero no sé si será cierto. El otro sé que es verde, porque al verlo pensé en Caño Cristales, y fue como contemplar esas plantas que bajo el agua se vuelven esmeraldas. No he visto un río ni unos charcos más hermosos en toda mi vida. Ay, la teniencita. Hay mujeres que dentro se guardan todos los misterios.

Estar aquí me va a valer para hacer inteligencia,

para observar e investigar al enemigo, que a fin de cuentas es lo que hacíamos los francotiradores en las FARC. Espionaje, cartografía, observación. No íbamos a estar todo el día disparando. La habitación que me han dado es muy buena. Se ve la playa y la piscina, y ahí está jugando a las cartas el socio de la teniente, que parece un buen hombre. Es inglés, pero no se le nota al hablar, tiene bien entrenado el acento. Su parce es un cacorro afeminado, no hay más que verlo moverse, pero el uno y el otro parecen tener cabeza, cada uno a su manera. Cuando veo tipos tan distintos, siempre me sorprende que puedan llegar a hacerse tan buenos parceros. Me gusta mirar a la gente normal, a los que viven en la ingenuidad y desconocen cómo es todo ahí fuera. Es como si todavía estuviesen limpios por dentro.

Voy a poner un poco de música suave, a darme una ducha y a dormir. Tengo que descansar. La cama parece buena. A veces hasta echo de menos mi cambuche de la selva. Supongo que dormía tan bien en mi caleta de paja porque casi siempre estaba agotado, otra cosa no tiene explicación. La humedad transformaba a veces el agua en puro cristal, que se te clavaba en los huesos como si fuesen agujas. El bosque tropical se llenaba, aun con el calor, de esos cuchillos de vidrio invisibles. Vivíamos allá adentro en paz con la naturaleza, pero como si estuviésemos dentro de una selva de cristal.

¿Cómo se llamaba este sitio? Villa Marina. Tiene un aire antiguo, este lugar. Como si te alojases en la casa de alguien de la familia que hace tiempo que no ves. Aquí no me buscará nadie. Ni la UCO, ni el EDOA, ni la INTERPOL, ni la teniencita. ¿Cómo iba ella a buscar al lobo en su propia guarida?

8

—¿Considera el crimen como algo normal?
—Naturalmente. Es algo desagradable que ocurre de vez en cuando.

Agatha Christie,
Asesinato en el Orient Express (1934)

El mirlo acuático sobrevolaba aquel caos de los humanos con la sabiduría de los que disfrutan las cosas simples y de los que poseen la libertad de no pertenecer a nada más que al tiempo. ¿Debería el pajarillo prestar atención a aquel inusual revuelo? Tal vez. Los mortales de dos patas, siempre tan dramáticos e impredecibles. Aunque el personal de la UME y del SEDEX permanecía todavía en Puente Viesgo tomando mediciones y el Templo del Agua continuaba precintado y con varios guardias vigilándolo, el hotel retomaba poco a poco su actividad y, por lo menos, intentaba atender con normalidad a los clientes que ya estaban alojados cuando había sucedido el atentado, a quienes se les había permitido regresar a sus habitaciones; entretanto, la prensa seguía apostada en la zona y los huéspedes hacían sus propias cábalas y suposiciones.

En apenas un minuto, el brigada Peralta había llegado andando desde la vieja estación de tren hasta otro idílico espacio; no había tenido más que seguir la famosa vía verde para hacerlo, dejando atrás a su paso la vieja locomotora, que le había parecido que era de vapor. En aquel punto, el río Pas viajaba con fuerza hacia su encuentro con el mar y, en su camino por Puente Viesgo, era cruzado por puentes de madera en forma de arco de medio punto y flanqueado por evocadoras vallas a medio camino entre las tejanas y las *post and rail*. Todo eran árboles, prados y florecillas esperando un poco más de calor para romper el frío cristal del invierno y dejarse ir con la primavera. Pero ahora a Peralta la maravilla del paisaje le resultaba indiferente. Estaba centrado en un puesto de alquiler de bicicletas, que se alzaba frente a él en forma de modesta cabaña de madera, justo al lado de la vía verde. Precisamente era aquel negocio el que había visto anunciado en el folleto publicitario de la antigua estación de tren. Todavía no estaba abierto, pero un cartel en la puerta informaba de que estaría operativo una hora más tarde. El brigada comentó algo con uno de sus agentes y con el sargento Marcos, que de pronto se había unido al grupo sin que Sabadelle recordase haber visto que ninguno de los cabos lo avisara; aquel sargento era discreto, silencioso y observador. Hablaba poco, pero no ocultaba cómo evaluaba constantemente todo a su alrededor; su suficiencia, que no pretendía ser displicente, pero que sí mostraba cierta indolencia ante los dramas rutinarios de los demás.

Peralta, tras echar un vistazo al mapa del folleto, se dirigió de nuevo a Camargo y, especialmente, a Sabadelle.

—Subteniente, tengo una misión para usted.

—¡A su disposición! Dígame, brigada.

—Tenemos que verificar la posibilidad de que el sospechoso haya huido por aquí, y lo más factible es que lo hiciese a pie o en bicicleta, para después tomar un vehículo aparcado al final de la vía verde o en una zona alejada y sin cámaras.

—¡Pero entonces será imposible encontrarlo!

—En efecto, salvo que localicemos videocámaras por el camino.

—¿Cámaras? ¡Pero si por aquí no hay nada, mi brigada! Mire, ¡ni siquiera tiene videovigilancia el puesto de bicicletas! —exclamó Sabadelle, asombrado y señalando con la mano el negocio de alquiler.

—Ya nos hemos fijado... Pero más adelante hay viviendas, y es muy posible que varios negocios; debemos verificar si tienen sistemas de vigilancia que puedan darnos alguna pista.

Sabadelle miró fijamente la senda verde hasta donde le alcanzó la mirada, y después frunció el ceño, porque acababa de comprender las intenciones de Peralta.

—¿Y pretende que haga los quince kilómetros hasta Ontaneda para comprobarlo?

—Pretendo, subteniente, estudiar hasta la última vía de investigación posible. Pueden coger unas bicicletas usted y uno de mis hombres para rastrear la vía, he visto que en el hotel disponen de varias de alquiler, y por aquí no se puede acceder en coche.

—Eeeh... ¿Y en motocicleta?

—Es una vía verde, subteniente.

—¡Pero esto es un caso de seguridad nacional! ¡Hemos sufrido un atentado con gas sarín!

—¿Quiere bajar el tono? —le reconvino Peralta, mirando hacia los lados y comprobando que no hubiese ningún vecino ni senderista cerca.

—¿Y quién sabe si se fue andando?

—Muy lento.

—¿Y corriendo?

—Llamaría demasiado la atención.

—Podía estar haciendo *footing*, muy típico en estas sendas.

—Poco probable. Lo más factible sería que llevase material para los disfraces consigo, además de armas. Demasiado peso para portearlo corriendo, y ya hemos revisado papeleras y contenedores de medio kilómetro a la redonda... No parece que se haya deshecho de nada, y desde luego no sería propio de un profesional ir dejando evidencias tan fáciles. Si huyó por aquí, lo más lógico y práctico habría sido hacerlo en bicicleta, que sería la forma en que pasaría más desapercibido.

Sabadelle buscó otra escapatoria.

—Pero ¿está seguro de que quiere que vaya yo? Seguro que el cabo Camargo podría perfect...

—Por supuesto —lo interrumpió Peralta, muy serio—, pero es usted quien conoce bien la zona y ya ha gestionado aquí un caso importante, ¿cierto?

—Cierto, cierto, mi brigada.

—Bien. Por su experiencia y conocimiento del área puede resultar aquí mucho más útil; mandaremos otro par de agentes por la vía verde hacia el norte, aunque ya hemos visto que es menos probable que el sospechoso haya tomado ese camino.

—Pero hay que descartar, claro —reflexionó Sabadelle, con tono ya de resignación.

—Exacto. El cabo Camargo y el resto del equipo me acompañarán a hablar con la UME y después a la Comandancia, donde tenemos que trabajar con el historial de las empresas del BNI y nuestros contactos locales.

—¿Se van a Santander? ¿Qué... qué contactos locales?

—Los que nos den alguna pista de quién pudo facilitar el gas sarín al sospechoso. ¿Necesita que le explique algo más? —le preguntó, irónico pero con el semblante firme como una piedra.

Resultaba evidente que no iba a permitir ni un solo comentario más cuestionando sus instrucciones. De pronto, le cambió el gesto y mostró una sonrisa amable.

—Si no se siente capaz de pedalear en llano unos kilómetros, puedo encomendarle la tarea a otro compañero. Sería una pena, porque necesitamos a alguien con conocimientos concretos del municipio.

Sabadelle miró de reojo al cabo Camargo, que desvió la mirada al instante, así que no necesitó mucho más para comprender que no tenía escapatoria.

—Puedo realizar el trabajo de campo perfectamente, brigada. Suelo encargarme de operativa más intelectual, pero supongo que... —dudó, algo acalorado—. Sí, supongo que por esta vez no vendrá mal un poco de mi visión del costumbrismo nativo.

—A eso me refería.

Si Sabadelle percibió o no el cinismo en la contestación del agente de la UCO ya resultó irrelevante, puesto que no hubo mucho más que hablar ni resolver. El brigada Gonzalo Peralta parecía tener las ideas muy claras y, en cierto modo, trabajaba un poco como la teniente Redondo: examinaba cada pista hasta la extenuación, bien para eliminarla, bien para continuar trabajando sobre ella en el proceso deductivo. Con lo fenomenal que le había caído al principio, qué poca gracia le hacía ahora a Sabadelle aquel brigada sabelotodo. ¿Qué se pensaba, que allí no sabían hacer las cosas? ¿Que podía relegarlo a tareas de rastreo sin más? ¿Por qué diablos habría insistido él mismo en sus exhaustivos conocimientos de la zona?

Tras regresar al Gran Hotel Balneario y realizar las oportunas gestiones con el personal, Sabadelle se vio frente a varias bicicletas blancas y lustrosas, instaladas para los clientes de forma permanente en el aparcamiento del edificio. Comprobaron con la recepción que no faltaba ninguna, de modo que, si el sospechoso había huido por aquel medio, desde luego había utilizado o bien una bicicleta propia o bien una que hubiese alquilado incluso en el puesto que habían visitado antes; cuando estuviese abierto le preguntarían al responsable del negocio.

Sabadelle se llevó la mano a la barbilla y masajeó de forma automática su mentón antes de montarse en una de las bicicletas mientras hacían lo propio un guardia y un agente de la UCO, el cabo Freire, que era joven y de porte atlético. Antes incluso de comenzar a pedalear, y a pesar del frescor de la mañana, Sabadelle sintió que ya estaba sudando. Tomó aire, alzó el gesto con porte de exagerada dignidad y comenzó a deslizarse sobre dos ruedas hacia aquella vía verde, donde él mismo iba a formar parte de una de las pistas más reveladoras de aquel misterio que había nacido en un santuario de agua.

La descomposición de los cuerpos no se detiene cuando llegan a la morgue. Allí se mantienen a una temperatura de entre dos y cuatro grados, y solo se congelan cuando ya está hecha la autopsia. Hoy iban a tener bastante trabajo en el servicio de patología, que ocupaba la planta baja de los antiguos mortuorios anexos al

Hospital Universitario Marqués de Valdecilla. Las defunciones en el Templo del Agua habían ascendido ya a siete, y a sus cadáveres había que añadir dos necropsias clínicas corrientes de pacientes que habían fallecido tras un largo período de enfermedad.

Clara Múgica suspiró profundamente tras recogerse el pelo y prepararse para la tarea que tenía por delante. Acababa de colgarle el teléfono a Valentina, que se había reunido con el doctor Gómez y ya había tomado declaración a una de las víctimas. Por supuesto, la teniente quería saber ya los resultados preliminares de la primera de las autopsias y, como siempre, tuvo que explicarle que la ciencia y su trabajo no caminaban tan rápido como la Policía Judicial, y que intervenir un cuerpo no solo requería tiempo, pericia y habilidad, sino también burocracia. A pesar de que sabía que a muchos su trabajo les podía parecer desagradable, a Clara Múgica le encantaba poder participar en exámenes forenses que pudiesen ayudar a reconstruir homicidios. Y el examen externo de los cuerpos funcionaba como una base fundamental sobre la que trabajar; parecía un análisis sencillo en comparación con el interno, pero la autopsia psicológica resultaba también extremadamente relevante.

—¿Por cuál empezamos, Clara? El del espasmo cadavérico, ¿no? —preguntó Almudena Cardona, entrando en la sala.

—Estás deseando ponerte con ese caso, ¿eh? —sonrió Clara, que ya había contado con el interés de su joven compañera por un cuerpo en el que hubiese sucedido aquel fenómeno excepcional—. Es el primero de la lista. Pero no te voy a dejar diseccionar las córneas, doctora Frankenstein. Que lo sepas.

Cardona replicó con un mohín: ya había asumido

con deportividad todas las bromas que Clara le había hecho el día anterior en el trayecto de regreso desde Puente Viesgo por su comentario sobre la optografía.

—Pues que sepas que si este hombre se murió quedándose con esa cara tuvo que ser por algo, por una impresión muy fuerte.

Clara asintió, dándole la razón y finalizando ya con la chanza.

—Tal vez se dio cuenta de que iba a morir, sin más. Y la idea le dio un miedo atroz. Podría ser, ¿no?

—Sí, supongo. Podría.

Ambas forenses, pensativas, guardaron silencio mientras un compañero les llevaba el cuerpo de Iñaki Saiz de la cámara frigorífica y ellas preparaban el material, que se guardaba con estrictas normas de asepsia: bisturís, sierras, pinzas de Kocher... La lista de herramientas y recipientes era amplia. Cámara fotográfica y grabadora, además. En aquella ocasión, y dadas las circunstancias, habían aumentado las medidas de bioseguridad y, para realizar el examen forense, tanto Múgica como Cardona, en vez de utilizar su habitual indumentaria quirúrgica, se habían pertrechado con trajes similares a los de tyvek y con mascarillas de alta protección. La utilización de un gas nervioso para cometer aquellos crímenes implicaba un especial cuidado con el seguimiento del protocolo de seguridad, y sin duda los informes que realizasen tras aquella intervención serían incluso puestos en conocimiento de la Organización Mundial de la Salud.

Clara esperaba que a aquellas alturas el cuerpo de Saiz hubiese perdido aquella extraña rigidez de su última expresión, pero cuando pudieron ver el cadáver resultó de nuevo sorprendente comprobar su estado. El rostro del difunto era un mapa de miedo y sufrimiento, de angustia. ¿Qué le habría pasado por la mente a aquel hombre en el último instante, justo antes de morir? A la forense, a pesar de sus años de experiencia, le resultó incómodo trabajar con un cuerpo en el que parecía habitar todavía un soplo de vida; aquel mensaje escrito en el semblante lo dotaba de personalidad. Normalmente era más fácil: los cadáveres eran carcasas sin expresión y sin alma, sin rastro alguno de la esencia de quienes habían vivido en ellos.

Por fortuna para la investigación policial, los envoltorios de carne solo se quedaban sin la esencia de su espíritu, pero no sin su biografía mortal. En los últimos años, incluso las modas llegaban a la morgue: pieles con más piercings y tatuajes, cuando en los viejos tiempos solo los roqueros, boxeadores y algunos marineros marcaban sus cuerpos. Recibían también cadáveres con más rastros de autolesiones... A veces Clara se preguntaba cómo era posible que las instituciones no percibiesen el drama con el que muchas personas estaban conviviendo. También el cuerpo de Iñaki Saiz atendía a la evolución de los tiempos, pues Múgica recordaba que muchos años atrás solía hacer autopsias a individuos mucho más delgados, y ahora la grasa aumentaba el volumen de casi todos los que pasaban por allí; Iñaki disponía de una considerable barriga y de músculos flácidos, que reflejaban no solo su edad sino una vida bastante sedentaria.

Cardona esterilizó la zona del cuerpo donde estaba la vena femoral y procedió a tomar una muestra de sangre. Debían proceder a su análisis cuanto antes, dada la gravedad del asunto, aunque el personal de la UME ya les había confirmado que el gas que había matado a toda aquella gente era el sarín, mezclado con otras sustancias para ralentizar sus efectos. Normalmente tardaban al menos un par de días en recibir el detalle de unos análisis similares, pero el asunto era tan preocupante y podía tener tanta repercusión para la salud pública que en esta ocasión sabían que, de no obtener los resultados en la misma jornada, los tendrían a primera hora del día siguiente.

—Vamos a ver al tipo delgado que llevas dentro, amigo —le dijo Clara al cadáver, como si pudiese escucharla.

Ella sabía que, tras la muerte, la grasa del cuerpo se solidificaba y se adhería más a la piel, de modo que se podía retirar con facilidad. Debajo había una capa de músculo y después ya podía estudiarse la caja torácica de la persona delgada que habitaba el interior de todos los que pasaban por allí.

Antes de abrir el cuerpo Cardona ya había realizado un examen exhaustivo del exterior. No había heridas visibles, ni traumas o contusiones. Manicura en manos y pies, corte de cabello cuidadoso y dentadura postiza reluciente, tal y como ya habían observado en el Templo del Agua. Lo cierto era que habían recabado bastante información en la inspección ocular para el informe, aunque ninguna parecía de significativa utilidad.

Clara abrió el cuerpo trazando una T y siguiendo la técnica de Virchow modificada: cortó de hombro derecho a izquierdo y después seccionó las costillas siguiendo la línea recta y vertical de la T, de forma que pudo tener una visión clara de la cavidad torácica.

—Mira, seguro que era fumador —comentó Cardona, observando la negrura de algunas zonas de los pulmones, que con puntos oscuros se distribuían en innumerables líneas con forma de árbol.

—No olvides la polución —puntualizó Clara, sin

levantar la mirada del cuerpo—, últimamente nos llegan muchos así... Pero fíjate, ¿ves?

—Hemorragias.

—Sí, aquí y aquí —señaló Clara, marcando distintas zonas del órgano. Después hizo una incisión—. Y edema pulmonar...

—Podría ser por problemas del corazón. Su hija incluyó el infarto de miocardio entre sus antecedentes. He visto pulmones más bonitos, la verdad.

—Ya. Vamos a pesarlos.

Clara retiró los órganos de la caja torácica. El pulmón derecho siempre sumaba unos cien gramos más que el izquierdo, pero en este caso el peso de ambos se salía de los parámetros habituales.

—Vaya —se sorprendió Cardona, que procedió a anotar las cifras—. ¡El izquierdo pesa casi seiscientos gramos y el derecho setecientos veinticinco! ¡Qué barbaridad! —exclamó, pues sabía que el izquierdo no solía exceder de medio quilo y el derecho no acostumbraba a traspasar la línea de los seiscientos o seiscientos quince gramos.

Clara Múgica respiró profundamente y se mostró concentrada; respondió sin dejar de hacer la autopsia.

—Anoche estuve estudiando los efectos del sarín...

—¿Sí? ¡Pero si llegamos tardísimo de Puente Viesgo! Joder, ¿has dormido algo?

—Poca cosa, pero no podía enfrentarme a esto como si fuese un caso corriente... Y al final veo que se confirma lo más básico: edema de pulmón, aumento de peso de la masa pulmonar y hemorragias en el mismo órgano. Típico de la muerte por causa de arma química. Y veremos ahora el hígado y los riñones, ya verás qué fiesta. Oh, y mira el corazón —añadió, tras hacer una incisión en el pericardio y estudiarlo detenidamente durante unos minutos—, ¿ves estas marcas? Lo que tú decías.

—Sí, antigua angina de pecho.

—Pero en este caso no se ha muerto de un infarto, sino por un paro cardiorrespiratorio.

—Este —señaló Cardona, mirando hacia el muerto con una mueca de solidaria compasión—, con las patologías previas que sufría, no tenía escapatoria.

—No, y menos siendo él quien tuvo el contacto directo con el sarín. Veremos a ver qué dicen los análisis, porque Valentina me llamó hace un rato y me dijo que por las grabaciones del Templo del Agua les había dado la sensación de que las víctimas habían sido drogadas.

—¿Drogadas?

—Sí, con una bebida que les dieron antes de entrar en el complejo. Pero no sé, parece bastante claro que fue el sarín el que hizo el trabajo. Además, Gómez le ha dicho a Valentina que en los análisis de multilaboratorio rutinarios no han encontrado nada.

—¿Qué Gómez?, ¿el de urgencias?

—El mismo. Yo ya había pedido antes de empezar aquí una copia de los análisis de los supervivientes —explicó, señalando con la barbilla el cadáver de Iñaki Saiz—; y, qué va, no había nada significativo, estaban limpios.

—¿En antipsicóticos también?

—También. Supongo que el sarín es más potente de lo que imaginamos y que fulminó a todos estos desgraciados con tan solo acercarse.

Cardona asintió, convencida, sin sospechar que el análisis de algunos tejidos y de la sangre de Iñaki Saiz les desvelaría hasta qué grado el asesino, con extraordinario método y crueldad, se había asegurado de alcanzar sus fines.

Iba a ser ya casi la hora de comer, y Valentina Redondo y el sargento Jacobo Riveiro, animados por el doctor Gómez, habían decidido tomarse un descanso. Aquel médico debía de estar agotado, no solo por la interminable jornada que llevaba a sus espaldas, sino por tener que haberlos atendido a lo largo de la mañana, aunque lo cierto era que había cedido a un compañero su puesto de anfitrión gran parte del tiempo. Él iba y venía, reclamado constantemente en unas salas y otras. La teniente y el sargento se habían retirado ahora los trajes de tyvek y habían decidido tomar un café de hospital, algo breve. Solo les quedaban dos testigos —de los que estaban suficientemente recuperados como para responder sus preguntas— a los que recoger su declaración, y aquella mañana había sido dura. No solo por el contacto con las víctimas, que había requerido mucha delicadeza y tacto por su parte, sino por la cantidad de llamadas que habían tenido que atender. Del brigada Peralta informándole de sus pasos y verificando los suyos, del juez Marín, de sus compañeros en la Comandancia con las investigaciones que estaban realizando sobre el historial de las propias víctimas... Y, por supuesto, del capitán Caruso, histérico, solicitando información actualizada y de utilidad. «Teniente, he recibido una llamada desde Presidencia, ¿me explico? ¿Me has oído? ¡Desde la Moncloa, Redondo! A ver si entre la UCO y nosotros resolvemos, ¿eh? Que tengo a estos perros de los periódicos tocando los huevos, y lo del gas no lo podemos hacer oficial, ¿me explico? Que sería esto el puto caos, ¡el puto caos! Así que dadme algo, lo que sea.»

Y Valentina había hecho todo lo posible por sacar información de provecho de los testigos que se encontraban en mejor estado. Relaciones empresariales, vínculos, negocios turbios, amenazas o cambios en los últimos meses en sus sociedades... Pero todo lo que le contaban sonaba a rutinario, a amable costumbrismo laboral. Según los hombres y mujeres interrogados, todo limpio y cristalino como el agua de un lago suizo. Y resultaba algo chocante tanta claridad y perfección en un número tan considerable de empresas. Quizás el ataque se debiese a algo personal, pero si era así... Qué extraña y complicada forma de vengarse de alguien. Al menos las víctimas coincidían en la descripción de Pedro Cardelús, aunque ahora ya sabían —o creían— que quien lo suplantaba llevaba un disfraz.

Riveiro salió un instante para hacer una llamada, y dejó a la teniente frente a la máquina de café. Valentina se quedó sola, y sintió cómo una rabia vieja y ya conocida crujía con rudeza en su interior. Era como una niebla negra y densa que nacía de su vientre estéril y crecía en círculos, invadiéndola. Si realmente era el Estudiante quien estaba detrás de aquel caso, debía ir a por él. Era su misión. Muchos años atrás ella había prometido atacar el mal con todas sus fuerzas. Era consciente de que todo nacía de la muerte de su hermano por sobredosis y de que su trauma debería estar ya más que resuelto; sabía que su actitud resultaba obsesiva y enfermiza, pero si no era ahora, ¿cuándo? Si no era ella, ¿quién? Ya no podía permitirse seguir pensando que alguien terminaría solucionando las cosas, y no creía en el optimismo vacuo de quienes insistían en el eterno «Todo saldrá bien». Mentían. Cuántos finales infelices e injustos de los que nunca se hablaba. Antes, Valentina tendía a pensar que al envejecer lograría las respuestas que cuando era más joven se le escapaban, pero ahora creía que no, que al otro lado del paso del tiempo no había nada. Al menos nada a lo que no pudiese dar solución ahora, en aquel mismo instante.

—Disculpe, ¿es usted, teniente?

Valentina se volvió y escondió sus turbios pensamientos con la expresión más aséptica que fue capaz de mostrar. Ante ella, para su sorpresa, estaba Aratz Saiz, acompañada de su inseparable marido y de Rafael Garrido; desde los trágicos acontecimientos del día anterior, parecía que el pequeño grupo resultaba indisoluble.

—Sí, yo... He parado un instante para... —empezó a explicar, sintiéndose absurda y limitándose después a alzar el pequeño vaso de plástico con café de máquina que llevaba en la mano derecha, como si necesitase justificar qué estaba haciendo allí; después observó con un simple vistazo que en esa zona de urgencias había cerca una sala de espera para familiares.

Detuvo su atención en el rostro de Aratz, pues le había llevado varios segundos reconocerla. Parecía que hubiese sumado años de golpe; iba sin maquillar y se la veía demacrada, aunque había cambiado su ropa, que mostraba buen gusto y calidad en los tejidos. Posiblemente no hubiese dormido aquella noche. Su marido, Daniel, sin embargo —y aunque ojeroso—, estaba tan arreglado como el día anterior, y por su aroma perfumado resultaba evidente que se había duchado poco antes.

—¿Han venido a ver a su primo, a Pau Saiz?

—Sí, nos han llamado y nos han dicho que podremos visitarlo en un rato, que lo van a subir a planta.

—¿Ya?

—Sí, en el segundo piso han habilitado una zona delimitada para todas las víctimas de... Bueno, del ataque. Y a mi padre también lo tienen aquí... En la morgue del hospital, claro —acertó a decir, cabizbaja.

Era como si toda su fuerza se hubiese escurrido de repente, quedando solo un armazón en movimiento. Valentina la tomó de un brazo e intentó darle algo de consuelo.

—Descuide, su primo se recuperará. He estado con él a primera hora de la mañana, y le aseguro que su aspecto era desde luego mejor que el que tiene usted ahora —le dijo con una sonrisa, animándola.

—Eso espero, que se recupere —replicó Aratz, con gesto triste—. Somos casi como hermanos, ¿sabe? Bueno, yo sería más bien su hermana mayor, claro. Su padre murió cuando era pequeño, y el mío siempre echó una mano en su educación... Pau y Alicia, su hermana, siempre estaban en casa. Ella llegará hoy o mañana, no sé —dudó, como si aquella información fuese, de pronto, algo que había olvidado.

—Dígame, ¿ha dormido?

—Lo he intentado —reconoció la joven, con gesto de angustia—, pero no he podido. Hemos dejado Puente Viesgo y nos hemos venido aquí, al hotel Bahía, para estar cerca del hospital.

—Sí, ya me lo han comentado mis compañeros —le confirmó Valentina, que había dado orden a Zubizarreta, uno de los guardias de su Sección de Investigación de Homicidios, de acompañamiento a los tres supervivientes. Podrían no tener nada que ver con aquel asunto, pero también cabía la posibilidad de que alguno de ellos, o todos, fuesen los asesinos. Inicialmente habían formado parte del grupo que iba a visitar el Templo del Agua, de modo que... ¿Y si también estuviesen en peligro?

—Mi padre... —continuó Aratz, que se notaba que intentaba contener las lágrimas—. Hemos estado atendiendo las llamadas de mi familia y de las de los heridos, que deben de estar a punto de llegar... Toda esta gente hospitalizada, y los muertos. Nada tiene sentido.

—Tal vez la teniente —interrumpió el señor Garrido, que se apoyaba sobre su bastón con ambas manos y observaba a Valentina con suspicacia—, a estas alturas, sí que haya podido dar sentido a algo de todo esto. ¿No tienen ninguna novedad en el caso?

Valentina lo miró con seriedad.

—Entienda que de momento no puedo compartir información sobre este asunto. Les informaremos de nuestros avances tan pronto como resulte posible.

—No tienen nada, entonces.

—Lo que no tenemos es tiempo que perder, señor Garrido. Llevo en este hospital casi cuatro horas tomando testificales a personas que apenas son capaces de comprender y asumir por qué han estado a punto de morir.

—Una gestión absurda, si me lo permite. ¿Qué iban a contarle unos desgraciados a los que han noqueado en menos de cinco minutos con un insecticida, como si fuesen moscas? Estoy seguro de que ni Pau ni ninguno de los demás testigos le habrán podido decir nada de valor.

—Dígame usted, si es tan amable —sonrió Valentina, con evidente cinismo—, por dónde considera que deberíamos encauzar esta investigación.

—¿Por dónde? ¡Por quién! ¡Lo que tienen que hacer es buscar a ese maldito loco que puso el veneno en el balneario!

—Para identificar al asesino siempre hay que estudiar antes a la víctima, señor Garrido. Es de primer curso de detectives.

—¿Y el azar? —preguntó él, con evidente nerviosismo—. ¿Y si simplemente era un loco y le tocó a nuestro grupo por pura casualidad?

—Para ese caso, ya sabrá lo que dice la Guardia Civil, señor Garrido —replicó ella, dejando una pequeña pausa de efecto antes de seguir hablando—. Las casualidades no existen.

Justo en aquel momento volvió Riveiro de su llamada, y se encontró la escena entre Garrido y Valentina, llena de tensión. Alzó una ceja como si fuese una interrogación. Por su parte, Daniel Rocamora observaba todo como fascinado, pero sin dejar ni por un segundo a su mujer, a la que había rodeado con sus brazos. Valentina tomó aire y procedió a despedirse lo más formalmente que pudo, sin olvidarse de hacer un recordatorio.

—Es muy posible que queramos hablar con ustedes detenidamente un poco más tarde...

—¡Pero si ya nos interrogaron en el hotel! —exclamó Rocamora, en señal de queja.

—Le aseguro que aquello no fue un interrogatorio, sino una simple toma de contacto —le explicó Valentina, en tono firme.

—Esto roza el acoso. ¡Si hasta nos han puesto a un guardia siguiéndonos todo el tiempo!

Valentina mantuvo el gesto impasible, al tiempo que veía cómo el agente Zubizarreta, en efecto, estaba a un par de docenas de metros de distancia, observando. Lo saludó con un suave movimiento de cabeza y se dirigió de nuevo a Daniel Rocamora.

—Si quieren que lleguemos al fondo de este asunto

—añadió—, tendrán que colaborar con nosotros. El agente Zubizarreta tiene órdenes de asistencia y protección, no de hostigamiento de ninguna clase, como ustedes mismos podrán deducir si acuden al sentido común. Pueden llamar a sus abogados, y, de hecho, creo que deberían hacerlo para su propia tranquilidad, aunque solo requerimos su colaboración en calidad de testigos.

Rafael Garrido apretó su bastón con las manos, retorciéndolas, y endureció el gesto; a Valentina le pareció un felino que erizaba el lomo no porque fuese realmente violento, sino porque temía que lo fuesen a atacar. Terminaron aquel extraño encuentro de la forma más afable posible, y Valentina y Riveiro se dirigieron al último box que les quedaba por ver aquella mañana. La nueva visita iba a ser, quizás, la que les ofreciese la clave más luminosa de todas.

En la selva no hablábamos con nuestras familias. Ni por teléfono ni de ninguna forma. Dar cualquier señal o indicación que pudiese servir para localizarnos podía costarnos la vida. No solo porque nos interceptase el ejército o los cabrones de los paramilitares, que sabíamos cómo torturaban y masacraban. Eran gente horrible y despreciable, de las AUC. Se llamaban las Autodefensas Unidas de Colombia, pero para mí eran solo terroristas financiados por el narcotráfico que venían a por nosotros. O eso nos decían, porque luego pasa el tiempo y uno ya no sabe si lo han engañado y le han dirigido el pensamiento todo el tiempo. Lo cierto es que teníamos que tener mucho cuidado con el celular. Nada de hacer una timbradita a casa, aunque hubiesen pasado dos años sin saber siquiera cómo respiraba tu mamá. Podría caerte un consejo de guerra en tu propia escuadra y acabarías fusilado. Sigo siendo muy prudente con todos mis contactos. Me sorprende que acá la gente use WhatsApp. Hasta los compadres de la organización funcionan con esa aplicación... Y se quedan tan tranquilos, los muy huevones. En la oficina de cobros dejé claro que, además de otras muchas medidas de precaución que incluían servidores de telefonía cifrados, al menos debían utilizar Telegram, que está mucho más encriptado.

Precisamente, acaban de solicitarme una nueva acción por Telegram, y malditas las ganas que tengo ahora de ir a dar plomo a ninguna parte. Hoy no tengo ganas de moverme. Me siento cansado y el pensamiento se me ha vuelto oscuro. No he bebido, pero mi cabeza está como enguayabada. A veces sucede, cuando recuerdo la muerte de algunos buenos amigos y la sangre de los combates. Recuerdo también, otra vez, pasajes de *Crimen y castigo*: «Es la sangre la que grita dentro de ti. Cuando no puede salir y empieza a formar cuajarones se ven visiones...». Aún soy joven, pero he sufrido mucho tiempo tumbado en la selva y eso pasa después factura, especialmente a los francotiradores. Es una humedad que se te instala en los huesos, como si fuese niebla. Es, en definitiva, como si la selva de cristal se te enredase dentro y ya no quisiera salir nunca. A veces los riñones, y la espalda, me recuerdan todas aquellas horas de obligada espera y quietud antes de jalar el gatillo y hacerle la batalla psicológica al enemigo. Que supiese que no habías querido matarlo, pero que estabas allí, observando. Esa idea les destrozaba la cabeza.

Lo que hago ahora es más sofisticado, pero ya casi echo de menos la sencillez de las operaciones de la guerrilla, la distancia que el fusil ofrecía sobre el objetivo. Me consta que la gente, desde fuera, cree que somos monstruos. Que estábamos todo el día dando papaya a los enemigos. No nos imaginan jugando a los videojuegos en la selva, ni leyendo ni viendo películas. Aunque después llegase el desencanto, allí éramos algo bastante parecido a una familia. Recuerdo cuando en el campamento vimos la película de *Atrápame si puedes*. Contaba la vida de Frank Abagnale, que con veinte años ya había hecho fortuna haciéndose pasar por piloto, por médico y hasta por abogado. Qué jueputa. Un tipo listo. En la guerrilla aquello no servía para nada, pero cuando dejé las FARC con el acuerdo de paz y me vine a Europa... Ah, acá sí que era útil el jueguito. El disfraz, las apariencias. Y la oficina de cobros no era tanto para mí. Demasiado directo, cruel y extraño. Estoy acostumbrado a la soledad, a ir por libre. Podría haber sido todo diferente si al volver a Buenaventura hubiesen sucedido las cosas de otra forma. Pero tras vivir la guerra desde dentro, ni padres ni hermanos. Ni la novia, si me apuran, aunque eso ya es más complicado. Cuando regresas del infierno y te presentas en ese mundo que antes era el normal, ya no hay solución. Ya eres para siempre un extraño en el paraíso.

Ahora tengo que cumplir con mi trabajo, y ya pensaré si con toda esta plata cambio el rumbo. Voy a proceder a una nueva ejecución, y los muy malparidos creerán que ha sido un fantasma. Aunque la teniencita, seguro, será la primera en darse cuenta de que solo nos puede matar lo que está en este mundo.

Acceder al box séptico de urgencias no solo requirió nuevos trajes de tyvek para Valentina y Riveiro, sino todo un proceso lleno de prudencia para poder dar el más mínimo paso. La sala que lo acogía disponía de un sistema de aislamiento y presión negativa, unido a una sofisticada ventilación mecánica. La puerta de entrada tenía un ojo de buey para ver el interior, que estaba dividido en dos espacios. El primero era de limpieza, y el segundo —tras otra puerta— era donde se encontraban los enfermos; normalmente solo había uno, pero en esta ocasión el espacio lo ocupaban dos mujeres.

—A estas pacientes las dispusimos en este box porque su estado era inicialmente el más delicado —comenzó a explicarles Gómez, que ya se había unido a ellos—, aunque han tenido una evolución muy favorable y bastante rápida. Supongo que fue por haberles suministrado ya la atropina desde el primer momento.

—Ah, sí, el antídoto —recordó Valentina.

—En efecto, la atropina, los anticonvulsionantes y la oxima han resultado ser tratamientos muy efectivos. De todos modos, los pacientes siguen cansados y están todavía asimilando lo que ha sucedido; las dos mujeres que van a ver ya han podido hablar por teléfono con sus familias esta mañana y un psicólogo ha venido a asistirlas, de modo que creo que podrán charlar un rato con ellas sin mayor problema. Pero si veo que se cansan demasiado, tendré que...

—Doctor —lo frenó Valentina, alzando la mano—, descuide, nosotros también estamos cansados, y queremos terminar cuanto antes. Les haremos las preguntas mínimas de rigor y las dejaremos descansar.

—Bien.

El doctor Gómez se mostró complacido y les enseñó a Valentina y Riveiro cómo ir avanzando en cada una de las etapas de limpieza necesarias para acceder al box. En el suelo gris se dibujaban tres líneas: verde, amarilla y roja. Había que ir pasando de una a otra como si fuesen superando fases en un juego infantil. En la última —la roja—, con el traje de tyvek ya puesto, podría considerarse que ya estaban preparados para acceder al corazón de aquel box tan especial. El médico habló con alguien al otro lado a través del interfono, y por fin pudieron entrar en el box séptico, cuya puerta se cerró a su paso. No era una habitación muy amplia, pero tenía televisión y hasta baño propio. Una de las pacientes estaba como adormilada, y a Valentina le pareció una señora de mediana edad de nivel económico elevado; llevaba puesto el pijama del hospital, pero la elegante manicura y la peluquería del cabello denotaban una inversión habitual en el cuidado físico. La otra mujer era joven, morena y de cabello largo, y los observó con un gesto nervioso e inquieto, como si todo el tiempo hubiese estado esperando, expectante, a que apareciesen por la puerta.

—Elisa Wang —identificó Gómez en tono casi de confidencia, todavía alejado de la paciente—, aunque creo que los chinos ponen el apellido antes que el nombre... En fin, esta tarde la pasaremos a planta.

A Valentina, el detalle del apellido le llamó la atención. Durante aquellos meses había indagado en el Registro Civil la posibilidad de cambiarse el apellido Redondo por el de Gordon tras la boda, porque sabía que a Oliver le hacía ilusión. Ella sabía que más de uno comentaría lo machista de la propuesta, la falta de individualidad y la aparente sumisión ante el apellido masculino, pero la idea no le había disgustado. Señora

Gordon. Aquel nuevo apellido, aunque no era más que una anécdota, podría ser un punto de inflexión, una marca de un nuevo principio. Pero en la normativa española, a diferencia de la pauta general europea, no había encontrado posibilidades para hacer efectivo aquel cambio sin complicarse la existencia, de modo que había decidido que Oliver solo la llamaría «señora Gordon» cuando estuviesen en el Reino Unido y de manera informal. Un guiño privado entre ellos, como una broma en la que, en realidad, el apellido era lo de menos. De pronto, la teniente salió de su ensimismamiento, pues se dio cuenta de que el sargento Riveiro estaba informándola de quién era Elisa Wang.

—Se trata de la directora de comunicación de la empresa de Málaga —le decía, en tono discreto—; la chica a la que intentó salvar Pau Saiz cuando salía a trompicones del Templo del Agua.

—Ah, ya —asintió Valentina, que recordaba haber visto en las imágenes de los vídeos cómo Pau había intentado que la joven reaccionase y fuese con él hacia la salida, sin resultado.

—La tienen cableada a esa máquina... ¿A qué la han conectado?

—¿Eso? —respondió Gómez, mirando de reojo hacia lo que señalaba Valentina—. Es un dializador. La toxina afectó al hígado, y necesita ayuda externa para filtrar el tóxico y eliminarlo del torrente sanguíneo.

—Pero se recuperará, ¿no?

—Eso creo. Aunque en este caso tal vez el impacto psicológico haya sido muy fuerte. Los compañeros me han comentado que esta paciente estaba bastante nerviosa y decía algunas incongruencias. Antes vino a verla una familiar de otra de las víctimas, y, según me han dicho, también le ha trasladado que sufría algunas lagunas de memoria. En fin, tal vez cuando reconozca tener miedo comience a reaccionar. Hay que darle tiempo.

—¿Miedo? —preguntó Riveiro, frunciendo el ceño.

—Sí... Se recuperan mejor los que reconocen el terror que han sentido. Lo crean o no, suele funcionar poner al día las emociones.

Valentina escuchó al doctor sin decir nada y supo que tenía razón. Aunque su teoría no funcionaba siempre. Había quien solo sentía que podía llegar a recuperarse cuando acudía a la venganza. ¿No sería ese remedio radical, también, un camino para restablecer el equilibrio? Aunque ella debía tener cuidado, porque si se dejaba ir, se la tragaría la oscuridad. Caminó unos pasos y se dirigió a Elisa Wang. Observó sus bellos rasgos orientales, que en su origen parecían haber sido fusionados con algún antepasado de origen europeo, por lo que la mezcla ofrecía un resultado lleno de fuerza y atractivo. El hecho de que tuviese un nombre que no procediese de Oriente ya resultaba un claro indicio de aquella fusión. ¿Quién habría ido a visitarla? Sin duda, habría sido Aratz Saiz. Resultaba sorprendente su aplomo y su ánimo de acompañar a las víctimas cuando ella había perdido a su propio padre.

Valentina se presentó a ella misma y al sargento Riveiro con toda la afabilidad de que fue capaz y comenzó con las preguntas de rigor.

—Teniente, no insista —replicó la joven pasado un rato y apartando la mascarilla de oxígeno para poder hablar.

Valentina observó que tenía un suave acento andaluz, y comprendió de inmediato que aquella joven habría nacido en España y no en China. Elisa Wang continuó hablando:

—En el tal Cardelús ni me fijé, y tampoco le presté especial atención cuando explicaba el circuito porque todos sabemos cómo van los spa, ¿no? Y yo llevo solo cuatro meses en Inversiones Castillo & Yue, de verdad que no tengo ni idea de ninguna empresa o persona que pudiese querer hacer daño a nadie del BNI.

—Y si lleva tan poco tiempo, ¿cómo es que la enviaron a usted al encuentro de Puente Viesgo?

—Fui como... A ver, como representante, ¿sabe? Mi jefe se puso enfermo, y de hecho lleva una semana en el hospital por unos cálculos biliares, o una hepatitis, no sé, aún tienen que identificar qué le pasa. Y esto de Puente Viesgo ya estaba cerrado, de modo que me enviaron a mí para no dejar la silla vacía.

Valentina frunció el ceño.

—¿Y no había nadie más antiguo en la empresa?

—Que estuviese en la directiva, no —negó, sin poder evitar toser antes de continuar hablando—. Está su mujer, que también gestiona el negocio, pero se quedó con mi jefe en el hospital, claro. Y en la oficina solo estamos su secretaria y yo, que he entrado asumiendo Subdirección y Contabilidad, además de Marketing y Nuevas Tecnologías. La empresa es pequeña, ¿entiende? Son solo quince empleados, pero para crecer necesitan... Ya sabe, miradas nuevas, gente joven. Y como hay dos socios chinos, les gustó la idea de que yo entrase en la subdirección.

—Ah... Por eso se llama la empresa Castillo & Yue, ¿no? Imagino que Yue tiene algún tipo de referencia oriental.

—Ah, solo es un apellido —replicó la joven, que se llevó la mano a la boca de forma instintiva cuando se puso a toser; se recuperó en unos segundos para realizar una aclaración—: La verdad es que yo nací en Fuengirola, a China solo he ido dos veces en mi vida, pero ya ven, debió de gustarles la idea de que alguien como yo estuviese en la empresa —añadió, con un gesto que mostraba lo absurdo de aquel motivo para su propia elección. Después continuó hablando y explicándoles que su jefe directo —Castillo— y el señor Yue eran quienes más acciones tenían de la empresa.

Valentina asintió, asumiendo que aquella chica no podría aportarles gran cosa. Había sido, además, de las primeras personas en desmayarse, aunque el doctor Gómez les había dicho que ese hecho tal vez la hubiese ayudado: había ralentizado su respiración y, en consecuencia, la absorción del tóxico. Valentina procedió a repasar con Elisa todo lo que habían hecho desde que habían bebido el agua en la fuente y habían subido al Templo del Agua, sin mayores novedades ni resultados. De hecho, la joven no recordaba prácticamente nada desde que había accedido al interior del Templo del Agua. Riveiro resopló suavemente y dejó de realizar anotaciones en su inseparable libreta; miró a la teniente y le trasladó, con solo un gesto, que estaban perdiendo el tiempo. Cuando ya se habían despedido y se habían dado la vuelta para dirigirse hacia la otra paciente, la joven los requirió con una exclamación.

—¡Esperen!

—¿Sí?

—Yo... Vi algo extraño justo cuando iba a entrar en el agua.

—¿En el Templo del Agua?

—Sí, cuando ya me había quitado el albornoz —explicó, ahogando un nuevo ataque de tos—. Recuerdo que iba a meterme en la piscina y vi algo que me chocó muchísimo, que me impresionó profundamente...

Valentina contenía el aliento.

—Continúe, por favor. ¿Qué fue lo que vio?

—Yo... —comenzó a decir, mordiéndose el labio inferior, para después llevarse con ánimo desesperado las manos al rostro—. ¡Lo siento, no lo recuerdo! Sé que fue algo desagradable, pero de pronto perdí el conocimiento... Todo es negro después, hasta que me despertaron en la ambulancia.

Valentina no pudo disimular un gesto de decepción. Si le había impactado tanto, ¿cómo era que no lo recordaba? El doctor Gómez acudió a tranquilizar a Elisa, y habló tanto para ella como para Valentina y Riveiro.

—Es normal tener lagunas de memoria e incluso alucinaciones... Es demasiado pronto. Se irá recuperando poco a poco, no se preocupe. Seguro que en unos días despeja su mente y sus recuerdos. Tiene que descansar.

—¿Pero es seguro que recuperará la memoria? —cuestionó Riveiro, preocupado. Gómez alzó un poco los hombros y por su gesto supieron que resultaba imposible saberlo, aunque sus palabras fueron en otra dirección, pues resultaba evidente que intentaba tranquilizar a Elisa.

Valentina se dio la vuelta y entornó los ojos. ¿Por qué diablos le habría tocado a ella aquella tarea tan deprimente de tomar declaraciones? Ah, sí. El Estudiante. Y el listillo de Peralta de la UCO. Y todavía le quedaba ir a visitar en el hospital al personal del hotel y del complejo termal que había sido ingresado, sin olvidar a Bedia, el director de marketing, que —aunque estaba fuera de peligro— desde la noche anterior se encontraba en un box de observación en urgencias. De pronto, sonó el teléfono en su bolsillo y, a la vez, el interfono del box séptico. La requerían con urgencia. La llamaba Zubizarreta —aquel guardia de confianza de su Sección de Investigación— por causa de Rafael Garrido, Aratz Saiz y Daniel Rocamora. Los tres supervivientes que no habían sufrido el ataque del sarín, pero que de forma inexcusable formaban parte de aquella historia. «¿Qué les pasa ahora a los tres pichones?», se preguntó Valentina, cansada. Su asombro fue extraordinario cuando Zubizarreta le confirmó que uno de ellos acababa de morir.

9

> Uno no puede vivir con el dedo eternamente sobre el pulso de la muñeca.
>
> Joseph Conrad,
> *El corazón de las tinieblas*, 1902

El brigada Peralta todavía se encontraba en Puente Viesgo, justo a punto de salir para Santander. Por fin se había deshecho de Santiago Sabadelle. ¡Qué subteniente tan histriónico! Le parecía sacado de una mala película de detectives de los años cincuenta. Dudaba que pudiese conseguir información alguna del sicario investigando la vía verde como posible camino de escape, pero lo cierto era que no podían dejar ningún detalle al azar. Ahora, antes de ir a la Comandancia, solo le quedaba hablar con la jefa del LABIR de la UME, que era el Laboratorio de Identificación Rápida, que se encontraba en la base de Torrejón de Ardoz. El hecho de que Mar Grobas —la comandante farmacéutica— estuviese allí era garantía de que las cosas se habían hecho bien en aquel laboratorio portátil que habían llevado hasta Puente Viesgo y que ahora ya estaban desmontando.

La comandante Grobas se encontraba dentro de la zona acordonada, en el parking del Gran Hotel, a salvo de miradas de curiosos dentro de una gran carpa verde donde había más personal, todavía trabajando y guardando muestras. Grobas llevaba un uniforme reglamentario de la UME con una boina amarilla que, de forma deliberada, estaba ladeada hacia la parte izquierda de su cabeza. Iba muy maquillada y su gesto se mostraba severo; parecía muy concentrada sobre unos informes que estaba revisando, y para atender a Peralta solo alzó la mirada; apenas alteró su posición ni su gesto.

—Brigada, ¿aún por aquí? Iba a avisarlo ahora mismo.

—Salgo ahora para Santander. Dígame, comandante, ¿hay algo nuevo?

—La fuente. Está limpia.

—¿Cómo? Ah, la fuente del viejo balneario...

—Sí, en efecto. Las muestras de agua han sido tomadas tanto en el punto de emergencia del manantial como en la boca de la fuente, y han sido depositadas en recipientes estériles con todos los protocolos; hemos identificado microorganismos de interés sanitario y ecológico, procediendo a su recuento con fluorescencia; además, con las técnicas de filtrado y dilución en placa... —La comandante se interrumpió a sí misma al observar el gesto de incomprensión de Peralta. Sonrió y desechó la idea de continuar con sus explicaciones—. Se lo voy a resumir: el agua que bebieron las víctimas no estaba contaminada y se ajusta a los patrones de este tipo de aguas mesotermales.

—Bien, ¿y los vasos? —preguntó Peralta, acordándose del caso de Charles Hutchinson que le había contado Valentina.

—Los estamos analizando. Piense que en las papeleras había muchos vasos de plástico, no solo los de las víctimas, y tampoco podemos asegurar la rigurosidad de los análisis, porque las muestras no han sido preservadas en forma alguna antes de nuestra llegada.

—De acuerdo, pero me avisará con el resultado, ¿cierto?

—Por supuesto, descuide —le confirmó, haciendo ademán de volver a su trabajo; sin embargo, la comandante comprobó por el semblante del brigada que este tenía algo más que preguntar—. Dígame, ¿puedo ayudarlo en algo más?

—Sí... A ver, tengo una consulta sobre el gas sarín. Vamos a verificar en la Comandancia con todos nuestros contactos cómo podría haber sido conseguido, y también estamos valorando la *deep web*, aunque...

—Disculpe —lo interrumpió ella; a Peralta le dio la impresión de que, por su tono y su gesto, la comandante estaba intentando no parecer condescendiente—. El gas sarín puede fabricarse de forma relativamente fácil con material doméstico, cualquiera podría haberlo elaborado.

—¿Cómo que cualquiera? ¡Pero si es un arma de destrucción masiva!

Ella volvió a sonreír, cediendo algo en aquel punto.

—Quizás me he excedido; digamos que cualquier licenciado en química podría haberlo elaborado, siempre que dispusiese de un espacio adecuado para hacerlo y de las medidas de seguridad correctas. Hay hasta libros que explican cómo producir el compuesto.

Peralta no daba crédito. Su semblante de piedra había perdido parte de su dureza y mostraba ahora sincero estupor.

—¿Libros? Pero ¿cómo?, ¿en librerías, al alcance de todo el mundo?

—Más fácil todavía —replicó ella, dejando por fin los informes y acercándose a Peralta—, porque están colgados en internet. Pruebe a buscar en Google *Silent death*, de un tal Uncle Fester... Verá todo explicado hasta con dibujitos.

—No puedo creerlo...

—Pues ya ve. Si se bloquea el link, tarda menos de veinticuatro horas en aparecer otro nuevo... Mezcle usted carbono, hidrógeno, fluoruro de sodio, oxígeno, fósforo y un poco de isopropanol y ya tendrá la fiesta preparada.

—¿Tan fácil? —dudó él, frunciendo el ceño y todavía incrédulo.

—Bueno, no es como cocinar un bizcocho, y si lo hace mal puede matarse a sí mismo con solo respirar los vapores, pero el fluoruro de sodio, por ejemplo, se usa para elaborar cosméticos, y el isopropanol es como un disolvente para pinturas... No es tan complejo.

Gonzalo Peralta no ocultó a la comandante su frustración. ¿Tampoco podrían, entonces, encontrar pistas relevantes por aquella vía? Si el sicario había sido el Estudiante, sus vínculos con el narcotráfico eran probados, y en consecuencia tendría acceso a laboratorios clandestinos, donde podría haber sido elaborado el sarín sin necesidad de dejar un rastro evidente en la obtención de los productos necesarios. El brigada dio las gracias a la comandante Grobas y, cuando ya se estaba despidiendo, ella reclamó su atención.

—Brigada, espere. Este caso —comenzó, señalando con el gesto al Templo del Agua— es lo bastante grave y extraño como para tomar precauciones extraordinarias. Todo su equipo debería llevar máscaras a mano y soluciones inyectables de atropina, y estar atentos a los síntomas.

—¿A los síntomas?

—Sí... El sarín no tiene sabor, es incoloro e inodoro, salvo que lo mezclen con otros productos para retrasar sus efectos, pero si quieren atacarlos a usted y a su equipo es posible que no quieran retrasar nada, de modo que deben estar atentos a sus efectos inmediatos —le explicó, comenzando a enumerar y contando con los dedos de sus manos—. Sentirán como si hubiesen apagado las luces, lo verán todo más oscuro y también notarán un cansancio extremo. Pueden percibir además un aumento en la micción y hasta diarrea.

—Vamos, que si nos atacan tendremos poca escapatoria.

—No si tienen atropina, se encuentran alerta y conocen los síntomas; piense que el sarín actúa sobre la colinesterasa y mata por asfixia al no poder mover el diafragma, por lo que progresivamente dejarían de tener la capacidad de respirar. Pero disponen de unos minutos de reacción.

Peralta tomó aire y reflexionó unos segundos, como si estuviese reconsiderando en la investigación unos parámetros nuevos con los que antes no había contado.

—¿Tiene... tiene esas soluciones inyectables?

Ella asintió con la cabeza.

—Sí. Debería habérselas dado antes —se disculpó, como si solo ahora hubiese caído en aquella medida preventiva que seguía la línea de sus propios consejos—. Disponemos en el laboratorio portátil de doce unidades preparadas; espere un segundo y haré que se las traigan.

Peralta agradeció la gestión, pero no pudo perder mucho más tiempo, porque lo llamaron por teléfono y le comunicaron que debía ir urgentemente al Hospital Universitario Marqués de Valdecilla, en Santander.

Habían asesinado a Daniel Rocamora, el marido de la afligida Aratz Saiz; la mujer que, tras el fallecimiento de su padre, acababa de heredar un imperio.

Valentina Redondo y el sargento Riveiro habían llegado corriendo en menos de un minuto a la escena del nuevo crimen acompañados por Alberto Zubizarreta, que junto con Marta Torres era uno de los guardias más jóvenes de la Sección de Investigación; era un agente alto y desgarbado, muy tímido, y que hablaba más bien poco. Les explicó que Daniel Rocamora había sido encontrado en el suelo de uno de los baños de la planta de urgencias. Siguiendo el protocolo moral que se intuía en la víctima, Rocamora había evitado las posibles colas en otros servicios y había acudido a uno que en principio era solo para personas de movilidad reducida, por lo que dentro de aquel baño el mobiliario sanitario estaba situado un poco más bajo de lo normal y el espacio era más amplio de lo acostumbrado. Cuando Valentina llegó, el cuerpo de Rocamora ya no estaba, pues lo habían trasladado a un box para intentar reanimarlo, sin resultado. Rafael Garrido y otro de los guardias de Valentina estaban a solo unos metros.

—¿Qué ha pasado? —preguntó ella, atónita—. ¿Qué es eso de que Rocamora se ha muerto? ¿Y dónde está Aratz?

Zubizarreta respondió con gesto preocupado.

—No tengo ni idea de qué ha podido pasar, teniente. Martínez y yo —explicó, refiriéndose al otro guardia que no pertenecía a la Sección de Homicidios, pero que había asistido aquella mañana como apoyo— estábamos pendientes un poco de todo; de las víctimas aún en boxes y, sobre todo, de ellos, como me ordenó... Y el señor Rocamora fue un momento al baño. Tardaba mucho y la señora Saiz dijo que iba a buscarlo...

—¿Fue ella sola?

—Sí, estábamos aquí al lado —explicó el guardia, justificándose y señalando la sala de espera de urgencias, a solo unos metros—. De pronto la escuchamos gritar y ya vinimos corriendo.

—Bien, ¿y qué tenemos? —preguntó ella, alterada e incrédula todavía, casi a partes iguales—. ¿Arma de fuego, arma blanca, agresión...? ¿Qué?

—Pues... En realidad, nada, teniente. Es como si se hubiese desplomado sin más.

—La gente no se desploma sin más, joder.

—La muerte siempre es traidora, no dice el día ni la hora —respondió casi declamando Zubizarreta, recurriendo a un dicho popular, como era su costumbre. Valentina sabía que el guardia solía hablar de aquella forma sentenciosa, pero esta vez no estaba para sus refranes; su gesto reprobatorio provocó que el guardia mascullase un «Perdón» mientras la teniente buscaba a alguien con la mirada.

—¿Y Aratz? —preguntó, mirando hacia Rafael Garrido, que no había dicho una palabra y mostraba un semblante grave acorde a las circunstancias. Parecía que hubiese envejecido de pronto, con las arrugas de su rostro más profundas y marcadas. Fue él quien respondió, con un tono sereno pero cansado.

—Aratz ha sufrido un ataque de ansiedad. La han llevado a un box con un psicólogo y le han suministrado tranquilizantes. Creo que en un rato me dejarán estar con ella.

Valentina adoptó una posición en jarras, muy concentrada. Parecía un contenedor de ira a punto de ser abierto.

—¿Y se puede saber qué hacían ustedes tres aquí abajo? ¿No estaba ya Pau Saiz en planta?

—Sí, ya lo fuimos a ver antes, pero nos dijeron que podíamos también visitar a algunas de las víctimas que todavía estaban en urgencias, y mientras no llegaban las familias, pues... Aratz se sentía responsable —explicó, con un gesto que evidenciaba que no había podido evitar en ella aquellos sentimientos, que él juzgaba erróneos—, y quiso visitar a todos los afectados.

Valentina asintió. Tenía lógica, ya que se suponía que Aratz conocía desde hacía años a quienes habían acudido a la reunión anual del BNI; ella misma había dicho que era casi más una reunión de amigos que un encuentro profesional. Sin embargo, Rafael Garrido solo era socio capitalista de varias de las empresas, y no era titular de ninguna. Posiblemente su vínculo con los afectados fuese mucho más endeble.

—¿Y usted?

—¿Yo?

—Sí, ¿por qué estaba usted aquí todavía?

—No iba a dejar sola a la chiquilla, teniente —replicó, molesto y moviendo su bastón en el aire con evidente enfado—. ¿Por quién me ha tomado? Me estoy cansando de sus suspicacias y de las insinuaciones gratuitas. Somos personas, ¡somos víctimas! ¿No ven lo que acaba de pasar?

Riveiro apoyó una mano sobre el hombro de Valentina. No era momento de perder los nervios. Ella lo miró y entendió el mensaje al segundo, aunque le costaba contener la rabia. ¿Era posible que Rocamora se hubiese desplomado, así, sin más? Intuía que no. Y si la respuesta era, en efecto, negativa, significaba que el sicario había estado allí mismo. A solo unos metros de distancia. Era posible que incluso se encontrase todavía en el edificio. Miró a su alrededor y giró lentamente sobre sí misma 360 grados, analizando cada rostro y cada gesto. Era poco probable, pero resultaba factible que todavía estuviese allí dentro el asesino. Podía simular estar enfermo y ser uno de los pacientes en las camillas. O también podría haberse disfrazado como parte del personal de urgencias: todos sabían de su habilidad con las máscaras y los artificios. Quizás, tal vez, fuese aquel operario que parecía arreglar una máquina dispensadora de bebidas. ¿Cómo saberlo? ¿Y qué era lo que a ella se le había pasado por alto? Deseaba cruzar su mirada con la del Estudiante. ¿Era él, realmente, el sicario que estaban buscando? Una furia indomable creció dentro de ella, que —incluso con urgencia— deseó el enfrentamiento, el poder materializar su rabia sobre algo físico. Sin embargo, procuró no dejar traslucir ninguno de sus pensamientos y, en cambio, dio instrucciones al guardia que los había avisado del deceso para que bloquease la entrada al baño y llamase al SECRIM. Era poco probable que el Servicio de Criminalística pudiese encontrar nada, pero debía preservar la zona de posibles contaminaciones para la toma de huellas. Preguntó dónde estaba el cuerpo de Daniel Rocamora, y ella y Riveiro, acompañados del doctor Gómez, que los había seguido a la carrera, fueron a su encuentro.

Cuando llegaron al box donde lo custodiaban, todavía le estaban retirando del cuerpo el material que sin duda habían utilizado para tratar de reanimarlo. Rocamora tenía el pecho desnudo y su cabello aún se encontraba peinado de forma casi inamovible, dando una sensación de aseo reciente. Sin embargo, su actitud algo maliciosa se había desprendido del rostro, que se mostraba inanimado y dormido. Una de sus manos se había deslizado por causa de su propio peso desde la camilla y colgaba en el aire de forma algo teatral, hasta que un auxiliar la recolocó y tapó por completo el cadáver con una sábana. Entretanto, un médico daba indicaciones al resto de los auxiliares y se retiraba unos guantes de las manos. El doctor Gómez se aproximó a su colega, y comentaron algo durante unos minutos en voz baja. Después ambos se dirigieron hacia el cuerpo de Rocamora y bajaron la sábana hasta la altura del pecho del difunto.

—Teniente, sargento... Vengan, por favor.

Valentina y Riveiro se aproximaron. Se inclinaron para observar mejor una zona del cuello que les señalaba el doctor Gómez. Se apreciaba una levísima rojez, como si se hubiese hecho una presión en ese punto, aunque no había punciones ni mayores señales. La teniente alzó la mirada esperando una explicación. Gómez encogió suavemente los hombros, en un gesto que al parecer ya era costumbre en él.

—Eso es lo único que se ha encontrado en la exploración externa, esta rojez en la zona de la arteria carótida. No hay nada más. Ni pinchazos ni contusiones visibles.

—¿Entonces...? ¿Qué me quiere decir, que no saben de qué ha muerto?

—De momento no podemos asegurar el diagnóstico. Ha sufrido una parada cardiorrespiratoria, pero desconocemos su causa. Ha sido muy repentino y tampoco hay señales aparentes de infarto. La mujer del paciente le dijo a mi compañero —explicó, refiriéndose a Aratz y mirando al otro médico— que su marido no tenía alergias ni precedentes de problemas cardíacos ni de ninguna irregularidad en su estado de salud...

—¿Y si hubiese utilizado veneno? —preguntó Riveiro, también extrañado.

—No se aprecian señales típicas de envenenamiento, ni en coloración ni en pupilas; tampoco se percibe ningún olor característico ni abrasión en la boca, y mis compañeros ya han comprobado en el baño y en la ropa del paciente que no había cápsulas, ni pastilleros ni nada similar... Me temo que tendrán que esperar a la autopsia, sargento.

Valentina volvió a adoptar la postura en jarras, posicionando ambas manos sobre sus caderas; comenzó a caminar por el box de un lado a otro.

—No puede ser. ¿Cómo va a morirse así, sin más? ¿Estamos locos? —preguntó, más para ella misma que para los demás. Se mordió el labio inferior y volvió hacia la camilla. Observó con detenimiento la marca roja.

—¿Y esto qué coño es? ¿O no es nada? Apenas se aprecia.

El doctor Gómez negó con el gesto.

—No lo sé, teniente. Soy especialista en toxicología clínica, y en este paciente no he encontrado nada vinculado a mi especialidad. Este caso... —añadió, con indisimulado semblante de preocupación—, creo que solo podrá encontrar respuestas en el Servicio de Patología Forense.

Valentina no daba crédito. Había muerto un hombre en un hospital y nadie sabía cómo ni por qué. La ciencia no solía fallar nunca, ¿cómo era que ahora los dejaba con aquella incógnita? Ahora tendría que llamar al capitán Caruso, al que definitivamente podría darle el infarto que él mismo siempre anunciaba que iba a sufrir.

Riveiro estaba muy serio, mirándola y midiendo si ella iba a resistir la presión, teniendo en cuenta que la sombra del Estudiante flotaba allí mismo. Ahora comenzaría el baile de pedir grabaciones de entradas y salidas del hospital, de analizar cada detalle para entender qué había sucedido, porque también él tenía claro que Rocamora no había caído fulminado por un rayo celestial. Al instante, y cuando Valentina ya estaba telefoneando a Caruso, una idea cruzó por la mente del sargento y la compartió en voz alta.

—¿Y si Daniel Rocamora hubiese sido siempre el verdadero objetivo?

Valentina se detuvo y colgó el teléfono. Ante la urgencia de los hechos, se había olvidado de profundizar en lo que acababa de ocurrir. Acababa de morir un hombre, cierto, pero ¿por qué precisamente él? ¿Y si su propia teoría del caso Hutchinson fuese cierta y en el último momento se hubiese escurrido el verdadero objetivo del asesino? Daniel Rocamora había declarado que por su parte había sido una decisión imprevista la de acudir a las cuevas del monte del Castillo en vez de al Templo del Agua. Pero ¿por qué iba a resultar tan importante su muerte si él ni siquiera participaba en ninguna de las empresas del BNI? Valentina lo meditó durante unos segundos. En realidad, si Rocamora hubiese sido el verdadero objetivo a eliminar, aquello facilitaría las cosas, porque terminaría por cerrar el círculo de sospechosos al entorno de la familia Saiz. Sin embargo, si él hubiese sido la víctima principal, ¿por qué iba a continuar el asesino con su plan en el Templo del Agua, eliminando a personas inocentes? Solo podría explicarse que la acción hubiese persistido si el objetivo del crimen fuese, en efecto, múltiple. Ahora era imposible saberlo, y Valentina fue consciente de estar hundiéndose en especulaciones sin consistencia, porque otra posibilidad era que Rocamora se hubiese suicidado. Aquel hombre no le había dado la impresión de dibujar el perfil de un suicida, pero ¿cómo saberlo? Y además, ¿cómo lo habría hecho?

Valentina miró instintivamente qué hora era y suspiró. Llamó a Oliver para mantener una conversación rápida de apenas treinta segundos: habían quedado para comer algo sencillo y rápido en Santander, pero con aquel panorama iba a resultar literalmente imposible. Sabía que iba a dejarlo preocupado, pero tampoco podía ocultarle la realidad de las cosas, y de todos modos sabía que la prensa —nunca alcanzaba a entender exactamente cómo— pronto se haría con la noticia de la muerte de Daniel Rocamora. También debía informar a Peralta y a Caruso lo antes posible de lo que acababa de suceder, aunque Riveiro ya estaba hablando con la Comandancia. Volvió a marcar las teclas del teléfono mientras un fino hilo de sudor frío le recorría la línea de la columna vertebral. El sicario, fuera quien fuese, había estado allí y conocía todos sus pasos. ¿Cómo podía ser? ¿Los vigilaba o tenía, acaso, un informante? Se suponía que trabajaba solo. Sintió un deseo irrefrenable de matarlo, de eliminar de su camino a alguien que podía actuar de forma tan fría y ocasionar a su paso tanto dolor. Valentina sabía que aquellos sentimientos eran peligrosos, que la venganza personal debía ser descartada de inmediato, pero ¿es posible controlar los instintos? No se puede detener el ritmo del propio pulso. Cuando Valentina comenzó a hablar con el capitán Caruso, ya había apretado cerebro y corazón con el único objetivo de encontrar al Estudiante.

El subteniente Santiago Sabadelle sudaba muchísimo. Hacía mucho tiempo que no hacía deporte, y a cada pedalada maldecía al brigada Peralta con todas sus fuerzas. Lo cierto era que, dentro de lo malo, no había tenido tanta mala suerte como para que hiciese sol, pues el cielo estaba lleno de nubes grises que se tejían sobre su cabeza como si fuese una capa infinita y abullonada.

El cabo Freire y el guardia que los acompañaba le habían tomado algo de ventaja, y de vez en cuando paraban a esperarlo mientras estudiaban el entorno. Lo cierto era que el cabo no solo disponía del privilegio de la juventud a su favor para practicar deporte, sino que su sola actitud era dinámica y proactiva, y tanto los rasgos aguileños de su rostro como su forma de mirar mostraban una personalidad atenta a los detalles, observadora. Habían salido del parking del Gran Hotel Balneario de Puente Viesgo, dejando a su derecha la antigua y bucólica estación de tren, con aquel reloj bajo su gran marquesina, que aunque no dejaba de mover sus agujas parecía detenido en el tiempo; según avanzaban, las casas particulares comenzaban a ser más escasas y solo amplios y verdes prados los acompañaban a cada lado del camino. No había negocios, solo pequeñas viviendas y chalets desperdigados a los bordes de la vía verde sin una cadencia fija; a Sabadelle solo le llamó la atención una casa que apenas se podía intuir entre los árboles, pero que al borde de la propiedad —que limitaba con el camino— disponía de un enorme árbol en cuya copa habían construido una casita, que también se había visto engullida por las hojas y la flora a su alrededor. El cabo Freire hizo caso omiso a aquella bucólica estampa de casitas de ensueño y se detuvo cuando llegaron a una cantera a su derecha.

Estaba justo al borde de la vía verde y, cuando se aproximaron, comprobaron que el ambiente estaba dominado por el ruido y por un polvo blanco que flotaba en el aire. Pero allí no había videocámaras ni sistemas de vigilancia de ningún tipo enfocados hacia la senda verde. Sabadelle aprovechó la parada para tomar aire, pues a pesar de que el camino apenas tenía inclinación alguna y lo hacían prácticamente en llano, le resultaba todavía imposible hablar sin que sus frases fueran invadidas por un agitado resuello.

—Cabo, ¡cabo Freire! Mire —comenzó a explicar, cuando captó la atención del agente de la UCO—, yo no es por no hacer esta tarea que nos han encomendado, que conste, ¿eh?, pero si lo analiza bien, estamos perdiendo el tiempo, porque no hacemos más que buscar una ilegalidad asentada, y vamos, que es difícil, ¿no?

—¿Cómo? ¿Qué ilegalidad?

—Coño, ¡qué va a ser! ¡La videovigilancia! ¿No ve que es ilegal grabar la vía pública salvo que quien tome las imágenes pertenezca a las Fuerzas de Seguridad del Estado? Hay una cosa que se llama ley de protección de datos... Que yo entiendo que usted esto no lo tenga por qué saber, ¿eh? Yo es que tengo una formación, una costumbre de gestionar estos asuntos, pero ni en esta cantera ni en ninguna parte vamos a encontrar nada.

—Pero en este caso...

—¡Le digo más! —lo interrumpió Sabadelle, que había ganado confianza en su argumento—. ¡Ni aunque tuviésemos una puñetera gasolinera por el camino! Si el fulano se nos ha escapado en bici, ¿qué se cree, que iba a parar a repostar? —concluyó con una risotada que buscó la complicidad del otro guardia, que no reaccionó y esperó con prudencia la contestación del cabo de la UCO. Este esbozó algo parecido a una mueca descreída y empezó a hablar con gran seguridad y algo de indulgencia.

—Subteniente, todos sabemos que ni siquiera las empresas de seguridad privada pueden grabar la vía pública, pero sí es posible que encontremos por el camino cualquier lugar donde hubiese podido parar el sospechoso. Esta es una zona rural, y es muy factible que pasemos ante algún ultramarinos.

—¿Y se cree que ahí van a tener videocámara? ¿En una tienducha de pueblo, en serio?

—Videocámara no, pero ojos sí. Y precisamente en esa clase de tiendas recuerdan con mucha claridad a todos los que son forasteros —replicó, posicionando ya su bicicleta para continuar la marcha—. ¿Vamos?

A Sabadelle no le quedó más remedio que continuar con aquel paseo que le parecía tan inútil. Ya había perdido la jornada anterior —su preciado domingo— por aquel asunto, ¡y ahora esto! Y lo del domingo había sido especialmente fastidioso. Había acudido con su mujer y su hijo a ver una obra de Miriñaque, su grupo de teatro, y había tenido que dejarla a la mitad tras la llamada de Valentina. Ahora que era padre valoraba las cosas de otra forma. El tiempo que le dedicaba a su trabajo no se lo daba a su pequeño hombrecito, en el que él veía un espejo de sí mismo. Sin embargo —pensó, respirando profundamente—, el esfuerzo que ahora estaba realizando era, en definitiva, por su pequeño Santiago. ¿No merecía su hijo un mundo mejor, más seguro y sin maleantes?

Se distrajo de sus pensamientos cuando dejaron a su izquierda un acueducto que parecía muy antiguo pero que, por lo que pudieron comprobar en los folletos turísticos que llevaban consigo, había sido construido no tanto tiempo atrás, en 1885; aquella obra de ingeniería hidráulica con sólida y gruesa arquería, que ahora tenía a sus pies algunos bancos y mesas para senderistas, había llevado durante muchos años el agua potable hasta Santander. Resultaba una construcción impresionante, aunque allí tampoco había nada que pudiese ayudarlos en su búsqueda del asesino.

Continuaron su camino y Sabadelle se sorprendió a sí mismo disfrutando del paisaje, pues no conocía el valle de Toranzo y mucho menos había pasado nunca por su mente hacer ningún tipo de deporte que no incluyese la degustación de vermú montañés. Avanzaron hasta llegar al puente ferroviario de San Martín de Toranzo y, de nuevo, se encontraron con una visión casi decimonónica; aquella estructura de hierro verde que atravesaba el río había sido construida para el tren a principios del siglo XX y todavía conservaba las traviesas de madera, que ahora eran inestables y solo permitían el paso a peatones y a vehículos ligeros. Tras cruzar el puente, su camino bordeó el río durante un tiempo hasta que llegaron al parque de Alceda, donde vieron que también se alquilaban bicicletas.

—¿Ve? Aquí tampoco hay videovigilancia —le espetó Sabadelle al cabo Freire. Este no respondió, y fue directamente a la caseta para preguntar sobre los alquileres de bicicletas, identificándose como agente de la Policía Judicial. Confirmó que en el negocio no habían sufrido ningún hurto en la última semana, pero también que ni siquiera solicitaban documentación para el alquiler.

—¿No? ¿Y cómo es eso?

—Ah, porque nos dejan una fianza de veinte euros —contestó un muchacho muy joven, alto y rubio, que dijo llamarse Bosco García—. Nunca hemos tenido ningún problema, y además los clientes nos dejan aquí sus datos y la hora de recogida de la bicicleta.

El cabo observó la hoja de registro. Había una por cada cliente, y en todas ellas se repetía la misma caligrafía.

—Toma usted mismo los datos, ¿verdad?

—Sí.

—¿Ayer le alquiló alguien alguna bicicleta?

—¿Un domingo? ¡Es nuestro día fuerte! Bueno, los sábados también. Ayer... Déjeme mirar.

El muchacho clasificó un montón de hojas y se las mostró al cabo mientras Sabadelle y el otro guardia observaban atentamente.

—Durante la semana —explicó, mientras les mostraba las hojas— lo informatizo todo, claro..., si no esto sería un caos, pero cuando llega la gente es más rápido cubrir el papel. Mire, ¿ve? Ayer, treinta y seis alquileres.

Sabadelle chasqueó la lengua y lanzó un silbido apreciativo al aire.

—Coño, ¿pero tienen aquí tantas bicicletas?

—Es que normalmente la gente las alquila un par de horas o tres y las devuelven. Es raro que se las lleven todo el día.

—Ah. A ver esos nombres.

Repasaron todos los registros y no había ningún Alexander, como en el Templo del Agua, aunque sí varios nombres masculinos que habían alquilado bicicleta a primera hora de la mañana. Tomaron fotografías de las hojas y se despidieron del joven dándole unos datos de contacto. Continuaron hacia el pueblo y vieron la antigua entrada del balneario de Alceda, que allí era también muy famoso. A pesar de que Sabadelle se resistió, no le quedó más opción que llegar hasta Ontaneda, que era el final del trayecto de la vía verde, pero lo cierto es que allí no encontraron nada que les pudiese aportar nuevas pistas.

—¿Lo ve? —insistió Sabadelle, dirigiéndose al cabo—. Esto era tiempo perdido, como buscar una aguja en un puto pajar.

El cabo no contestó y se limitó a resoplar con obligada resignación. En el regreso, solo por ver cómo Sabadelle se desgañitaba rogando que lo esperasen, imprimió más velocidad a su pedalada. El guardia lo seguía sin problemas, pero Sabadelle necesitaba para recuperarse algo más que la botellita de agua que habían comprado en el puesto de alquiler de bicicletas. Avanzaba por la vía verde a toda la velocidad que sus piernas le permitían mientras visualizaba con claridad un buen filete con patatas fritas y un mullido sofá en el que desmayarse cuando hubiese recuperado las fuerzas y el aliento.

Volvieron a pasar por el evocador puente de hierro y, después, por el impresionante y viejo acueducto; dejaron atrás también el ruido de la cantera y Sabadelle, aunque se sentía agotado, decidió imprimir a sus piernas toda la energía de que fue capaz para alcanzar al cabo. «Ahora verás, gilipollas.» Sin embargo, nadie pudo ver su proeza, porque Sabadelle perdió el control de la bicicleta y, en un diminuto bache del camino, encontró la palanca suficiente como para frenar en seco y salir volando por el aire. No tuvo tiempo para pensar ni para sentir nada, asombrado como estaba por no haber podido controlar una simple bicicleta. Dio una voltereta completa en el aire y cayó a plomo y de cuerpo entero sobre su espalda, con la fortuna de no hacerlo sobre el suelo de asfalto, sino sobre el de tierra, que estaba cubierto de hojas. El cabo y el guardia no se dieron cuenta del accidente hasta casi medio minuto después, concentrados como estaban en seguir con su carrera particular.

Cuando Sabadelle —al que le dolía todo el cuerpo sin distinción— abrió los ojos, vio a varios metros de altura, sobre él, un rostro infantil muy bello y sencillo que era la pura imagen de la inocencia. Se trataba de una niña rubia de ojos claros y mejillas sonrosadas que lo miraba sin apenas pestañear.

—Hostia puta... ¿Me he muerto? —preguntó él en un susurro, creyendo que veía a un ángel.

Pasó menos de un minuto hasta que el cabo llegó a su lado para atenderlo mientras Sabadelle era incapaz de apartar la mirada de la niña, que parecía estar suspendida en el aire y rodeada al mismo tiempo de vegetación, como si se tratase de una visión bíblica. Tardó varios segundos en darse cuenta de que la imagen era más terrenal de lo que sus sentidos le habían transmitido en un primer momento, porque la pequeña lo miraba en efecto desde el aire, pero con los pies bien firmes sobre la casita del árbol que antes tanto le había llamado la atención mientras pedaleaban hacia Ontaneda. De pronto, el subteniente abrió mucho los ojos y, con mano trémula, alzó el dedo y señaló a la niña y a su casita del árbol. El cabo Freire siguió el camino que marcaba Sabadelle con su gesto, y también comprendió que acababan de encontrar la pista que llevaban toda la mañana buscando.

Michael Blake había aprendido español con un profesor oriundo de Sevilla, de modo que cuando hablaba en castellano introducía el acento del sur y algún latiguillo hispalense con bastante frecuencia, aunque su objetivo era lograr lo que él llamaba un *acento neutro*, como el de Oliver; sin embargo, y en realidad, su amigo también contaba con matices y formas de hablar propias del norte de España, aunque tenía la ventaja de haber sido criado por una madre española, con lo cual el idioma se había asentado en su cabeza desde niño.

Ambos se habían conocido en el instituto, en Londres, y eran amigos desde entonces. Cuando ahora Michael lo visitaba en Suances, a pesar de ser un clarinetista reconocido y relevante, se empeñaba en echar una mano en los desayunos y hacía arreglos musicales en Villa Marina, ya que dormía allí mismo, y gratis, en una de sus nueve habitaciones; no era porque no hubiese espacio en la cabaña de Oliver, que era más grande de lo que aparentaba, sino porque él —siempre que hubiese sitio en el hotel— no quería invadir la intimidad de su amigo y Valentina, por mucho que le hubiesen insistido en que se alojase con ellos. Le gustaba enredar por el pequeño alojamiento, cambiar por completo de vida durante unos días y jugar a ser otra persona: decía que le servía como inspiración para su música, porque mientras jugaba a ser un empleado ficticio de Villa Marina conocía a mucha gente y muy diversa. Había notado, además, que lo trataban de forma distinta cuando se presentaba sin su prestigioso rol musical habitual, y este cambio de perspectiva lo fascinaba.

—Eh, ¡*quillo*! ¿Nos vamos ya? —preguntó Michael a Oliver con desenfado cuando lo vio, mientras se acercaba al porche de la cabaña desde el sendero del jardín.

—¿Qué? Ah, no sé, Michael... Acabo de hablar con Valentina. No va a tener ni un rato para comer.

—*What?* ¿La policía española no come?

—Que sí, hombre, pero va a tomar algo rápido en la Comandancia o donde le cuadre. Ha muerto otro tipo del asunto del Templo del Agua y van a estar a tope.

—¿Pero a ella no la habían mandado al hospital para lo de los testigos y ya?

—Precisamente. Se han cargado a uno de los testigos en el propio hospital.

—*Shit!* Pero ¿cómo? ¿No me habías dicho que a ella le quitaban lo gordo y que se quedaba poco menos que de oficinista recabando datos?

—Pues ya ves —resopló Oliver con evidente gesto de preocupación. Se sentó en el banco del porche y se quedó mirando el teléfono móvil entre sus manos—. La verdad es que no sé qué hacer.

—Por el restaurante, tranquilo, cancelas lo de Santander y nos vamos a comer por aquí, al puerto, como siempre.

Oliver alzó la mirada hacia su amigo con serena seriedad.

—No me refería a eso.

—Ah.

Michael se acercó y tomó asiento a su lado. Un poco más abajo, descendiendo por la breve y frondosa ladera, la playa de la Concha acogía a paseantes que se dejaban acariciar por los tibios rayos de sol.

—Mira, Oliver... Al final es solo trabajo. Valentina está acostumbrada a estas cosas. Lo que puedes hacer es terminar de arreglar todos los detalles de la boda en Galicia y del viaje a Escocia... Lo vamos a pasar increíble, ya verás. Y a ella le va a venir muy bien despejarse.

—No lo entiendes, Mike —negó Oliver, mirando al suelo—. Si es el Estudiante el que está detrás de todo, este asunto no es solo trabajo sin más. Conozco a Valentina, y sé que se lo ha tomado como algo personal desde el primer segundo, por mucho que quiera negarlo —explicó, para después levantar la mano e indicarle a Michel que le dejase terminar, pues resultaba evidente que su amigo pretendía replicar algo—; y resulta que el asesino de los cojones ha estado a solo unos metros de ella en el hospital, adelantándose a cualquier paso de la Policía Judicial.

—¡Pero si el Estudiante no tiene nada en contra de Valentina! Seguro que ni sabe quién es. Te recuerdo que lo que sucedió... —comenzó a decir Michael, que desinfló su vehemencia a medida que se fue dando cuenta del terreno delicado al que acababa de llegar—. Bueno, lo del bebé fue un accidente, *quillo*. Pura mala suerte.

Oliver se levantó; caminó unos pasos y se apoyó en una de las columnas del porche, enfocando su atención al vaivén de la marea. A Michael su expresión le pareció indescifrable.

—Casi pierdo a Valentina por ese *accidente* —replicó, con marcada ironía en la última palabra—, y ese sicario es de los más peligrosos del país, formado en las FARC de Colombia.

—Bueno, a ver si nos vamos a creer todo lo que sale en las películas, ¿eh, *man*? Que estás hablando con uno de los clarinetistas más viajados del mundo —añadió, con una mueca que pretendía ser cómica—, y te aseguro que cuando he visitado Colombia, allí solo me he encontrado buena gente y buena música... Lo de las FARC y los cárteles de la droga ya tendría que estar un poco superado, ¿no? Estuve allí cuando me invitaron al Festival Internacional de la Universidad de Caldas, y después nos llevaron al valle del Cocora, el de las palmeras aquellas gigantes, ¿no te acuerdas? ¡Te envié una foto!

—Que sí, hombre. Y que tienen un café muy rico y que bailan genial la salsa y el vallenato —reconoció Oliver sonriendo por fin, aunque mantuvo la seriedad en el gesto—; todo lo que tú quieras, pero hay cabrones hijos de la gran puta allí, aquí y en todas partes, y a nosotros nos ha tocado este, por lo visto.

Michael se atusó el cabello rubio de forma automática, sin darse apenas cuenta de su propio gesto, mientras se levantaba y se apoyaba en la columna del porche más próxima a Oliver.

—Vuelvo a insistir, *man*. Ese Estudiante no tiene ni idea de quién demonios es Valentina. Para él este será un encargo más. Y a saber si no es más que un pobre hombre de esos que reclutaron de chavales, como en Afganistán, el Congo y Sudán... Los obligaban a ser soldados... Lo sabes, ¿no?

—No es el caso. Creo que este fue a la guerrilla porque quiso.

—Ah, ¡pero no lo sabemos!

—No empieces como con lo de los jacobitas y los MacDonald, que aquí inocentes hay pocos. Aunque no se sabe gran cosa de él, la verdad.

Oliver tomó aire y, reflexivo, se quedó mirando el horizonte marino, cortado solo por la Isla de los Conejos. No se lo dijo a Michael, pero él sí creía que el sicario sabía de la existencia de su prometida. Cuando ella había estado tan mal, el inglés había mantenido contacto diario con Riveiro y el capitán Caruso, y le constaba que ella había llamado a muchas puertas solo para poder dar con una pista sobre el Estudiante. Un mercenario de aquellas características debía de estar bien informado y disponer de contactos en todas partes. Tal vez le hubiese llamado la atención que alguien particular —además del grueso policial de medio mundo— estuviese tras sus pasos. ¿Sabría de las consecuencias de su tiroteo en La Albericia, que había provocado como daño colateral que casi muriese una teniente de la Guardia Civil? Oliver estaba convencido de que sí, de que como mínimo el sicario habría leído los periódicos del día siguiente. Aquello había salido en todas las televisiones del país. Los pensamientos de Oliver fueron interrumpidos, de nuevo, por Michael. Se había acercado a él y ahora lo miraba de frente.

—*What the hell*, ¡que soy tu *best man*! Mira, Oliver, sé que estás preocupado y muy cabreado por la sola idea de que ese tipo estuviese cerca de Valentina, pero tú no puedes hacer nada. Nada, ¿entiendes? Lo que sí puedes hacer es disponerlo todo para que cuando dentro de dos semanas nos vayamos al doble bodorrio salga todo tremendo, ¿me explico?

—Que sí, pesado —concedió el otro, poco convencido.

—Ahí está. ¡Y que viva Colombia!

Oliver se rio.

—Pero vamos a ver, ¿qué tengo yo en contra de Colombia? —preguntó, agachándose a acariciar a Duna, que se había acercado y reclamaba su atención—. Si hasta tenemos a un surfista colombiano alojado aquí, en Villa Marina.

—Ah —Michael frunció el ceño—, ¿el tío raro ese?

—¿Tío raro? —preguntó Oliver, sinceramente extrañado—. ¿Pero no eras tan fan de los colombianos? ¿Tú, que eres tan tan viajado?

—*Quillo*, ¿y eso qué tiene que ver? Me refiero a un tío raro de estos que viajan siempre solos, ¿sabes? El otro día me pareció que nos miraba desde la ventana cuando tú y yo jugábamos a las cartas. Y después escuché la música que ponía... Chopin, el nocturno número 2, opus 9, ¿tú te crees? ¿Dónde has visto tú un surfista con esa música?

—Tienes razón, vamos a llamar a la policía. Este tipo es peligrosísimo.

Michael hizo caso omiso del sarcasmo de Oliver y siguió como hablando consigo mismo, concentrado.

—Muy cachas no está, no... Delgadito y poca cosa, pero no he visto que tuviese tabla de surf, por cierto.

—Será en lo único en que no te has fijado —replicó Oliver, de nuevo irónico.

—No... Lo he visto en el desayuno, en la ventana y dando una vuelta por el jardín, pero en el coche... No, definitivamente no.

—¿No qué?

—Que no le he visto la tabla de surf.

—Supongo que las alquila, ¿no ves que va por todo el mundo?

—Un surfero de pacotilla, entonces. Los de verdad se la llevan.

—Qué tontería. Además, ¿a ti qué más te da? —le preguntó Oliver, cruzándose de brazos y sonriendo de nuevo—. ¿No será que te gusta? ¡Mira que ahora ya tienes al violinista!

—Que no, que no es eso. Es la energía. Te digo yo que ayer nos miraba raro desde la ventana; y hoy por la mañana, cuando en el desayuno se pidió el tinto...

—Anda. Sí que tiene alegría el chaval, pidiéndose un vino de mañana... ¿Qué le dijo Matilda? —preguntó Oliver.

Michael entornó los ojos. Matilda era la mujer que se encargaba de los desayunos y de limpiar Villa Marina por las mañanas, además de realizar algunas tareas en la recepción.

—*Tinto* es *café* para los colombianos, idiota. ¿Ves?, si viajases y tuvieses un poco más de mundo...

—Perdone usted, Phileas Fogg; entonces qué, ¿se pidió el café y sacó la metralleta?

—No se puede hablar contigo.

—A ver —resolvió Oliver, cruzándose de brazos con gesto indulgente—, que sí... Dime.

—Que te digo yo que ese tiene algo oscuro.

—¿Algo oscuro?

—Lo disimula, pero se nota igual. Por la mañana, cuando salió al jardín después del desayuno, se cruzó con Valentina cuando ella iba a coger su coche. Le dijo «Buenos días» y se la quedó mirando hasta que se marchó.

—¡No me digas! Vaya loco, dar los buenos días y mirar a una mujer. No sé si te has dado cuenta, pero la gente suele fijarse en Valentina cuando notan lo de los ojos, y ahora con las cicatrices, más.

—Que sí, lo que tú digas. Pero la miró en plan intenso hasta que salió el coche por el portón. ¿Por qué te ríes? Eres un idiota —concluyó, también riéndose.

Oliver tomó a Duna en su regazo e hizo como que hablaba con ella. «A este señor raro de aquí, sí, al *hare krishna*, no le hagas movimientos raros porque te estudia el aura, ¿vale?» Michael le mostró una mueca desaprobatoria y después se aproximó también a Duna para acariciarla. Oliver intentó mostrarse conciliador, aunque no estaba de ánimo tampoco para mantener la chanza, por mucho que lo distrajese de sus problemas.

—Michael —comenzó, poniéndose serio—, en este hotel se aloja toda clase de gente... No voy a machacar a todos los colombianos que pasen por aquí solo por lo que sucedió con Valentina; ni te imaginas la cantidad de clientes que han venido a Villa Marina desde Cartagena de Indias o desde Bogotá. ¿No ves que hospedamos todo el tiempo a personas de lo más variopinto? —le preguntó; Michael hizo ademán de ir a interrumpirlo, pero Oliver lo frenó con la mirada, pues aún no había terminado—. En otra habitación tenemos a una pareja brasileña, en otra a dos amigas de Valladolid, y en la del piso de abajo a un americano... Los hay alegres, melancólicos, tímidos y oscuros. No te montes películas, ¿vale? Lo que le está pasando a Valentina sí que es grave, y me preocupa mucho que le afecte.

Michael también se puso serio.

—¿Crees que esto puede interferir en la boda?

—Eso, querido amigo, es lo de menos. Me preocupa que ella pueda romperse otra vez. Y me siento impotente por no poder hacer nada —añadió, con un resoplido de profundo fastidio—. Nada en absoluto.

Michael asintió, comprendiendo la angustia de su amigo. Intentó hablar de forma ligera de otro asunto que le rondaba la cabeza.

—Oye, a lo mejor soy yo, que estoy medio paranoico, pero estos días también he visto a una chica rubia haciendo fotos a la casa desde la playa.

—Ah, ¿sí? Eso lo hacen muchos turistas, no te preocupes. Aunque... —Oliver lo meditó unos segundos—. ¿Cómo era? ¿Rubia y con una especie de mecha blanca muy larga?

—Sí, ¡sí! ¿Cómo lo sabes? Así, muy delgadita y muy mona, por cierto.

Oliver frunció el ceño.

—La vi también haciendo fotos a la casa, pero desde la carretera... —le dijo, frunciendo el ceño—. Pero, Michael... Eso fue hace más de un mes.

El amigo de Oliver se llevó una mano a la cabeza y resopló con exagerada afectación.

—*Oh my God!* ¡Entonces lleva tiempo acechándote! Yo creo que incluso ayer pasó por delante del portón de la playa... ¿Ves? Ya estamos. Pero ¿qué pasa en este pueblo? Otra loca asesina, seguro.

—No, hombre, no —se rio Oliver, ante el teatro de su amigo—. Pero si la vuelves a ver, avísame enseguida.

Ambos amigos, pensativos, se quedaron un rato jugueteando con Duna y sin decir nada más, pues poco había que añadir. Oliver, intentando recuperar un poco de calma, se preguntó dónde se habría escondido Agatha, que a veces solo aparecía cuando Valentina regresaba a casa. Y Michael, entretanto, se sorprendió a sí mismo repasando mentalmente, primero, cómo era aquella chica rubia que había visto merodear Villa Marina y, después, sus encuentros con el supuesto surfista; ¿por qué le habría llamado tanto la atención aquel tipo? El instante en que habían cruzado sus miradas le había supuesto una desagradable e inexplicable desazón.

Pero ni Michael ni Oliver podían siquiera imaginar que aquel huésped era en realidad el Estudiante; como siempre, se había registrado con nombre y documentación falsos, y en realidad se llamaba Samuel Vargas Moreno. ¿Quién iba a suponer que se fuese a refugiar precisamente allí, en su pequeño hotel? Tampoco sabían que el paseo que el Estudiante había realizado por los jardines de Villa Marina le había servido para colocar un sistema de escucha en la zona de la piscina y otro en el porche de Oliver; hasta ahora, al colombiano le había resultado imposible acceder al interior de la cabaña sin despertar sospechas, ya que —al fin y al cabo— prácticamente acababa de llegar y lo cierto era que había estado bastante ocupado. Aquella pequeña beagle y sus ladridos tampoco habían ayudado. Ahora que regresaba en coche desde Santander, se sintió bastante sorprendido por la conversación que habían tenido aquellos dos amigos. Se había reído en ocasiones, incluso. Y pensó que el «pendejo del socio de la teniencita» tenía buen humor. ¡Y se casaban en solo dos semanas! Le alegró saberlo, como si fuesen a contraer matrimonio dos viejos amigos. Tampoco le sorprendió que sospechasen del legendario Estudiante como responsable de la operación en Puente Viesgo; de hecho, le halagaba que le atribuyesen una operación tan bien ejecutada, aunque era consciente de que debía moderar su ego y atender más a la prudencia. ¿Por qué habrían llegado a la conclusión de que era él quien estaba detrás de la operación? Se suponía que todas las miradas deberían haber recaído en Pedro Cardelús. Su contacto le había descrito horarios y costumbres y le había pasado muchas fotos del fisioterapeuta... Pero el Estudiante, quizás en un exceso de confianza, no podía haber sospechado que la descripción de Cardelús había sido incompleta, pues aquella cojera que sufría y que él no había reproducido había sido la clave para que se desbaratase todo.

Curiosamente, no le pesó ni suscitar las sospechas de Michael ni el hecho de no haber ido disfrazado a Villa Marina: ¿qué importaba, si nadie conocía su verdadero aspecto físico? Pero en su juego de las apariencias, en efecto, había perfilado mal su disfraz. Le había dicho a Oliver que practicaba surf —el pueblo estaba lleno de surfistas itinerantes—, pero no había llevado ningún material que lo acreditase. Vargas llegó a Suances y desvió el vehículo a la parte baja del pueblo; en una de las muchas escuelas de surf, compró con dinero en metálico un traje de neopreno, un poncho y dos toallas, que deliberadamente dejó a la vista en el asiento trasero del coche; después escogió una tabla de segunda mano, que ajustó en la barra portaequipajes. Cuando terminó, se alejó unos pasos del vehículo y miró complacido su aspecto.

—Ahí tiene, marica... Con esto tengo el carro bien decorado y a su gusto, huevón —murmuró.

Muy tranquilo, montó en el coche y durante unos veinte minutos se dedicó a cambiar su aspecto. Se deshizo de una peluca algo enmarañada y oscura, de unas cejas pobladas a juego y de una nariz grande y aguileña, que no se parecía en nada a la suya, que era más bien chata. Se quitó una especie de chaleco que modificaba de forma notoria su torso, haciéndolo más grueso, y se cambió de ropa. Para aquel encargo que le habían encomendado vía Telegram, había resultado también preciso modificar su imagen. Cuando terminó, recogió todo y lo guardó en una gran mochila, para después arrancar el vehículo y dirigirse directamente hacia Villa Marina. No le preocupaba en absoluto que aquel músico afeminado lo considerase raro. ¡Que tenía algo oscuro, había dicho! ¿Podía notarse semejante cosa? Él se esforzaba en ser amable, en pasar desapercibido. ¡Pero si en Villa Marina hasta tenían otra merodeadora, aquella misteriosa chica rubia! ¿Quién sería? Él no la había visto. Pronto terminaría todo y con la plata tal vez volviese a Colombia; las cosas habían cambiado mucho en su país y quizás allí pudiese empezar de cero. Uno nunca sabe cuándo lo va a encontrar la vida.

10

—El jefe de Scotland Yard suele ser el más tonto de las novelas, ¿verdad?

—¡Oh, no! Hoy en día no. Burlarse de la policía está pasado de moda. ¿Ya sabe quién es el asesino?

AGATHA CHRISTIE,
Un cadáver en la biblioteca, 1942

Clara Múgica y Almudena Cardona ya casi habían terminado su jornada. Todavía quedaban cuerpos en el depósito a los que había que practicar la autopsia, pero se estaban encargando otros compañeros. El asunto del gas sarín no había sido tan grave como para tener que solicitar ayuda a los Institutos de Medicina Legal cercanos, pero lo cierto es que estaban al límite de lo aceptable para un suceso con víctimas múltiples. Además del trabajo directo con los cadáveres, Clara ocupaba gran parte de su tiempo con la tarea burocrática, y la preparación de informes implicaba muchas gestiones de despacho.

La forense sabía que en su trabajo no podía haber lugar para los sentimientos, pero a veces se sentía abrumada. Estaba acostumbrada al crimen y a las motivaciones más peregrinas para justificarlo, pero ¿qué podía llevar a una persona a cometer un asesinato masivo e indiscriminado con gas sarín? Suspiró y decidió quitarse la ropa quirúrgica; estaba deseando llegar a casa y tumbarse en el sofá con Lucas, su marido. Él era médico de familia y, aunque sus expedientes no eran normalmente tan dramáticos como los de ella, también resultaban curiosos y significativos; le encantaba comentar con él las peripecias de la jornada, y casi siempre encontraban una perspectiva nueva sobre cada caso. Pero Clara no pudo siquiera comenzar a desvestirse para marcharse a casa, pues la reclamaron con apremio en urgencias. Para su sorpresa, le comunicaron que había fallecido Daniel Rocamora, y el juez Marín —también por teléfono—, a pesar de que el cuerpo no presentaba lesiones visibles, había considerado que el simple hecho de que un superviviente al ataque del gas sarín hubiese fallecido de forma tan misteriosa ya suponía un indicio de muerte sospechosa. En consecuencia, recurría a lo estipulado en la Ley de Enjuiciamiento Criminal y declinaba su obligación de asistir al levantamiento: ordenaba directamente la autopsia judicial del finado para poder dictaminar así la cumplida causa y las circunstancias de la muerte. Qué detalle que la víctima hubiese fallecido en el hospital, más cómodo para todos, ¿no? Clara le había dado la razón al juez de forma automática, aunque en el fondo le costaba todavía acostumbrarse a su frío pragmatismo.

Acudió a urgencias junto con Cardona, siempre ávida de nuevos conocimientos, y allí accedió al box donde se encontraba Daniel Rocamora. Ambas examinaron con detalle el exterior del cuerpo, sin que tampoco pudiesen determinar ni intuir la causa real del fallecimiento.

—¿En serio? —le había preguntado Valentina, abiertamente decepcionada.

—Querida, no sabes cómo aprecio tu confianza en mis conocimientos —le había replicado Clara con ironía—, pero de momento no dispongo de facultades adivinatorias ni divinas. A simple vista no puedo ofrecerte ningún diagnóstico, sino solo certificar la muerte.

—Bueno —intervino Cardona, arrugando el entrecejo y muy concentrada—, ¡podrían haberle hecho un *dim mak*!

—¿Un qué?

—Pues es una técnica milenaria china con la que te liquidan en un solo movimiento, aunque en la vida real yo nunca he...

—Cardona —la frenó Múgica—, un buen forense nunca debe precipitarse. Lo que comenta mi intrépida compañera —empezó, entornando los ojos con ironía hacia Cardona, para después dirigirse directamente a Valentina— hace referencia a técnicas marciales que por sí solas no causan la muerte, sino lesiones muy severas. Tendréis que tener paciencia y esperar a la autopsia para saber qué ha sucedido —añadió, acercándose a la teniente con una sonrisa—. Por cierto, ayer no hablamos de ello, pero en nada estás en capilla —le dijo, guiñándole un ojo.

—¿Qué? Ah, sí... —asintió Valentina, que no se esperaba el comentario.

Había intentado dulcificar el gesto, pero no lo había conseguido. ¿Cómo se le ocurría a Clara? Estaban en medio de un caso muy grave, ¡y se ponía a hablarle de su boda!

Aquella misma mañana, Valentina había tenido

que dar explicaciones sobre su enlace nupcial, primero, a su madre, y después a su hermana Silvia, que había terminado por hacerse con el teléfono.

—¿Qué es eso de que *hagamos lo que queramos*? —le había preguntado su hermana, asombrada—. ¡Que es tu boda! Solo dije que los niños llevasen los anillos como sugerencia, ¡no es una imposición!

—No hay quien os entienda. Si os dicto instrucciones, malo. Si os dejo hacer lo que queráis, malo. De verdad.

—Que no, Valentina, que no. ¿Está todo bien con Oliver? ¡Tendrías que estar ilusionadísima!

—Y lo estoy, Silvia, joder... —se había desesperado ella, que había puesto el teléfono móvil en manos libres para poder conducir—. ¿Pero no ves que tengo un caso tremendo, que no puedo estar ahora a estas cosas?

—Ah, ¡perdone usted, señora ministra! No sabía yo que solo los vulgares mortales tenemos tiempo para vivir y organizarles las bodas a hermanas que están siempre en cosas tremendas... Porque, claro, las que somos madres de dos criaturas y trabajamos por las mañanas en una gestoría, como imaginarás, andamos sobradas de tiempo.

—Ay, Silvia. Que sí, perdona... Es que este caso es muy importante. Muchísimas gracias por encargaros de todo, de verdad. Ya sabéis que llegaremos dos días antes y terminaremos de preparar la decoración y lo que haga falta... Y estaré encantada de que mis dos sobrinos lleven los anillos. Es un detalle precioso, de verdad. Pero no te compliques, vamos a ser pocos y la idea es que estemos todos a gusto. Ya sabes que de Cantabria vienen solo unos pocos invitados; en total, incluyéndonos a Oliver y a mí, no vamos a ser más de treinta.

—Hum... Mamá ha invitado a las tías, las de Vigo.

—¿Qué? ¡Pero si hace veinte años que no se ven!

—Nada, tranquila, yo me encargo... He pedido que vengan solo al café, que la boda es íntima. Tú a lo tuyo —le había dicho su hermana, restando importancia a las novedades sobrevenidas—. Por cierto, lo de poner un proyector en el jardín con fotos tuyas y de Oliver, ¿lo ves cursi?

—Ay, por Dios.

Y así se habían despedido las hermanas, sin que Silvia entendiese muy bien cómo era que Valentina pareciese dar más prioridad a un caso policial que a su propia boda cuando ella sabía cuánto se querían su hermana y Oliver. Por supuesto, no tenía ni idea de la gravedad del asunto ni de la implicación personal de Valentina con quien parecía que podía haber sido el sicario de aquel caso. La teniente, sin embargo, solo se desesperaba al constatar que aquello que había dicho de una boda sencilla, «con solo los de casa», se había escurrido entre sus manos y, desde luego, al delegar había permitido que escapase de su control.

Y ahora, hasta delante de un cadáver le preguntaban por su boda. A cualquier persona ajena a la profesión le podría resultar extraño que la forense hubiese sacado el tema del enlace ante el cuerpo de Daniel Rocamora, pero Clara estaba tan acostumbrada a la muerte que la enredaba de forma natural con la vida. Lo que no sabía era que el Estudiante podía ser el sicario que había cometido el crimen en el Templo del Agua y, tal vez, quien hubiese matado al hombre que ahora reposaba en la camilla. De haberlo sabido, habría comprendido al instante el gesto de ira contenida y de urgencia en el rostro de su amiga. Sin embargo, y aunque la forense desconocía la causa de aquella tensión, sí la percibía, de modo que se abstuvo de comentar nada sobre los dos vestidos que había comprado para asistir a los distintos eventos nupciales. A cambio, volvió a adoptar el tono profesional.

—¿Tenemos a algún familiar a mano?

—La mujer, pero la están atendiendo en otro box ahora mismo.

—¿La han agredido? ¿Tiene alguna lesión que...?

—No, no —atajó Valentina—; un ataque de ansiedad.

De pronto, escucharon fuera del box unos gritos femeninos. Resultaban desgarradores. Una mujer reclamaba ver a su marido y cada palabra sonaba como si estuviese hecha de agua y se escribiese con un sollozo. Era Aratz Saiz, junto con un auxiliar y un psicólogo, que habían sido incapaces de detenerla. Salieron Clara, Riveiro y Valentina a su encuentro e intentaron tranquilizarla, aunque parecía imposible contener aquel torrente de pena. Resultaba difícil dilucidar si el llanto desesperado era solo por Daniel Rocamora o por la acumulación de desdichas, teniendo en cuenta que la mujer también acababa de perder a su padre.

—Tiene derecho a verlo —había dicho Clara, conmovida. Sabía que la muerte era un proceso, y que la despedida y el luto eran más fáciles de gestionar cuando los familiares podían constatar con sus propios ojos que su ser querido ya no estaba, que se había desprendido de su cuerpo para siempre.

Acompañaron a Aratz al interior del box para que pudiese contemplar aquella carcasa que solo unas horas antes había sido su marido. Valentina, en principio, no le permitió tocarlo. No sabía si debía primar la humanidad o la preservación de pruebas, pero no pensaba permitir que nadie alterase en forma alguna el cuerpo del fallecido.

La imagen de la viuda resultaba poderosa: de pronto había abandonado su actitud plañidera y desgarrada y había adoptado un talante lleno de dignidad y de recatado dolor. Observaba el rostro del difunto muy erguida y quieta mientras las lágrimas resbalaban ya en silencio por sus mejillas, que ahora habían perdido su color. De nuevo, Valentina se había preguntado cuántas personalidades podían caber dentro de aquella mujer, cuyo rostro mostraba un amasijo inenarrable de emociones y de cansancio.

—¿Por qué? Dígame, teniente —preguntó la joven, sin apartar la mirada del difunto—, ¿por qué nos ha sucedido esto? ¿Quién nos puede odiar tanto? Nunca... No, nunca hemos hecho daño a ningún amigo, ni empleado, ni conocido, de verdad. Nunca de forma consciente, al menos —añadió, abriendo un espacio para la duda.

—A veces suceden cosas injustas —respondió Valentina, tomando a Aratz del brazo en señal de apoyo—, y no es culpa de nadie.

—Daniel era un buen hombre, se lo juro —aseguró, mirando ahora con gesto desesperado a Valentina, que sospechó que no debía de ser la primera vez que Aratz se sentía en la obligación de defender la bondad de su marido—. Era bueno conmigo. No se merecía esto.

—Todavía no sabemos qué le ha pasado, y la necesitamos, Aratz. Necesitamos que se recomponga para que podamos saber si su muerte ha tenido o no una causa criminal. Sabemos que le resultará muy difícil, prácticamente imposible, pero... ¿Cree que podrá hacer ese esfuerzo?

Aratz cerró los ojos durante unos segundos, y después los abrió dirigiendo la mirada hacia su marido. Pasó el dorso de su mano de forma muy delicada por la mejilla de Rocamora, y Valentina no se atrevió a decirle nada. Después la mujer murmuró algo ininteligible y se dirigió hacia la teniente con un gesto asertivo y decidido. Sí, iba a hacer el esfuerzo.

—Es usted muy valiente, Aratz. Estamos aquí para ayudarla. Por favor, venga conmigo, y tras la autopsia podrá volver a ver a su marido —le explicó, señalando a Clara con la mirada para que la acompañase.

Apoyado en el marco de la puerta del box, que ahora estaba abierta, el psicólogo que hasta ahora había estado con Aratz hizo una señal para unirse. Tras él, a varios metros de distancia, Rafael Garrido era testigo de la escena, y Valentina no fue capaz de dilucidar si el semblante de aquel hombre le producía solo inquietud o abierta repulsión. Riveiro se quedó con él, repasando de nuevo con el anciano qué había sucedido desde que habían llegado al hospital aquella mañana, y Almudena Cardona, por su parte, se hizo cargo del papeleo para trasladar a Rocamora al departamento de Patología Forense.

Los demás se dirigieron al despacho del psicólogo, que les hizo algunas recomendaciones previas, aunque Valentina ya estaba intentando ser lo más delicada y empática posible con la señora Saiz.

—Dígame, Aratz, cuénteme por partes qué ha pasado. Primero fueron a ver a su primo Pau en planta, ¿no?

—Sí, sí... —repuso ella, llevándose la mano a la sien derecha, como si estuviese muy concentrada—. Pero apenas estuvimos un rato. Le dejamos el teléfono para que hablase con su madre... Ella llegará esta tarde, junto con dos de mis primas —añadió, ahora ya mucho más entera y recompuesta.

—Bien, ¿y después?

—Después fuimos a visitar a otros seis de los afectados que estaban ya también en planta, y también les facilitamos todo lo posible para que pudiesen hablar con sus familias, claro... Salvo dos, que ya habían llegado sus hermanos, creo... Sí, creo que desde Valladolid. Cuando sucedió el... *atentado* —acertó a decir, dudando sobre si usar o no esa palabra— nadie llevaba su teléfono encima... Imagino que los móviles todavía deben de estar en sus habitaciones del hotel o en los vestuarios del Templo del Agua, no lo sé.

—No se preocupe por eso, mis compañeros ya se están encargando de recoger todo en Puente Viesgo y de ordenarlo de forma conveniente —le explicó Valentina, tomándola de la mano con la intención de infundirle calma y confianza—. Dígame, ¿qué sucedió tras esas visitas?

—Pues... Después bajamos a urgencias, porque varias de las víctimas que aún estaban en boxes solo permanecían allí porque aún no habían acondicionado la zona de planta para ellas y se las podía visitar unos minutos...

—Es usted muy considerada, Aratz. Seguro que todas esas personas han agradecido mucho su visita.

—¿Usted cree? —reflexionó ella, con cruda y triste ironía—. Creo que algunos solo decían incoherencias y todavía estaban medio idos. Pero me he encargado de que todas las familias sean informadas de su evolución. Bueno, todas menos la de esa chica, la china...

—Oh, ¿Elisa Wang?

—Sí, supongo. Yo... No recuerdo ahora su nombre, pero fui a visitarla antes; solo entré yo, porque había que ponerse un traje y acceder a un box hermético o algo así, y me permitieron dejarle un teléfono para que llamase a alguien, pero no pudo contactar con su familia. Dios mío, lo había olvidado, ¡tengo que volver a llamar a su empresa!

—¿A su empresa?

—Sí —respondió Aratz con expresión melancólica, como si su resolución para declarar se estuviese desinflando poco a poco—. Para que nos den otros contactos y podamos llamar nosotros, claro... Antes no me cogió nadie.

—Bien —atajó Valentina, que ya había observado cómo el ánimo de Aratz se debilitaba por momentos—, no se preocupe, nosotros ya nos estamos encargando de contactar con los familiares de todos los afectados, ¿de acuerdo?

Valentina miró a Aratz esperando confirmación, y le recordó que no era su tarea la de establecer aquellos contactos, sino la de la Policía Judicial. Si le reconfortaba dar aquel consuelo, estaba bien, pero era ella la que ahora requería ser reconfortada. La mujer asintió, y Valentina continuó con sus preguntas.

—Dígame, Aratz, porque esto es muy importante: ¿sucedió algo extraño o que le llamase la atención a lo largo de la mañana? ¿Alguna persona, algún desconocido que les preguntase a usted, a su marido o a Rafael Garrido algo fuera de lugar? O, a lo mejor, ¿algún comentario de las propias víctimas? Piénselo, por favor.

Ella negó con el gesto.

—No. Solo sé que después de salir de uno de los boxes de urgencias, Daniel dijo que iba un momento al servicio. Hicimos tiempo en la sala de espera y cogí otro café en la máquina, pero cuando ya lo había terminado y vi que Dani todavía no había vuelto, fui a buscarlo. Llamé varias veces a la puerta del baño al que pensaba que había ido...

—Perdone —la interrumpió Valentina—, entonces tuvo que buscarlo, no se encontraba usted cerca de la puerta.

—No, no... Estábamos en la sala de espera.

—Estaban usted y Rafael Garrido, entiendo.

—Sí, él estuvo todo el tiempo conmigo.

Valentina asintió, animando a Aratz a continuar con su relato. En todo caso, tomaba nota de que ni ella ni Garrido habían tenido acceso visual a quién entraba y salía de aquel servicio.

—Como le decía, yo... Bueno, llamé a la puerta y como no contestaba nadie probé a abrir. No estaba cerrada, y al entrar ya me encontré con Dani tirado en el suelo —explicó, sobrecogiéndose al recordarlo; Valentina pensó que la joven se iba a romper de un momento a otro y que ya no podría continuar, pero Aratz se repuso y continuó hablando—. Inmediatamente pedí ayuda y apareció enseguida un auxiliar, o enfermero, no sé qué era. Y a los pocos segundos ya vino más personal y se lo llevaron para intentar reanimarlo, porque decían que no tenía pulso, que estaba muerto. Eso... Eso es todo lo que puedo contarle —concluyó, haciendo evidentes y grandes esfuerzos por contener su emoción.

—Disculpe si insisto también en esto, Aratz, ¿pero está segura de que su marido no tenía problemas con nadie? De su anterior empresa, o de cualquier otro ámbito...

—No, no... Se lo juro —aseguró ella, recompuesta de nuevo, tal vez por tener que explicar ahora información menos sensible—. Daniel trabajaba en una entidad bancaria que fue absorbida por otra, y a él y a muchos más los despidieron, sin más... No creo que pueda haber nada menos personal que eso —dijo, con media sonrisa cansada—. Y ahora iba a empezar a trabajar con nosotros... Yo misma se lo pedí a mi padre, que ya estaba mayor y, bueno..., pensé que hasta vendría bien que Daniel participase de forma activa en la empresa. Es todo —concluyó, con una mueca de tristeza—. No tengo más que contarle, de verdad.

—Perdone, Aratz —intervino Clara, que se acercó a la joven con gesto amigable y compasivo, identificándose como médico, aunque su indumentaria dejaba poco lugar a otro tipo de especulaciones sobre su oficio—, pero por mi parte necesito saber si su marido tenía algún tipo de enfermedad cardiovascular, o si sufría algún aneurisma congénito... No es normal fallecer así, de golpe, sin un proceso previo.

—No, no tenía nada... No que yo sepa, al menos.

—De acuerdo. ¿Cuántos años llevaban juntos?

—Pues... Nos casamos hace cuatro, pero... Siete años, sí, siete en total.

—Y en ese tiempo, ¿nunca le mencionó ninguna alergia?

—Tampoco. Aunque sí se medicaba para la epilepsia.

—Ah.

—Pero llevaba sin ataques desde hace más de veinte años, desde que era niño... ¿Cree que podría haber sido eso? —preguntó la joven, como si de pronto hubiese tenido una revelación—. ¿Algo que fuese por culpa del estrés, de lo que pasó ayer?

Clara frunció el ceño.

—Hasta que le hagamos la autopsia no podremos saberlo, Aratz.

—¿Es... es necesario que lo abran?

—Me temo que sí. Además, no se trata de una autopsia clínica, sino legal, porque ya la ha ordenado el juez. E imagino que usted también querrá saber por qué ha muerto su marido.

—Sí, sí, por supuesto.

Clara se mostró pensativa durante unos segundos, como si estuviese considerando compartir una información que en aquellos instantes pasaba por su mente. Por fin, se decidió a hablar.

—Hay un tipo de muerte súbita que llamamos MSIEP y que la ocasiona la epilepsia. Puede deberse a un fallo eléctrico en el cerebro, a un problema neuronal..., no lo sabemos —explicó, refiriéndose a la inusual Muerte Súbita Inesperada en la Epilepsia—; pero sí tenemos constancia de que, de haber sucedido, usted no podría haber hecho nada y su marido habría fallecido de todos modos... Sucedería de forma irremediable y en cuestión de segundos, sin sufrir, ¿de acuerdo? Estudiaremos esa posibilidad y haremos nuestro trabajo con todo el respeto que su esposo se merece, se lo aseguro.

Aquellas palabras parecieron dar algo de consuelo a Aratz, que se vio incapaz, de nuevo, de contener un llanto que ahora era manso, pero que parecía inagotable. Los tranquilizantes que le habían dado, sin duda, ya estaban haciendo efecto. Tras más palabras de consuelo y de ánimo por parte de Clara y Valentina, el psicólogo se la llevó a una sala de observación para su cuidado mientras la forense y la teniente se quedaban en el despacho. Valentina miró a Clara con suspicacia.

—¿De verdad crees que pudo haber sido un ataque de epilepsia?

—No —negó—, pero no deja de ser una posibilidad, y no costaba nada darle una respuesta a esa chica. Una que no incluyese criminales ni atentados en masa, quiero decir.

Valentina hizo un pequeño gesto apreciativo, mostrando su aprobación a la estrategia que había utilizado la forense. Después se decidió a hacerle una confidencia:

—Dicen que el sicario podría ser el Estudiante —reveló, muy seria, y al instante vio el gesto de sorpresa y preocupación en el semblante de Clara. Pero no quiso darle opción a hablar sobre aquel mercenario colombiano que tanto daño le había hecho, de modo que retomó el caso del marido de Aratz:

—¿Tienes alguna teoría de qué pudo haber pasado de verdad con Rocamora?

—Lo siento, pero no —reconoció la forense, todavía impactada tras saber que el Estudiante podía estar implicado en aquel caso. Ella sabía bien qué había supuesto la pérdida del bebé para Oliver y Valentina, y le sorprendía que el capitán Caruso no hubiese retirado a la teniente del caso.

Qué extraño era todo, qué complejo y rebuscado. Y además, en efecto, estaba ahora el caso de Daniel Rocamora. Había sido completamente sincera al decir que desconocía las posibles causas del deceso. ¿Cómo demonios habría muerto?

El cabo Freire no daba crédito. Aquella niña, que apenas tendría cuatro años, los saludaba con la mano y, tras ella, un anciano con el rostro surcado de profundas arrugas acudía a observarlos con desconfianza desde la cabaña del árbol.

—¿Qué ha sido ese ruido? —preguntó el hombre,

con gesto contrariado; al instante, vio al subteniente Sabadelle tendido en el suelo y, varios metros más allá, su bicicleta en la vía verde, en una posición que describía el desastre que acababa de suceder—. ¡Dios mío! Esperen, bajo ahora mismo.

El anciano tomó a la niña de la mano y le hizo prometer que tendría cuidado allí arriba, que él volvía enseguida. Después, y con sorprendente agilidad, bajó por una parte del árbol que no se podía ver desde la vía verde, y en dos minutos apareció por un camino lateral con paso apurado. Cuando llegó ante él, Sabadelle ya se había incorporado con ayuda del guardia y del cabo Freire, y estiraba el cuerpo intentando comprobar si se había roto algo. Sin embargo, parecía que solo se había hecho un poco de sangre en una rozadura superficial de la mano izquierda, pues por lo demás daba la sensación de estar, sencillamente, algo magullado.

—Soy médico —dijo a modo de presentación el anciano, acercándose a Sabadelle, que no cesaba de quejarse.

—Creo que me he roto la cadera.

—Y yo creo que no, muchacho —negó el hombre—; no habría podido levantarse como lo ha hecho. ¿A ver? Haga así. Y ahora compruebe si puede mover la pierna de esta forma —le explicó, moviendo su propio cuerpo a modo de ejemplo—. Y ahora el tobillo. ¿Puede?

—¿Así? Pero ¿cómo quiere que haga ese movimiento? Hostia, ¡ya si quiere le hago el *spagat*!

El anciano abrió mucho los ojos, sorprendido, y se rio. Después, tras mirar de reojo a la niña sobre el árbol, se dirigió de nuevo hacia Sabadelle.

—Creo que ha sido más el susto que otra cosa, aunque ahora aún está en caliente, y todavía es posible que en pocas horas se desvele un esguince o alguna rotura de fibras, pero no creo... Veo que no tienen botiquín... —añadió, mirando las bicicletas de paseo que llevaban—. ¿Quiere venir a casa y desinfectamos esa mano? —preguntó, señalando la extremidad izquierda del subteniente, que no tenía muy buen aspecto y entremezclaba en su superficie algo de tierra y sangre.

—Es usted muy amable, pero lo que queremos —dijo el cabo Freire, mostrando su identificación y presentándose como agente de la Policía Judicial— es que por favor nos diga si está o no operativa la cámara que tiene usted ahí.

El anciano se mostró muy sorprendido, no solo por lo inesperado que le resultaba encontrarse ante varios agentes de la Guardia Civil vestidos de paisano, sino por la pregunta sobre su videocámara. Desvió la mirada hacia el árbol y vio claramente cómo en una pequeña videocámara blanca, de apariencia moderna, parpadeaba una lucecita verde. De pronto, pareció darse cuenta de algo.

—Le aseguro que mi intención no era la de grabar la vía pública, se lo prometo.

—No lo dudamos. ¿La tiene operativa?

—La... ¿La cámara? Sí, pero solo es para vigilar a mis nietos cuando suben a la casa del árbol, si capta la vía es solo de casualidad, vamos.

—No se preocupe, para nosotros eso es lo de menos —lo tranquilizó Freire, con gesto amable—. Nos sería de muchísima utilidad saber si tuvo usted ayer operativa la cámara.

—¿Ayer? Pues... A ver, era domingo, ¿no? Estaba aquí toda la familia... De hecho, estuvieron todo el fin de semana. Sí, estaba encendida. Ya sabe, los críos vienen a la cabaña —explicó el anciano, señalando a la casa del árbol— y hay que tenerlos controlados.

—Perfecto —atajó Freire, que contuvo el aliento durante un segundo justo antes de realizar la pregunta que realmente le importaba—. Y su cámara... ¿Graba?

—¿Cómo? Pues... Sí, claro. Pero solo cuando hay actividad. Funciona con un sensor de movimiento. Pero les juro que solo lo tenemos para controlar a los nietos cuando estamos en casa y vienen a la caseta del árbol; ya ve —explicó, señalando la construcción— que no es peligrosa y que puse barandillas por todas partes y en el balconcillo también, pero dijo mi hijo que, por si acaso...

—Desde luego, no se preocupe, de verdad. ¿Puede enseñarnos lo que grabó ayer, por favor?

El anciano asintió y los invitó a pasar, pues al parecer las imágenes quedaban registradas en su teléfono móvil y lo tenía en la casa. Caminaron en paralelo a un murete de piedra y, al fin, entraron por una puertecilla en la propiedad. Era una casa de planta baja construida en piedra y madera, de estilo inglés, y el paisajismo del jardín era asimismo de corte británico y muy acogedor. Cuando llegaron, la niña ya había bajado del árbol y los miraba con curiosidad junto a la que parecía ser su abuela, que la había tomado de la mano y que, por su atuendo, daba la impresión de estar trabajando precisamente en el jardín. Se sucedieron las presentaciones, y el anciano se identificó como Moisés Polanco; su mujer, Mar, también era médico, y enseguida se ofreció a aplicar sus conocimientos para curar la mano de Sabadelle.

Mientras el subteniente se negaba, restando importancia a su herida, Moisés les contó que él mismo, junto con su hijo mayor, había sido capaz de erigir la cabaña del árbol. En realidad, ahora que podían ver bien la construcción, la casita era más bien pequeña, pues lo realmente amplio era su balcón —prácticamente una terraza—, que al estar techado habían confundido con una parte de la cabaña. La vegetación alrededor de la casita del árbol era tan exuberante y cuidada que resultaba difícil dibujar en un primer instante la verdadera estructura del pequeño refugio, que parecía más para adultos que para niños. La niña, que hasta entonces había estado callada y guardando un discreto silencio, se acercó muy resuelta a Sabadelle.

—Y ahora ¿qué?, ¿*eztás* roto?

Él se agachó como pudo para estar a su altura, aunque por su semblante se notaba que al hacerlo le dolían partes de su cuerpo que ni siquiera era capaz de identificar.

—No, bonita. La Benemérita no se rompe nunca.

La niña miró con sus enormes ojos azules a su abuela, y torció el gesto en señal de extrañeza.

—¿Qué dice? ¿Qué es la *Beneserita*?

—Nada, Lucía. Anda, ven conmigo adentro mientras el abuelo habla con estos señores.

La niña asintió y, como vio que Sabadelle seguía en la misma postura y a su misma altura, se acercó y le dio un sonoro beso en la mejilla.

—Que te *arreglez* pronto, ¡adiós!

El subteniente se levantó como pudo, algo azorado y con una sonrisa, que mantuvo mientras mascullaba «Hay que joderse con los críos». El abuelo sonrió ante las ocurrencias de la pequeña, y explicó que esa mañana la tenían en casa porque la tarde anterior había tenido unas décimas de fiebre, y sus padres habían decidido que no fuese a su clase de curso infantil solo para ver cómo evolucionaba. Una de esas decisiones fáciles de tomar cuando había a mano unos abuelos disponibles veinticuatro horas, había añadido con una sonrisa.

El viejo médico les pidió que esperasen mientras iba a por el teléfono móvil, y entre tanto Freire subió en dos zancadas a lo alto de la cabaña del árbol gracias a una escalera que —a pesar de lo previsible— no era nada tosca, sino que había sido tallada con mucho esmero. El cabo pudo comprobar desde allí arriba que las vistas sobre la vía verde eran fantásticas, aunque a él lo único que le interesaba era el ángulo de la cámara. Estaba situada en una esquina de aquella terraza aérea y su enfoque la abarcaba por completo; tenía su lógica, pues aquella era la zona que podía suponer algún riesgo para los niños, aunque Freire pudo comprobar que, disimulada en la maleza, bajo aquel espacio habían instalado una amplia red verde; al parecer, Moisés y su hijo habían pensado en todo. Y, aunque ese no fuera su objetivo —y, desde luego, su legalidad fuese más que cuestionable—, resultaba evidente que la videocámara también alcanzaba un trozo de la vía verde. Dado que disponía de un sensor de movimiento, al cabo no le cupo duda de que en la nube virtual de aquella cámara debía de haber cientos de grabaciones de ciclistas, senderistas y paseantes.

Cuando regresó Moisés, anunció al grupo que su mujer ya estaba preparando café y refrescos en el interior, de modo que —tras unas fingidas quejas iniciales por lo innecesario del refrigerio, a pesar de que todos venían más o menos cansados tras el paseo en bicicleta— pasaron a la cocina, que era muy amplia y que, sin duda, había sido concebida para grandes reuniones familiares. Se sentaron, y Moisés le pasó directamente a Freire su teléfono móvil, que no era especialmente moderno, pero que al parecer tenía instaladas todas las app imaginables.

—Me ha puesto todo mi hijo —confesó Moisés, que por sus gestos parecía renegar un poco de tanta tecnología—. Solo sé que para ver la cámara hay que darle aquí, a este simbolito con un objetivo, ¿ve? Sí, ahí. Pero para revisar lo que se ha grabado tiene que entrar por este otro lado. Ese botón, sí. Ponga ahí el dedo y ya le saldrá.

Por fortuna, el cabo Freire estaba más que experimentado en el manejo de las utilidades de los móviles y todas sus aplicaciones asociadas, de modo que no tardó gran cosa en dar con las imágenes de la mañana anterior. Calcularon, según el instante del crimen y el momento en que el sicario había desaparecido del Templo del Agua, un arco horario de una hora posterior. Y, para la ida hacia Puente Viesgo, desde las ocho de la mañana.

—Disculpen —interrumpió Moisés, viendo cómo el guardia, Sabadelle y Freire estaban asomados como podían a aquella minúscula pantalla mientras degustaban un delicioso café y unos sobaos de Vega de Pas—, ¿esto es por lo de ayer del balneario? Lo de la intoxicación de esa gente en el Templo del Agua, quiero decir.

Sabadelle, que a cada movimiento hacía una mueca de dolor más o menos teatralizado, miró al hombre con indulgencia.

—Comprendo que se sientan ustedes desamparados ante la incertidumbre del *no saber*, pero deben entender que debemos guardar discreción en nuestro trabajo. Tengan confianza en que la Policía Judicial hace todo lo posible para salvaguardar su seguridad.

—Por supuesto, ¡por supuesto! —se apuró en contestar el hombre, deseoso de ayudar y aliviado por no tener un problema por culpa de aquella videocámara, que él en realidad apenas usaba y que había sido instalada más por la insistencia de su hijo que porque realmente él y su esposa necesitasen aquella sobreprotección sobre sus nietos. Entretanto, la pequeña Lucía, al escuchar la palabra *policía* de labios de Sabadelle, había abierto muchos los ojos, asombrada. Iba a decir algo cuando el cabo Freire lanzó al aire un pequeño grito de puro júbilo.

—Creo que es este —afirmó, mostrando mejor la pantalla a sus compañeros.

—¿Y solo es uno? —se extrañó Sabadelle, que en el fondo pensaba un poco como el capitán Caruso, y le parecía inconcebible que un crimen múltiple como aquel hubiese sido ejecutado por una única persona.

—Eso parece. Aquí al menos solo pasa un tipo en bicicleta.

—Los compinches podrían haber huido por otros medios.

—¿Cuáles? —cuestionó el cabo—. ¿Y por qué iban a usar otros medios si esta vía verde era la única posibilidad de evitar controles de tráfico y cámaras de carretera?

—Nadie les prestaría atención si fuesen en uno de esos autobuses de excursionistas.

El cabo alzó las cejas en señal de claro escepticismo sobre aquella teoría, que hasta al propio Sabadelle, de pronto, le pareció poco práctica y hasta ridícula. Compartir medio de transporte con varias personas, teniendo además que registrarse y corriendo el riesgo de que parasen el vehículo para un registro, no parecía el método más práctico para ningún asesino.

Freire y Sabadelle miraron la información que detallaba la pantalla. La imagen describía la fecha y la hora. Eran las 8.12 minutos de la mañana del domingo cuando una bicicleta marrón había pasado delante de la cabaña del árbol. A pesar de que estaba todavía oscuro, una farola iluminaba justo aquel punto, y se veía a un hombre sobre el vehículo pedaleando hacia Puente Viesgo. No se podía percibir su rostro y llevaba casco, además de una gran mochila a su espalda; su ropa no era de ciclista, sino que vestía lo que parecían unos simples vaqueros y calzado deportivo: este detalle sí podía ser extraño, porque era factible un paseo de dominguero en bicicleta incluso vistiendo un pantalón de pinzas, pero no tan temprano. A esas horas, lo normal era ver a deportistas pertrechados para una jornada en bicicleta. Entre las ocho y las nueve de la mañana, de hecho, había más ciclistas y caminantes, pero todos iban vestidos íntegramente de forma deportiva.

El cabo Freire hizo una captura de pantalla y después voló hasta las doce y cuarto de la mañana del domingo, visualizando hacia atrás cada minuto grabado. Allí estaba. De regreso, el mismo hombre con su gran mochila. El atuendo parecía similar, pero dado el ángulo de la cámara aquí ya sí que resultaba imposible verle el rostro. Sabadelle contó con los dedos de las manos como pudo —pues Mar había hecho caso omiso y le había ido a hacer la cura de su herida— y alzó la mirada al techo, muy concentrado.

—Qué cabrón, apenas diez minutos desde el atentado.

—¿Qué atentado? —preguntó Moisés, incapaz de disfrazar la súbita preocupación en su rostro.

—¿Qué? —Sabadelle tardó unos segundos en entender su propia metedura de pata—. ¿Está sordo? ¡Diez minutos desde que se había sentado, hombre!

¡Sen-ta-do! ¿Cómo iba yo a decir a-ten-ta-do? —añadió, riendo—. Oiga, gracias por la cura... —añadió, mirando a la mujer, que ya había terminado—. Y de verdad, ¡estos sobaos están buenísimos! —terminó por exclamar para cambiar de tema tras ver el gesto de desaprobación de Freire, que pidió permiso para copiar las claves de acceso a aquella nube virtual y se envió a sí mismo y al brigada Peralta las capturas de pantalla de aquel individuo. El cabo decidió que con aquello tenían suficiente y les dio las gracias al médico y a su mujer, asegurándoles que les habían resultado de gran ayuda para un asunto que estaba investigando la Guardia Civil, pero que a ellos no los afectaba en absoluto, por lo que podían estar completamente tranquilos. Eso sí, debían reenfocar su cámara del árbol para que solo vigilase la cabaña y no la vía pública.

Cuando los policías decidieron irse, la pequeña Lucía había desaparecido de la cocina —según su abuela para *ir a jugar*—, de modo que no pudieron despedirse de la niña. Cuando llegaron de nuevo a la vía verde, los tres agentes mantenían una animada discusión. ¿Sería realmente aquel individuo el que estaban buscando? Que coincidiesen los posibles horarios de acceso y salida de Puente Viesgo podía obedecer a una simple casualidad. Además, con el casco ni se le veía el rostro. «Encima es cívico y se pone el casco», había observado Sabadelle, irónico.

—Pero hay algo de lo que sí podemos tirar —observó Freire, concentrado.

—La bicicleta —observó Sabadelle, concordando con el cabo por primera vez en toda la mañana.

—Exacto. Tenemos que ampliar estas imágenes, verificar bien el modelo y comprobar si es comprado o alquilado, y si es lo último, seguramente lo haya alquilado en Alceda, porque desde Puente Viesgo y hacia Ontaneda es el único puesto que encontramos con bicicletas. Tenemos que volver.

—Hostia, pero en bici no, ¿verdad? —se quejó Sabadelle—, ¡que yo estoy lesionado!

—No, en coche —asintió Freire, conteniendo una sonrisa. ¿De dónde había salido aquel tipo?—. Iremos más rápido y ya sabemos adónde nos dirigimos. Vamos —apremió, montando en su bicicleta con ademán de dirigirse hacia Puente Viesgo, que estaba ya muy cerca, a apenas unos minutos. Justo antes de marcharse, escucharon una vocecita infantil sobre sus cabezas.

—*Señorez* policías, ¡gracias por coger a los *maloz*! ¡Adiós!

Sabadelle levantó la mirada y vio cómo Lucía, desde el balcón de su casita en el árbol, se despedía con un beso. La mirada azul de la niña acompañó al subteniente largo rato mientras pedaleaba y reflexionaba sobre aquella pureza y la de su propio hijo, que todavía era un bebé. Le entristeció ser consciente, de pronto, de lo poco que duraría su inocencia.

El brigada Gonzalo Peralta avanzaba por el interior de la Comandancia de Peñacastillo, en Santander, con su determinación habitual. Como si conociese todos los pasillos, que en realidad era la primera vez que pisaba. Desde que había llegado a Cantabria se sentía llevado por una brisa marina que lo envolvía todo. Él, tan acostumbrado a la dureza de la vida y a lo urbano, se había sorprendido a sí mismo ralentizando la marcha del coche solo por admirar la insólita belleza de la bahía de Santander. Había respirado profundo sabiendo que, de una forma inexplicable, parte del ambiente del norte se le estaba quedando dentro. ¿Cómo era posible? Acababa de analizar el escenario de un crimen terrible con gas sarín en Puente Viesgo, pero si alguien le preguntase por aquel pequeño pueblo, él solo sabría describir la magia bucólica de su senda de Pescadores y la paz que transmitían sus bosques, sobre los que recordaba cómo un diminuto pajarillo surcaba el cielo azul haciendo piruetas fantásticas, como si vivir fuese un juego. Y ahora se sorprendía de nuevo ante sus ganas de volver a cruzarse con la teniente Redondo, que era tan extraña. Un ojo negro aquí, otro verde allá. La forma de mirar, desvistiendo la apariencia de los demás. Y su hoja de servicios, que sería el honor de cualquier veterano, y que Valentina había escrito sin haber cumplido siquiera los cuarenta. Y por supuesto, la extravagancia: no conocía a ninguna otra persona en la Guardia Civil que hubiese podido recurrir a un crimen sucedido más de cien años atrás, y en Escocia, para intentar esclarecer un misterio del siglo XXI.

Gonzalo Peralta procuró deshacerse de la curiosidad que le generaba Valentina, porque lo cierto era que tenía un caso grave e importante entre manos; siguiendo al cabo Camargo, giró en el pasillo y llegó, junto con el sargento Marcos, a la gran sala de juntas de la Comandancia que iba a ser su centro de operaciones durante el tiempo que durase la Operación Templo. Allí ya lo estaban esperando el capitán Caruso y Marta Torres, que era la componente de menor edad del equipo de Valentina. La joven llevaba una coleta muy apretada recogiendo una larga cabellera castaña; parecía muy concentrada ante un ordenador, alrededor del cual se apilaban muchos papeles y carpetas. Al verlos llegar, se levantó y miró la mesa, como si hasta aquel instante no se hubiese dado cuenta del revoltijo entre el que trabajaba. A su lado, y en otro ordenador, estaba otro de los cabos de la UCO, que desde primera hora también colaboraba con la Sección de Investigación de Homicidios de Valentina.

—Ya está aquí, brigada —le espetó Caruso, en un tono que mezclaba exasperación y, al tiempo, alivio—. ¡Que se nos muere el personal por minutos! ¡Por minutos, joder! Ya lo sabe, ¿no?

—Sí, capitán. Hemos venido directos desde Puente Viesgo... Me confirmó la teniente Redondo que ya se había hecho cargo y que no había nada más que poder hacer en el hospital, de modo que ella ya viene para aquí y vamos a reunirnos para ver si...

—¡El hospital! —lo interrumpió Caruso, que comenzó a caminar por la gran sala mientras agitaba su propio teléfono móvil en el aire—. Ya sabrá que anoche solo teníamos cuatro decesos y por la mañana ascendían a siete. Y ahora, en el máximum de las desgracias, nos asesinan a uno de los testigos... ¡en el hospital!

—Por lo que me ha comentado la teniente, todavía no se sabe cómo ha muerto Daniel Rocamora, tal vez...

—De *tal vez*, nada, que hasta el juez lo tiene claro, joder. Ha ordenado la autopsia al instante, ¡al instante! —exclamó, para después llevarse la mano a la cabeza, como si se diese cuenta de pronto de la imagen de desquiciado que ofrecía y precisase reconvenirse a sí mismo—. Perdone, brigada, la mañana ha sido dura. Manejar a la prensa y responder ante nuestros superiores está resultando muy complicado...

—Lo comprendo. De todos modos, disponemos de novedades positivas; el cabo Freire, de mi unidad, acaba de informarme de que ha localizado una posible pista sobre el sicario. Es muy posible que huyese en bicicleta a través de una vía verde desde el balneario de

Puente Viesgo... Así habría esquivado los controles y las cámaras de carretera.

—¡Vaya! —exclamó una voz femenina a espaldas del brigada—. Pues a mí acaba de llamarme el subteniente Sabadelle atribuyéndose todo el mérito de ese hallazgo, que por cierto asegura que ha podido ocasionarle una lesión medular.

Todos se volvieron para ver cómo Valentina accedía a la sala a buen paso seguida de Zubizarreta, el sargento Riveiro y otro guardia de la UCO que también había asistido al hospital. Su tono, al hablar, denotaba sarcasmo, pero no escondía ni la preocupación ni la rabia.

—Creo que el cabo y el subteniente han trabajado mano a mano —replicó Peralta, sorprendido.

—Sí, una pena habérnoslo perdido. Vamos a ver si con ese modelo de bicicleta consiguen ahora algo que nos sirva. Entretanto, creo que tenemos bastante información que compartir y poner sobre la mesa, especialmente viendo cómo avanzan los acontecimientos. Capitán —añadió, muy seria, dirigiéndose ya directamente a Caruso—, no se preocupe, le aseguro que todo mi equipo y el de la UCO daremos el mil por mil en esta operación y le informaremos puntualmente de cualquier novedad.

El capitán Caruso, al que volvía a sonarle el teléfono móvil, pareció quedarse perplejo durante dos segundos ante la seguridad y aplomo de Valentina, que esperaba que viniese del hospital con menos ánimo, dado que todo apuntaba a que el Estudiante había asesinado a una persona mientras ella se encontraba en el mismo edificio. El hombre deslizó lentamente la mirada hacia la pantalla del teléfono y puso los ojos en blanco; al parecer, la llamada provenía de un alto cargo que, sin duda, requería explicaciones actualizadas sobre lo que estaba sucediendo. Antes de contestar, el capitán resopló y se dirigió a Valentina y Peralta.

—Confío en su trabajo, solucionen esto y no me notifiquen más muertos, ¿estamos? Me voy a mi despacho —concluyó, descolgando ya el teléfono y saliendo por la puerta.

—No más muertos —repitió Valentina con media sonrisa y mirando fijamente a Peralta—. ¿Nos ponemos al día?

Él asintió y se sentó en la gran mesa de la sala, esperando que los demás hiciesen lo propio. En efecto, todos tomaron asiento, pero Valentina se mantuvo en pie junto a una gran pizarra.

—Brigada, ¿le parece bien si vamos esquematizando el asunto por aquí?

—Perfecto. Cuénteme usted primero, Redondo. ¿Qué demonios ha pasado en el hospital?

Valentina miró a Riveiro, y él le devolvió un gesto de complicidad; sin duda, iba a resultar algo complejo resumir todo lo que habían vivido aquella mañana en Valdecilla. Sin embargo, entre ambos fueron capaces de realizar un resumen concreto y detallado de los interrogatorios que habían realizado y de la extrañísima muerte de Daniel Rocamora, cuyos motivos serían clarificados, con suerte, solo cuando se realizase la autopsia. Por su parte, el brigada les explicó —con evidente tono de decepción— cómo la comandante farmacéutica y jefa del laboratorio de la UME, Mar Grobas, le había dejado claro que el gas sarín podía haber sido obtenido en cualquier laboratorio clandestino sin mayores complicaciones.

—Esto nos acercaría a la figura del Estudiante —observó Valentina—, que a fin de cuentas dispone de contactos con el narcotráfico y sus laboratorios, ¿no?

—Exacto, aunque todavía tendríamos que establecer un vínculo entre las empresas del BNI y el narcotráfico, porque el contacto con el sicario tuvo que salir de alguna parte, y no creo que...

—Perdón —interrumpió Marta Torres, tímida—, creo que el cabo Molina y yo hemos podido encontrar algo.

Todos se volvieron hacia la agente Torres, que todavía revestía su juventud de cierta inseguridad, aunque Valentina sabía que trabajaba duro y con la ambición de ascender. Al lado de Torres, el cabo Molina de la UCO —de gesto tosco y enjuto, también bastante joven— mostró unos papeles que todavía parecían calientes, recién salidos de la impresora. Había muchas listas y datos, y lo que también parecía información de varios registros mercantiles. Peralta hizo un minúsculo ademán con su cabeza, dando señal para que explicasen el contenido de aquella documentación, que resultaba evidente que no pensaba revisar por sí mismo. Marta Torres, algo abrumada —nunca hasta ahora había trabajado en una operación coordinada con la UCO—, tomó aire y se dispuso a hablar.

—Pues... En principio, ayer por la tarde Zubizarreta y yo comprobamos que las empresas del BNI, que en total son doce, no parecían tener ninguna investigación abierta, o al menos nada más allá de una simple inspección tributaria... Pero esta mañana hemos recibido informes de los registros mercantiles sobre depósitos de cuentas y socios, y resulta que al menos dos de las sociedades tienen como socio a Iter Company, S. L., que tiene sede en Madrid.

—¿Y? —preguntó Valentina, viendo que Torres guardaba silencio unos segundos—. ¿Esa empresa sí es investigada?

—No, pero a su vez está compuesta por otras tres sociedades.

—Joder, una empresa pantalla, ¿no?

—Exacto. Hemos seguido rastreando toda la mañana y es como una de esas muñecas rusas, cada sociedad está conformada por otras diferentes, y las sedes ya se van a las Islas Caimán, las Barbados, Yemen, Camboya, Pakistán, Sudán del Sur, Siria, Hong Kong...

—Territorios de refugio financiero —reconoció Peralta, que ahora sí que tomó las listas para echarles un vistazo.

—Sí —confirmó el cabo Molina, que cogió sus propios apuntes para intervenir y se dirigió a Peralta—, de modo que ya he contactado con el Grupo de Blanqueo de Capitales, que nos ha confirmado que al menos tres de las empresas pantallas están siendo investigadas por la Fiscalía Antidroga de Madrid, la EUROPOL y hasta por el DEA, el departamento estadounidense. He solicitado información a la Central Antidrogas de la UCO y estamos todavía componiendo el puzle, mi brigada.

—Las empresas que conforman este BNI —siguió explicando la agente Torres, ya más calmada y concentrada— son del sector inmobiliario, por lo que parece un buen cauce para blanquear capitales, ya provengan del narcotráfico o de cualquier otro negocio ilícito.

Valentina adoptó su ya habitual postura en jarras, reflexiva.

—¿Y todas las empresas del BNI tienen algún vínculo con esa tal Iter Company?

—No —reiteró Torres—, solo es socia de dos empresas de Valencia cuyos representantes no acudieron al encuentro de Puente Viesgo, pero el cabo Molina y yo hemos confirmado que no resulta necesario que Iter Company esté en el órgano de administración, porque basta con que la empresa del BNI realice negocios con ella para poder blanquear capitales mediante inversiones inmobiliarias con números maquillados o con la adquisición de inmuebles a través de testaferros... En fin, hay mucho que excavar aquí.

—Blanco y en botella, leche —masculló Zubizarreta, que al ver la expresión de Valentina se arrepintió al instante de haber siquiera abierto la boca para soltar uno de sus refranes. Sin embargo, la mente de la teniente ya estaba en otra parte. Dejó de hacer anotaciones en la pizarra y miró a Peralta, que de pronto le daba la sensación de que la observaba con un renovado respeto. ¿Por qué sería? Sacudió suavemente la cabeza, como si con ello lograse reordenar sus pensamientos.

—Centrémonos. Tenemos un posible vínculo del mundo del narcotráfico y del blanqueo de capitales con el BNI, lo cual apunta, una vez más y dado el *modus operandi*, hacia el Estudiante como posible sicario. El hecho de que se haya utilizado gas sarín podría dirigirnos, de nuevo, a los laboratorios de la droga, pero todo esto solo nos da el cómo se han instrumentalizado los hechos y algún posible motivo de ajuste de cuentas, que ahora mismo resulta secundario, porque...

—Porque lo que nos interesa —completó Peralta, que seguía su razonamiento deductivo— es identificar al cerebro de la operación.

—Eso es. Y por ese motivo tal vez debamos volver al planteamiento más sencillo. ¿Quién es el principal beneficiario de estas muertes en el Templo del Agua? Aunque podría tratarse de una simple venganza o de una acción contundente como castigo ejemplar para que otros BNI o socios no se la jugasen a quien sea... Porque ¿eran realmente varios objetivos o solo uno y el resto son daños colaterales? —preguntó, hablando más consigo misma que con los demás; marcó las preguntas en la pizarra y añadió—: ¿Y por qué dejaron con vida a Pedro Cardelús, que casualmente fue recomendado por Aratz Saiz como empleado en el balneario?

La pregunta se quedó en el aire, sin respuestas, y Valentina recordó cómo aquella misma mañana, antes de la dramática muerte de Rocamora, ella misma y Riveiro habían podido hablar un rato con Pedro Cardelús, al que ya daban de alta en el hospital de Valdecilla. Un médico forense les había confirmado a ella y al sargento un problema del hombre en la cadera, de modo que su cojera resultaba supuestamente indisimulable. Además, les había confirmado que tras el análisis de sangre resultaba evidente que lo habían narcotizado para que estuviese varias horas sin sentido. Si aquello era cierto, el individuo de las imágenes grabadas en el Templo del Agua era en efecto un impostor. Valentina había vuelto a tomar declaración completa a Cardelús, pues era una táctica habitual para comprobar si en las nuevas manifestaciones había variaciones sobre la versión inicial, pero el fisioterapeuta no había modificado ni una coma de cada una de sus palabras:

—Entonces vino aquí por exclusiva recomendación de Aratz Saiz.

—Vine aquí porque me había quedado sin trabajo en Bilbao y la señora Saiz supo que había una vacante en Puente Viesgo —insistió, queriendo marcar su verdad. Su determinación y su forma de hablar eran mucho más firmes ahora que cuando Valentina lo había conocido en el sótano del viejo balneario. Aquello era perfectamente normal, ya que la primera vez que lo había visto todavía estaba aturdido y bajo los efectos de algún tipo de narcótico.

—Al haberse quedado sin trabajo, su situación económica tal vez no fuese la ideal, supongo. ¿Tenía usted alguna deuda, alguna circunstancia grave que crea que nos debe comentar?

—No sé qué insinúa, pero no, no tenía deudas —replicó, visiblemente enfadado—. Siempre guardo algo en la recámara, por si acaso.

—Y en las últimas semanas, ¿notó algo raro? Que alguien lo siguiese, lo observase... No sé, cualquier cosa.

—¿Yo? No sabría decirle, creo que no.

—¿Y nos confirma, entonces, que no tiene ninguna relación con Aratz más que la de conocerse por el gimnasio en el que usted trabajaba?

—Se lo juro. ¡Por Dios, que está casada!

Y Valentina había intentado picar en todas las piedras de aquella pared, pero no había conseguido nada. Era como si todo lo que Cardelús pudiese contarle ya fuese gastado y viejo, repetido. Ahora que en la Comandancia tanto su equipo como el de la UCO unían fuerzas para resolver aquel extraño caso, lo cierto es que tenía una sensación similar. Como si estuviese navegando en un barco que iba hacia ninguna parte.

Todos estudiaron la pizarra y sus propios apuntes, con la conclusión de que únicamente tenían, todavía, un montón de datos y de información desmadejada que solo encajaba con pura especulación, por lo que habría que volver a interrogar a todo el mundo. Valentina, sin embargo, y mirando ahora las pizarras sobre las que trabajaban, tuvo la sensación de que la verdad, áspera y afilada, estaba delante de sus ojos.

11

[…] la naturaleza humana rechaza el crimen. Sin embargo, la civilización nos ha creado necesidades, vicios, apetitos artificiales que a veces nos inducen a ahogar nuestros buenos instintos y nos conducen al mal. De ahí esta máxima: si queréis descubrir al culpable, buscad primero a quién puede beneficiar el crimen.

Alexandre Dumas,
El conde de Montecristo, 1844

El subteniente Sabadelle y el cabo Freire llegaron en coche a Alceda en apenas quince minutos. Antes de hacer el viaje habían parado en el puesto de alquiler de bicicletas de Puente Viesgo, donde les habían asegurado que no tenían ninguna bicicleta marrón. Todas eran blancas como la nieve, salvo dos rosas y una verde de tamaño infantil. Por su parte, Sabadelle contenía el dolor de sus magulladuras con digna serenidad, y había rechazado la sugerencia del cabo Freire para tomarse un descanso. ¿Qué se pensaba aquel pipiolo?, reflexionaba. ¿Se creía muy listo solo por pertenecer a la UCO? ¡Ah, si hubiese batallado los mismos años que él, habría que ver si guardaba tantas energías!

Aparcaron en la entrada al parque de Alceda y, cuando bajaron del coche, Sabadelle aceleró un poco el paso en los últimos metros antes de llegar al puesto de alquiler de bicicletas, de modo que fue el primero en situarse en el mostrador frente a aquel chico que los había atendido aquella misma mañana, Bosco García. El joven se mostró abiertamente sorprendido por volver a verlos.

—Muchacho, ¡buenos días de nuevo! Precisamos otra vez su colaboración, aunque ahora de forma mucho más concreta, ¿tiene un minuto? —le preguntó Sabadelle, muy formal; al tiempo, señalaba al teléfono móvil del cabo Freire para que le mostrase la imagen de la bicicleta marrón que habían captado en la videocámara del viejo médico. El cabo amplió la imagen lo que pudo y le mostró el modelo al chico, que reaccionó al instante.

—Ah, ¡sí! Se parece a nuestro modelo híbrido, tenemos dos en ese color.

—¿Híbrido?

—Sí, entre bicicleta holandesa y urbana, ¿sabe?

—Ah —respondió Freire, que no sabía a qué se refería el joven; en realidad, aquel detalle resultaba indiferente, y le interesaba mucho más otro aspecto de aquel modelo de bicicleta—. ¿Alquiló el domingo alguno de esos dos modelos que tienen?

—No sé —reconoció Bosco, frunciendo el ceño como si estuviese haciendo memoria—, pero dejen que lo mire, ya he informatizado todas las entradas del fin de semana.

El chico tecleó un rato sobre el ordenador portátil y después lo giró hacia el pequeño grupo que conformaban Sabadelle y Freire.

—¿Ven? El domingo ese modelo no fue alquilado. Una de esas dos bicicletas la tengo en reparación, y la otra fue devuelta el domingo, pero no alquilada ese día.

Sabadelle se llevó la mano a la cabeza, dándose a sí mismo una palmada en la frente.

—¡Joder, claro! ¡Cómo iba a alquilarla el mismo día, si la necesitaba ya a las ocho de la mañana para ir a Puente Viesgo! —exclamó, mirando a Freire y comprendiendo al instante que el cabo había seguido a la vez su mismo proceso deductivo. Después el subteniente miró de nuevo a Bosco—. ¿A qué hora abrís el chiringuito, chico?

—Pues... Durante la semana a las diez, y los sábados y domingos a las nueve de la mañana.

—¡Ahí lo tiene, cabo!

Freire apretó la mandíbula, haciendo que sus rasgos pareciesen todavía más aguileños, y se concentró en la información que contenía aquel ordenador.

—¿A qué hora le devolvieron la bicicleta?

—Pues... A ver... Marqué las doce de la mañana, aunque siempre redondeamos, ¿entiende? No facturamos por minutos, sino por horas.

—Es decir, que pudo llegar un poco antes de las doce o un poco después.

—Sí, aunque si fuese después, como mucho tendría que ser a las doce y cuarto, porque si pasa de esa franja ya lo ponemos como devuelto a las doce y media.

—Los tiempos cuadran —observó Sabadelle, chasqueando la lengua y dando ahora una sonora palmada de satisfacción sobre la mesa—. Cuando pasó por la casa del médico aún no eran las once y media, de modo que, si apretó el paso, pudo estar aquí sobre las doce... Está en buena forma, el cabrón.

Freire hizo caso omiso del comentario de Sabadelle y se centró de nuevo en el ordenador que tenían delante.

—¿Cuándo fue alquilada la bicicleta?

—Ah, pues el día antes, a última hora de la mañana. ¿Ve?, lo pone aquí, esta columna es la que indica fecha y hora de alquiler. Sí, ahora me acuerdo... Un tipo que quiso hacer el alquiler de veinticuatro horas...

—De acuerdo, ¿y podría describir al hombre?

—Pues... No sé, por aquí pasa mucha gente. Creo recordar que me dijo que era profesor o algo así, que estaba de paso y que quería conocer la zona. Poco más.

—¿Y físicamente?

—Mmm... No sabría decirle, llevaba gafas de sol y una visera, y creo que una especie de fular de estos deportivos, ¿saben? Le tapaba parte del cuello y la barbilla.

—A ver, muchacho —intervino Sabadelle—, ¿y le alquila una bici en esas condiciones a un desconocido, sin pedirle papeles ni nada? ¡Si solo le faltaba un pasamontañas y un cartel poniendo que era uno de los hermanos Dalton!

—Yo... Bueno —se azoró el chico—, es lo habitual. Aquí hace bastante fresco por las mañanas y los ciclistas van protegidos. Aunque..., si les puede ayudar, me suena que el hombre tenía algo de acento sudamericano. O eso o es que hablaba así como con acento muy suave... Y con la voz un poco ronca.

—No me diga —replicó Sabadelle, mirando a Freire con los ojos muy abiertos, en indicación de que aquel era, entonces, el hombre que estaban buscando. El propio Pedro Cardelús había hablado de aquella voz rota y del acento latinoamericano de su agresor. Freire asintió, dando a entender a Sabadelle que también había visto la conexión, y se dirigió de nuevo al chico.

—¿Con qué nombre se registró?

—A ver... Pues mire, aquí tengo teléfono, dirección, nombre y apellidos —respondió el chico con una sonrisa de alivio, como si por fin pudiese demostrar que hacía bien su trabajo y no prestaba bicicletas sin ton ni son a individuos perseguidos por la Guardia Civil.

—Servando Rodríguez Pérez, de Valladolid.

Freire tomó la dirección y los datos, también el NIF facilitado por aquel supuesto profesor y llamó de inmediato a la central para que verificasen la información en el programa SIGO. Pero, según el Sistema Integrado de Gestión Operativa y de Análisis y Seguridad Ciudadana, aquel número de identificación pertenecía a una tal Amelia Pérez Rodríguez, de setenta y nueve años y residente en Valencia. Probaron también a llamar al teléfono móvil facilitado, que dio tono y señal de llamada. No fue ninguna sorpresa comprobar que aquel número pertenecía, en realidad, a un técnico de mantenimiento de ascensores de Sevilla, que en el momento de recibir la llamada se encontraba precisamente en su descanso para comer, y que se había puesto especialmente nervioso al saber que al otro lado de la línea quien le instigaba con preguntas extrañas y suspicaces era la Guardia Civil. Sin perjuicio de que después tuviesen que hacer las oportunas y minuciosas comprobaciones, aquel había sido, sin duda, un número escogido al azar.

El subteniente Sabadelle chasqueó de nuevo la lengua.

—Todo falso, no sigamos por ahí. Muchacho —añadió, dirigiéndose a Bosco García de forma algo paternalista—, díganos dónde está ahora la bicicleta.

El chico, abrumado por todo lo que estaba sucediendo, acababa de llamar a su hermano mayor para que fuese a echarle una mano con aquella situación y se limitó a señalar una de las bicicletas que estaban apoyadas frente a una barandilla de madera, que a Sabadelle le dieron la sensación de estar ordenadas como si fuesen caballos atados frente a una taberna del viejo Oeste.

—Ahí la tienen. Es la única de color marrón... La tercera por la derecha. Pero... ¿qué ha hecho el hombre que buscan?

—Es confidencial, hijo. Por su seguridad, es mejor que no lo sepa. Pero usted tranquilo, ¿eh? Que ya estamos nosotros aquí y no va a pasar nada. A ver, ¿alquiló alguien más la bicicleta desde que la devolvió el profesor? —preguntó Sabadelle, con marcado retintín al decir la palabra *profesor*.

—No, no —aseguró el chico, revisando de nuevo sus archivos y volviendo a confirmar, después, que nadie había vuelto a tocar aquella bicicleta.

Sabadelle se acercó a Freire.

—Cabo, ¿avisa usted al SECRIM o lo hago yo?

—A quien voy a avisar es al brigada Peralta y a la teniente Redondo, si le parece —replicó, marcando ahora él la ironía en la respuesta, y dejando claro que las órdenes para hacer ir al SECRIM hasta Alceda tenían que venir de sus superiores.

—Sí, hombre, sí, ¡ay, qué juventud!, ¡cuánto por aprender! En la capital harán todo muy pitiminí, pero aquí somos prácticos, ¡prácticos! Por eso resolvemos tantos casos, ¿me explico? Pero llame, llame... Aunque ya le digo yo que esa bicicleta va a ser como ese nombre que dio el sicario... No va a valer para nada. ¿O cree usted que el mercenario iba a tocarla sin guantes?

El cabo, a su pesar, tuvo que darle la razón a Sabadelle en aquel punto. Ambos se alejaron unos pasos mientras el guardia tomaba los datos a Bosco García, que cada vez se mostraba más preocupado.

—Hay que joderse con el sicario, ¿no? Tan criminal y tan malísimo y va y le devuelve la bicicleta al yogurín —resopló Sabadelle, señalando a Bosco solo con la mirada.

—Lo inteligente para un asesino es pasar siempre desapercibido.

El subteniente hizo una mueca de reconocimiento al comentario, y mientras el cabo llamaba al brigada, le hizo una señal conforme no hacía falta que también él informase a Valentina, pues ambos estaban juntos ahora en la Comandancia de Santander, haciendo la puesta en común habitual para intentar dar con el cerebro de aquel crimen múltiple, todavía incomprensible. Cuando el brigada colgó, informó a Sabadelle de que, en efecto, se procedía a ordenar que el Servicio de Criminalística acudiese allí de inmediato para tomar huellas de la bicicleta. Sin embargo, al subteniente aquella información pareció resultarle secundaria en aquellos instantes, pues mostraba un semblante propio de alguien cuyas cavilaciones son muy profundas. El cabo Freire suspiró.

—¿Qué pasa ahora?

Sabadelle comenzó a caminar en círculos muy pequeños y después se detuvo, llevándose las manos a los labios en postura de rezo. Por fin, expuso sus cavilaciones.

—Y digo yo... Sí, en efecto... —se reafirmó a sí mismo, convencido—. Digo yo que el fulano, si se llevó la bicicleta el día antes, tuvo que caminar con ella por aquí y dormir en alguna parte..., ¿no?

El cabo estrechó la mirada. Le molestó que aquel análisis, que implicaba tanto, no hubiese salido de él mismo. Pero aquel hecho era una obviedad, y bajo ningún concepto se le habría pasado por alto. Aquel insoportable hombrecillo que le habían endosado solo había resuelto aquella posibilidad por los segundos extra que le había facilitado mientras él mismo hacía lo debido, que era llamar e informar a sus superiores. En todo caso, ¿habría videocámaras en el pequeño pueblo de Alceda? Sin duda. Todavía podían tirar un poco más de aquel estrecho y frágil hilo.

Ambos hombres, que por fin conectaban sus pensamientos e intenciones en aquella investigación, dirigieron lentamente su mirada hacia el camino que abandonaba la vía verde y que, sinuoso, se dirigía al interior del pueblo, donde podría estar la clave de todo.

Las noches acá son diferentes, como si se les hubiesen agotado las estrellas. En la selva cubrían el cielo casi por completo y le daban a la oscuridad un contenido luminoso, un sentido espacial a las cosas. Eras parte de algo. En Madrid, una ciudad tan grande, todo me parecía lo mismo. Calles, paredes y parques urbanos. Podía caerte algo al piso y nada diferenciaba un suelo de otro, como si hasta el aire estuviese hecho de asfalto. Pero aquí, en este jardín de Villa Marina, parece que he regresado a la vida de Caquetá. Aunque el sonido del mar es muy diferente al de los ríos. Aprendí a tener cuidado con su rumor, que te bloquea el oído y ya no sabes por dónde te vienen los disparos. Los ríos de la selva son la pura vida. Los caños, que son los pequeños, se enredaban por todas partes. El otro día pensé en Caño Cristales, el de los siete colores. ¿Por qué fue? Ah, ese verde esmeralda en el ojo de la teniencita. Ella también es como un río, la cabrona. Está por todas partes.

Ahora refresca, pero el frío de la noche casi siempre resulta sanador. Se está bien en estas tumbonas; creo que fue el pendejo del Michael Blake el que las ordenó alrededor de la piscina. Mi cambuche estaba menos mullido que esta maravilla. Me gusta Villa Marina. Este lugar es tan bacano que se puede observar sin ser visto, descansar el alma mientras la cabeza piensa.

No me ha gustado el trabajo de hoy. Fue rápido, pero arriesgado. La cara del pobre diablo cuando he entrado en el baño. No resulta muy honorable morir cuando uno viene de subirse los pantalones en un retrete. Había demasiada policía allá adentro. No sé cómo debiera sentirme ahora, aunque no es que el negocio me haya revuelto las tripas ni nada. Ni la culpa, siquiera. Pero uno sabe cuándo su propio cuerpo rechaza lo que le resulta desagradable. Por eso dejé la oficina de cobros. Era todo demasiado cercano, desagradable y real. Pagaban bastante plata por matar; mucho más por un hombre que por una mujer, claro. Aunque si el objetivo fuera una de mis compañeras de la guerrilla, ni con el doble de pesos saldría vivo uno de esos jueputas. No fue fácil desentenderse del negocio, pero no era para mí. A cambio, he funcionado bien trabajando en la distancia, y los narcos suponen una fuente inagotable de contactos para encargos como el del Templo del Agua. Me gusta que los objetivos sean puntos indefinidos, como cuando jugaba a los videojuegos en la selva. La solución del gas sarín tampoco me estuvo mal. Fue, de hecho, sorprendentemente fácil que me fabricasen esa porquería en uno de los laboratorios. No salió barato, el encarguito, que los narcos cumplen, pero por un buen precio.

Y no es que no sepa lo que estoy haciendo; lo sé, pero matar no es tan fácil. A veces, cuando miras a una persona a los ojos, ya no puedes. Ya cuesta más. ¿Qué decía *Crimen y castigo*? Que «el crimen es una protesta contra un orden social mal organizado, nada más». Y que «el hombre se siente impulsado al crimen por la irresistible influencia del medio, y solo por ella». ¿Tengo yo culpa de cómo funciona el mundo? Ya he comprobado por mí mismo que resulta imposible cambiarlo. Que va a rodar en la dirección que le plazca, lo quiera yo o no. ¿Qué me importa a mí, entonces, «si las gentes se devoran vivas las unas a las otras»?

Pero algo sucede en esta cabeza mía que en los últimos tiempos no le encuentra gracia a esta fiesta. Ya me lo dijo la doctorcita cuando fui a verla, que mi ronquera no venía de ninguna lesión física. Ni causa anatómica ni neurológica, dijo. Que yo era muy joven para andar con aquellas historias, dijo. Que no tenía ni nódulos ni pólipos en cuerdas vocales. Que qué suerte no sufrir esta ronquera crónica por ELA o por Parkinson, que solo era una *disfonía psicógena*. ¡Psicógena! Que necesitaba un psicólogo, un psiquiatra. Como si estuviese chalado. Que acá sabían que estas cosas eran por depresión, o ansiedad, o por un hecho concreto que hubiese provocado mi incapacidad para relacionarme con los demás. «¿Tiene usted problemas de autoestima?», me preguntó. La muy huevona. Como si uno no supiese los problemas que tiene.

¿Acaso no estoy siempre solo, todo el tiempo? No tengo ni un buen parcero con el que ir a tomar cervezas y quejarme de la vida. En la guerrilla, al menos, respirabas aquella camaradería. Recuerdo a Santiago, que fue uno de mis observadores durante bastante tiempo. Mientras yo apuntaba, él vigilaba alrededor, y siempre debíamos estar juntos. Tenía buen humor, el cabrón. Siempre con sus bromas. Se empelotó con una de otra escuadra, y yo creo que pensaban en desertar. La sola idea podría haberlos llevado ante un pelotón de fusilamiento, pero al final no les dio tiempo a planear ni bien ni mal porque los mataron los paramilitares. Dejaron los cuerpos hechos papilla. Uno ya nunca siente igual desde que ve caer a alguien así. De pronto, ya no hay nada. Tu parce es solo un montón de vísceras y de carne rajada y desperdigada. No vuelve y te deja solo, sin más.

Yo también tuve mi historia de amor. ¿Por qué no iba a tenerla? Me tragué de una hembra bien bonita. Pedimos permiso para dormir juntos, y de esos días apenas recuerdo nada más que las noches. Daniela. Qué labios gruesos, y qué labia fina. La melena le llegaba a cintura, y no era muy alta, mi Daniela. Nos arrunchábamos tan pronto podíamos, nos prometíamos boberías. Sus pechitos pequeños, que me volvían loco. Su sexo caliente, que se humedecía nada más tocarlo. Nunca volví a hacer el amor como allá, en la selva. Nos cuidaban los fusiles, pero también aquel cielo de la noche, que era como un techo plagadito de luciérnagas. Pero con el acuerdo de paz ella no quiso venirse a Europa. Prefirió desmovilizarse y acudir al Hogar de Paz para que le diesen la ciudadanía y soportar tres meses de atención psicosocial, que incluía cama, plata y ropa. Pero yo sabía que ella ya pertenecía a la selva, que al regresar a la ciudad no la iban a tratar normal. Que uno puede cambiar lo que hace, pero no lo que es.

—Ven conmigo —me dijo.

—No puedo, Daniela. ¿Qué quieres, que vaya con tu papá a cultivar plátano y yuca? Y qué crees, ¿que no sé qué lleva en esas camionetas carpadas?

Y ella miraba hacia las infinitas sombras de la noche, como lo hago yo ahora. Y no decía nada. Que tampoco es que fuera un diablo, su papá. Raspar y vender hojas de coca no era como para llevarnos las manos a la cabeza a aquellas alturas, pero acá podría ganar plata de verdad, y no vender cultivos a los narcos. Que cuando tienes dinero siempre parece que te hablan de otra forma. Pero ella sabía. Ellas siempre saben. Que yo a España venía a lo que venía, que ya ni ideales había para pisar. Ay, mi hembra, qué churra estaba. Me han dicho que se ha casado, que se ha levantado a uno que tiene algo de plata en Bogotá. Me he acordado por culpa de la teniencita, que se me casa con el inglés. Me cae bien, el tipo. Es directo y mira de forma limpia. Noto que capta los matices de las cosas, los detalles, como si también estuviese haciendo inteligencia todo el tiempo.

Qué fastidioso el asunto de las bodas. Siempre recuerdan a uno el punto de la vida en el que se encuentra. Ya nunca volveré a ver a la Daniela que vivía conmigo bajo las estrellas.

Amaneció de forma indolente, como si el cielo no tuviese ganas de abrirse ni de mostrar la luz del sol. Las nubes grises parecían acapararlo todo, hasta los ánimos. Valentina Redondo y Gonzalo Peralta se habían encontrado a primera hora de la mañana en la Comandancia de Peñacastillo, en Santander, y ahora ya acababan de acceder al complejo hospitalario de Valdecilla. La tarde anterior había sido, tras la reunión, un baile de informes, números y expedientes abiertos sobre las doce empresas que en total conformaban el BNI que se había reunido en Puente Viesgo. Había habido también reuniones virtuales con la Fiscalía Antidroga de Madrid y con el Grupo de Blanqueo de Capitales de la Guardia Civil, que se coordinaba con la Central Antidroga de la UCO. Valentina pudo saber, para su asombro, que gran parte del tráfico de estupefacientes y sustancias psicotrópicas de Colombia procedían de la marihuana, la coca y la amapola; en realidad, eran muchos más los países implicados, y el comercio de la droga ya asumía —o daba por hecho— que tendría siempre un treinta por ciento de pérdidas por las confiscaciones, pero que al menos podría introducir un quince o un veinte por ciento de sus beneficios en la economía legal. La Delegación de la Comisión Europea ya avisaba de que había países como Nicaragua, Mali, Panamá o Yemen —entre otros— con alto riesgo para facilitar este tipo de inserción, aunque las empresas del BNI que les habían tocado en la Operación Templo resultaba que trabajaban más con Haití, Marruecos y Filipinas. Al menos eso era lo que apuntaban las investigaciones de la tarde anterior, en las que aún tenían que profundizar, pues las empresas pantalla se acumulaban y era difícil establecer un patrón claro.

Habían decidido que los agentes Marta Torres, Zubizarreta y Camargo se quedasen aquella mañana trabajando en la Comandancia ordenando y contrastando toda la información junto con el sargento Marcos y el cabo Molina, mientras que Valentina, Riveiro, Peralta y el resto del personal de la UCO regresarían al hospital para tomar de nuevo declaración a los testigos. Con Aratz Saiz —al menos aquella mañana— habría poco que hacer, pues estaba medicada y bajo el cuidado de su tía y sus primas, que se turnaban para estar con ella e ir y venir al hospital para visitar a Pau Saiz. En realidad, aunque daba unos cambios radicales y vertiginosos, la conducta de Aratz entraba dentro de lo plausible. Perder a un padre y a un marido en solo dos días resultaba un trago duro de digerir para cualquiera. En la jornada anterior, Aratz había podido atender a Valentina mientras se encontraba en un estado de shock, pero de golpe parecía haberse saltado las etapas de negación, de ira y de negociación para caer de golpe en la depresión y la tristeza. Parecía que, tan pronto como habían llegado su tía, su prima y otros familiares, ya no sintiese la necesidad de ser un bastión fuerte e inamovible, y se había desplomado sobre la cama del hotel, deshecha en lágrimas. Tardaría mucho en llegar a aceptar lo que había sucedido, porque la realidad era que le había cambiado la vida para siempre.

Por su parte, el cabo Freire y el subteniente Sabadelle habían regresado a Alceda, pues la tarde anterior no habían logrado dar con los responsables de algunas videocámaras que habían localizado en el pueblo, y lo cierto era que todavía no tenían nada sobre el hombre misterioso de la bicicleta.

—Nos ha tocado el trabajo más engorroso, teniente.

—No creo que haya nada en este caso que resulte placentero, brigada —había replicado Valentina, que a su pesar había vuelto a coger uno de los cafés de máquina del hospital. El brigada Peralta frunció el ceño, pensativo.

—Es todo como muy evidente y, a la vez, como muy cogido por los pelos, ¿no? De las doce empresas, solo dos de Valencia tienen como socio a Iter Company, y casualmente sus responsables no acudieron al encuentro en Puente Viesgo...

—¿Ya sabemos algo de los compañeros de Valencia? —preguntó Valentina refiriéndose a la Guardia Civil de Valencia, que cooperaba en la operación.

—De momento, no —negó con gesto desesperanzado Peralta—, y no creo que nos puedan dar nada; cuando fueron ayer a las instalaciones les parecieron abandonadas. Queda mucho por rascar ahí.

—Ya. De todos modos, aquí todas las empresas van a echar balones fuera. Cada una de las sociedades del BNI es completamente independiente y autónoma, ni siquiera conforman una sociedad formal... Se supone que solo se pasan clientes y oportunidades de negocio, de modo que si una delinque la otra no tiene por qué tener implicación alguna, ¿no?

—Exacto, ya vio lo que le contestó ayer Pau Saiz.

Valentina asintió. La tarde anterior, desesperados y perdidos entre tanta documentación en la Comandancia, ella y Peralta habían ido a visitar de nuevo a Pau Saiz al hospital, pues al fin y al cabo él sí era responsable contable de Construforest. El joven compartía habitación con otra de las víctimas masculinas, y lo encontraron muy debilitado y cansado. Se había mostrado sorprendido por la visita, las preguntas y la suspicacia implícita en las mismas, pero a pesar de su convalecencia y de que apenas había recuperado la vista, había respondido con contundencia y claridad. «Yo solo me encargo de ingresos y gastos, teniente. De solicitar líneas de crédito al banco, de facturar los importes que me ordenan, pagar a proveedores y a los empleados, liquidar impuestos y cosas así... Nunca salgo de la oficina y desconozco casi siempre qué hace cada empresa a la que facturamos, ¿entiende? ¿Qué me importa a mí si les hemos comprado ladrillos o cemento? Quiero decir, solo diferencio si hay una prestación de servicios o una entrega de material, que es diferente. No es lo mismo declarar por el alquiler de uno de nuestros inmuebles que por la venta de una edificación realizada por Construforest, ¿me explico? ¡Yo solo realizo asientos contables! El debe y el haber... ¿Que con quién se hacían negocios? Eso ya era cosa de mi tío, naturalmente, y de Aratz, que llevaba la imagen de la empresa. Pobre Aratz, esto que le ha pasado es terrible... Oh, no, yo no conozco esas empresas de Valencia, y no me suena haber realizado ninguna transacción con ellas, aunque por el BNI sí que es posible que pasasen algún cliente a mi tío, claro. Pero cuando yo facturo no pregunto, ¿entiende? Quiero decir, ¿qué cree que podría preguntar? Oye, tío Iñaki, ¿esta factura a esta empresa... dónde conociste a los dueños, por el BNI, por la reunión del otro día en el centro de negocios, por el Congreso anual de Construcción Sostenible...? No, ¿verdad? Uno factura y punto.»

Valentina se había informado telefónicamente con empleados de Construforest sobre la posibilidad de que hubiese alguna anomalía extraña en la empresa y también sobre el propio Pau, pero no había dado con información de interés. Los empleados realizaban sus tareas de forma rutinaria y sin sobresaltos, y al parecer Pau disponía de un perfil tranquilo y discreto; una de las empleadas le confirmó, incluso, la veneración de Pau hacia su tío, que se había encargado de su educación cuando su padre —hermano de Iñaki Saiz— había muerto; la madre de Pau apenas podía por sí sola mantener el nivel de vida que habían tenido antes él y su hermana, de modo que Pau y Aratz —a pesar de la diferencia de edad— se habían criado casi como hermanos, aunque uno viviese más modestamente que el otro, por supuesto. En cuanto a Aratz, la misma empleada de Construforest le dijo que «era muy simpática», pero que nunca se sabía cuándo iba a ir por la oficina. A Valentina le dio la sensación de que Aratz, como ya suponía, llevaba su cargo de responsable de marketing de la empresa de forma más bien ligera y en calidad de *hija de*. Aquello no hacía más que confirmar lo que la policía ya sabía, y no añadía nada relevante a la investigación.

Tras salir del hospital sin nada nuevo ni concluyente, Valentina y Peralta habían hecho una visita a Rafael Garrido, que se encontraba cenando en el restaurante del hotel Bahía, en Santander. A su lado, pero sin mezclarse con él, varios familiares y allegados de las víctimas también reponían fuerzas tras haber pasado la tarde en el hospital. Resultó evidente que al hombre no le había gustado aquella visita de la Policía Judicial.

—¿Qué pretenden, buscar un chivo expiatorio porque no encuentran nada? ¡Hagan su trabajo y déjenme tranquilo!

—Señor Garrido —había replicado Valentina, armándose de paciencia—, lo verificaremos antes o después y con todo detalle, pero facilítenos el trabajo, por favor. ¿De qué empresas del BNI es usted socio?

El hombre había cerrado los ojos y negado con la cabeza, como si fuese él quien realmente estaba realizando esfuerzos titánicos por no entrar en cólera.

—Se lo voy a decir —concedió, terminando de masticar y tragando saliva—. Anótenlo, no vayan a olvidarse y después tengan que pasarme por la máquina de la verdad —añadió, enfadado—. A ver. Solo invierto capital, ¿estamos? No gestiono ninguna de las empresas. Construforest, Inversiones Castillo...

—Castillo & Yue, quiere decir, ¿no?

Garrido sonrió con malicia.

—Bravo, parece que algo sí que han hecho los deberes.

El hombre les dijo dos empresas más de Valladolid, y negó tener participación alguna en las de Valencia ni en ninguna otra, ni a título personal ni mediante una sociedad limitada. Aseguró, además, carecer de dominio alguno sobre la gestión de ninguna de las sociedades, en las que solo funcionaba como socio capitalista y de las que recibía los réditos correspondientes cada año.

—¿Usted cree que estoy para esas historias, teniente? Yo ya he vivido mucho, todo lo que tenía que vivir. No hay nada más cómodo que sostenerse por rentas, se lo aseguro. No hay discusiones, ni esfuerzos ni negociaciones. Sencillamente, aparece el dinero en el banco cuando corresponde.

—¿Y cómo llegó hasta este BNI? —le había preguntado Peralta, impasible a las ironías y desplantes del anciano.

—Por Dios bendito, con esta policía es un milagro que este país siga funcionando —declaró Garrido, exasperado—. ¿No saben que soy el padrino de Aratz?

—Si no nos lo dice, es imposible que lo sepamos —había replicado Peralta, con semblante imperturbable—, especialmente si se trata de una filiación tan particular y que solo consta en registros eclesiásticos.

—Ya —rezongó el anciano, que por fin, y quizás por la dureza del gesto de Peralta, pareció darse cuenta de que se estaba excediendo en sus formas.

De pronto, se desprendió de la información con facilidad, como si hasta el momento hubiese evitado colaborar por puro capricho.

—Iñaki y yo somos..., o *éramos*, amigos desde hace más de cuarenta años. Participé en su empresa cuando hubo una época de vacas flojas a finales de los noventa, y después entré en alguna más siguiendo su consejo, es todo. Aunque ahora ya se le iba un poco la cabeza, estaba mayor. Yo solo soy un jubilado que vive de rentas... ¿Qué demonios hacen aquí, en vez de buscar a quien ha ocasionado esta masacre?

La teniente y el brigada se habían mirado, agotados. También ellos tenían que cenar e irse a sus casas tras un día de investigación con resultados lamentables y, además, con un nuevo asesinato unido a la lista de problemas. Cansados y sin fuerzas, habían cenado algo rápido y ligero en un bar cercano y se habían marchado, con la creciente inquietud y sensación de dar vueltas alrededor de un círculo lleno de verdades y certezas, pero sin la habilidad de estar haciendo las preguntas adecuadas.

Ahora, en el descansillo del hospital en el que tomaban el segundo café de la mañana antes de volver a repasar a todos y cada uno de los testigos y al propio Pedro Cardelús —que iba a ser dado de alta al mediodía—, el brigada se separó un poco del grupo y atrajo a Valentina con la mirada hacia su posición, como si requiriese cierta intimidad para realizar una confidencia. Ella se acercó.

—¿Sabe qué he pensado, teniente?

—No se ofenda, pero no estoy para muchas adivinanzas. Si tiene algo nuevo, lo escucho —respondió ella, con ademán escéptico y cansado—. Cuénteme.

—¿No cree que nos estamos complicando demasiado?

—Es lo que suele suceder en los casos como este, que le complican a uno la existencia.

—No se burle. Piénselo, ¿no ve que nos estamos saltando una de las premisas básicas de cualquier investigación?

Valentina alzó las cejas, dando a su rostro el dibujo del asombro. Después concentró el gesto.

—Si se refiere a los beneficiarios de las muertes, ya le he pedido al juez Marín que despache oficios para los notarios, pero todo apunta a que en efecto Aratz era la heredera universal y que en cada una de las empresas del BNI con fallecidos, los herederos parecen los naturales, sin que haya seguros que de momento hayan llamado la atenc...

—No, no... —la interrumpió—. Me refiero al punto de inflexión. Todas las personas que hemos interrogado hasta ahora parece que llevaban varios años en cada una de sus empresas, ¿verdad?

—Sí, pero... —De pronto, Valentina comprendió por dónde iba el brigada. Estrechó la mirada, logrando que su ojo verde, sorprendentemente, brillase más que nunca—. Ya entiendo... Se refiere a Elisa Wang, ¿no?

—Exacto. Ella es la única que lleva solo unos meses en la empresa, ¿cierto?

—Cierto. Cuatro meses, si no recuerdo mal.

—Ahí tiene un cambio notable dentro de una línea rutinaria. Casualmente, sus jefes no pudieron venir en el último momento a Puente Viesgo, cuando Aratz Saiz ha insistido varias veces en que casi era más una *reunión de amigos* que de trabajo; y resulta que los de Málaga la mandan a ella, la nueva, que no ha muerto de milagro.

—Como hilo que seguir no está mal, pero resulta un poco endeble, brigada.

—No, no tan endeble si sabemos que nuestros compañeros de Málaga ya han buscado al dueño de Inversiones Castillo & Yue y no lo han localizado.

—Está en el hospital.

—Habrá que verlo.

Valentina miró muy fijamente a Peralta a los ojos. Sus iris grises y oscuros eran como granito brillante. De pronto, ella se echó a reír.

—Joder, es usted más obsesivo y exhaustivo que yo misma, y le aseguro que eso es mucho decir.

Él sonrió por primera vez en toda la mañana.

—Viniendo de alguien con su historial, es todo un piropo.

—¿Mi historial?

—Sus... —comenzó él, que se ruborizó al darse cuenta de que acababa de revelar que había curioseado en la hoja de servicios de Valentina—. Me refiero a sus logros dentro del cuerpo. Me hubiese gustado trabajar con usted en algún caso, teniente. Habría sido un honor.

Valentina, sorprendida, volvió a mirar al brigada con gesto de escrutinio, como si lo estuviese calibrando y comprobando de nuevo sus valores y medidas. No acertaba a discernir si aquel brigada de la UCO le acababa de manifestar su respeto profesional o si, en un caso muy improbable, le había enredado un lazo de puro flirteo. La teniente sonrió, pero en su expresión había algo sardónico y un fondo completamente serio.

—Gracias, brigada. En todo caso, ya investigamos juntos ahora. Y de momento, permítame que se lo recuerde, vamos regular. De todos modos, será interesante potenciar la investigación sobre la empresa de Málaga. En la documentación que revisamos ayer ya parecía un poco sospechoso que hubiese tantos inmuebles a nombre de Castillo & Yue, aunque tendremos que esperar a que el juez Marín autorice el acceso a las cuentas bancarias. De todos modos, sobre el sicario... —comenzó a decir ella, que de pronto se detuvo, como si le asaltasen las dudas. Él la animó a continuar.

—Dispare, no se preocupe. Ya está claro que hemos fusionado la búsqueda del sicario con la del cerebro de la operación, no quedaba otra. ¿Qué le preocupa?

—Hay algo que me extraña enormemente si a quien estamos buscando es realmente al Estudiante.

—No se me ocurre nadie más que pueda orquestar una operación tan fuera de lo común como esta, Redondo. Ya le dije que tenemos filtraciones de que él, precisamente él, que opera en la zona norte, en los últimos tiempos estaba vinculado a operaciones con armas químicas. Hemos estudiado su perfil, y si añadimos los vínculos que parece que tienen las empresas del BNI con el blanqueo de capitales y el narcotráfico... Por mi parte, estoy seguro de que es nuestro hombre.

—De acuerdo —admitió ella—. Supongamos que es así. ¿No le parece raro cómo está actuando? Hasta la fecha nunca ha sido atrapado, siempre ha trabajado de forma impecable y cuidadosa. Sin embargo, ahora está dejando cabos sueltos.

—Lo de la bicicleta ha sido un golpe de suerte, tenemos que reconocerlo. Y es posible que no nos lleve a ninguna parte.

—Sí, pero no podemos olvidar que dejó con vida a Pedro Cardelús, cuando acababa de condenar a un grupo de docena y media de personas al gas sarín. ¿Qué le dice eso?

—Pues... Que por algún motivo lo necesitaba vivo, lo cual nos llevaría de nuevo a Aratz Saiz, que fue quien recomendó a Cardelús para trabajar en el balneario.

—Es posible. Pero yo me refería a otro tipo de motivación... A un código moral, ¿entiende?

El brigada dudó y observó a Valentina con curiosidad.

—No, no sé si la entiendo.

Ella se encogió de hombros.

—Es solo una idea. Tal vez el sicario se limitó solo al encargo y no quiso hacer daño a quien no tenía que ver con su objetivo, ¿entiende? Quiero decir que..., en fin, que es humano, después de todo —sugirió, pensativa.

—Pensaba que odiaba usted a ese hombre, teniente —replicó él, sorprendido—. No dude de que estamos ante un asesino implacable y frío, por mucho criterio moral que de pronto se le haya incrustado a ese desgraciado en el cerebro.

—Por supuesto. Pero no me refiero a ese detalle como un eximente, sino como una debilidad. Quizás por ahí podamos encontrar alguna grieta —añadió, reflexiva y seria, dejando clara su idea de perseguir al Estudiante hasta el final.

Si aquel brigada había llegado a considerar que ella se había ablandado, se había equivocado por completo. Valentina dio un último sorbo a su café y tomó aire. Era hora de trabajar y volver a revisar, de nuevo, todo lo que pudieran decirle las víctimas de la Operación Templo.

—¿Vamos?

El brigada asintió, y al darse la vuelta Valentina tuvo la certeza de que Gonzalo Peralta seguía la silueta de su cuerpo con la mirada de quien, de pronto, descubre un tesoro.

A Clara Múgica el mundo de los venenos le resultaba fascinante. No solo por su interés en laboratorio a efectos toxicológicos, sino por lo que suponían cuando eran empleados en un crimen. No había lugar para el arrebato, para la excusa de una furia incontenible, sino que en la mayoría de los casos implicaban método y premeditación. Siempre le sorprendía cuando en las películas veía a alguien caer fulminado al instante por solo un pinchazo o por respirar durante un segundo algún elemento tóxico. Salvo en el caso de gases como el sarín, cuyo impacto tampoco era inmediato, en la vida real la mayoría de los venenos tardaban varias horas en hacer efecto. Por eso no había esperado gran cosa de los análisis que habían solicitado sobre la sangre y los tejidos de Iñaki Saiz y el resto de las víctimas mortales de El Templo del Agua; a pesar de que Valentina había insistido en la posibilidad de que les hubiesen dado a beber algún componente tóxico a todas aquellas personas, lo cierto era que tampoco tenían ninguna prueba de que hubiesen sido drogados, y en los análisis de sangre y orina de los supervivientes no había aparecido nada que no estuviese vinculado al gas nervioso que casi los había matado.

Sin embargo, los resultados del informe que acababa de llegar desde el Instituto Nacional de Toxicología en Madrid eran contundentes y Clara debía reconocer que con aquel caso su capacidad de asombro estaba creciendo cada vez más. Ahora ella se encontraba en un pequeño despacho del Servicio de Patología Forense, y le quedaban solo unos minutos para comenzar con Cardona la autopsia de Daniel Rocamora, que era otro misterio. ¿Habría fallecido de muerte natural? Con los precedentes de aquellos días y con los informes que tenía ahora en la mano, lo veía poco probable. Clara había enviado un mensaje al teléfono de Valentina para avisarla de que ya disponía de los resultados de toxicología, y para su sorpresa la teniente le había comunicado que se encontraba en el mismo edificio, interrogando de nuevo a las víctimas del ataque con gas sarín. No le envidió la tarea. Apurada, Valentina le aseguró que enviaría de inmediato al sargento Riveiro —que estaba con ella— para que le detallase la información, y Clara decidió tomarse un café y descansar los sentidos mientras esperaba. Para la forense, el examen patológico de Rocamora resultaba un reto interesantísimo, pero el breve receso le vendría bien, porque también necesitaba un poco de silencio y tranquilidad. Sin embargo, cuando apenas había dado un sorbo a su taza de café, ya apareció Riveiro por la puerta.

—Buenos días, Múgica —la saludó, también con gesto algo cansado. Después señaló la taza de la forense—. Qué bien huele... ¿Café americano? No tendrás un poco para este pobre hombre al servicio de la ley...

Ella entornó los ojos.

—Sí, hombre, sí... Ahí, en la mesa, detrás de la columna. Es el *office* de los de laboratorio, ni se te ocurra tocar las galletas.

—Con tal de no volver a tomar el café de máquina del hospital, te prometo no tocar un dulce mientras viva.

—Ya. Oye —dijo ella, mientras él iba a servirse—, ¿qué pasa, que Valentina ya no se codea con los médicos y nos envía a sus secuaces para las gestiones sencillas?

—Secuaces, ¿eh? —se rio él, sentándose frente a ella—. Qué va, está con Peralta, el de la UCO... Operación conjunta por lo del sarín, ya sabes, y nos ha tocado un brigada tan pejiguero como ella, así que imagínate el plan —le explicó en tono afable, pues ambos querían y respetaban, con sus rarezas, a la teniente Redondo.

—Pobrecitos, me dais mucha pena. Por cierto, ¿ya tienes todo listo para la boda del año?

—¿Qué? —dudó él durante medio segundo, hasta que se dio cuenta de que Clara se refería al enlace de Oliver y Valentina—. Ah, sí. Pero solo iremos a la de Galicia, lo de Escocia nos queda más a desmano, con los niños acabando el curso y tal, imagínate.

—Claro —asintió ella, comprensiva; todos sabían que la boda no se celebraba en verano, sino justo al término del invierno, para no dejar de atender Villa Marina en plena temporada alta, que a fin de cuentas era un establecimiento de hostelería en plena costa y su fuerte era la época estival—. Ya sabrás que han escogido muy pocos invitados y que han prometido barra libre de marisco.

Riveiro se rio.

—Creo que las bodas en Galicia sin nécoras y centollas son ilegales.

Clara sonrió ante la chanza, y después se puso seria.

—Oye... ¿Es verdad eso que me ha dicho Valentina de que el Estudiante podría ser el asesino en el caso de Puente Viesgo?

—Podría ser, sí. Pero de momento es pura especulación. Lo único que tenemos es un sicario que tiene acceso a gas sarín y que domina la utilización de disfraces, como el colombiano. Además, también podría haber algo del mundo del narcotráfico vinculado a algunas de las empresas del BNI que había en el Templo del Agua, de modo que la teoría comienza a ganar puntos.

—No me gusta nada este asunto, la verdad. ¿Cómo lo lleva Valentina?

—Ya la conoces. Hace como que se trata de un caso más, pero me da miedo que se obsesione, porque me temo que este puede ser uno de esos expedientes de los que al final quedan sin resolver.

—¿Tan mal vais?

—Regular. Cada vez tenemos más información, pero nada se conecta de forma clara ni definitiva, ¿entiendes? Básicamente, estamos dando palos de ciego.

—Pues lo que tengo aquí —replicó ella, levantando la carpeta con los resultados de los análisis— no os va a alegrar la mañana, precisamente. Y ya habéis tenido suerte, porque estos resultados suelen tardar muchos más días.

—Debe de ser lo único positivo de enfrentarse a armas de destrucción masiva —dijo él, con marcada ironía—, que al menos se agiliza la burocracia—. A ver, cuéntame.

—Te lo resumo, ¿no? Bueno, pues... Quien quiera que fuese el que preparó lo del sarín, antes se encargó de atontar a todas las víctimas.

—¿En serio? ¡Así que sí estaban drogados! ¿Y cómo es que no salió nada en los análisis?

—Ah, porque en una analítica normal nunca saldría lo que les administraron, salvo que se buscase de forma específica el tóxico... Lo que les dieron solo resultaba detectable en los análisis farmacológicos de la autopsia, y aun así de forma endeble, no creas. ¡Y buscándolos ex profeso!

—A ver —se extrañó Riveiro, que posó su taza sobre la mesa y sacó su acostumbrada libreta de la chaqueta para tomar notas, como siempre—, no lo entiendo, ¿por qué no se analizan todos los posibles parámetros desde el principio y ya está?

—No es tan fácil, Riveiro. No se puede revisar cada diminuto y complejo aspecto de todas las cosas. En urgencias, a los supervivientes se les realizaron analíticas detalladas y completas, pero en antipsicóticos solo se rastrea lo más común: clozapina, aripiprazol, olanzapina y quetiapina, de modo que...

—Espera, espera —la interrumpió él, llevándose una mano a la cabeza, como si le doliese—, no te enrolles y dime directamente lo que les dieron —le dijo, aunque al ver el gesto irritado de Clara, Riveiro añadió a su petición un marcado «Por favor».

Ella continuó con su exposición.

—Entre otros compuestos, les dieron haloperidol, que es un antipsicótico bastante potente que se suele administrar por gotas y es incoloro... Se ha utilizado en ocasiones con pacientes de alzhéimer para sosegarlos y tenerlos tranquilos, aunque casi siempre los adormece.

—Es decir, que el asesino quiso adormecer a las víctimas, ¿no?

—No solo eso —le replicó, abriendo los informes y procediendo a leer su contenido—. También se han localizado indicios de sustancias de sumisión química, que en un análisis normal casi siempre son muy difíciles de detectar porque esta clase de elementos de sumisión, excepto el alcohol, desaparecen muy rápido del organismo y son prácticamente indetectables. Hay gamma hidroxibutirato, que tiene un efecto muy rápido, y benzodiacepina, que te aseguro que es muy fácil de conseguir.

—Pero... No entiendo, ¿qué quería, dejarlos sin voluntad y atontarlos, sin más?

—Eso seguro. Pero este tipo de sustancias también suelen implicar recuerdos confusos y amnesia total o parcial, de modo que creo que el asesino se estaba asegurando de que, en caso de que hubiese supervivientes, su memoria sobre todo lo ocurrido fuese bastante difusa.

—Y sobre él mismo, claro.

—Claro. Aunque los efectos de estos componentes no son inmediatos. De ningún tóxico, en realidad. El único bloqueador neuromuscular que conozco y que va como un rayo es el Nimbex, pero se utiliza en las anestesias y vía intravenosa, y tampoco te deja K. O. al instante.

—No lo entiendo —reflexionó Riveiro, concentrado—. ¿Por qué no los envenenaría con algo más fuerte, por ejemplo, y así el asesino ya se evitaba el tener que utilizar el sarín?

Clara dio un sorbo a su café, pensativa.

—No lo sé, tal vez no quería que fuese tan fácil que hubiese supervivientes. Los venenos, ya te lo he dicho, no actúan tan rápido, y cuando alguien se encuentra mal y va a urgencias, hay ya un dispositivo muy amplio preparado con neutralizantes y antídotos. Para un gas nervioso, sin embargo, la respuesta puede ser mucho más precaria. Ya ves que a Valdecilla llegaron ya cuatro cadáveres y tres de las víctimas no superaron la primera noche. Y gracias a que estaba el doctor Gómez, que les dio atropina ya en la ambulancia, que si no habría muchas más bajas.

Riveiro guardó silencio durante unos segundos, concentrado en encajar la nueva información.

—No sé, pero es todo... Innecesario, ¿no? Demasiado rebuscado —reflexionó, sin encontrarle un sentido definitivo a los pasos que había seguido el asesino—. A fin de cuentas, al atontar a las víctimas, ¿qué coño pretendía el sicario, si con el gas sarín ya casi tenían la muerte asegurada?

—Su objetivo estaba claro, Riveiro. No quería que hubiese reacción cuando abriesen la caja con el gas, o que al menos la capacidad de reacción estuviese mermada. Creo que el asesino, que contaba con que alguno pudiese sobrevivir, quiso que la mayoría de las víctimas muriese allí dentro —añadió, haciendo una pausa; a pesar del café caliente, Clara sintió un escalofrío en su interior antes de continuar hablando—. Lo que se pretendía, en definitiva, era que las víctimas viesen la muerte de frente y se sintiesen completamente incapaces de huir.

12

> Pondremos en un lado los detalles de importancia; los que no la tienen, ¡puf!, los echaremos a volar.
>
> Agatha Christie,
> *El misterioso caso de Styles*, 1920

Alceda era una localidad pequeña y con pocos habitantes, de modo que sus casas blasonadas y su gran parque —conectado a la vía verde del Pas— funcionaban como uno de sus mayores reclamos. El subteniente Sabadelle y el cabo Freire caminaban ahora por las aceras que flanqueaban la carretera principal, por donde discurrían los coches con el lento ritmo que impone la rutina.

—Qué puto frío, por Dios —se quejó Sabadelle, frotándose las manos y soplando sobre ellas—, no sé qué necesidad había de venir tan temprano.

—¿Qué dice?

—¿Yo? Nada, cabo. Que ayer, en la caída, fue un milagro que no me rompiese la columna... Menos mal que los del norte somos como somos, duros como rocas.

—Menos mal, sí —suspiró Freire, que no terminaba de acostumbrarse ni a Sabadelle ni a su forma de hablar.

A veces el subteniente farfullaba de manera ininteligible, y le parecía que lo hacía a propósito, como si así pudiese aprovechar para decir comentarios inapropiados sin incurrir en ninguna responsabilidad. Le habían sorprendido las preguntas de Sabadelle sobre la oferta teatral de Madrid, pues al parecer el subteniente no solo asistía al teatro con frecuencia, sino que actuaba en pequeñas obras en su tiempo libre; a aquellas alturas ya le había contado las tramas en las que él había desarrollado dos papeles protagonistas, y le había insistido en que debía acudir a verlo si la UCO se quedaba bastante tiempo en Santander, que era lo previsible. ¿Quién lo diría de aquel tipo, que parecía culturalmente salido de una caverna? Freire lo observaba con curiosidad, al igual que podía observar a un amable anciano que de pronto confesase ser un terrible asesino, pues a aquellas alturas ya sabía por experiencia que tras la fachada de cada persona podía haber un mundo extraño e impreciso.

La singular pareja, tras dejar atrás dos panaderías y una carnicería, llegó enseguida a su objetivo. Era un edificio antiguo y de grandes ventanales, que disponía de más edificaciones adosadas a ambos lados. Al cabo Freire le recordaba un poco a los edificios venecianos que había visto en un viaje a Italia dos años atrás: la construcción era ya decrépita, pero —a pesar de su deficiente estado de conservación— retenía todavía parte de su viejo encanto. Sobre la puerta principal había un cartel agrietado y de color desvaído que rezaba HOSTAL VILLA ROSITA. Cuando el cabo Freire iba a llamar a la puerta, esta se abrió directamente, y al otro lado apareció un anciano de cabello blanquísimo y de gesto huraño, que le dio la impresión de mostrar por costumbre de aquella mueca marchita, como una señal perenne y consustancial a su rostro.

—¿Otra vez ustedes?

—Otra vez, en efecto. Ya le dijimos que volveríamos, señor Tagle.

—La policía siempre aparece cuando ya no hace falta —se quejó el hombre, agudizando la amargura de su expresión—. ¿Ya han ido al balneario?

—Lo que haga la Guardia Civil, amigo —intervino Sabadelle—, no es cosa suya. Díganos si ya ha venido su ayudante, si es tan amable.

El anciano no contestó, limitándose a mostrar una nueva mueca de fastidio, y giró el cuerpo hacia el interior del edificio.

—¡Chano! A ver... ¡Que están aquí unos policías! Atiéndelos, ¡vamos!

El anciano abrió la puerta y permitió pasar a Sabadelle y a Freire, que se vieron obligados a acostumbrar la vista a la penumbra que, como una tiniebla, reinaba en la enorme recepción del hostal. Tras un gran mostrador de madera de castaño, un hombre de mediana edad resoplaba por puro fastidio.

—¿Ahora?

—Ahora. ¿No te lo acabo de decir?

El cabo Freire se aproximó y procuró, de forma deliberada, mostrarse lo más amable y cordial posible.

—Ayer visitamos su establecimiento y el señor Tagle nos confirmó que tenían ustedes cámaras de videovigilancia en el hostal, de modo que si tienen registro de vídeo precisaríamos disponer de...

—Perdone —le cortó el hombre, con una actitud todavía más hosca que la del anciano—, no sé qué les habrá dicho mi padre, pero no tengo ni idea de qué cámaras me está hablando.

El cabo Freire frunció el ceño y miró con detenimiento los distintos ángulos de la recepción; en efecto, no se veía ninguna videocámara.

—Ya nos habíamos fijado ayer en que en la recepción no había ningún cartel anunciando control audiovisual, pero ayer su padre nos dijo que sí disponían de videocámara de vigilancia, y supusimos que sería en el ascensor o en las escaleras interiores, ¿no?

—No tenemos ascensor.

—Pues díganos, por favor, dónde tiene entonces...

—No tengo por qué facilitarles ninguna grabación. Nuestros clientes disfrutan de algo que se llama derecho a la intimidad. Además, no sé si las cámaras habrán grabado estos días... No las conectamos siempre, y a veces se estropean. ¿A quién están investigando?

—A nadie que a usted le importe —cortó Sabadelle, atónito ante la falta de respeto a la Benemérita—, pero estamos solicitando grabaciones a todos los hoteles del pueblo, por motivos que, como puede imaginar, siempre van a redundar en el bienestar de la comunidad; puede tener la certeza de que la Guardia Civil conoce perfectamente el contenido de la ley de protección de datos y que siempre respeta el derecho a la intimidad y el honor de sus conciudadanos.

—Pues muy bien. Entonces, que la Benemérita respete a sus ciudadanos a través de un juez.

—Quieto *parao* —replicó Sabadelle, con creciente asombro—. ¿Cómo dice?

El hombre negó con la cabeza e insistió en su postura:

—Sin orden judicial no le doy las cintas.

—Chano —intervino el anciano, acercándose—, dáselas.

—Que no. Que no es legal, cojones. Que nos lo pida un juez.

—Es a la Guardia Civil a la que no tiene que tocar los cojones, amigo —se exasperó Sabadelle, que hacía caso omiso a las peticiones de Freire para mantener la calma—, así que, para empezar, puede guardarse las puñeteras grabaciones, pero tiene que decirnos dónde están las cámaras.

El hombre apretó los labios y contuvo su evidente enfado, aunque por el gesto podía adivinarse que sabía que Sabadelle tenía razón. Debía decirles dónde estaban las cámaras. A regañadientes, y con ademán hosco, señaló con la barbilla un enorme aparador a la izquierda y, después, un travesaño del techo a la derecha. Sabadelle y Freire tuvieron que acercarse y hacer grandes esfuerzos con la mirada para detectar las cámaras, que resultaba evidente que estaban camufladas entre el mobiliario.

—¿Y el cartel de videovigilancia? —preguntó Freire.

—Se habrá caído.

—Sabe que los carteles deben estar junto a las cámaras y ser bien visibles, porque lo contrario vulnera la ley de protección de datos, y le aseguro que las multas por su incumplimiento son muy cuantiosas.

—Cuando vuelvan con una orden judicial ya tendré arreglado lo de los putos carteles, que ni que fuera para tanto.

—Chano, te estás pasando —lo reconvino el anciano, preocupado—. Dales ya lo que tengas.

El hombre, molesto, se puso en pie y con actitud intimidatoria le dijo algo al oído a su padre. El anciano, a pesar de la inicial conducta autoritaria hacia su hijo, ahora no se atrevió a oponerse. Sabadelle, sin embargo, sí tenía intención de decir algo como que, ya puestos a hablar con el juez, podrían solicitar también una inspección de Sanidad para comprobar si el hostal cumplía con las distintas normativas, pero al cruzar la mirada con Freire detuvo su impulso. El cabo, que había estado un rato como ensimismado y mirando fijamente el suelo, había endurecido el gesto y ahora se dirigía hacia el tal Chano. Se detuvo a solo unos centímetros de su rostro; al aproximarse, comprobó el desaliño del hombre, que debía de llevar días sin afeitarse.

—Ayer nos dijo su padre que no sabía si se había alojado aquí alguien que hubiese venido con una bicicleta. ¿Nos puede enseñar, al menos, los registros de las personas que han hospedado en los últimos días?

—Se me ha roto el ordenador —replicó el hombre, en tono algo chulesco—, y aquí solo duermen personas, no vehículos. Si alguien vino en bicicleta o en patinete, la verdad que no lo recuerdo.

Freire apretó los labios, conteniéndose.

—Si quiere usted una orden judicial, la tendrá. Le advierto que, si observamos cualquier irregularidad en las grabaciones, las consecuencias legales serán muy severas. Yo mismo me encargaré del asunto.

El cabo mantuvo la mirada con el hombre durante unos segundos más y, después, hizo una señal a Sabadelle para marcharse. Cuando estuvieron en la calle, el subteniente le solicitó explicaciones, aunque Freire parecía tener claros sus límites.

—Era una pérdida de tiempo, Sabadelle. No podíamos obligarlo... Cualquier prueba que obtengamos debe ir por los conductos preceptivos... Si no, nos la ventilan en un juicio, ya lo sabe. Me imagino que, en un lugar como este, puede haber servicios que nuestro *amigo* Chano no quiera mostrar.

—¿Prostitución?

—O drogas, quién sabe. Aunque, en efecto, no descarto meretrices.

—Hostia, ¡meretrices! —exclamó Sabadelle, riendo—. Cómo son ustedes en la capital, ¿eh? Qué finura...

Y Sabadelle continuó mascullando algo sobre los vocablos *puta* y *meretriz* mientras repasaba la lista de establecimientos y lugares con videocámara de la localidad que habían detectado la tarde anterior. Habían comenzado por el hotel del balneario de Alceda, donde les habían asegurado —mostrándoles sus registros— que no habían hospedado ningún varón con cuarto individual; les habían permitido revisar sus grabaciones sin dificultad alguna, y tampoco habían obtenido ningún resultado: su misterioso ciclista no había aparecido por ninguna parte, ni solo ni en compañía de nadie. Algo parecido les había sucedido cuando habían consultado en una panadería que parecía grabar no solo a la clientela, sino también, y en segundo plano —por el ángulo de la cámara—, a quien pasaba ante la puerta; habían podido revisar los registros, pero tampoco habían localizado al sicario pasando ante el establecimiento. Había otro hotel en la villa, pero abría únicamente en época estival, por lo que solo les había quedado pendiente revisar Villa Rosita. Parecía poco probable que un lugar tan decadente pudiese disponer de sistema alguno de videovigilancia, pero, para su sorpresa, la tarde anterior el anciano señor Tagle les había confirmado que sí, que disponían de aquel sistema de control y seguridad. Les había pedido que regresasen al día siguiente, cuando su ayudante pudiese ayudarlos, ya que él no entendía aquellos cacharros del infierno. Y eso era justamente lo que habían hecho, topándose con una negativa que ralentizaba las cosas. El cabo Freire resopló y se dirigió de nuevo a su compañero de trabajo de aquella mañana.

—Su teniente tiene buena relación con el juez Marín, ¿no?

Sabadelle chasqueó la lengua y se encogió de hombros.

—Psa. Redondo se apaña bien con él, sí.

—Pues habrá que pedirle que despache oficios a Villa Rosita.

—No tenemos ningún indicio de que el ciclista se hospedase ahí.

—Había marcas en el suelo.

—¿Marcas?

—Me ha parecido que podían ser de bicicleta, no lo sé. Tomé una foto de refilón con mi móvil —añadió, sacando ya el aparato del bolsillo y mostrando a Sabadelle una imagen poco nítida con unas líneas difusas en el suelo.

—Pues podría ser —asintió Sabadelle, sorprendido y admirado ante la pericia del cabo—. Poniendo imaginación, ¿eh? Pero sí, pudiera ser. En esa recepción podrían dejarse una docena de bicicletas sin problema. ¡Muy bien, cabo! Coño, ¡qué bien trabajamos en equipo! Ahora ya sabemos lo que hay que hacer.

El cabo alzó las cejas, temeroso de cualquier iniciativa de Sabadelle, que muy resuelto ya había sacado su teléfono móvil.

—¡Se va a cagar el Chano de los cojones! Ahora mismito hablamos con la teniente, a ver esa orden judicial.

Freire observó a Sabadelle mientras, caminando ya hacia el coche, telefoneaba e informaba a Valentina de las novedades y de la nueva petición que tenían para el juez, aunque era consciente de que buscaban una aguja en un pajar. En realidad, carecían de ninguna pista ni de indicios sólidos, y sabía que solo estaban descartando posibilidades. Había una duda más que razonable de que aquella gestión fuese realmente a servir para localizar a ningún sicario, y resultaba bastante probable que el juez terminase por enviar las peticiones de la Guardia Civil a la papelera. Sin embargo, aquel último intento desesperado por encontrar un hilo del que tirar iba a conducir al cabo y al subteniente, directamente, al corazón de la madeja.

La luz clara y potente del hospital molestaba a Peralta. El entorno le hacía sentir que estaba dentro del escenario de un obligado amanecer, frío y artificial. Porque aquella constante aurora de luces led a él siempre le recordaba el roce de la muerte. La gente era tan optimista. Todos los días caminando y haciendo planes como si nada, activando el despertador con fe ciega. Qué seguridad, qué confianza en un futuro despertar. Porque, ¿acaso no podía terminar todo de repente, en cualquier instante? Él mismo lo había comprobado con su hermana pequeña. Muchos años atrás se la había llevado la leucemia en menos de tres meses, y él, tal vez por aquel motivo o por cualquier otro, se había volcado en el deporte. Ahora manejaba unos músculos enormes y, al girar su cuello, ancho y robusto, era consciente de cómo el simple movimiento intimidaba a más de uno. Cómo odiaba los hospitales... Y qué caso tan extraño y complejo el del Templo del Agua. Resolver un asunto tan extraño les iba a llevar una eternidad.

El brigada observó sin disimulo a Valentina mientras hablaba por teléfono. Qué mujer tan rara. Lo desconcertaba. Aquel rostro tan curioso, con sus marcadas y finas cicatrices. La forma de moverse, que pretendía ser discreta pero que atrapaba de forma irremediable su atención, como si estuviese ante un felino que camina de forma despreocupada y temeraria por el borde de un altísimo tejado. Era tan delgada, tan poca cosa. Y sin embargo, poseía un claro magnetismo, una aparente seguridad y una determinación que funcionaban como un imán. Incluso su forma de hablar le resultaba muy particular, como si cada palabra guardase un doble y misterioso significado. Cuando la teniente —ajena a los pensamientos del brigada— terminó con la llamada de Sabadelle, le pidió al sargento Riveiro que se acercase hasta el despacho del juez. Iban a necesitar con urgencia que su señoría ordenase a los responsables de Villa Rosita la entrega de aquellas cintas de vídeo, si es que existían.

—¿Y me presento en el juzgado sin más?

—En persona siempre es mejor, ya sabes —respondió Valentina, con gesto cansado. No quería que

Riveiro sintiese que lo relegaba a tareas menores, pero ella no podía dejar de tomar declaraciones en el hospital—. Además, así le haces una visita a Clara Múgica, a ver si ya tiene algo de la autopsia de Rocamora —añadió, ya que el Instituto de Medicina Legal estaba en el mismo edificio que los juzgados. El sargento sonrió.

—Múgica va a matarme, lo sabes, ¿no?

—Pero si os encanta pelearos. Anda, ve.

Y Riveiro se marchó para cumplir las órdenes de Valentina, sin percatarse de la creciente curiosidad que la conversación de ambos había suscitado en Peralta.

—Llevan mucho tiempo trabajando juntos, ¿no? —le preguntó el brigada a la teniente, señalando con la mano al sargento, que ya se alejaba.

—Sí, ¿por?

—Las formas. Me ha sorprendido su familiaridad.

—Ah, eso. No olvidamos los rangos, si es lo que le preocupa. En actos oficiales conservamos más las distancias jerárquicas. ¿Le molesta?

—Para nada. Me sorprende, nada más. De hecho, es usted una verdadera caja de sorpresas.

Valentina, que ya había comenzado a caminar para salir de aquel pasillo hospitalario, se detuvo de golpe. Ahora era ella la que sentía curiosidad.

—Vaya, brigada. No me diga que le resulta tan desconcertante la forma de trabajar en provincias.

—No —negó él, riéndose—, no es eso. Es usted, mi teniente. Su forma de trabajar y de vivir, si me lo permite.

—¿De vivir?

—Sí... ¿No se casa dentro de dos semanas?

—Esa es la idea, sí —replicó ella, sin disimular su extrañeza.

Su expresión mostró a Peralta que el comentario se adentraba en terreno privado y, en consecuencia, pantanoso. Él se apuró en vestir sus palabras de más ligereza de la que habían tenido inicialmente.

—No me entienda mal... Lo digo porque cualquier otra persona del cuerpo tal vez estaría ahora más centrada en los preparativos nupciales que en resolver un crimen... Imagino que su novio tiene mucha paciencia.

—¿Para aguantarme a mí, quiere decir?

—¡Oh, no! —volvió a negar Peralta, que llegó a ruborizarse.

Aquel rubor le hizo gracia a Valentina, que esperó con media sonrisa para ver cómo aquel hombre grande y musculoso salía de la situación que él mismo había provocado.

—Quería decir... No sé, no sé qué quería decir... Su novio es un hombre afortunado, sin duda —continuó él, cada vez más nervioso—. Pero me parecía usted de acción, ¿me explico? No de las que se casan.

—Anda. No me diga —replicó, impostando ofensa—. Y usted es soltero, por supuesto. Acción a raudales, claro —añadió, haciendo con sus brazos un gesto a medio camino entre un golpe de boxeo y un baile.

Él alzó las manos en gesto de indefensión.

—Le aseguro que mi vida fuera de la UCO es de lo más normalita, aunque sí, estoy soltero. No crea que es fácil conciliar la profesión con una novia, y mucho menos con tener una familia.

Valentina abandonó el tono burlón y miró con respeto a Peralta.

—En la UCO viajan ustedes mucho, ¿no?

—En mi caso, sí. Y no solo en el ámbito nacional.

—Pues menos mal que me he quedado en una sección de provincias, ¿no?

Peralta sonrió.

—Ya le dije que su novio era un hombre muy afortunado.

Valentina frunció levemente el ceño. El cumplido podía ser un simple comentario amable, pero apenas conocía al brigada y notaba cómo la miraba. Peralta pareció darse cuenta de que tal vez se había excedido, de que había mostrado de forma demasiado abierta la admiración, extrañeza y fascinación que de pronto Valentina había despertado en sus instintos. Tampoco él entendía muy bien qué estaba haciendo. En Madrid no eran precisamente escasas sus conquistas, de modo que debía ahorrarse todos los enredos en los que preveía que ya comenzaba a navegar su imaginación. No disimuló su alivio cuando sonó el teléfono móvil. Aquel diminuto aparato y su incesante musiquilla acababan de salvarlo. Lo llamaba Mar Grobas, la comandante farmacéutica jefa del laboratorio de la UME.

—¿Sí? Dígame, sí, soy yo. Por supuesto, mi comandante. Entonces, ¿tenían veneno? Claro, claro... El margen de error... Sí, hubiera sido lo ideal, por supuesto.

Peralta continuó hablando varios minutos, asintiendo y mirando de reojo a Valentina. Alguna frase la repetía en alto, de hecho, para informar a la teniente de las novedades que le trasladaba la comandante. Cuando colgó el teléfono, parecía que el asunto estaba ya bastante claro.

—Le ha dicho que los vasos de la fuente del Templo del Agua sí tenían algún elemento tóxico, ¿verdad?

Peralta hizo un ligero movimiento de cabeza en sentido afirmativo.

—No puede certificarlo, ya que las pruebas no pasaron los controles ni las medidas de custodia precisas, pero sí parece que han encontrado en varios vasos restos de haloperidol y sustancias de sumisión química.

Valentina asintió, satisfecha.

—Eso concuerda con lo que Múgica le dijo ayer a Riveiro tras obtener los resultados de las autopsias. Qué cabrón, el sicario.

—Tal vez el *modus operandi* no fuese cosa de él, sino del cerebro de la operación.

La teniente aceptó el comentario, aunque con un gesto de resignación.

—Si no cogemos a ninguno, nunca lo sabremos. Tengo la sensación de que no estamos filtrando bien.

—¿Eh? Perdone, pero no la sigo, teniente.

—Me refiero a que no estamos separando de forma clara lo relevante de lo superficial. ¿Cuál es el móvil de todo esto que está sucediendo?

—La respuesta suele ser el dinero.

—Ya. No sé. Sigamos con la toma de declaraciones, ¿le parece?

Peralta asintió, nuevamente aliviado por el hecho de que Valentina se centrase en la investigación. Desde luego, había sido una suerte que la comandante Grobas llamase en aquel preciso instante. De pronto, Peralta sintió curiosidad, también, por cómo sería Oliver Gordon. Sin decir nada más, Peralta y Valentina se dirigieron hacia un despacho donde se encontraba el doctor Gómez, que era quien pautaba y daba directrices de con quiénes podían continuar trabajando. Tras charlar un rato con él, y justo cuando ya iban a dirigirse a planta, escucharon un chasquido a sus espaldas.

Sabadelle y el molesto y extraño ruido que hacía con la lengua. El cabo Freire iba a su lado, y de su expresión podía deducirse que no había sido idea suya dirigirse al hospital.

—¡Teniente! Ya nos íbamos a Comandancia, pero me dije que necesitarían ayuda con lo de las declaraciones de las víctimas, ¿no?

Valentina resopló.

—Podrías haber llamado por teléfono.

—Ah, el cabo Freire lo intentó, pero el teléfono del brigada comunicaba. Y total, si no nos necesitasen, de aquí a la Comandancia se llega en un suspiro, ¿no?

Valentina sopesó la idea de que Sabadelle interviniese en aquella informal toma de declaraciones. Miró al cabo Freire y pensó que él sería un buen contrapeso en caso de que el subteniente se excediese. Después dirigió el gesto hacia Peralta esperando su conformidad, que recibió con un encogimiento de hombros y una sonrisa. ¿Por qué no? También él estaba sobrepasado por Sabadelle y sus iniciativas. Valentina suspiró y dio la espalda a los recién llegados. Entornó los ojos y, tras solo dos segundos, dio orden de cómo repartirse el trabajo.

Los hematomas surgen cuando la sangre sale de los vasos sanguíneos. Basta con un golpe, un zarandeo o una fuerte presión sobre el cuerpo. El color de los moratones puede datar el momento del impacto, aunque para Clara Múgica aquel método no resultaba muy fiable. En una sucesión normal en el tiempo, los hematomas primero tenían un color violeta intenso; después pasaban del amarillo al verde y, finalmente, se iban desdibujando en un mortecino tono marrón. Pero el caso de Daniel Rocamora no era tan sencillo. No había colores, ni venenos ni pinchazos. Clara había tenido que contactar con un colega de Madrid y con otro de Sevilla para tener una idea clara de qué podía haber sucedido para que un hombre joven de solo treinta y seis años hubiese caído fulminado en un instante. Cuando le había hecho la autopsia a Rocamora, el juego de formas y colores había resultado ser desesperadamente normal. La sangre, rojo brillante; el hígado, marrón rojizo, casi pardusco. El cerebro, con un anodino tono blanco y gris, como casi siempre, y la vesícula biliar con el verde selvático acostumbrado.

Pero ¿y el corazón? Normalmente los infartos de miocardio no eran tan fulminantes; la muerte súbita en adultos afectaba mucho más a hombres que a mujeres, y lo cierto era que en casi todos los casos mediaba una enfermedad coronaria. Pero cuando eso sucedía, el tejido muscular del corazón acostumbraba a ofrecer un color más pálido que el resto, al haber sido privado durante cierto tiempo de riego sanguíneo y de oxígeno. Sin embargo, en el cuerpo de Rocamora el corazón parecía sorprendentemente sano y normal. Ah, los colores. Cuánta información guardaban. Habían descartado, además, el aneurisma cerebral congénito o adquirido. Y la teoría sobre la muerte súbita en la epilepsia que Clara había ofrecido a Aratz Saiz tampoco había encontrado ningún asidero sólido; cuando había visto el cuerpo de Rocamora en el box de urgencias no había detectado ni marcas en la lengua, ni en los labios ni en la mucosa oral, que era algo que solo pasaba, en realidad, en el cincuenta por ciento de los casos de MSIEP.

Además, aquellos ataques solían suceder durante el sueño, y no mientras el paciente iba despreocupadamente al baño. Pero habían descartado definitivamente aquel tipo de muerte súbita al comprobar que no había patologías crónicas en el cerebro, ni malformaciones vasculares ni un peso exagerado en los pulmones, que era algo que solía suceder en circunstancias de tal índole, además de otra larga lista de típicos hallazgos anatómicos para los casos de MSIEP.

El mágico mecanismo que hacía funcionar el cuerpo de Daniel Rocamora se había detenido, sin más. ¿Cómo era posible?

Cuando Clara y Almudena Cardona habían hecho la autopsia, sin embargo, sí había habido algo que había llamado su atención. De nuevo, por supuesto, los colores. Unos puntitos de sangre en las conjuntivas, diminutos y casi imperceptibles. Aquellas hemorragias petequiales en los ojos solían salir en casi todos los que morían por estrangulación, pero Rocamora no tenía señal alguna de haber sido estrangulado. Ni heridas ni marcas de presión. Solo una breve y ya casi invisible zona enrojecida, que apenas había salido en las fotos y que ahora guardaba un tono más oscuro. Habían tenido que poner la cámara en el máximo de su contraste para captar aquella zona, que podía carecer de significado alguno.

—A lo mejor ese punto es una marca... ¿Y si le dispararon con un láser? —había sugerido Cardona, con su inagotable imaginación.

—¿Un láser? —Clara había alzado las cejas, atónita—. ¿Qué te crees, que esto es *Star Wars*?

—No digo eso —replicó Cardona, riendo—, pero este hombre tuvo que morir de algo. Es imposible morirse de nada. Imagínate, ¿y si hubiesen usado un tipo de acupuntura letal? Ya sabes, un golpe justo en el punto clave y zas, a criar malvas.

—Ya soltaste el otro día tu teoría del *dim mak* delante de Valentina —replicó, con retintín y una sonrisa—, y la acupuntura no es más que una pseudociencia, para empezar. En serio, me sorprende que una médico forense como tú recurra a energías místicas y a agujas de metal... Además, este paciente no tiene punción alguna. ¿Alguna vez has visto o estudiado un caso de acupuntura asesina?

—De acuerdo, no —reconoció Cardona, arrugando la nariz—, pero algún motivo para la muerte tiene que haber.

—Lo cierto es que sí tienes razón en algo...

—¿La espada láser?

Clara se echó a reír.

—Espero que no. Me refiero al punto concreto donde estaba la rojez, en la arteria carótida. Vamos a revisarlo, a tomar muestras y a hacer un par de llamadas. Creo que todo puede estar en el cerebro.

Y eso habían hecho: estudiar la zona oscura del cuello y también el cerebro de Rocamora con extraordinario método y cuidado, porque cualquier matiz y detalle podía ser relevante en un caso tan sorprendente. Aunque ahora Clara no tenía todavía la autopsia definitiva, sí disponía de un informe preliminar, y lo había leído ya varias veces. Desde luego, la semana estaba resultando intensa. Primero, los casos de gas sarín, y ahora aquella rareza que nunca antes se había encontrado a lo largo de su carrera. Menos mal que su colega de Sevilla había dado con la clave. Todavía estaban pendientes del resultado de análisis y tejidos, pero por fin tenían un posible y probable diagnóstico. Comenzó a introducir los datos del caso en su ordenador del gran despacho de que disponía en el Instituto de Medicina Legal, muy cerca del hospital de Valdecilla. Se detuvo cuando llamaron a la puerta. No se molestó en levantarse y dio permiso a quien quiera que fuese para entrar.

—Ah, eres tú —dijo en tono familiar al ver al sargento Riveiro—. ¿No ibas a venir más tarde?

—Ya ves, he tenido que pasar para pedirle un par de cosillas al juez de parte de Valentina —le explicó— y se me ha ocurrido venir a decirte hola.

—Qué amable. ¿Y el juez Marín no te ha mandado a la porra?

—Casi, pero al final sí va a despachar los oficios para Alceda.

—¿Alceda? —se extrañó ella, frunciendo el ceño. Al instante levantó la mano derecha en señal de freno—. Deja, deja, no lo quiero saber. Tú vienes por lo de Rocamora, ¿no?

Él asintió, y en el gesto se adivinaba que no albergaba grandes esperanzas respecto a su visita.

—Todavía no tenéis nada, ¿no? Por confirmarle a Valentina.

—Pues mira, sí. Precisamente ahora estaba leyendo el informe preliminar. Pasa, pasa —lo invitó, indicándole la silla frente a su escritorio para que se sentase—. Hay que ver... Últimamente estoy más tiempo contigo que haciendo autopsias. ¿Siempre has sido tan pesado?

—Siempre. Pero si me das un par de datos para saber por dónde tirar, te dejo tranquila en menos de cinco minutos, te lo juro —le aseguró, con su tono neutro y tranquilo habitual—. Ya sabes, explícamelo todo sencillito, como si tuviese cuatro años.

Riveiro se sentó, sacó su libreta del bolsillo de la chaqueta y, bolígrafo en mano, se dispuso a escuchar y tomar notas. Clara tuvo la sensación de estar a punto de ofrecer una ponencia en una clase universitaria, como si cualquier cosa que pudiese decir fuese a entrar en un examen. Tomó aire y abrió el informe por la segunda página.

—A ver, para que lo entiendas: a Daniel Rocamora lo mataron...

—No fue un suicidio, entonces... ¿Seguro?

—¿Por qué me interrumpes? —se molestó ella, entornando los ojos. Él se dio por reprendido y guardó silencio unos segundos, hasta que ella decidió continuar—. No, no fue suicidio. Lo mataron con un golpe muy concreto en la base del cuello, lo que denota un gran conocimiento del cuerpo humano o, al menos, de la técnica para atacar al sistema nervioso autónomo.

Riveiro enarcó las cejas.

—Pero cómo... ¿Quieres decir un golpe con un instrumento de precisión?

—No, con la mano. De hecho, creo que el impacto debió de realizarse con la punta de los dedos, como un pellizco, y por eso apenas había marcas. Un utensilio de hierro o de metal habría dejado otro tipo de señales en la piel.

—Joder, pero el asesino qué es, ¿un ninja?

—Eso ya es cosa vuestra, no tengo ni idea de dónde ha podido salir alguien que domine la anatomía humana de esa forma y que pueda dar un golpe semejante con tal grado de precisión.

Riveiro frunció el ceño. ¿Podría un sicario colombiano haber aprendido aquella técnica letal en alguna parte? Lo desconocía por completo.

—Bueno, vale... Así que tenemos a un puñetero ninja que asesina en el baño de un hospital a un tipo que se acababa de salvar de un ataque con gas sarín... —dijo en alto, evidenciando lo absurdo y estrafalario que sonaba el enunciado—. No sé si podrías ser algo más concreta con el método del criminal, por ver si podemos indagar por ahí. Esa técnica que explicas debe de poder aprenderse en alguna parte.

—Ya te he dicho que no tengo ni idea sobre el origen y mucho menos la formación de un individuo semejante —negó, aunque recordó por un momento aquella fantasía de Cardona sobre la *acupuntura letal*—; aunque algo parecido a lo que le han hecho a la víctima se llama *dim mak* en China y *kyusho jitsu* en Japón, en alusión a los *puntos de presión*.

—Pero qué me quieres decir, ¿que el asesino es oriental?

—No. Quiero decir que en China y Japón han trabajado sobre esos puntos de presión, tanto para sanar como para hacer daño, pero hasta ahora yo no tenía constancia de que se pudiese provocar una muerte instantánea con un único movimiento en ese punto del cuello.

—Así que podríamos tener un kung-fu de por medio.

—¿No era un ninja?

—Para el caso, es lo mismo. Cuéntame —insistió, interesado—, ¿cómo funciona el *golpe letal*?

Clara enarcó las cejas. Lo del *golpe letal* le sonaba más a título de película americana que a técnica asesina milenaria. Sin duda, ya no podría ser tan crítica con las fantasiosas suposiciones forenses que Cardona acostumbraba a realizar, y debería dejar a un lado su propia soberbia y aprender a escuchar más. La forense suspiró, asombrada todavía por lo que iba a explicarle a Riveiro.

—El responsable de la muerte de Rocamora es el *nervio vago*, que es el más largo de los nervios craneales y se origina precisamente ahí, en el cerebro... No tiene estaciones intermedias.

—¿Y eso qué significa?

—Que se comunica directamente con los órganos principales, y que si falla se va todo a la mierda, básicamente. Funciona, para que lo entiendas, sin necesidad de pensamiento consciente. Es el responsable de que la sangre circule por el cuerpo, de que lata tu corazón setenta veces por minuto, de que parpadees y de que realices procesos corporales involuntarios como la digestión.

—Vale —dijo él al cabo de unos segundos, cuando ya había anotado lo que consideraba imprescindible—, ¿y un simple golpecito puede hacer que ese nervio vago se estropee?

—A ver, no es un simple golpecito. Se tiene que ejercer una presión considerable en el punto exacto, con precisión; lo que sucede es que se colapsa todo el sistema nervioso parasimpático, y ese *golpecito*, como tú dices, lo que hace es obligar al nervio vago a ordenar al corazón que deje de latir.

—¿Cómo que a «que deje de latir»? ¿Y el corazón obedece, sin más?

—Exacto. Es un acto reflejo. Sencillamente, la maquinaria deja de funcionar.

—Joder.

—Ya. Una idea parecida la planteó Cardona, pero reconozco que no la tomé en serio, porque mis conocimientos hasta la fecha solo hablaban de lesiones graves por ese tipo de golpe y no de muerte instantánea, que parece un poco más de película. Si no llega a ser por un colega que tengo en Sevilla —confesó Clara, suspirando—, no habría dado tan rápido con la causa del deceso. ¡Menos mal que él se ha leído todo lo que escribió Keith Simpson!

—¿Y ese quién es?

—Ah, un forense inglés famosísimo que murió a finales del siglo xx. Él contó el caso de un soldado que, bailando, había pellizcado en el cuello a la chica que lo acompañaba... Se suponía que era una broma, un gesto cariñoso, pero ella se desplomó al instante.

—¿Así, sin más?

—Así, sin más. Muerte instantánea. Desde entonces, en Inglaterra vieron cómo muchos abogados que defendían a acusados de estrangulamiento alegaban que sus clientes no habían tenido intención de matar, que había sido *sin querer* —explicó Clara, que para su última frase dibujó en el aire, con sus manos, unas comillas imaginarias.

—¿En serio?

Ella suspiró y ahogó un bostezo, propio de alguien que sumaba cansancio acumulado.

—Ya ves, Riveiro. La vida. Aunque a mí, en más de veinte años de carrera, de verdad que nunca me había pasado nada parecido. Por fortuna, las señales de asfixia cuando unas manos o un cordón te aprietan el cuello quedan bastante marcadas.

El sargento se quedó meditando la información durante unos segundos. Después guardó la libreta y se levantó, en un claro ademán que anunciaba retirada. Antes de despedirse, Riveiro quiso asegurarse de que en efecto tenía consigo toda la información disponible.

—Es todo, ¿verdad?

—De momento, sí.

—Te dejo, entonces. Se te ve agotada, Múgica. Gracias por todo y... descansa.

—Claro, que descanse ahora, ¿no? —replicó ella, riendo—. Como tú ya tienes lo tuyo... ¿Sabes que esta mañana tengo dos reuniones más y por la tarde una autopsia, y que aún tengo que pasar este informe al ordenador?

—Pero el trabajo ennoblece.

—Y una mierda. Oye —le dijo, justo cuando él ya iba a salir por la puerta—, tened cuidado, ¿vale? Un criminal que es capaz de matar a alguien con solo un pellizco no es cosa de broma.

Riveiro captó el tono grave de Clara y, por una vez, no hizo ninguna chanza ante los comentarios de la forense. Él también había comprendido que la sutileza de aquel crimen no disminuía la figura del asesino, sino que lo dibujaba más que nunca como a un temible monstruo.

No soy un monstruo. Si lo fuera, actuaría con más precisión, como una máquina que hiere y que no siente. Mis contactos me han dicho que los pendejos de los guardias no solo han averiguado cómo me fui del Templo del Agua, sino que hasta han localizado la pinche bicicleta, que por cierto no hacía más que fallar en los cambios de marchas. Mira la teniencita, qué aplicada nos está saliendo. ¿Qué me está pasando? Antes era más cuidadoso. Parezco ya el tonto de Raskólnikov, el de *Crimen y castigo*. ¿No podía el tipo matar a la vieja y olvidarse del asunto? No, señor, tenía que darle vueltas a todo y escuchar los aullidos de la conciencia. Todas sus torpezas, todas las pistas que va dejando, ¿no son acaso deliberadas? La culpa, el subconsciente, ¿no? Qué sé yo. ¿Será verdad lo que dice el libro, que «el criminal, desde el momento de llevar a cabo el crimen, es un enfermo siempre»?

Y mira que tuve cuidado, que me aseguré de que estuvieran todos esos pendejos medio idos antes de caer. Les di el brebaje a todos. Me aseguré de que, si les fallaba el gas, no les funcionasen las piernas; y de que, si se salvaban algunos, les fallase la memoria. No se puede decir que no esté a los detalles, no señor.

Aunque tendría que haberme volado ya de aquí. Por un lado, las ganas de volver, de encontrar un sitio. No digo de volver a Buenaventura, pero podría ir donde los primos, a San Cipriano. Volver a comer fritanga, o un buen sancocho de pescado, guisadito a fuego lento. Allá se vive tranquilo. Total, solo se puede subir al pueblo sobre esos asientos caseros que empujan las motocicletas sobre las viejas vías del tren. Brujitas, los llaman. Para cualquier europeo son una porquería de autobuses, pero les hacen gracia. Un día, no más, claro. En San Cipriano están medio aislados del mundo. Pero ¿acaso no fui feliz en la selva? Nunca he sentido tanta paz como cuando me rodeaba la naturaleza. ¿Quién iba a molestarme allá? Necesito un lugar sin gente, sin ideas, donde nadie necesite pensar. Que la vida pese demasiado, que nadie invente reglas para beneficio de unos pocos. Necesito mi selva de cristal, donde se te clave la humedad en los huesos, pero nada más. Donde poder pertenecer al bosque tropical, convivir con iguanas, jaguares y venados, pero no con ideologías ni políticos. Esos solo saben mandar niños a la guerra, nada más. Los inocentes casi siempre dejan de serlo por culpa de los demás, y no porque el mal germine por sí mismo en su interior. Lo que imagino es un paraíso imposible, sé que no existe, pero lo pienso.

En San Cipriano tampoco habría lujos, claro. No se parecería nada a un pueblo como este. Suances... Sí, podría amañarme a un lugar así. Está bonito, y Villa Marina es tranquila. Pero, ay, qué pendejos, ¿cómo habrán encontrado la bicicleta? Me inquieta esa velocidad, lo rápido que suceden ahora las cosas. ¿Será que me he cansado de esto, que ya estoy perdiendo la cabeza?

No puedo permitir que se me quiebre la mente. O me quedo quieto y dejo pasar la vida hasta que el tiempo me olvide, o arranco ya un buen movimiento. Ambas decisiones llevan atados sus riesgos. Dice *Crimen y castigo* que «el sufrimiento pone siempre de manifiesto una inteligencia elevada y un corazón noble», pero eso son solo palabras.

Qué jartera, la vida.

El día fue largo y pegajoso, de esos que parece que no valen para nada y que no se acaban nunca. Las declaraciones que Valentina, Peralta y sus respectivos equipos habían obtenido en el hospital parecían contar todo el tiempo la misma historia, ya apenas sin variantes. La tarde la habían pasado en la Comandancia de Peñacastillo, intentando hilvanar y cruzar datos que los dirigiesen de forma clara hacia, al menos, alguna de las empresas del BNI, pero desenredar todos aquellos hilos de ingeniería fiscal no resultaba tan sencillo. Ahora, Valentina buscaba distanciar su pensamiento de la Operación Templo lo máximo posible: tal vez así pudiese enfocar el caso desde una nueva y reveladora perspectiva. No le resultó difícil encontrar una buena distracción; Michael Blake, para la cena, había preparado tres hermosas lubinas a la sal en la cocina de la cabaña de Oliver. De fondo sonaba Jason Mraz con su *93 Million Miles*, que cantaba sobre la distancia del hogar y los baches del camino. Qué suerte los que, después de vivir sus aventuras, tenían algún buen sitio al que regresar. Michael tatareaba la canción con contagiosa alegría mientras preparaba la salsa del pescado justo antes de servir.

—Qué maravilla, Michael, no sabes lo bien qué huele —agradeció Valentina, que en realidad estaba tan cansada que apenas tenía apetito.

—Ha estado cocinando toda la tarde —le explicó Oliver, que por su parte terminaba de poner la mesa.

—Sí, porque aquí el señorito estaba atendiendo a una dama y parecía estar muy ocupado —le echó Michael en cara, con gesto acusatorio. A su vez, Valentina alzó las cejas de forma inquisitiva.

—¿Algo que contarme, señor Gordon?

—Pues nada... Una modelo multimillonaria, guapísima, la verdad, que me ha visto de vez en cuando haciendo *footing* por aquí y, en fin..., ya sabes, lo normal, se ha enamorado —explicó, muy serio, para después llevarse la mano derecha al corazón, como si fuese a hacer un juramento—. Tranquila, le he dicho que estaba comprometido.

Valentina se rio de buena gana.

—En serio, ¿quién era?

Oliver sonrió. Por el tono de la pregunta sabía que ella le seguía la broma, pero que el asunto, como no lo aclarase de inmediato, iba a dejar de tener tanta gracia.

—Se llama Catherine y trabaja para una inmobiliaria y un grupo de inversión. Al parecer ella y otro socio llevan ya bastantes semanas rondando la propiedad y quieren hacer una oferta.

—¿Cómo que la propiedad? ¿Villa Marina, quieres decir?

—Sí. Es una finca enorme y con acceso directo a la playa... Imagínate la rentabilidad que le sacarían para hacer apartamentos —le explicó, acercándole un documento que estaba doblado sobre una mesita auxiliar—. Mira, la oferta.

Valentina se acercó y leyó la cantidad que ofrecían a Oliver por deshacerse de Villa Marina. No pudo evitar abrir mucho los ojos. Era un importe muy generoso, desde luego. La finca la había heredado Oliver de su madre, y él había dejado Londres para comenzar allí desde cero, restaurando el viejo caserón y convirtiéndolo en hotel. Aquella cabaña era su hogar, su refugio. ¿Se plantearía venderlo?

—¿Y bien? ¿Has pensado...? En fin, ya sabes.

—¿Sin consultarlo contigo? Somos un equipo, *baby*.

—Pero la finca es tuya, *baby* —replicó ella, con cierto retintín en la última palabra.

Oliver se sentó al lado de Valentina y la abrazó, para después tomarla de las manos. Continuó hablando.

—No, no creo que la venda. Somos felices aquí, ¿no es cierto?

Ella asintió, admirada ante la seguridad de Oliver para adoptar aquellas decisiones, porque a pesar de las implicaciones sentimentales que tenían la casa y la finca, el dineral que le ofrecían era como para pensárselo.

—¿Sabes? —continuó él—, creo que los vamos a mandar a la porra, pero con mucho cariño. Por si cambiamos de idea. ¿Qué te parece?

Valentina se limitó a sonreír y a darle un beso a

Oliver mientras Michael alababa la inteligencia de guardarse siempre un plan B, «por lo que pudiera pasar», y les urgía a prepararse para las «mejores lubinas de sus vidas». Después comenzó a detallar la música que ya había decidido para las dos ceremonias que iban a tener lugar en breve, además de explicar cómo serían los bailes en Escocia tras la boda. De pronto, y en mitad de la aclaración de cómo era la danza del *céilidh*, Oliver lo interrumpió.

—Valentina, amor, no estás escuchando nada... ¿Estás bien? Ya sé que no puedes hablar con nosotros del caso, pero ya está casi todo en los periódicos.

Valentina pareció salir del estado de ensimismamiento por el que, sin querer, se había perdido las explicaciones de Michael.

—¿Cómo? ¿Han dicho algo del gas?

—No, tranquila —replicó él, algo suspicaz; ya intuía que no había sido un simple escape lo que había afectado a las víctimas, pero Valentina no le había contado qué había sucedido realmente, y él intentaba respetar la confidencialidad de la información que Valentina manejaba—. De momento solo se habla de un gas tóxico, nada más. Pero sí ha salido lo del hombre que han matado en el hospital. ¿Es cierto que lo han asesinado aplicando artes marciales?

—¿Qué? ¿Dónde has leído eso? —se sorprendió. ¡La Policía Judicial solo disponía de aquella información desde esa misma mañana!

—Viene en el *Diario Montañés*, en la versión digital. No especifica nada de la técnica que han utilizado, pero, en fin... Quizás el sicario no sea el Estudiante, ¿no te parece?

Ella negó con el gesto.

—Pudo aprender a matar así en la selva. O en

cualquier parte. O pudo hacer él lo del Templo del Agua y encargar a otro lo del hospital, aunque lo dudo. Suele trabajar solo.

Oliver suspiró, pensativo. Cómo deseaba alejar de Valentina cualquier recuerdo vinculado a aquel sicario.

—Pero ¿no tenéis a ningún sospechoso oriental tipo kung-fu?

—No —negó ella, concentrada—. Bueno, Elisa Wang, sí... Pero no creo. Fue víctima del atentado y está ingresada en el hospital.

—Ah —intervino Michael—, justo donde fue el crimen, *quilla*.

—Peralta tenía una teoría parecida con Wang, incluso antes de saber la forma en que ha muerto la última víctima, pero yo no lo veo.

—Ese Peralta quién es, ¿el de la UCO? —preguntó Oliver, interesado.

—Ese mismo. Un guaperas lleno de músculos, por cierto, pero este no me ha confesado todavía que se haya enamorado. Está ahí, ahí, tirándome los trastos.

Oliver alzó mucho las cejas, y por la expresión de Valentina intuyó que había algo de verdad tras la broma. La miró muy serio.

—¿Lo reto a un duelo al amanecer?

Ella se rio y lo besó en los labios. Cómo lo quería.

—No hace falta, tranquilo. Con atrapar al asesino kung-fu creo que ya me voy arreglando.

Valentina le guiñó un ojo a Oliver y se disculpó con Michael por estar tan despistada en sus explicaciones. No, no podía ser Wang. Ella tenía la intuición, el pálpito seguro de que era el Estudiante quien estaba detrás de todo aquello. El acento latino, la voz rota. Y no dejaba de pensar en el tóxico que habían encontrado en los vasos. Qué frialdad. Qué ánimo de asegurarse la muerte angustiosa y llena de dolor de sus víctimas. Sin duda, en aquella masacre habría caído algún alma que no fuese precisamente inocente, pero nada justificaba el asesinato. Valentina sintió cómo el oscuro y afilado monstruo de la venganza crecía dentro de su interior.

13

> Yo aparto —dicen— mi piedra para el edificio de la felicidad universal, y con eso basta para tener la conciencia tranquila. ¡Ja, ja! [...] Puesto que solo debo vivir cierto tiempo, quiero mi parte de la felicidad, ¡y la quiero ya! ¡Soy un gusano estético y nada más!
>
> Fiódor Dostoyevski,
> *Crimen y castigo*, 1866

El despacho del capitán Caruso era amplio y disponía de una pequeña mesa redonda auxiliar, que tenía aspecto de ser utilizada para pequeñas reuniones. El espacio se encontraba razonablemente ordenado, aunque su decoración y sus recursos resultaban austeros. Una pequeña planta de plástico daba algo de color desde una esquina, pero su verde era apagado y sin brillo. El capitán, sentado ahora en su mesa de escritorio, masajeaba su propio entrecejo con cansancio y cierta angustia. Las ojeras dibujaban oscuros surcos bajo sus ojos, y parecía que la vida resultaba demasiado pesada para sus hombros. Alzó la vista y miró a Valentina, que esperaba sentada y en silencio a que le comunicase el motivo por el que la convocaba a primera hora de la mañana a su despacho. Ella ya suponía que iba a reclamarle resultados y a pedirle aclaraciones de las líneas de investigación que pensaba seguir, pero ¿por qué solo la convocaba a ella y no también al brigada Peralta? Aquella era una operación coordinada entre la UCO y su propia Sección de Investigación.

El capitán suspiró profundamente hasta en tres ocasiones, y finalmente se dispuso a hablar.

—Te preguntarás el motivo por el que te he llamado a mi despacho —comenzó él, que acostumbraba a dirigirse a Valentina tuteándola y sin protocolos jerárquicos, a pesar de que la teniente, con él, siempre respetaba las distancias que imponía la pertenencia al cuerpo.

—Me lo imagino, mi capitán, y esta misma mañana vamos a reunirnos todos los equipos para reenfocar el asunto, aunque parece claro el entramado de empresas pantalla del BNI y su posible vínculo con el narcotráfico, que por otra part...

—Que sí, que sí —la interrumpió él, que alzó la mano, indicándole claramente que no deseaba que continuase hablando—. Sabes que estoy sometido al máximum del nivel de presión, ¿no? Que conste que no me asusta el volumen de trabajo, pero... No me quiero romper. Creo que tú, precisamente tú, puedes entenderlo —añadió, mirándola de forma significativa. Valentina comprendió que el capitán se refería a cuando ella, al perder a su bebé, había causado baja por problemas de salud mental tras el atentado de la Albericia.

—Lo entiendo, capitán —acertó a murmurar, sin entender en realidad qué quería decirle Caruso.

—El caso, Redondo, es que a lo mejor este asunto

del Templo del Agua ha sido el que me ha acabado de abrir los ojos, ¿sabes? Que no es que yo tome las decisiones de qué comunicar a la prensa de forma unilateral, pero lo cierto es que no he trasladado a los medios la utilización de gas sarín en el atentado... Y según cómo se desarrollen los acontecimientos, ante la opinión pública puedo convertirme en un héroe por no ser el alarmista de turno o bien en un irresponsable que está desprotegiendo a los ciudadanos al ocultar la utilización de un arma de destrucción masiva en la comunidad.

—Pero, señor, usted mismo lo ha dicho, lo que se comunica a la prensa siempre busca salvaguardar a la población, evitar que se desate el pánico, el histerismo colectivo... En fin, tampoco es una decisión unilateral por su parte, usted mismo acaba de decirlo.

El capitán asintió.

—En efecto. Hay una jerarquía y unas órdenes que vienen desde arriba, pero es mi cara la que sale ante los medios, ¿me explico? Y si se filtra lo del sarín... Que luego nosotros podemos ser ambiguos cuando pregunte la prensa y todo lo que queramos, pero ya me entiendes, ¿no? Y a este puesto no hacen más que llegar casos extrañísimos, que ni que fuera Cantabria un barrio de Tijuana, joder. En fin —resopló, como si así fortaleciese su determinación—, que estoy pensando en jubilarme.

—¿Qué? Pero mi capitán, ¿cómo? —replicó ella, desconcertada—. Quiero decir... No tiene usted la edad todavía, si me lo permite. ¿Quiere... quiere pasar a la reserva?

—Este año cumplo sesenta y un años, Redondo. ¡Sesenta y uno! —exclamó, uniendo la punta de sus dedos y agitando ambas manos en el aire—. Ya sé, ya sé que aparento mucho menos —argumentó, con inocente petulancia—, pero he pensado en la posibilidad de hacer algo diferente... ¿Me explico? Un puesto que suponga un reto profesional, pero que no implique este estrés, coño, que me va a dar un infarto.

—Ah... Pero ¿entonces?

—Entonces, Redondo, que me han ofrecido un puesto en la embajada de España en Roma, y que cuando cumpla en octubre los sesenta y uno es muy posible que emigre. Que vuelva a casa, vamos. Entraría como asesor del agregado militar... Ya sabes, labores de protocolo, enlace e inteligencia.

Valentina asintió, aunque por su expresión resultaba evidente que le estaba costando asimilar aquella noticia. Pasaron unos segundos antes de que decidiese volver a hablar, como si hubiese precisado aquel breve *impasse* para comprender qué diablos iba realmente a hacer el capitán Caruso en Roma.

—Entiendo que realizará labores de seguridad, ¿no?

—Exacto... Pero ya estarás imaginando por qué he querido anunciártelo en privado.

Valentina alzó las cejas y negó con el gesto.

—Pues... No lo sé, capitán, pero le agradezco el gesto de confianza.

El capitán Caruso se rio por primera vez.

—Hay que ver... Un lince para resolver crímenes, pero ni idea de por qué le cuento esto —razonó él, como si Valentina no estuviese presente—. ¡El *summum* de los contrastes!

Ella, de pronto, mostró por el gesto que acababa de comprenderlo. No daba crédito.

—¿Quiere que yo ascienda a capitán?

Él carraspeó y se dirigió a ella con afabilidad.

—Estos años has demostrado un sentido de la responsabilidad extraordinario y, a pesar de los golpes, has hecho gala de una templanza que ya quisieran para sí los desactivadores de bombas. Para mí eres como una hija, Redondo —añadió, conteniendo una súbita emoción, que le humedeció los ojos—, y creo que sería un honor para esta Comandancia que asumieses la vacante para ejercer de jefa de toda la Unidad Orgánica de la Policía Judicial.

—Pero..., mi capitán —dudó ella, buscando las palabras adecuadas—, dirigiría el Grupo de Personas, de Patrimonio y el EDOA, no podría estar operativa en la calle como hasta ahora.

—¿Y eso te preocupa? ¿No preferirías asentarte un poco, respirar la responsabilidad de despacho? Hay que saber delegar, Redondo, dejar espacio a los nuevos cachorros del cuerpo.

—Yo... Es todo un honor que piense en mí, capitán. ¿Puedo... puedo pensármelo?

Él sonrió.

—Los cambios siempre dan vértigo, Redondo, pero si uno no avanza, se estanca. Es el cuento más viejo del mundo. Pero, claro..., por supuesto, piénsatelo, madúralo con la almohada y con ese novio tuyo inglés. ¡Qué digo *novio*! Ya casi marido, ¿no, Redondo?

Y el capitán Caruso volvió a reír, como si por fin, al confesar su intención de pasar a reserva, hubiese podido deshacerse de parte de la tensión que no lo dejaba dormir en los últimos días. Terminó por recordar a Valentina la importancia de la felicidad, de encontrar tiempo para uno mismo y, en definitiva, de acertar con el equilibrio entre la obligación y la diversión. A pesar de ello, despidió a la teniente con la orden de estar atenta al *display* de su teléfono por si la requería, y la apremió para que intentase cerrar aquel caso lo antes posible, pues al parecer ni la pericia de ella misma ni el famoso rigor de la UCO estaban dando resultados.

Valentina, tras la charla, salió del despacho tratando de organizar en su cabeza todo lo que Caruso le había dicho. Por un lado, el discurso de la felicidad y, por otro, la reprimenda tácita ante la falta de resultados en el caso del Templo del Agua. Y lo más importante, claro: le acababa de ofrecer el puesto de capitán. Encima, le había dicho que debía dejar espacio a los nuevos cachorros del cuerpo... ¡Como si ella fuese una vieja gloria! ¡Si aún no había cumplido los cuarenta! No entendía qué demonios estaba pasando. Parecía que, de vez en cuando, los astros se alineaban solo para divertirse con el destino de las personas. A Oliver acababan de ofrecerle una fortuna por Villa Marina y a ella el puesto de capitán, lo que provocaría de forma irremediable que no pudiese estar tan activa en las investigaciones. ¿De verdad necesitaba ella un ascenso? Eran demasiadas novedades. No entendía cómo era posible que sucediese todo así, de golpe. ¡Por Dios, que se casaba en menos de quince días! ¿No era como una broma eterna, la vida? La teniente se mordió el labio inferior, todavía asombrada tras aquella inesperada reunión con Caruso. Negó con el gesto de forma enérgica, sacudiendo así de alguna forma la sensación de inquietud que la había apretado por dentro, y entró en la sala de juntas anexa a su propio despacho. Allí ya la esperaban su equipo y el de la UCO, con el brigada Peralta al mando y las grandes pizarras llenas de anotaciones sobre la Operación Templo. De pronto, tuvo la extraña e inexplicable intuición de que aquel día, por fin, darían con la clave de todo.

A veces, las almas solitarias desconocen por completo el estado de soledad en que se encuentran. Solo cuando tropiezan con una compañía agradable llegan a comprender la verdadera isla en la que habitan. A Valentina le sorprendió sentirse a gusto trabajando con un equipo tan grande en su sala de juntas. El personal de la UCO y el de su propia sección parecían haberse coordinado para distribuir las tareas de forma efectiva y casi magistral, como si hubiese pasado por allí un soplo de magia. Hasta la nota disonante que solía ser Sabadelle había mostrado un novedoso afán por resultar de utilidad. El brigada Peralta la miraba con cierta e inesperada timidez, como si se hubiese dado cuenta de que el día anterior había expuesto demasiado su admiración por la teniente. Valentina intuyó que la atracción era más profesional que física, dado los logros de su hoja de servicios, pero se sintió halagada por su interés; no era el plano romántico el que le interesaba, sino el del respeto entre compañeros, y esperaba que Peralta se hubiese dado cuenta.

En la pizarra había una distinción clara: por un lado, el sicario. La pista se perdía en Alceda, y aquella misma mañana recibirían la documentación del juez Marín para poder acceder a las cintas de vídeo que supuestamente tenía Villa Rosita. Posiblemente no sirviesen para nada, pero era lo único que tenían. Por otro lado, el verdadero cerebro del crimen masivo en el Templo del Agua tenía que ser alguien vinculado a las empresas que conformaban el BNI, ya fuese a nivel personal o profesional, pero ¿quién?

—¿Está segura de querer eliminar a Wang de la lista, teniente? —preguntó Peralta, revisando su documentación—. Sé que supondría implicar a una de las víctimas en el cuadro de sospechosos, pero la forma de morir de Rocamora, el tema oriental...

—Cuando murió Rocamora, brigada, le recuerdo que yo misma estaba interrogando a Elisa Wang.

—No, teniente. Según su informe, cuando usted y el sargento Riveiro la interrogaban fue cuando les comunicaron el deceso, pero no podemos certificar cuándo fue. ¿Veinte minutos antes, quizás? Recuerde que se supone que Aratz Saiz fue a buscarlo al baño porque tardaba mucho, de modo que la víctima estuvo sola un período de tiempo indeterminado, entre quince y treinta minutos, sin que nadie pudiese ver qué hacía. Y pudo morir en el minuto uno, ¿cierto?

Valentina contuvo un exabrupto.

—Improbable, pero cierto —concedió, con una sonrisa forzada, al tiempo que en su pensamiento se retorcían las palabras *listillo* y *sabelotodo*—. Pero no olvidemos que Elisa Wang se encontraba en un box séptico del que entrar y salir no me pareció tan fácil, y que además estaba conectada a un dializador...

—Sí —confirmó Riveiro, que tenía su libreta de notas abierta sobre la mesa y la revisaba sin cesar—, la toxina le había afectado al hígado. Dudo que pudiese moverse a ninguna parte, y menos para cometer un crimen.

—De acuerdo —razonó Peralta, concentrado—, ¿y los demás?

Valentina miró la pizarra y la lista de víctimas y sospechosos y la señaló con la barbilla.

—¿Quiénes en concreto?

—Las propias víctimas, como Pau Saiz o los demás componentes del BNI.

Valentina suspiró.

—De nuevo le recuerdo que todos ellos estaban

más muertos que vivos. Pau Saiz, tremendamente debilitado, sin apenas poder moverse y medio ciego por el tóxico... Además, cuando fuimos usted y yo a verlo a planta, le recuerdo que tenía un compañero de habitación. Le habría visto si hubiese salido.

—De todos modos —intervino Riveiro, pensativo—, ¿de verdad vamos a incluir a todas las víctimas como posibles sospechosos del crimen de Rocamora? No parece muy factible, creo. Los únicos que parecían estar implicados con el BNI de alguna forma y no fueron afectados por el atentado están claros, ¿no? —preguntó. Se levantó y se dirigió a la pizarra, para después subrayar los nombres que consideró necesarios.

Aratz Saiz
Daniel Rocamora
Rafael Garrido
Pedro Cardelús

Después añadió una X a todas las empresas del BNI cuyos representantes no habían acudido a la cita en Puente Viesgo. Acto seguido, y viendo que el subteniente Sabadelle ya estaba abriendo la boca, procedió a tachar a Daniel Rocamora, pues obviamente estaba muerto.

—Solo estaba detallando a los que sí estaban en Puente Viesgo pero que se habían quedado fuera del atentado del sarín, Sabadelle.

—Pues está claro —resolvió el subteniente, que parecía concentradísimo mientras miraba la pizarra—, fue la mujer.

—¿Aratz?

—Claro. Fue ella la que lo encontró, ¿no? Pues fue a buscarlo al baño y se lo cargó. Sin testigos, de forma limpia. Y se escaqueó también de ir al Templo del Agua porque sabía el regalito que los esperaba allí.

Valentina, de pie, se cruzó de brazos y negó con el gesto.

—Aun suponiendo que Aratz dominase un arte letal como el que utilizaron para eliminar a Daniel Rocamora, no lo veo. Nos falta motivo y finalidad. Yo creo que tanto lo de Puente Viesgo como lo del hospital tuvo que hacerlo el sicario. Aratz pasó todo el tiempo en el hospital con Rafael Garrido, además.

Sabadelle chasqueó la lengua.

—¿Y si Garrido era su cómplice? —preguntó sin esperar respuesta, pues siguió hablando—. Y aunque no tuviese nada que ver —apuró, viendo el gesto descreído de Valentina—, lo cierto es que ella fue sola a buscar al marido y podría haberlo liquidado limpiamente.

La teniente frunció el ceño. Aratz era la heredera universal de Iñaki Saiz. La que había hecho que Cardelús fuese contratado por el balneario y la que había asegurado desde el principio que no iría al evento en el Templo del Agua. Encima, era también quien había *encontrado* a su marido muerto. Todo apuntaba hacia Aratz, pero aquel teatro tan complejo y extraño parecía innecesario. En cualquier caso la teniente sabía, por experiencia, que los asesinos más terribles no tenían casi nunca aspecto de serlo. Procuró centrarse en datos objetivos, y no en suposiciones ni fantasías.

—Zubizarreta —llamó, con un tono firme que marcaba su determinación por cambiar el rumbo de la conversación—, ¿tenemos algo del SECRIM?

—Sí, teniente, acaban de pasarnos los resultados de sus estudios sobre la bicicleta de Alceda.

—Ah. ¿Y bien?

—Nada. Ninguna de las huellas corresponde a alguien que tengamos fichado. Al parecer las había de toda clase, fue muy difícil hacer el trabajo.

—Era de esperar. ¿Y en el hospital?

—Lo mismo —confirmó el joven guardia, con gesto de desánimo—. El baño donde falleció Rocamora tenía cientos de huellas... De momento siguen con ello, aunque han adelantado que va a estar muy difícil. En fin... ¡Al pan duro, el diente agudo!

—Ya estamos con los refranes —masculló Sabadelle, ahogando un bostezo.

—Vale —asintió Valentina, que por su expresión delataba que tampoco había guardado esperanza alguna en las huellas que pudiese encontrar el SECRIM—, ¿y las cámaras del hospital?

—Ah, eso... Lo están trabajando, pero solo disponen de imágenes de la entrada de urgencias —explicó, girando su ordenador portátil hacia los demás y mostrando unas capturas de pantalla de lo que parecía un vídeo de calidad cuestionable—. Si quien se encargó fue el sicario, por los tiempos podría tratarse de este tipo grueso.

—¿El del pelo enmarañado?

—Sí, el que va vestido de marrón, teniente. Lo digo por lo de la habilidad del Estudiante para disfrazarse, pero como tampoco sabemos cuál es su aspecto real, podría ser hasta la señora embarazada... Sí, esa de la esquina. Ya se sabe que un diablo bien vestido por un ángel es tenido.

Valentina hizo caso omiso al nuevo refrán que, con profunda seriedad, Zubizarreta había colado en la conversación. Fue el brigada Peralta el que se dirigió ahora a algunos de los compañeros, tanto propios como de la teniente; en concreto, a la agente Torres y el cabo Camargo, del grupo de Valentina, y al cabo Molina y el sargento Marcos de la UCO, que se habían centrado especialmente en el estudio de las empresas que conformaban el BNI. Lo cierto era que el físico de Peralta, allí reclinado sobre la mesa y con sus músculos bien marcados, resultaba impresionante.

—Tenemos claro el vínculo del BNI con el posible blanqueo de capitales y hasta con el narcotráfico, ¿cierto?

—Cierto, brigada —asintió el sargento Marcos, como si estuviese confirmando el contenido de una lista de asuntos pendientes.

—De acuerdo. ¿Y algo nuevo de nuestros compañeros de la Fiscalía Antidroga o de la central de la UCO?

—De momento no, señor. Están recabando pruebas y estudiando las operaciones de las empresas en los registros mercantiles. Lleva su tiempo.

—Pero tenemos lo de Málaga —intervino la agente Torres, que se ruborizó ante la posibilidad de haber interrumpido inapropiadamente al sargento. Peralta y Valentina la miraron con curiosidad mientras el sargento Marcos le hacía un gesto para que continuase explicándose. Le cedía la palabra. A la teniente le gustó el detalle, que decía mucho del compañero.

—Pues... Nuestros compañeros de Málaga han hablado con el hospital donde se suponía que tenía que estar ingresado el jefe de Elisa Wang, pero resulta que nos han confirmado que solo ingresó durante un día, que se fue para casa con un diagnóstico de hepatitis autoinmune, aunque no era grave, y, según parece, bastante llevadero con medicación.

Peralta se mostró escéptico.

—Bueno, eso no tiene por qué significar nada. Pudieron decirle a Elisa que seguía ingresado para así justificar mejor su inasistencia al encuentro de Puente Viesgo; en todo caso, no parece que el hombre estuviese en buenas condiciones para viajar.

—¿Y para qué mentir? —cuestionó Valentina, pensativa.

Continuaron hablando de todas y cada una de las empresas del BNI, y entre todos plantearon diversos escenarios posibles y suposiciones, pero al final cualquiera de ellos se desvanecía por algún dato que no encajaba. Fue el brigada Peralta el que, tras una hora de elucubraciones, dio con la frase que sin querer iba a finalizar con la reunión y que, en realidad, reflejaba su pensamiento desde el inicio de aquella investigación.

—Al final, la causa siempre es el dinero.

Valentina se había vuelto a poner en jarras, como si aquella postura fuese ya la única válida para razonar con sentido común.

—¿Usted cree, brigada? ¿Y si fuese por algo personal?

Él negó con el gesto.

—Por algo personal no se asesina de forma indiscriminada a un grupo de personas que pueden no tener nada que ver con el asunto, ¿no le parece?

Ella se encogió de hombros.

—No lo sé. Tal vez el criminal actúe por venganza, o tal vez por miedo. Lo que sí tengo claro es que tenemos que volver a hablar con la familia Saiz. Parece que en Aratz estuviese la clave de todo.

Todos guardaron silencio unos segundos, hasta que el cabo Freire rompió aquel paréntesis anunciando que ya habían llegado los documentos del juez Marín para poder intervenir en Villa Rosita. De pronto, y sin que nadie lo decidiese, se dio por sentado que la reunión había concluido, y Sabadelle y Freire se marcharon a Alceda, mientras que Riveiro, Peralta y Valentina decidieron realizar una nueva visita a Aratz Saiz. Los demás se quedaron con la compleja tarea de seguir supervisando registros e información de las empresas del BNI en coordinación con la Fiscalía Antidroga y la central de la UCO. Ninguno de aquellos policías podía imaginar que, aquel mismo día, iban a descubrirlo todo.

No me gusta hacer trabajos que requieren contacto físico. En la selva era como un videojuego, jalabas el gatillo y ya. En el Templo del Agua, lo mismo. Yo ya estaba pedaleando cuando empezaron los muy desgraciados a morir. Pero el último... Rocamora me miró a los ojos. Que no es que el tipo no fuese un garbimba, un malparido más, pero el gesto que puso, lo sé, fue el mismo que yo le puse al Portugués. Me di cuenta al instante. El Portugués. Aquel sí que era un hijueputa. Era más feo que un carro visto por debajo. Trabajaba en la oficina de recobros y a mí, a una chica y a otro pendejo nos enseñó a hacer el *dim mak*. El golpe ciego, lo llamaba el muy gurrupleto, con una mirada llena de vicio por hacer el mal. No era fácil dar con el punto de la muerte. No, no lo era. Un golpe preciso en la base del cuello y adiós a todo, huevones.

El Portugués ha sido el único hombre que me ha dado verdadero miedo en toda mi vida. Todo movimiento normal, en él, no era más que puro teatro. Lo veías de verdad cuando creía que no lo observaban. Juro que hasta se le contraían las pupilas y su iris oscuro se hacía gigante, como si llevase dentro al mismísimo demonio. Era pura maldad, y no había nada que rescatar en aquel diablo. Una vez vi cómo asfixiaba a un desgraciado; lo hizo con frialdad, como si no valiese nada la vida. Sé que se sintió poderoso al hacerlo, el muy cabrón. Y yo lo miré con pudor y asco, con miedo. Igual que me miró a mí el pendejo de Rocamora en el hospital justo antes de darle el golpe, como si me hubiese visto el alma y supiese que ya no había remedio, que iba a morir.

Nunca he tenido problemas de conciencia. ¿O sí? La voz no se me termina de arreglar, no entiendo por qué se ha roto. Ahorita es como si, de pronto, se hubiesen acumulado demasiados muertos. Hoy he soñado de nuevo con San Cipriano y sus lagos de agua cristalina. Podría hacerme allá una buena casa, algo discreto. Voy ahora a dar una vuelta con el carro para pasear la tabla esa, que hay que ver las ganas que tienen algunos huevones de meterse en este mar, con lo helado que está. Se te instala el frío dentro, como si el hielo pudiese salir de tu propia carne. Que allá la humedad también se clava en el hueso, pero el calorcito de Colombia es otra cosa. Está decidido. Mañana dejo hecho el encarguito de Bilbao y me bajo a Madrid, arreglo todo y ya dejo de chingar. La voz me la va a devolver la selva, seguro. Aunque ya no soy de ningún sitio, tengo que intentar pertenecer a algún lugar.

No encontraron a Aratz Saiz en el hotel Bahía de Santander, donde se suponía que su familia la cuidaba y dejaba descansar hasta que pudiese llevarse los cuerpos de su padre y su marido a Bilbao, donde les darían sepultura. Porque Aratz no descansaba, ni con la medicación que le habían dado los médicos ni con las palabras de consuelo que le habían ofrecido psicólogos, amigos y familiares. Aratz latía ahora como un ser lleno de rabia y de furia, porque se sentía incapaz de entender cómo era posible que su vida se hubiese fraccionado así, de golpe, con un tajo radical que carecía de explicación. Habría sido más llevadero un accidente de coche, o de avión. La fatalidad y los caminos del destino eran inevitables. Pero el crimen masivo que se había llevado a su padre y el crimen deliberado de su marido le resultaban incomprensibles. Ella misma, incluso, podía ser la siguiente. Le encantaría mirar al asesino a los ojos, entender los motivos y matarlo después con sus propias manos. Porque el responsable de aquel crimen la había dejado con el peor castigo, que era el de la incertidumbre. No se sentía capaz de encontrar descanso, de modo que había intentado, una vez más, ser útil. Se encontraba en la habitación del hospital de su primo Pau cuando llegaron Valentina, Riveiro y Peralta.

El joven se encontraba postrado en la cama, y resultaba evidente que todavía no había recuperado la visión, pues apretó mucho los párpados cuando entraron y fijó la mirada para intentar distinguir quién iba de visita. Llevaba conectados al brazo izquierdo dos goteros y parecía haber perdido una cantidad notable de peso. Aratz lo tomaba de la mano. Por un instante, Valentina y Riveiro cruzaron las miradas ante el detalle, pero la idea de que ambos primos tuviesen una relación la descartaron al instante. Si fuera cierto y si ambos estuviesen implicados en los crímenes, no mostrarían aquella cercanía de forma tan abierta y simularían más distancia. O eso suponían, al menos. La cama de al lado estaba vacía, pues acababan de dar el alta a una de las víctimas del Templo del Agua, que había resultado menos afectada al encontrarse en una zona alejada de la caja con el tóxico. Por su parte, Aratz llevaba ropa oscura e informal y había retirado por completo los abalorios y joyas de su indumentaria. Tampoco se había maquillado y estaba pálida y ojerosa, pero sorprendentemente entera. Había en su gesto el destello de una dignidad y una resignación contenidas, como si hubiese estado preparándose para la embestida que ahora le tocase recibir.

Valentina, tras los saludos y palabras de consuelo iniciales, pidió a Aratz que saliese con ellos al pasillo para poder hacerle unas preguntas. Sin embargo, la mujer se negó. Cualquier cosa que deseasen saber podían preguntársela delante de su primo. Peralta hizo un gesto de asentimiento a Valentina, de modo que procedieron a realizar allí una nueva e improvisada toma de declaración. Le explicaron de la forma más delicada y amable posible cómo había fallecido su marido, incidiendo en el hecho de la rapidez de la muerte y de la falta de sufrimiento al morir. Mientras Pau guardaba un silencio respetuoso, pálido e impresionado, Aratz mostraba una tristeza distante. Nada de aquello le explicaba por qué las personas que más amaba estaban muriendo a su alrededor.

—¿Creen que yo soy la siguiente? —se limitó a preguntar, como si hubiese asumido que su entorno estuviese ante un criminal sin rostro y sin lógica, que mataba por puro placer a cualquiera vinculado con la familia Saiz.

—¿Cómo? —se sorprendió Valentina—. No, nada nos ha llevado a pensar eso, señora Saiz. Pero lo cierto es que todavía no hemos podido descubrir el verdadero fin de estas muertes. A pesar de ello, sí hemos comprobado que varias sociedades del BNI tienen una clara vinculación con empresas pantalla a efectos de defraudación fiscal, y que podría haber un nexo con el mundo del narcotráfico.

—¿Qué? ¿Bromea? —preguntó, casi en una exclamación. Al tiempo, Pau se revolvía sobre la cama, también asombrado—. ¿Qué empresas?

Valentina le detalló los nombres, y le dejó claro que la empresa de Iñaki Saiz no tenía, de momento, aquellas implicaciones, aunque estaban investigando al detalle las operaciones contables y mercantiles de todas y cada una de las compañías. Pau intervino y habló con sorprendente energía.

—Miren, con las presiones fiscales a las que están sometidas las empresas y los autónomos en este país, no seré yo el que critique la evasión fiscal —comenzó, deteniéndose solo para toser—, pero les aseguro que Construforest no está vinculada al narcotráfico para nada, porque yo me habría dado cuenta de algo raro en los asientos contables. Las otras empresas, allá ellas, pero nosotros estamos limpios. Les recuerdo que el BNI solo supone una red comercial, un *pasarse clientes* o recomendarse mutuamente, jamás nos implicamos a nivel estructural. Cada empresa es responsable de sí misma.

—Entonces no les importará colaborar con nosotros y permitir que nuestros expertos en blanqueo de capitales accedan a sus ficheros internos sin necesidad de requerir una orden judicial, ¿no?

A Pau le dio un ataque de tos y se puso muy rojo.

—¿Por qué nos machacan a nosotros? ¿No ha dicho que Construforest no tenía implicaciones con el narcotráfico ni con irregularidades de ninguna clase?

—En principio, no, pero comprenderá que tengamos que levantar las alfombras.

Aratz intervino.

—Tienen mi permiso expreso para revisarlo todo, hasta mi domicilio, si les parece. No tenemos nada que ocultar.

Valentina frunció el ceño. Pau Saiz no parecía muy contento con lo que acababa de decir su prima, desde luego. Pero ahora era ella la jefa. Al menos no parecía preocupado por el hecho de que alguna de las pymes del BNI pudiese salpicarlos de alguna forma. Tenía muy claros los límites de su responsabilidad legal. La teniente tomó aire, pues ahora iba a entrar en un terreno delicado.

—Aratz, sé que lo que voy a preguntarle puede parecer acusatorio y fuera de lugar, pero comprenda que necesitamos entender qué está sucediendo...

—Estoy preparada para sus preguntas, por impertinentes que sean. No sé si se ha fijado —añadió, con corrosivo cinismo—, pero ya no tengo mucho que perder.

Valentina la observó con interés. Las caras de Aratz Saiz eran muchas. ¿Cómo había encontrado la fortaleza para salir de la más absoluta desolación y llegar a aquel sarcasmo herido? Ni una lágrima se asomaba al balcón de la mirada, ni un gesto de debilidad. Las fases del duelo solían llevar semanas, o meses, pero no horas. La teniente pensó que tal vez aquella mujer, dentro de sí misma, solo tenía ahora hueco para la ira.

—Bien, pues... Querríamos saber las circunstancias patrimoniales de su marido y, si es posible, sus disposiciones testamentarias. Comprenda que necesitamos buscar los principales beneficiarios de su muerte, y en este caso resulta que...

—No busquen más —la cortó, con una mueca irónica—, aquí me tienen. Yo soy la heredera universal. Anoten, anoten... —añadió, viendo que Riveiro llevaba abierta su libreta, como era su costumbre—. Heredera de mi padre, de mi difunto esposo —comenzó, marcando cada persona con sus dedos—, y hasta de mi tía Matilde, que vive en Valencia. Pero a esa no la he liquidado todavía, no se preocupen.

—Nadie la está acusando —intervino el brigada Peralta, que con su presencia física imponía de forma natural cierto respeto—, pero quizás no esté todavía preparada para hablar con nosotros. Lo que ha vivido es muy duro, y necesita tiempo para asentarlo. Cualquier información que pueda facilitarnos la podemos conseguir a través de un juez, ¿entiende? Solo queremos agilizar todo, intentar comprender qué ha pasado aquí y ayudarla, ¿de acuerdo?

Aratz resopló, enfadada y molesta.

—¿Esto es lo que hace la policía? ¿De verdad? ¿Minusvalorar a las víctimas? Estoy bien jodida, señor, pero no me he vuelto imbécil.

—Aratz, cálmate..., solo hacen su trabajo —la apaciguó Pau, apretándole la mano y con tono conciliador. Al parecer, ya se había recuperado del aparente sofoco que le había supuesto saber que Aratz autorizaba el registro inmediato de sus ficheros internos. Tal vez todo contable supiese que siempre había algo debajo de la alfombra. El joven, que no lograba enfocar la mirada, cerró los ojos e hizo una pregunta en alto sin dirigirla a nadie en concreto.

—¿Tienen ya algún sospechoso?

Se abrió un incómodo silencio. Riveiro, Valentina y Peralta se miraron. Resultaba algo vergonzoso reconocer que, a aquellas alturas, no tenían nada. Fue la teniente la que respondió.

—Es demasiado pronto para concretar lo que pregunta, Pau. Le aseguro que estamos poniendo todos los medios a nuestro alcance para averiguar quién les ha hecho esto. Pero sí parece evidente que el cerebro de la operación contrató a un sicario para ejecutar el trabajo sucio.

El joven no dijo nada durante unos segundos, y su expresión permaneció inalterable. Cuando comenzó a hablar, parecía no estar muy convencido de la teoría del sicario.

—¿Y no han pensado en un loco, sin más? ¿O en un grupo satánico o algo así? El ataque con gas sarín que hubo en Tokio lo llevaron a cabo unos de una secta.

Valentina cruzó un gesto de gravedad con Peralta. Se suponía que ningún médico había trasladado a las víctimas el tipo de gas que las había intoxicado. Aquel punto de discreción lo habían dejado muy claro con el doctor Gómez.

—¿Por qué dice lo del gas sarín, Pau?

—Porque hemos investigado, teniente. No nos traten de gilipollas. Díselo, Aratz, ¡díselo! ¿No has mirado en internet con qué podían habernos envenenado? Los síntomas son claros, aunque ustedes no nos digan nada.

Aratz asintió, confirmando lo que decía su primo.

—Si no nos informan —explicó, a modo de disculpa— es normal que indaguemos por nuestra cuenta. Les animo a que prueben a teclear en el buscador las palabras *gas* o *tóxico* y la expresión *espuma por la boca*, que es lo que mi primo dijo que vio en uno de los fallecidos... Era sarín, ¿no?

—Me temo que no estoy autorizada para confirmarle esa información, señora Saiz.

—Ah. Pues a lo mejor —manifestó, mostrándose a la defensiva— se lo puedo sugerir a la prensa, a ver si ellos investigan mejor y deja de morir gente de mi familia, ¿qué le parece?

—Me parece que la prudencia debería ser ahora su mejor consejera, Aratz. Y la suya, Pau. Si lo que han sufrido en el Templo del Agua ha sido un atentado, nadie lo ha reclamado. Apenas han pasado dos días, tienen que darnos margen de maniobra.

Aratz se rio con amargura.

—¿Cuánto margen? Lo digo para saber cuántas personas más tendrán que morir.

Pau suspiró y buscó la mano de su prima. Parecía arrepentido de su arrebato al haber sacado el tema del gas sarín.

—Aratz, cálmate. Tenemos que confiar, esta gente hace lo que puede. Que te pongan seguridad y ya está. A nosotros ya nos protegen unos guardias en el hospital.

—¿Los agentes que dejaron morir a Daniel? ¿Esos guardias?

—Aratz.

Pau negó con la cabeza y mostró un gesto cansado. Apenas podía distinguir a quién tenía delante, pero se guio por dónde había escuchado antes hablar y se dirigió a la sombra que él creía que era Valentina.

—¿Y Pedro Cardelús?

A la teniente le sorprendió la pregunta. Era lógico que Pau hubiese buscado respuestas en su mente, pero desde luego parecía tener las líneas de investigación más claras que ellos mismos.

—El señor Cardelús fue encontrado atado y drogado en el sótano del viejo balneario de Puente Viesgo, señor Saiz. Salió en toda la prensa.

—Ya, pero fue él —insistió, deteniéndose de nuevo para toser— quien estaba con mi tío cuando abrió la caja, ¿no?

—No, pensamos que era otra persona que lo había suplantado.

—¿Seguro?

Valentina se contuvo y tardó unos segundos en reaccionar. No, no había nada seguro, y a cada paso que daban en aquel asunto parecía que las dudas crecían, aunque sí era cierto que un sicario —fuera o no el Estudiante— había huido del Templo del Agua en bicicleta y, si se había marchado, no podía ser el mismo Cardelús que habían encontrado en el sótano del complejo termal. Salvo que quien hubiese huido por la senda verde en bicicleta fuese solo un señuelo y el propio Cardelús fuese el Estudiante. Todo parecía una especulación desesperada sin pies ni cabeza.

Fue el doctor Gómez el que salvó la situación cuando entró por la puerta con gesto apurado. Les hizo una señal y les solicitó que saliesen del cuarto de Pau para hablar con ellos. Valentina se despidió algo torpemente de Aratz y del convaleciente; les pidió calma, especialmente a Aratz, aunque entendía perfectamente sus salidas de tono y cambios de humor. Acababa de perder a dos personas fundamentales en su vida, y ya resultaba extraordinario que estuviese allí en pie. En todo caso, recordó a ambos primos que no había terminado con sus preguntas y que volvería más tarde. Fue la última en salir del cuarto. Cuando estuvo fuera, el doctor ya estaba comunicando las novedades a Peralta y a Riveiro.

—... Ya sé, ya sé que pueden ser solo incongruencias y que su mente puede estar jugando con ella, pero creo que es necesario que la escuchen.

—Pero ¿qué ha pasado? —preguntó Valentina, que no entendía nada. Fue Riveiro el que contestó:

—Elisa Wang, que ha recordado aquello tan extraño que vio antes de perder el conocimiento.

Sin perder un segundo, se dirigieron volando al cuarto donde la señorita Wang acababa de recordarlo todo.

Oliver se había ido a primera hora a la Facultad de Filología de la Universidad de Cantabria, en Santander. Daba clases de inglés y colaboraba con la Oficina de Relaciones Internacionales universitaria, de modo que entre ese trabajo y gestionar Villa Marina estaba bastante ocupado. Había dejado a Michael Blake charlando con Matilda, la mujer que —junto con un ayudante— se encargaba todos los días de los desayunos y de la limpieza de las habitaciones de Villa Marina. Al tratarse de un hotelito más bien pequeño, con solo nueve dormitorios disponibles, el trabajo se despachaba bien en una mañana.

Ahora, mientras Oliver se disponía a revisar con sus alumnos los verbos modales ingleses en un examen oral, Michael estaba ya a punto de despedirse de Matilda para atender su propio trabajo. En su ordenador portátil tenía la bandeja de entrada llena de correos electrónicos que atender, y tras la boda de Oliver y Valentina en Escocia debía acudir como ponente a un curso de clarinete en la Guildhall School of Music & Drama de Londres. Sin embargo, cuando Michael estaba a punto de irse a su cuarto, observó por una de las ventanas de Villa Marina que el coche del surfista solitario no estaba en el aparcamiento de la propiedad.

—¡Matilda! —llamó, alzando algo la voz y buscando a la mujer con la mirada. Ella apareció a los pocos segundos, sin dejar de doblar lo que a Michael le pareció un mantel. La mujer era de mediana edad, tenía el cabello muy corto, los labios finos y la mirada tranquila; su forma de moverse hacía intuir que estaba acostumbrada al trabajo físico y a la actividad.

—¿Me ha llamado?

—Sí, Matilda. Mire, no está el coche del tío raro, ¿ya ha dejado el hotel?

Ella no pareció comprender a quién se refería, y siguió la mirada de Michael hacia el aparcamiento.

—¿Se refiere al profesor de Filosofía?

—¿Qué? ¿Cómo va a ser ese profesor de Filosofía? ¿El surfista?

—No sé qué aspecto tienen los profesores de Filosofía, señor Blake, pero le aseguro que usted tampoco tiene cara de músico.

—Anda —se quejó él, con una mueca disconforme—, ¿y se puede saber de qué tengo cara, si no le importa?

—De lord, señor. De señorito.

Michael miró a Matilda con gesto de sorpresa.

—Se cree usted muy graciosa, ¿eh, Matilda?

—Nunca tanto como usted, señor Blake.

Él torció el gesto y le dedicó una mirada que parecía prometer odio eterno, pero a la mujer le hizo gracia y se echó a reír.

—Yo no sé a qué se dedica el surfista, como usted lo llama, pero a mí al menos me dijo que era profesor de Filosofía.

—Pues si es profesor, o está en paro o se ha cogido unas fechas un poco raras para irse de vacaciones, ¿no?

—El señor Gordon también es profesor y se marcha a Escocia dentro de dos semanas.

—Ya —reconoció Michael, con notable fastidio—, pues mire qué bien, no sabía yo que se había hecho usted amiga de un filósofo —añadió, con marcado retintín.

Matilda volvió a reír.

—Se fue hace un rato a hacer surf, precisamente.

—Ah. ¿Y cómo lo sabe?

—Porque vino a pagar la cuenta, que me dijo que se marchaba mañana, pero ya le dije que eso mejor con el señor Gordon esta tarde, porque además pagaba en metálico.

—¿En metálico? Qué raro, ¿no?

Ella mostró un semblante dibujado por la indiferencia.

—Dinero es dinero —se limitó a responder, estoica—. Si no le importa, ahora aún tengo que ir a poner *el detalle* en las habitaciones y después debo limpiar el salón y la zona de juegos... No tengo tiempo para charletas.

—Ah, el detalle... ¿Lo del bomboncito y la tarjeta? —preguntó él, al tiempo que se le ocurría una idea—. ¡Le ayudo, le ayudo!

—No hace falta.

—Mujer, déjese ayudar —insistió él, que había notado que la idea de ahorrarse el paseo por las habitaciones de la planta de arriba no había disgustado a Matilda. Tardó solo unos segundos en convencerla, y mientras ella iba al gran salón de Villa Marina y ponía a toda potencia el aspirador, Michael cogía los bombones y las tarjetas. A Oliver se le había ocurrido poner una diferente cada día para sus huéspedes, y todas incluían frases de personajes famosos. Como ahora solo había cuatro habitaciones ocupadas y Matilda ya las había arreglado todas, el trabajo era un paseo sencillo.

Por supuesto, Michael no tenía ningún interés en repartir aquellos motivadores mensajes y dulces de felicidad diarios, pero sí sentía una insana fascinación por el huésped solitario al que, para empezar, solo le había visto la tabla de surf pasados varios días desde que iniciara su estancia en villa Marina. ¿Por qué le intrigaría tanto aquel hombre, qué le hacía parecer tan siniestro? Michael no lo sabía, pero incluso aquella misma mañana, en el desayuno, había sentido un escalofrío al verlo. El individuo parecía tranquilo, pero dentro de sus ojos era como si brillase una hoguera.

Con el manojo de llaves maestras que le había dado Matilda, Michael entró en todos los cuartos donde debía dejar la nota y el bombón en la mesilla. Al hacerlo, volvió a pensar en lo bonitas que eran aquellas habitaciones, casi todas con vistas al mar y olor a lavanda. Dejó al *surfista* para el final. Al entrar en su cuarto, y aunque no tenía claro lo que buscaba, no le pareció detectar nada extraño. Dejó el bombón en la mesilla de noche junto a una tarjeta que rezaba «Piensa, sueña, cree y atrévete», que al parecer era algo que había dicho Walt Disney. Pero Michael no pudo evitar materializar la idea que lo había llevado hasta allí. Le palpitaba muy rápido el corazón por los nervios, pero ¿y si echara un vistazo? Algo inocente, sin tocar nada.

Podría abrir la puerta de un armario, por ejemplo, para cerciorarse de que el cliente tenía la mantita de recambio en perfecto estado de revista y los otros dos tipos de almohada que Oliver siempre quería que hubiese en las habitaciones para amoldarse al gusto de los clientes. Sería como una comprobación de calidad de servicio.

Todos los armarios eran actuales, pero recreaban el estilo colonial y tenían una pequeña cerradura. En aquel caso, y de entrada, ya resultaba curioso que el huésped se hubiese llevado la llave, porque todo el mundo la dejaba puesta. Michael comprobó que en el manojo de llaves que le había dado Matilda había también una más pequeña que no sabía adónde pertenecía. Contuvo la respiración y probó con ella. Clic. La puerta se abrió. En el interior del mueble, comprobó que dos grandes mochilas abiertas y un pequeño maletín ocupaban el espacio. No había nada más, y a Michael le extrañó que ya estuviese todo preparado para marcharse. Tal vez aquel tipo tan raro nunca hubiese llegado a deshacer las maletas. Se asomó despacio a una de las mochilas, y le pareció que dentro había pelucas y algo parecido a una bolsa de maquillaje. «Y este qué es, ¿una *drag queen*?», se preguntó. Pero a los pocos segundos fijó mejor la mirada y pudo intuir la culata de una pistola semicubierta por una peluca de pelo corto y rizado. Le dio un salto el corazón y dio dos pasos atrás. Su instinto le hizo cerrar inmediatamente la puerta del armario, pero ya fue tarde. A su espalda, el Estudiante lo observaba con gesto muy serio desde la puerta, cerrándola tras de sí.

Si hubiese tenido oportunidad, Michael habría explicado de forma desesperada aquel tremendo error, inventándose que se había equivocado de cuarto; o habría gritado pidiendo ayuda, pero Matilda no lo habría escuchado, pues en aquellos instantes solo la rodeaba el ruido del aspirador una planta más abajo. No, a Michael no le dio tiempo a idear excusas ni planes de fuga, porque en solo dos segundos su cerebro ya se había apagado y todo se había vuelto negro.

14

> En el primer peldaño del cadalso la muerte arranca la máscara que se ha llevado durante toda la vida, y aparece el verdadero rostro.
>
> ALEXANDRE DUMAS,
> *El conde de Montecristo*, 1844

Llegaron muy rápido a la habitación de Elisa Wang; habían puesto a todos los afectados por el atentado en la misma planta. Siguiendo las indicaciones de Valentina, un par de guardias transitaban los pasillos durante las veinticuatro horas; al fin y al cabo, aún no habían desentrañado la causa de aquel crimen múltiple y la última víctima había sido ejecutada en el mismo hospital, solo unas plantas más abajo. Cuando entraron en la habitación, la muchacha estaba semiincorporada en la cama e intentaba sentarse. Continuaba unida a una máquina, que Valentina supuso que sería el dializador, y unos goteros similares a los de Pau inyectaban un líquido transparente en las venas de la joven, que se agitaba algo nerviosa. Todavía llevaba puesto el oxígeno, pero se lo retiró ella misma nada más verlos; resultaba evidente que también tenía las pupilas un poco dilatadas, pero no de una forma tan severa como Pau Saiz. A su lado, una mujer —que por los rasgos parecía ser su madre— intentaba que permaneciese tumbada, sin resultado.

—Ah, ya están aquí —dijo directamente la joven, sin saludarlos y muy nerviosa—. ¡Tengo que contarles algo!

—Eso nos ha dicho el doctor Gómez —le contestó Valentina, señalándolo con la mirada, pues se había quedado muy cerca de ellos, pero en un plano más discreto. Valentina tomó a Elisa Wang de la mano—. Tranquilícese, estamos aquí para ayudarla y protegerla, ¿de acuerdo?

La joven asintió con cierta desconfianza. Le dijo algo al oído a la mujer que la acompañaba y esta salió del cuarto, dándoles un poco de intimidad. Cuando Elisa se aseguró de que ya estaba fuera, hizo una señal hacia la puerta.

—Es mi madre, no quiero que se preocupe.

—Lo comprendemos perfectamente... Aunque ya ha pasado lo peor, ¿no cree?

—No, no lo creo —replicó la muchacha, seria—, porque mi madre acaba de llegar desde Málaga y aún no sabe que ha muerto asesinado uno de los supervivientes aquí mismo, en el hospital. ¿Cómo sé que si les cuento esto no voy a ir yo por el mismo camino?

A Valentina le sorprendió que Elisa supiese ya del deceso de Daniel Rocamora, pero con un simple vistazo pudo comprobar que en aquel cuarto había televisión, de modo que la joven podía estar perfectamente informada.

—Tenemos dos guardias en los pasillos de esta planta las veinticuatro horas, señorita Wang; y todas las víctimas de Puente Viesgo, salvo dos que han ingresado en la UCI, se encuentran precisamente en esta misma zona del hospital, de modo que...

—¡Eso es precisamente lo que me preocupa, que estamos todos aquí!

—¿Cómo? Perdone, no la sigo.

—¡Es que él está en todas partes! ¡Acabo de entenderlo todo, y es un monstruo!

Peralta miró primero al doctor Gómez y después a Valentina. Aquella chica gritaba y no parecía estar en sus cabales. ¿Podrían fiarse de lo que fuese a decirles? Valentina comprendió enseguida las ideas que pasaban por la cabeza del brigada, pero se armó de paciencia y se dispuso a escuchar a Elisa Wang.

—Disculpe, ¿quién es el monstruo?

—Ese chico, ¡Pau!

—¿Pau Saiz?

—Sí, el guapito ese. Creo que ha sido él quien nos ha querido matar a todos.

Valentina contuvo la respiración. ¿Cuánto habría afectado el gas sarín al cerebro de aquella joven? Sin tenerlas todas consigo, procuró mostrarse receptiva y atenta a todo lo que la chica tuviese que decirles.

—Su acusación es muy grave, Elisa. Y le recuerdo que Pau Saiz intentó salvarla a usted, y a todos, en el Templo del Agua... Ahora mismo se encuentra casi ciego y muy débil en este mismo hospital. ¿Qué le ha llevado a pensar eso?

—Oh, pues... Yo no sabía que él... ¡Da lo mismo! ¡Sé lo que le dijo a su tío!

—¿A Iñaki Saiz?

—Sí, sí... Yo estaba cerca cuando el empleado le pidió a don Iñaki que, cuando se marchase, abriese la caja, y entonces...

—Perdone, ¿se refiere a Cardelús?

—Sí, creo que se llamaba así, el otro día lo comentamos, si no me falla la memoria.

—¿Y solo se lo pidió a Iñaki?

—Solo a él, sí. Lo he recordado esta mañana, cuando mi madre me ha traído unos bombones de regalo, ¿se lo creen? ¡Unos bombones! Tuvo que ser la caja con el lacito —sopesó, señalando con la mano una caja roja que reposaba sobre una mesa del cuarto—, porque me vinieron todas las imágenes de pronto —añadió, ensimismada en la visión del recipiente, del que no podía apartar la mirada. Después pareció volver a concentrarse y retomó su relato:

—En el Templo del Agua estaban todos de espaldas y a mí no me prestaron atención, pero me quedé atenta para ver qué sería la sorpresa, ¿entienden? Si no llega a ser por eso, yo ya me habría metido en la piscina nada más llegar.

Riveiro anotaba a toda velocidad los detalles que la chica iba narrando, pues de forma progresiva hablaba cada vez más rápido, como si le urgiese mucho deshacerse de aquella información. Cuando ella confirmó que Cardelús le había pedido solo a Iñaki que abriese la caja, y no a los demás, el sargento cruzó una mirada significativa con Valentina. Aquello no era lo que Pau les había contado. La teniente animó a Elisa a continuar.

—Bien, ¿y qué ocurrió entonces?

—Bueno, pues... A ver, yo me fijé en Pau, la verdad, porque me pareció extraño que se quedase allí en la tumbona, nada más llegar. Era raro, ¿no? ¿No íbamos a la piscina? ¿Para qué se tumbaba? —preguntó de forma retórica, como si fuese imposible encontrar una explicación—. Que reconozco que estaba pendiente porque el chico es muy guapo, es cierto, y bueno... Lo había conocido el día anterior y la verdad es que había sido muy agradable conmigo.

—Centrémonos en lo que sucedió cuando el señor Saiz abrió la caja, ¿le parece?

—Sí, sí... Claro. Pues, a ver... Se marchó el empleado del balneario y don Iñaki abrió la caja, ¿no? De pronto nos llegó un olor horrible, no sabría explicarlo. Entre moco y amoníaco, como a detergente caducado o algo así. Mi reacción fue alejarme, ¿saben? No tenía ni idea de que aquello era mortal, claro, pero el olor era nauseabundo. Di unos pasos atrás, pero vi cómo Pau se levantaba de la tumbona y se dirigía a su tío y a las otras personas que estaban con él, y entonces fue cuando lo escuché. Fue algo horrible.

La joven guardó silencio unos segundos, mientras Riveiro, Valentina y Peralta casi contenían la respiración para saber qué diablos había escuchado Elisa Wang que resultase tan tremendo. Valentina se limitó a hacer un gesto a la joven para animarla a continuar hablando, y ella, todavía impresionada, continuó dando forma a sus recuerdos.

—Fueron solo unos segundos, pero me impactó cómo Pau se acercaba a escasos centímetros de su tío y le decía «¿Ves? Por no hacerme caso... Ahora vas a morir, hijo de la gran puta, y van a morir todos. De tu Aratz también me voy a encargar yo, cabrón».

Valentina frunció el ceño. Las cámaras del Templo del Agua registraban que Pau se había acercado a su tío, pero el ángulo ciego que suponían las columnas no había permitido grabar los segundos en que supuestamente le había dicho aquello a Iñaki Saiz. En apariencia, solo se había aproximado unos metros y desde luego no había llegado ni a tocarlo. Después se había limitado a intentar escapar de allí. El brigada Peralta, que seguía concentrado en la sucesión de hechos y no todavía en atar cabos, instó a Elisa a que continuase detallando su versión de lo que había sucedido aquella mañana trágica:

—¿Está segura de que Pau Saiz le dijo eso a su tío?

—Segurísima, como si lo estuviese escuchando ahora mismo.

—¿Y lo ha recordado así, sin más, tan detallado?

—Se lo juro. ¡No miento! ¿Por qué creen que miento? ¿No ven cómo me ha dejado esa mierda que había en la caja? —se exasperó, abriendo las manos y mostrándose a sí misma.

—Tranquilícese, nadie la está acusando de nada, solo queremos cerciorarnos de cada detalle para que luego no haya problemas, ¿de acuerdo? —le aseguró Peralta, con sólida serenidad—. Bien... Cuéntenos, por favor ¿qué pasó después?

Elisa Wang tomó aire e intentó controlar sus nervios antes de volver a hablar, aunque parecía que en su memoria ya no guardaba mucho más que pudiese resultar de interés.

—Pues... No sé, me quedé impresionada por lo que le había dicho, ¿entiende? Hasta el momento yo solo había conocido a un chico guapo, encantador y servicial, qué quiere que le diga. Al instante, ya fue como si oscureciese de pronto... Intenté alejarme y caminar hacia la salida, pero el aire no me entraba en el cuerpo, no era capaz de respirarlo, ¡no era capaz! —exclamó, y al rememorarlo su expresión fue de pura angustia—. Yo... Creo que ya no recuerdo nada más, no sé lo que pasó después.

—Después —le explicó Valentina—, usted se desmayó y, según creo, ya no recuperó el conocimiento hasta que la trajeron al hospital.

La joven asintió, dando por cierta aquella explicación de lo que había sucedido, y la teniente, muy seria, repasó la declaración de Elisa Wang dos veces y punto por punto, haciendo que la joven confirmase y repitiese varias partes de su relato. Al terminar, Valentina hizo una señal a sus compañeros y al doctor Gómez y se despidió de la joven tranquilizándola lo más que pudo y asegurándole que uno de los guardias estaría siempre pendiente de su vigilancia. Elisa mostró su desconcierto:

—¿Pero no van a detenerlo?

—Debemos contrastar la información primero, señorita Wang. Confíe en nosotros —le pidió Valentina, apretándole la mano.

Se despidieron y, en el rellano, vieron a su madre, esperando. Le hicieron una señal para que entrase de nuevo en el cuarto y Valentina, tras dar indicaciones a los guardias, le pidió al doctor Gómez un despacho donde pudiesen hablar. El médico los llevó a una pequeña habitación en la que las enfermeras acostumbraban a tomar el café, y allí fue donde empezaron a desenmarañar aquella madeja llena de miedo y de mentiras.

El cuarto de enfermeras los recibió con un ambiente agradable y acogedor. Todo el mobiliario era blanco, pero el personal había añadido notas de color con alegres cojines y hasta con algún póster con paisajes idílicos. Valentina echó un vistazo rápido y pidió a todos que tomasen asiento. El brigada Peralta la miró con curiosidad.

—¿No cree que deberíamos ir a hablar directamente con Pau Saiz?

—No —negó ella, tajante. Después se dirigió a Luis Gómez.

—Doctor, ¿cree que es fiable la declaración de Elisa Wang?

El médico, en un gesto al que Valentina ya se había acostumbrado, se encogió de hombros.

—Lo habitual en quienes han sufrido una intoxicación por gas sarín es que tengan lagunas de memoria, no que se inventen recuerdos tan detallados.

—¿Podemos eliminar la posibilidad de una fabulación, entonces?

—No podemos eliminar nada, teniente, porque la mente es extraordinaria.

Peralta se mostró muy serio, algo molesto por la contestación que antes le había dado Valentina, y se dirigió a ella de nuevo.

—¿Por qué cree que miente?

—Ah, no lo creo. Pero quiero asegurarme de que su declaración no nos la pueda desmontar nadie por su posible niebla mental tras el atentado. En realidad —añadió, pensativa—, creo que ahora todo podría empezar a tener sentido.

—O también podría ser que Elisa Wang —consideró Riveiro— estuviese mintiendo descaradamente para que fijásemos nuestra atención en alguien que no sea ella misma.

Peralta, concentrado, mostró una mueca que desechaba aquella idea.

—No sé, no lo veo, parecía sincera. ¿Y si...? ¡Claro! ¿Y si Pau era más importante en Construforest de lo que nos dio a entender? Él dijo que solo llevaba la contabilidad, pero en la primera declaración de Aratz, ella aseguró que la empresa la llevaban él y su padre...

—Un padre que estaba ya un poco flojo de entendederas —añadió Valentina, siguiendo aquel hilo.

—Eso es —confirmó el brigada—. Si Pau estaba haciendo operaciones extrañas dentro de la empresa, podría haber querido evitar por todos los medios que Daniel Rocamora accediese a la dirección y al control de los asientos contables.

—Pero para eso podría haberlo liquidado directamente —argumentó Valentina— y no haber montado esta macrooperación.

—Es que a lo mejor quería cargarse a su tío y a Rocamora, pero le salió mal porque este decidió irse en el último momento a ver las cuevas. Teniente, fue usted la que nos habló de aquel viejo crimen de Escocia, ¿recuerda? El caso Hutchinson... Matar a muchos para encubrir un único objetivo y que ninguna mirada se detenga sobre el verdadero asesino.

—Y disimular siendo parte de las víctimas, además —añadió Riveiro, que como era de esperar repasaba las notas de su libreta. Parecía concentradísimo, y la expresión de su rostro revelaba que acababa de descubrir información que le parecía relevante—. ¡Aquí está, claro!

—Claro ¿qué? —se impacientó Valentina, que se asomó a la página de la libreta que ahora revisaba el sargento; apenas entendía su letra, pero le pareció que la había abierto en la toma de declaración inicial a Pau Saiz.

—¿Recuerdas cuando lo vimos por primera vez en el box vital, que casi lo primero que hizo fue preguntarnos por su tío?

—Sí, pero... Eso era lo normal y previsible, Riveiro.

El sargento sonrió con una mueca y negó con el gesto.

—No creo que nos preguntase por preocupación, sino para asegurarse de que su tío había muerto. Después nos preguntó por los demás, pero ahora tengo la sensación de que tampoco estaba realmente angustiado por las víctimas, sino que quería saber el verdadero alcance de su acción.

—Eso no son más que especulaciones tendenciosas y lo sabes.

—No si añadimos el resto de la información. Él nos aseguró que Cardelús había pedido a todos que abriesen la caja, tanto a don Iñaki como al señor Borrás y a Álvaro Costas, pero Elisa Wang nos ha confirmado que quien suplantaba a Cardelús se lo pidió exclusivamente a Iñaki Saiz, ¿entiendes?

Valentina se lo quedó mirando hasta que se dio cuenta de que tenía la boca abierta y se sintió bastante ridícula por ello. Sí, acababa de entenderlo, y mostró sus pensamientos en voz alta, aunque con tono prudente, como si todavía estuviese asentando aquella deducción:

—Pau pretendía que pareciese que todos los del BNI eran el objetivo, y no solo su tío Iñaki.

—Exacto. Pero hay más.

—A ver —se limitó a replicar, abrumada. Desde luego, su capacidad deductiva parecía haberse atascado de golpe.

—Pedro Cardelús —sentenció Riveiro, sorprendido de su propio hallazgo—. Ya en el primer interrogatorio, Pau insistió en que había sido Aratz quien lo había recomendado al balneario, y hace solo unos minutos nos lo ha expuesto como a uno de los claros sospechosos.

—Qué cabrón —exclamó Peralta con una sonrisa llena de asombro—, ¡quería que las implicaciones nos hiciesen sospechar de su prima!

—Joder, claro —enlazó Valentina, siguiendo el hilo de deducciones—, ¿por eso dejaron a Cardelús con vida?

Riveiro lo pensó durante unos segundos.

—Es muy posible. Si hubiese muerto sería otra víctima, sin más. Pero si quedaba vivo se abría el camino de la duda.

—Y más con aquella chapuza de nudos —razonó Valentina—, que apuntaban a él como verdadero culpable.

—Y no solo eso —añadió Peralta—... Si Pau sabía que la heredera universal de Iñaki Saiz y de Daniel Rocamora era Aratz, tenía claro desde el principio que las sospechas nos iban a conducir a ella.

Riveiro se llevó la mano al mentón y lo masajeó mientras mantenía la mirada fija en un punto inescrutable, como si su mente estuviese en otra parte. De pronto, negó con suaves gestos de su cabeza.

—Es increíble... Si no llega a ser por el detalle de la cojera que nos dijo Bedia, ni siquiera habríamos sospechado lo del sicario ni lo de su huida en bicicleta, porque no estaba registrado en ninguna cámara. Solo habríamos tenido la declaración de Cardelús exculpándose, cuando en las imágenes de las cámaras de seguridad era él mismo quien creíamos que mostraba la caja con el tóxico a Iñaki Saiz.

—Y las víctimas —continuó Valentina, alucinada con el camino deductivo que estaban siguiendo— recordarían a un hombre con barba y gafas llamado Cardelús... Pero los que sobreviviesen, con las drogas que les habían suministrado y los efectos del sarín en su cuerpo, no podrían distinguir con certeza en su memoria el original del disfrazado.

—Lo único que me sorprende —dudó Riveiro, pasando ya las páginas de su libreta sin verlas— es lo que se arriesgó Pau al exponerse de una forma tan abierta al sarín. Pudo morir.

—Supongo que tenía que camuflarse entre las víctimas para no despertar sospechas; aunque era muy arriesgado, sí.

—Salvo que tuviese ya un antídoto —observó Peralta, llevándose la mano al interior de la chaqueta. Sacó un paquete diminuto y lo movió en el aire—. La comandante Grobas me dio soluciones inyectables de atropina para todos, ¿recuerdan? No sería descabellado pensar que, si Pau Saiz hubiese hecho lo que pensamos, se hubiese pinchado antes el antídoto para protegerse.

—Pero ya ha visto cómo está —objetó Valentina—, casi se muere y ahora mismo se encuentra todavía medio ciego.

—Quizás no contó con la potencia real del sarín, o quizás formaba parte del plan forzar al máximo para no resultar sospechoso.

—Vale —aceptó Valentina, no muy convencida—, pero no tenemos pruebas. Solo el testimonio de una chica que acaba de recuperar la memoria, y aquí todos sabemos cómo puede desmontar su testifical cualquier abogado. Necesitamos algo más.

—Sea lo que sea —opinó Riveiro—, no podemos perder un segundo, porque podría estar programada la muerte de más personas, o la utilización de sarín en cualquier otro punto de la ciudad, que eso ya no quiero ni imaginarlo.

Los tres guardaron un preocupado silencio durante unos segundos, hasta que el brigada pareció tener una idea.

—¿Y si le interrogamos de farol? —preguntó Peralta, con una sonrisa algo maliciosa. Valentina mostró al principio un semblante algo escéptico, pero después suspiró y por fin, entre todos, elaboraron un plan.

El subteniente Sabadelle sonrió de oreja a oreja, de pura satisfacción, cuando vio la cara de Chano Tagle al verlos entrar por la puerta con personal del SECRIM —entre ellos, dos informáticos— y con la orden del juez Marín. Tenía pocas esperanzas de encontrar material útil pero, si aquel tipo había alterado de alguna forma cualquier prueba, pensaba desmontarle el negocio de Villa Rosita. ¿Acaso no servían ellos a la ciudadanía? ¡Era inconcebible la falta de respeto a la autoridad que habían sufrido el día anterior!

Nada más entrar, comprobaron que las videocámaras estaban por fin a la vista y con dos relucientes carteles que prevenían a los visitantes de Villa Rosita de que estaban siendo grabados. Sabadelle ya había pensado perdonarle al hostelero aquella falta con los carteles si encontraban algo de utilidad en los vídeos, porque seguramente no tendrían nada si el sicario hubiese sabido que allí había cámaras. Claro que ni siquiera tenían claro que el misterioso asesino hubiese dormido allí, que también era improbable, pero no tenían ya ningún otro sitio donde buscar.

Accedieron a un antiguo despacho que había tras el mostrador de la recepción, y el subteniente se dio cuenta de que acababan de limpiarlo, seguramente esperando su visita. Muchos años atrás debía de haber sido una habitación impresionante, pues no había más que ver los amplios y trabajados zócalos de madera de las paredes y las escayolas del techo, donde todavía colgaban algunas viejas telarañas, que sin duda no habían tenido tiempo de repasar antes de su llegada. Para sorpresa de Sabadelle y del propio cabo Freire, sobre la mesa había un ordenador de última generación con torre incorporada a la propia pantalla, y Chano Tagle, sudando, iba explicando cómo tenía dispuesto el material a los agentes del Servicio de Criminalística. Ahora se mostraba mucho más servicial y colaborador: quizás le hubiese impresionado el despliegue de agentes en su establecimiento, o tal vez le hubiese dado tiempo a estudiar las consecuencias de su falta de colaboración con la Policía Judicial. Cuando los agentes tuvieron la información que precisaban sobre los soportes informáticos, le pidieron que saliese del despacho, y el hombre —junto a un guardia— esperó pacientemente en la recepción sin realizar más trabajo que el de esperar.

El equipo del SECRIM, Sabadelle y Freire comenzaron a visualizar en aquel viejo despacho los vídeos de la tarde y noche previas al crimen en el Templo del Agua, y resultó sorprendente la buena calidad de las imágenes, que eran nítidas y a todo color. Al haber dos videocámaras, además, disponían de dos ángulos distintos, por lo que si el sicario había pasado por allí tenía que haber quedado registrado.

Llevaban ya bastante rato trabajando con el material cuando Freire, muy serio, le dijo a Sabadelle que lo acompañase a la recepción para hablar con Chano Tagle.

—Me dicen mis compañeros del SECRIM que hay trozos de los vídeos que han sido borrados.

—Pues no sé. Ya les dije que el sistema fallaba, que

a veces las cámaras graban y a veces no. Será la humedad.

—Claro, la humedad. Pero no se preocupe, porque en Criminalística de la Guardia Civil son tan buenos que ahora mismo lo están recuperando todo, ¿sabe? La nube virtual hace copias de seguridad incluso sin que nos enteremos. Qué bien, ¿no?

—¿Qué? Sí, yo... —titubeó Tagle, pálido—. Pues no sé qué se habrá borrado, ya le digo que no es cosa nuestra.

—Claro. Pero mire qué curioso, porque en los vídeos hemos visto que una misma chica ha subido tres veces a una habitación en solo dos horas, ¿sabe?

—Cada cual es libre de hacer lo que quiera —replicó el otro con cierto tono que pretendía ser firme, pero en el que se adivinaba miedo y flaqueza.

—Por supuesto. Pero si cada vez sube con un tipo distinto, a lo mejor resulta que el cuento es diferente. De hecho, tiene toda la pinta de que en Villa Rosita se pudiera estar ejerciendo la prostitución.

—Las prostitutas no son ilegales —gruñó el hombre, sin levantar la mirada.

—Pero lucrarse de que otra persona ejerza la prostitución sí lo es, señor Tagle. Artículo 187 del Código Penal, apúnteselo. Y ya ni le cuento favorecer o facilitar la prostitución de menores, porque ¿cuántos años tiene esa chica? —preguntó, señalando la pantalla y pidiendo a uno de los agentes del SECRIM que capturase la imagen.

—Por no hablar de la morena que bajaba antes, cabo —añadió Sabadelle, también con semblante serio. Después se dirigió con tono duro y algo irónico al hostelero—: Parece que ya sabemos por qué estaban tan bien puestitas las cámaras, ¿eh, amigo?

—¡A mí déjenme en paz! ¡No tienen pruebas! Esas chicas reservaron sus cuartos durante varios días, y lo que hiciesen en ellos ya no es cosa nuestra, joder. Ustedes mismos comprobaron cuando vinieron la primera vez que yo ni siquiera estaba, que fue mi padre quien los atendió. Y he cumplido dándoles las cintas de buena voluntad, no tienen nada en mi contra.

Sabadelle chasqueó la lengua.

—¡De buena voluntad! Y nos ha hecho ir a pedir los papeles al juez... Por no hablar de su intento claro de obstrucción a la labor de investigación policial, a ver si se cree que no sabemos tratar con gente de calaña como la suy...

—Sabadelle —le cortó Freire, escuchando que los avisaban los de Criminalística para que volviesen al despacho—. De lo de las chicas nos encargaremos después. Vamos.

Dejaron a Tagle con sus miserias y con el guardia en el enorme zaguán de Villa Rosita mientras ambos volvían al despacho. Sus compañeros les mostraron en las imágenes a un hombre con visera, cuello alto y gafas de sol entrar con una bicicleta, que dejó dentro de la recepción, al lado del aparador gigante.

—Ahí está —murmuró Freire, pletórico de alegría. Al instante le pidió a Chano Tagle que entrase y les facilitase la documentación que hubiese tomado de aquel cliente. Este la buscó en el mismo ordenador y les mostró la imagen escaneada de un NIF, del que anotaron los datos con el convencimiento de que todos y cada uno de ellos eran falsos. De hecho, tardaron menos de veinte minutos en comprobar que tanto la foto del carnet como el nombre y la dirección pertenecían a personas distintas y de diferentes provincias.

—Oiga —meditó Sabadelle, dirigiéndose de nuevo a Tagle—, ¿y no le extrañó que el cliente no se quitase las gafas?

—Pues... Hay gente para todo. Hay quien quiere ser discreto con su presencia según en qué sitios.

—¿Y cuánto tiempo se quedó este cliente?

El hombre revisó de nuevo sus archivos.

—Una noche.

—¿Le pagó con tarjeta?

—No... Tenemos un descuento si nos pagan en metálico, y siempre pagan por adelantado.

—Ya —replicó Sabadelle con tono cínico, dejando claro con el soniquete que la economía sumergida de aquel negocio debía de ser considerable—. ¿Y en qué habitación estuvo?

—La siete.

—¿Ha sido usada después?

—Creo... creo que sí. Ahora está vacía.

Sabadelle resopló, aunque hizo una señal al equipo del SECRIM: ya que habían llevado el material de trabajo, después iban a tener que rastrear aquella habitación en busca de huellas para introducirlas en el SAID, que era el Sistema Automático de Identificación Dactilar de la Guardia Civil, y donde organizaciones internacionales como la INTERPOL incluían también los datos de sospechosos y fugitivos. Continuaron visionando y copiando imágenes con el equipo de Criminalística hasta que llegaron a la mañana del atentado en Puente Viesgo. Vieron bajar a la recepción a un hombre con la cara quemada, que tenía una marcada cicatriz en el rostro a la altura de la ceja.

—¡Es él, joder, es él! ¡El primer disfraz! —exclamó Sabadelle, eufórico. Después miró de nuevo a Chano Tagle—. ¿Por qué no había nadie en la recepción?

—Esto es un hostal, señor. Solo tenemos recepción por las tardes. Por las mañanas se limpian las habitaciones a partir de las doce, y no tenemos servicio de desayuno.

Sabadelle lanzó al aire un exabrupto, aunque Freire lo calmó.

—Piensa que, si el sicario llega a haber sabido que podía haber alguna persona en la recepción por la mañana, tal vez no hubiese salido así disfrazado.

—Bueno, tampoco sabía que había cámaras...

—¿Qué sicario? —se extrañó Tagle, con gesto de franca preocupación. Freire comprendió al instante que deberían haber solicitado de nuevo al hostelero que esperase fuera, y desde aquel momento lo mandó otra vez con el guardia a la recepción de Villa Rosita. Después siguieron viendo las imágenes con cierta desesperanza, pues tras el atentado era probable que el asesino hubiese devuelto la bicicleta en el puesto de alquiler de Alceda y se hubiese marchado sin más hacia el sur, evitando Puente Viesgo, que estaba al norte. Sin embargo, y para su sorpresa —casi una hora después del atentado—, allí estaba. Pero ahora tenía otro aspecto y volvía sin la bicicleta. Parecía Pedro Cardelús. La barba, el cabello, la complexión. La imagen era incluso más nítida que en el Templo del Agua. A Sabadelle le produjo verdadero asombro contemplarlo de forma tan clara: en efecto, si no hubiese sido por el detalle de la cojera que había apuntado aquel empleado, Bedia, lo cierto era que todos habrían creído que se trataba de él mismo porque el disfraz era magnífico.

En las imágenes pudieron observar cómo aquel Pedro Cardelús comprobaba que no había nadie en la recepción y subía las escaleras a la planta superior del hostal, donde ya no había videovigilancia. Freire y Sabadelle se miraron conteniendo la respiración, pues sabían que, si era cierto que el sicario había dormido allí solo una noche, su siguiente aparición en escena iba a ser la última ante las cámaras, puesto que sin duda ya solo bajaría aquellas escaleras para marcharse.

Cuando lo volvieron a ver, el impacto fue tremendo. Los pasos de quien presuntamente había ejecutado de forma tan brutal a varias personas en el Templo del Agua eran firmes y decididos; de una persona todavía joven y en aparente buena forma. Pero, en un exceso de confianza, o de soberbia, el sicario se había confiado y había bajado sin disfraz. Por el tiempo transcurrido desde que había subido, seguramente se habría dado una ducha tras quitarse el maquillaje y los complementos y volver a ser él mismo. No había —como sin duda él ya esperaba— nadie en la recepción de Villa Rosita, y se limitó a dejar la llave de su cuarto sobre el mostrador. El cabo Freire se fijó en que llevaba guantes. Un profesional, claro: ¿qué esperaban? En un segundo, el hombre se giró y su rostro resultó perfectamente visible en una de las cámaras, y un agente del SECRIM capturó la imagen. Todos se quedaron mirándola, como si la fotografía pudiese hablarles.

El rostro del sicario no lo delataba. No hablaba de un francotirador letal ni de un experto en técnicas orientales de muerte instantánea, y tampoco de un asesino despiadado. Parecía, más bien, el semblante de un hombre todavía joven, pero con mirada de viejo. Rasgos suaves, nariz chata, ojos pequeños y profundos y cabello oscuro. Era difícil saber qué vida habría tenido aquella persona, qué le habría llevado a delinquir de forma tan brutal, o comprenderlo, sin haber vivido en sus zapatos. El subteniente Sabadelle, que desde que era padre valoraba de otra forma la vida, pensó en que aquel asesino, un día, también había sido un niño. Pero, el individuo de la imagen, ¿sería el Estudiante? Si era así, había vivido cuatro años en la selva dentro de una guerra dura y extraña. ¿Qué no sería capaz de hacer aquel hombre solo por sobrevivir? Sus códigos morales debían de ser muy extremos.

El cabo Freire, que también se había quedado momentáneamente ensimismado viendo la foto del sospechoso, fue el primero en reaccionar. Apenas se creía que hubiesen podido tener tanta suerte. El cabo dio un suave codazo a Sabadelle, que por fin reaccionó, y ambos agentes se pusieron a trabajar.

Cuando Valentina y sus compañeros regresaron al cuarto de Pau Saiz en el hospital, el joven parecía estar tranquilo. Su prima Aratz miraba a través de la ventana cómo, a lo lejos, el azul de la bahía jugaba a cambiar de tono cuando las mullidas nubes del cielo permitían pasar la luz del sol. Valentina también se detuvo un instante a contemplar la belleza del paisaje, en el que las gaviotas de la costa parecían encaminar su vuelo hacia el interior, como si se estuviese aproximando una tormenta. Cuando Aratz se giró y vio el gesto serio de la teniente, tuvo la sensación de que algo muy grave acababa de suceder y de que iban simplemente a comunicárselo, cuando en realidad una de las escenas más difíciles de su vida iba a suceder justo en aquel momento.

Valentina, Riveiro y Peralta se posicionaron a los pies de la cama de Pau, que se revolvió algo inquieto. Resultaba evidente que él, a pesar de su escasa visión, también había percibido la gravedad de lo que se avecinaba. En la puerta, el doctor Gómez guardaba sepulcral silencio. La teniente había requerido su presencia por si había cualquier complicación médica sobrevenida en caso de que, como presuponía, el paciente fuese a recibir un golpe fuerte en su estado de ánimo. En el pasillo de aquella planta del hospital, los guardias vigilaban cualquier movimiento inusual con especial atención y en nivel de alerta. Fue Valentina quien comenzó a hablar.

—Pau, si no le importa y no se siente muy cansado, nos gustaría volver a hablar con usted.

—Si encuentran cualquier asiento contable extraño o fuera de lugar, ya les digo desde ahora que no me responsabilizo, porque no solo yo tenía acceso a los ficheros de la empresa, y cualquiera podría haber modificado nombres, cifras y toda clase de datos.

Valentina sonrió de forma tibia. Le llamó la atención que Pau, en el breve rato en el que lo habían dejado solo, ya hubiese buscado una forma de evadir cualquier responsabilidad ante el potencial registro documental, que por otra parte su prima ya había autorizado. Quizás aquello fuese señal de que iban bien encaminados. Miró de reojo a Peralta, que con un sutilísimo gesto la animó a continuar hablando.

—No se preocupe, señor Saiz, estamos seguros de que tiene toda la documentación perfectamente al día —dijo en tono neutro, sin otorgar a sus palabras el más mínimo matiz de ironía—, pero si no le importa nos gustaría revisar con usted lo que sucedió en el Templo del Agua.

—¿Otra vez? —se extrañó el joven, aunque a Valentina le dio la sensación de que, tras el gesto de extrañeza, su semblante también se había vestido de cierta pátina de alivio.

—Sí, otra vez. Nos interesa, en concreto, saber por

qué había usted accedido al interior del complejo y se había reclinado directamente en una tumbona en vez de entrar en las piscinas, que se supone que era a lo que iban.

—¿Qué? —se sorprendió—. ¿Qué clase de pregunta es esa? Me tumbé para relajarme y punto. Y ya se lo dije el otro día, a lo mejor es que me mareé un poco...

—Es posible. Aunque acababan de llegar y eran las once de la mañana. La única actividad que habían realizado la mayoría de ustedes era la de desayunar dos horas antes. ¿Estaba cansado por algo en concreto?

—¿Yo? Pues... No, la verdad. Pero quise relajarme un poco antes de entrar en la piscina... No me diga que es ilegal —añadió con cierto cinismo y con una actitud abiertamente defensiva. De pronto, parecía que se le hubiese ido la tos, pues hablaba sin interrupciones y con la voz más fuerte y clara.

—No, no es ilegal —replicó Valentina, imperturbable—, pero sí resulta llamativo. Si usted, por ejemplo, hubiese sabido que el contenido de la caja que iba a abrir su tío era un gas mortal, habría sido muy inteligente al quedarse tumbado y con los ojos cerrados. Su respiración habría sido más pausada y habría absorbido menos tóxico.

—¿Qué está insinuando?

—Solo hablo de posibilidades, señor Saiz. De suposiciones. ¿Qué hizo, por cierto, desde que desayunó hasta que fue al Templo del Agua? No nos consta que entre medias realizase ningún tratamiento.

—¿Que qué hice? Pues, ¿qué iba a hacer? Fui a mi habitación, a contestar correos de trabajo y a lavarme los dientes, si no le importa.

—Era domingo. ¿También tiene correos de trabajo en domingo?

Pau se exasperó.

—¿Por qué me ataca?, ¿qué quiere?

—La verdad, Pau. Porque creemos que en ese tiempo pudo dar más instrucciones a su sicario, pero que no pudo avisarlo de que Daniel Rocamora, en el último instante, había decidido no acudir al Templo del Agua.

—¡Otra vez con lo del sicario! Se han imaginado ustedes una película absurda, y si siguen con este tono hacia mí, llamaré a mi abogado.

—Puede llamarlo cuando guste, Pau. Está en su derecho. Sin embargo, déjeme que siga haciendo suposiciones. Imaginemos que llevase usted varios años en una empresa, manejando todo a su gusto, porque el dueño era su tío y ya estaba mayor, de modo que delegaba la efectiva dirección en sus manos. También tendría por allí a su prima e hija del jefe —añadió Valentina, mirando a Aratz, que ya se había acercado unos pasos, asombrada por lo que estaba escuchando—, pero su presencia sería meramente anecdótica, porque se encargaba de lo superfluo y no del fondo real de la compañía... ¿Me sigue?

—No sé adónde demonios quiere llegar —se revolvió él, dirigiéndose a su prima—. Aratz, ¡no la escuches!

—El caso —continuó Valentina, con semblante todavía impertérrito— es que, si suponemos que todo esto obedece a una premisa real con Construforest, pudo llegar un momento en que surgiese un inconveniente llamado Daniel Rocamora. Un hombre experto en contabilidad, que provenía de la banca y que no solo iba a supervisar su trabajo, sino que iba a acceder a la dirección de la empresa. Por supuesto, usted se quejaría a su tío por aquella innecesaria intromisión, pero la familia manda, y su tío consideraría que si alguien de confianza podía echar una mano tampoco estaría de más. Porque usted, además, era solo un sobrino, no un hijo. Y no importaba la cantidad de horas y esfuerzo que le hubiese dedicado a la empresa, pues ahora las prioridades eran otras. Aunque lo más grave sucedería cuando Daniel Rocamora descubriese los desvíos de capital, las cuentas opacas y las operaciones con empresas fantasma, de las que por cierto se están ahora mismo encargando nuestros compañeros de blanqueo de capitales y la Fiscalía Antidroga de Madrid.

—¿Antidroga? Pau, ¿qué está diciendo? —preguntó Aratz, temblando.

—¡Que no la escuches, te digo! —exclamó Pau, rojo de indignación—. ¿No ves que están intentando buscar un culpable porque no tienen nada?

—Se equivoca, Pau —negó Valentina, convincente—; lo tenemos a usted, que es el cerebro de la operación. Y tenemos al sicario, que huyó en bicicleta tras cometer el crimen del Templo del Agua. Solo pudo haber una forma de que él recibiese la nueva instrucción para eliminar a Daniel Rocamora, y fue usted quien tuvo la oportunidad de dársela.

—¿Yo? ¡Usted está loca! ¡No me he movido de esta cama desde que entré en el hospital!

—Cierto, pero su prima Aratz fue tan amable de dejarle su teléfono móvil para que contactase con sus parientes.

Aratz abrió desmesuradamente los ojos, atónita. Pau negó de nuevo su implicación.

—¡Le dejó el teléfono a todo el mundo, por Dios! ¿Por qué no atosigan a la china, a la chica de Málaga? ¡También se lo dejó a ella! Ustedes lo que quieren es un cabeza de turco y nada más. Es vergonzoso —recriminó con rabia y ya casi gritando a Valentina.

—¿Usted cree? ¿Y qué vamos a encontrar en el teléfono móvil de Aratz? Posiblemente se haya comunicado con su mercenario por mensajería convencional o por Telegram, o por cualquier otro medio lo más encriptado posible. Pero descuide, no importa que haya borrado el mensaje, nuestros peritos informáticos lo encontrarán. Por no hablar de sus análisis de sangre del primer día, en los que también encontraremos una cantidad de atropina considerablemente superior a la que le suministraron en la ambulancia... No sé si lo sabe, pero empleando los recursos cromatográficos con los que se separan componentes de la sangre, se puede determinar la cantidad de atropina de cada individuo de forma bastante precisa. Cuéntenos, ¿cómo va usted a explicar al juez que tenía a mano un antídoto para el gas sarín?

Pau no dijo nada, aunque su respiración era muy agitada, y su pecho se movía de arriba abajo sin cesar. Valentina miró de reojo a Peralta, ya casi arrepentida de aquel farol. ¿Por qué diablos le habría hecho caso al brigada? ¿Por qué no se habrían limitado a solicitar al juez Marín oficios a las compañías telefónicas para comprobar primero y acusar después? Llevaría tiempo, claro, pero al menos así no sentiría que estaba a punto de tener un infarto. Y en cuanto a la atropina, el doctor Gómez ya le había dicho que no era tan fácil determinar el volumen exacto en sangre —pues cada cuerpo asimilaba la atropina de forma diferente—, de modo que Valentina confiaba en que Pau no fuese un experto y que, si él era el asesino, hubiera tenido la prudencia de inyectarse el antídoto antes de exponerse a una muerte casi segura.

Aunque el rostro de la teniente permanecía imperturbable, lo cierto era que estaba realmente nerviosa, y sospechaba que aquello no iba a salir nada bien. Todos contuvieron el aliento durante dos segundos extraños y muy largos, hasta que Pau Saiz se rompió y, por fin, lo confesó todo.

La verdad es una realidad deslavazada que cada cual construye y recuerda como quiere. Pau Saiz, al igual que otros muchos asesinos confesos que Valentina había conocido, justificaba en cierta forma lo que había hecho, como si no le hubiese quedado más remedio. Que si Construforest estaba ya en pleno declive cuando él había llegado. Que si era él quien dirigía en la práctica la empresa y quien lo había salvado todo; y que su tío Iñaki, mintiéndole, le había jurado que, a su jubilación, sería él quien dirigiese el negocio.

—Puto mentiroso de mierda —añadió, como hablando consigo mismo, con rabia y con sus ojos anegados en odio, que dirigió después hacia su prima—. ¡Si no te hubieses empeñado en meter al imbécil de Daniel en la empresa! ¡Todo ha sido culpa tuya! ¡Todo, maldita niña mimada!

—¿Qué? Yo... Pau, no puede ser —negaba ella, temblando y aterrorizada, como si tuviese ante sus ojos a un monstruo que nunca antes había visto. Valentina se acercó y le hizo un gesto para que se apoyase en ella y saliese del cuarto, pero una vez más Aratz Saiz los sorprendió con una energía que sacó de algún lugar extraordinario de su interior.

—No, teniente... Déjeme, por favor —pidió, apoyándose en la pared. Se llevó la mano a la tripa, como si un dolor indescriptible le subiese del estómago hasta el pecho, porque Aratz había tenido fuerzas para comprender. Sin moverse de donde estaba, se dirigió a su primo.

—¿Qué te faltaba, Pau? Lo tenías todo. ¿Era por dinero? —preguntó, quebrándosele la voz—. Yo te habría ayudado.

Pau también lloraba, pero de otra forma. De su llanto solo salían rabia y desprecio.

—¿Me habrías dado limosna?, ¿sí? ¡Pero si tenemos aquí a santa Aratz! —rio, en una carcajada que daba miedo—. Las niñas ricas sois todas iguales, y no entendéis nada. ¿Tú te has visto, que no eres más que una chalada? Se acababa de morir tu padre y ya estabas en el hospital atendiendo a todo el mundo, como si fueses Teresa de Calcuta. Se muere tu marido, y lo mismo. ¿Sabes por qué estás aquí, en el hospital, haciendo de santa? —preguntó, con una mueca de rabia—. ¡Porque no tienes otra cosa que hacer, Aratz! Eres una niñita bien que hace cuatro tonterías en la empresa para sentirse útil y empoderada, pero no eres más que un ama de casa aburrida.

—Estás loco —afirmó ella, agarrándose a aquella idea como único camino para poder entender y asimilar lo que estaba escuchando—. Y todo esto por dinero —añadió, incrédula y todavía temblando.

—Y dale con el dinero. Ay, Aratz —se lamentó él, lleno de amargura—. Lo desprecias porque siempre lo has tenido, ¡pero el dinero lo es todo! Es respeto, y es cómo te miran cuando llegas a un hotel, o a la oficina, ¿sabes? Pero tú eso no puedes entenderlo porque nunca te han despreciado ni has sido una mierda en una fiesta de millonarios, ¿verdad? ¡Responde! ¿Verdad que no? No tienes ni idea de lo que vivimos Alicia y yo, teniendo que mendigar todas vuestras sobras y dando gracias todos los putos días por vuestra ayuda para respirar.

Ella, que comenzaba por fin a asimilar la verdad y todas sus aristas, solo era capaz de echar la vista atrás para enlazar datos, hechos y recuerdos. Eran muchas las escenas que acudían a su memoria, y que ahora explicaban aquella tragedia imposible de masticar. Sin embargo, tuvo fuerzas para echarle algo más en cara a Pau.

—Papá siempre te trató como a un hijo.

Él suspiró con gesto de hastío.

—Por Dios, ¿quieren llevársela de una vez? —preguntó a Riveiro, aunque apenas lo podía ver, para después volver a dirigirse a su prima—. Pero ¿tú en qué mundo vives, Aratz? Tu padre me puteó y me engañó desde el primer día, me hizo trabajar como a un cabrón, y cuando me había prometido la dirección de la empresa, se la dio al gilipollas de Daniel solo para tener contenta a la niñita —añadió, con una mueca de abierto menosprecio.

Valentina escuchaba con atención, en incrédulo silencio. Lo que iba desgranando Pau ya lo habían ido deduciendo en la sala de enfermeras unos minutos antes, pero resultaba estremecedor comprobar que era cierto. Pau Saiz había tenido en cuenta todos los detalles. No solo incluyéndose como víctima en el atentado, sino escogiendo el lugar para ejecutarlo. Nunca había pretendido que el crimen quedase sin sospechoso aparente, sino que su intención desde el principio había sido la de dirigir las suspicacias hacia su prima Aratz. El vínculo de la joven con Pedro Cardelús ya era una señal y, aunque nunca pudiesen probar nada, su reputación quedaría en duda, ya que además era la principal beneficiaria económica de todas las muertes.

La mujer dio unos pasos hacia su primo. La rabia crecía en su interior.

—¿Y por qué mataste a toda esa gente, Pau? Tú también los conocías desde hacía años, eran nuestros amigos, ¿qué culpa tenían ellos?

—¿Qué amigos? —volvió él a burlarse, con una risa histriónica—. Si es que eres tonta, joder. ¿Tú te crees que esa gente era amiga tuya? Todo es negocio, Aratz. Y a muchos no les importaba una mierda el BNI, sino todo lo que movíamos detrás.

—¿Detrás?

Nadie dijo nada, aunque era fácil suponer que tras aquello estaban las empresas pantalla, la ingeniería fiscal y el blanqueo de capitales, por no hablar del narcotráfico. Aratz dio dos pasos más. Valentina y Peralta hicieron lo propio, pues temían una reacción violenta. Sin embargo, aunque el semblante de Aratz era el de una mujer consumida, demostró un dominio de sí misma fuera de lo común. Lloraba sin cesar, pero ya no temblaba y su rostro no mostraba dolor ni nada que se pudiese describir, pues resultaba indescifrable. Enfrió el tono, que se volvió glacial, y habló con una calma escalofriante.

—Eres un monstruo enfermo, y voy a hacer que te pudras en la cárcel. Acuérdate de mí, porque te pensaré cada día y cada noche, y cuando salgas... —añadió, agachándose y acercándose muy despacio a su rostro—. Cuando salgas, hijo de la gran puta, te estaré esperando.

Valentina decidió que ya era suficiente, y que resultaba terrible y grotesco permitir que Aratz continuase viviendo aquella situación, con un asesino confeso ante sus ojos, sin un apoyo. Ni siquiera podría contar con la familia que había ido a verla desde Bilbao, pues se trataba de la madre de Pau y de su hermana. Confiaba en que no estuviesen implicadas ni supiesen nada de lo que había hecho Pau, pero desde luego en aquella familia iban a brotar muchos sentimientos contradictorios. La teniente tomó del brazo a Aratz, que se dejó llevar sin apartar la mirada de su primo, y le pidió al doctor Gómez que se hiciese cargo de ella junto con personal del hospital y uno de sus guardias a modo de protección, porque lo cierto era que no habían dado con el sicario. En cuanto se cerró la puerta, fue Peralta el que tomó el interrogatorio.

—Pau, ya ha hecho todo el mal que podía hacerse, pero usted y nosotros sabemos que podrá alegar enajenación transitoria y otras muchas argucias legales. Si es listo y colabora, saldrá mejor parado. Díganos, ¿quién es el sicario y cómo podemos encontrarlo?

El joven guardó silencio unos segundos, como si estuviese sopesando cuánto había de verdad en lo que le había dicho el brigada. No iba a poder librarse de la cárcel, pero sabía que si colaboraba la pena podría ser menor.

—No sé quién es —negó, tosiendo por fin—. Nunca he hablado con él y no lo he visto. Nos comunicábamos por Telegram y su nombre era H.

—H. Muy bien, ¿cómo llegó hasta él?

—Me pasaron el contacto.

Peralta elevó el tono.

—No me toque los cojones y no me haga perder el tiempo, Pau. Queremos datos, y los queremos ya. Podría haber más vidas en peligro, y además... —El brigada pareció darse cuenta de algo, y se interrumpió a sí mismo—. Por Dios, ¿ha ordenado alguna otra acción?

—¿Qué? No.

—¿No?

Pau resopló. Valentina supuso que la mente de Pau trabajaba a destajo, intentando decidir la conveniencia real de colaborar o de seguir mintiendo. Por fin, el joven tomó una decisión.

—Sí... H tenía que dejar un paquete con un preparado de sarín en casa de Aratz, en Bilbao. Después haría una llamada anónima a la policía para informar del material que había en el piso. Es todo, se lo juro, no había nada más. Yo solo le encargué lo de mi tío y lo de Daniel, ¡se lo juro! Me dijo que haría algo fuerte para desviar de mí la atención, me dio instrucciones de lo que tenía que hacer al llegar al Templo del Agua y me facilitó el antídoto por mensajería, pero yo no sabía lo que había en la caja ni que era tan fuerte, joder, ¡no lo sabía! Qué creen, ¿que no pasé miedo? ¿No ven que casi me muero?

Peralta negó con el gesto.

—¿De verdad pretende hacernos creer que pensaba que solo iban a morir sus dos objetivos mientras los demás sufrían solo una indigestión?

—¡No sé, no sé lo que pensaba!

Valentina lo miró con dureza.

—¿Ha actuado solo, Pau?

El muchacho respiró profundamente.

—No voy a decirles nada más. Quiero hablar con mi abogado.

Ella intentó convencerlo de que siguiese colaborando, pero no resultó posible. Pau Saiz, de pronto, se había cerrado en banda y no podían hacer mucho más.

El sargento Riveiro solicitó apoyo a la Comandancia y que dos guardias se quedasen con Saiz en el cuarto, y no porque realmente temiesen su fuga, sino más bien un posible suicidio. Valentina llamó al capitán

Caruso, que por fin respiró con cierto alivio cuando supo que parte de aquel crimen había sido aparentemente resuelto, mientras Peralta activaba a un equipo de Bilbao para que se personase en el piso de Aratz Saiz por si el sicario ya había hecho o iba a hacer acto de presencia para dejar la prueba incriminatoria. Aquel hombre era uno de los más peligrosos del país, ¿serían capaces, por fin, de atraparlo?

Cuando Valentina colgó a Caruso, vio que tenía una llamada entrante. El subteniente Sabadelle. La teniente lo escuchó con atención. Lo que había sucedido en Alceda era extraordinario y no daba crédito, ¿cómo podían haber tenido tanta suerte? ¡Tenían la imagen del sicario, por fin! Felicitó a Sabadelle por su gran trabajo.

—Teniente, hay más —dijo Sabadelle al otro lado de la línea, con un tono prudente impropio de él, que inquietó a Valentina.

—¿Qué pasa? Dispara.

—Ya hemos iniciado las gestiones para localizar las cámaras que pueda haber en la carretera desde Alceda hacia el sur como vía de escape del sicario, ahora que tenemos más definidos los horarios, y también hemos pasado a la central la imagen de la videocámara para el tema del reconocimiento facial biométrico... Ya sabe, el ABIS.

—Sí, ya sé... ¿Y?

—Pues... De lo del sicario, ¿se encargan los de la UCO o ya estamos todos en el ajo? Lo digo por si es mejor hablar este tema directamente con Peralta... Lo que usted diga, mi teniente.

Valentina estaba cada vez más inquieta. ¿Por qué,

de pronto, Sabadelle le hablaba con tanta mesura y precaución? Por un segundo, hubiese preferido al impertinente de siempre.

—Todos llevamos lo del puñetero sicario, pensé que ya estaba claro a estas alturas.

—Vale. Pues entonces, sobre el reconocimiento facial... Bueno, el sistema ya sabe que hay que perfeccionarlo y que tiene muchos fallos, que no es seguro...

—Joder, ¿quieres que me dé un infarto? Ve al grano, por favor.

—Pues... Le estamos pasando ya a todo el equipo la foto por WhatsApp, y hay una coincidencia posible, porque la INTERPOL tiene identificado un individuo que podría ser el de Alceda: Samuel Vargas Moreno, colombiano, disidente de las FARC.

—El Estudiante —respondió ella, haciendo que Riveiro y Peralta se girasen para escuchar la conversación. Ella le hizo un gesto a Riveiro para que mirase su teléfono móvil.

—Sospechaban que podía ser él —continuó Sabadelle— y parece que el perfil apunta a que no se equivocan.

Valentina tomó aire mientras Riveiro abría ya la foto y se la mostraba a ella y a Peralta. Al principio, al ver la imagen de Samuel, no sintió nada. Una cara, un rostro sin más. Un delincuente. ¿Era él de quien tenía que vengarse? No parecía tan peligroso. Peralta y Riveiro no encontraban conexiones, pero en la mente de Valentina algo comenzaba a burbujear. ¿Qué era? ¿Dónde había visto a aquel hombre? Un escalofrío recorrió su columna vertebral y su estómago, todo a la vez. De pronto, lo visualizó en el jardín. Aquel jardín tan bonito y encantador por el que ella pasaba todas las mañanas. Sí, le había dado los buenos días y le había sonreído, incluso.

—No puede ser.

—No puede ser qué, ¿teniente? —preguntó Sabadelle al otro lado de la línea, extrañado.

La sorpresa fue mayúscula cuando Valentina, desesperada, gritó que todos debían ir a Suances porque el Estudiante estaba en su casa. Sin entender todavía qué pasaba, Peralta y Riveiro la siguieron sin dejar de correr mientras ella, llorando, solo podía pensar en cómo llegar lo más rápido posible a Villa Marina.

15

—¡Has derramado sangre! [...]
—Bien, ¿y qué? Todo el mundo la derrama —prosiguió con creciente vehemencia—. Siempre corrió abundantemente por la tierra; las personas que la derraman como el champán suben inmediatamente al Capitolio y las proclaman bienhechoras de la humanidad.

Fiódor Dostoyevski,
Crimen y castigo, 1866

Vivimos en un estado constante de embriaguez, como si nuestro intelecto estuviese acostumbrado a latir dentro de un mundo inexacto y lleno de niebla. Un día, de pronto, nos azota una revelación. Descubrimos quién nos ha manipulado desde siempre, o dónde reside el fuego de nuestro rencor más soterrado; un simple soplo de brisa puede sacarnos de nuestro constante estado de hibernación para que la perspectiva de las cosas se agite, cambie y lo desbarate todo. Ahora que Valentina pisaba sin vacilar y a fondo el acelerador, sentía que todas las verdades del mundo se le habían desparramado por dentro. Oliver. Con su gesto amable, su inevitable impericia deportiva e impertinente humor inglés; él era quien le había devuelto la confianza en la posibilidad de entender la vida desde un lado menos oscuro. A aquellas horas era posible que ya estuviese muerto. ¿Y Michael, el fantástico Michael, con sus chismes y bromas alegres y su incombustible camaradería? Valentina veía ahora, con absoluta nitidez, que su vida entera estaba en Villa Marina. Miró medio segundo de reojo a Peralta, que —sudando— iba en el asiento del copiloto, a su lado. En la mano llevaba el teléfono móvil. Valentina estaba muy nerviosa y no se preocupaba en absoluto por disimularlo.

—¿Cogen en ese cuartel o no cogen, joder? —le preguntó casi gritando al brigada, alterada y saltándose todas las señales de tráfico.

—¡Teniente! Soy el primero en hacerme cargo de la situación —le dijo, alzando la voz y con tono firme—, pero procure no matarnos por el camino, ¿de acuerdo?

Ella resopló, enfadada; sacó su propio teléfono móvil del bolsillo, sin dejar de mirar la carretera ni de conducir a una velocidad exagerada.

—Por favor, vuelva a llamar a Oliver y a Michael, aquí están sus números.

Peralta entornó los ojos.

—Lo más probable es que no estén en la casa, ¿no le dijo la tal Matilda que cuando se había ido ya no los había visto, que no había nadie?

—¡Y yo qué sé! Michael pudo ir a dar una vuelta, pero Oliver ya tendría que haber llegado a casa de la universidad.

—¿Y no tiene el teléfono de un vecino o algo por el estilo?

—¡No tengo ninguno aquí! —se exasperó ella—.

¡Vuelva a llamar al cuartel, vamos! —suplicó mientras tomaba una curva muy cerrada a toda velocidad, provocando que casi se le cayese el teléfono al brigada. De pronto, fue aquel mismo aparato el que comenzó a sonar.

—¡Llaman del cuartel de Suances! —exclamó él, aliviado, pues todavía estaban a la altura de Santa Cruz de Bezana, camino de Villa Marina. Habían estado telefoneando y habían intentado contactar con el cuartel también por radio, sin resultado. De hecho, desde que habían salido corriendo del hospital no habían hecho más que telefonear a todas partes, y la única persona que había cogido a la primera había sido Matilda, la empleada de Villa Marina, que tras hacer sus tareas en el hotel se había marchado. Le había extrañado que Michael se hubiera ido sin despedirse, pero quién era ella para meterse en la vida de nadie... Peralta respondió. Era una llamada desviada desde un móvil, y quien se ponía en contacto con ellos era el cabo Antonio Maza, antiguo conocido de Valentina. Un joven compañero, pelirrojo y vivaracho, que había colaborado con ella en los casos que habían tenido incidencia en la zona. Para desesperación de la teniente, sin embargo, informó a Peralta de que estaban asistiendo un accidente de tráfico múltiple, a la altura de Masera de Castío, en Hinojedo, y que el tráfico se había ralentizado mucho por aquella causa, formando incluso una caravana. Por tal motivo todos los efectivos se habían desplazado hasta allí, porque había víctimas mortales y el caos que se había formado era al parecer monumental. Cuando el brigada le explicó al cabo Maza la situación con el Estudiante, este le dijo que iría él mismo lo antes posible a Villa Marina, pero que la congestión allí era lo bastante grave como para no poder salir de inmediato.

—Mierda —murmuró Valentina, que lo había escuchado todo—, ¿y por qué coño no cogían el teléfono?

—Teniente —replicó el brigada, armándose de paciencia y pidiéndole de nuevo que rebajase la velocidad—, nos han devuelto la llamada en menos de un minuto, y ya tenemos activa la V-1 —dijo, aludiendo a la luz azul sobre el coche y a la señal acústica que habían añadido, como si se lo estuviese explicando a una niña pequeña—, pasaremos por esa caravana sin problemas, ¿de acuerdo?

—Dios, ¡es que viene todo junto, todo! ¡Y un accidente en esa carretera, si ahí nunca pasa nada!

—Tranquilícese, Valentina —insistió Peralta, que tras su fachada musculosa y sólida parecía tener hueco para la empatía y la paciencia, al menos con Valentina—. ¿Hay algún otro camino, por si acaso?

Ella volvió a resoplar, como si lo estuviese pensando.

—Daríamos demasiada vuelta.

Él asintió con el gesto acelerado mientras marcaba desde el teléfono de ella, de nuevo, el número de Oliver. Para su sorpresa, por fin, alguien contestó al otro lado.

—Hola, amor —le respondió una voz masculina, con tono alegre—. ¿Qué tal?

—Yo... No soy Valentina, sino el brigada Peralta, un compañero.

Ella dio un salto en el asiento.

—¡Ponga el manos libres, el manos libres!

Peralta lo hizo y, al otro lado del teléfono, Oliver ya estaba serio y en alerta.

—Oiga, ¿Peralta, me ha dicho? ¿Qué le ha pasado a Valentina?

—Nada, nada —respondió ella, a quien la vida,

por el solo hecho de que él hubiese atendido la llamada, parecía haberle insuflado aire por dentro; en realidad, contenía las lágrimas a duras penas—. ¡Estoy bien, de camino a casa! ¿Dónde estás?

—Pues... A punto de salir de una caravana. Hubo un accidente y he tenido que esperar bastante, pero ya estoy casi a punto de...

—¡Perfecto! —exclamó ella, aliviada—. ¿Y Michael?

—No lo sé. De hecho, me quedé sin batería llamándolo, porque habíamos acordado comer en el puerto, y con lo de este accidente iba a retrasarme... Ahora solo he podido activar el teléfono gracias al cargador del coche. Pero a ver, ¿por qué? —preguntó, alarmado—. Te noto... ¿Qué te pasa? ¿Esas sirenas a toda pastilla son vuestras? —se inquietó, porque escuchaba perfectamente todo el ruido de fondo de la llamada—. Dime la verdad —insistió, ya abiertamente preocupado—, ¿qué pasa?

—Ay, Oliver... ¡Es el Estudiante!

—¿Cómo que el Estudiante? ¿Qué ha pasado? Joder, *baby*, ¿estás bien?

—Yo sí, pero él está en Villa Marina.

—No... No entiendo... ¿En el hotel, quieres decir?

—Sí, hospedado en el hotel.

—*What the hell?* ¿El Estudiante en Villa Marina? ¿Y cómo demonios ha pasado eso?

—Hemos conseguido una imagen y lo he reconocido... El otro día me crucé en el jardín con él, por la mañana. Creo que es el surfista con el que tanto te daba Michael la paliza...

—¿Y por qué iba a estar en nuestro hotel? ¡Es una locura!

Oliver no daba crédito. Aquella idea le resultaba

inconcebible, y de pronto tuvo la sensación de estar dentro de una película de sobremesa; una de aquellas historias en las que el malo parecía estar en todas partes y en que era tan retorcido que hasta resultaba ridículo.

—Escúchame, Oliver —le dijo Valentina, que para alivio de Peralta había reducido un poco el ritmo de conducción, aunque seguía saltándose de forma irregular límites de velocidad y señales de *stop*—. Esto que te voy a decir es muy importante, ¿de acuerdo? —remarcó, elevando todavía más el tono para hacerse oír sobre el ruido de fondo del propio motor del coche y de las sirenas—. No te acerques a Villa Marina bajo ningún concepto, espera a que yo misma te llame cuando haya terminado todo. Ahora mismo estamos de camino Peralta y yo y nos siguen dos patrullas.

Ante aquella afirmación, Peralta miró hacia atrás para comprobar si en efecto las patrullas estaban siendo capaces de seguir el ritmo frenético de conducción de la teniente; y sí, allí estaban, saltándose todos los protocolos y haciendo un ruido de mil demonios con sus sirenas. En uno de los vehículos pudo distinguir al sargento Riveiro al volante —junto al cabo Camargo, de copiloto—, que por una vez no estaba pegado a su famosa libreta y a su gesto reposado y tranquilo, sino prestando toda su atención a la carretera. Tras él, Marta Torres, Zubizarreta y el sargento Marcos de la UCO, que conducía de forma casi tan demente como la de Valentina.

Oliver, durante solo tres segundos, guardó silencio al otro lado del teléfono.

—¿Pero nos ha amenazado a nosotros, ha pasado algo que deba saber?

—¡Joder, Oliver! —gritó ella, desesperada—. ¿Te

parece poco que esté ahí? Es un asesino profesional, ¿me escuchas? No es solo un francotirador, un simple mercenario, ¿vale? ¡Es muy peligroso!

Él terminó por ceder, aunque resultó evidente que de muy mala gana. Si era tan peligroso, ¿por qué iba a permitir que fuese Valentina? De hecho, le sorprendía que el capitán Caruso hubiese dejado que ella se inmiscuyese tan directamente en la persecución de aquel sicario: tanta delicadeza al principio en aquel caso para ahora permitir que una víctima tan especialmente vinculada con el sospechoso pudiese perseguirlo. Desde luego, no parecía lo más adecuado, aunque sin duda los acontecimientos habrían sucedido de una forma tan atropellada que no habría habido tiempo para decidir aplicando la mesura ni el sentido común. Ay, Valentina. Era cierto que ella formaba parte de la Policía Judicial, y que se encontraba debidamente armada, pero él no podía quedarse quieto y apartado del asunto. ¿Acaso no era Villa Marina su negocio, su empresa? ¿Y no se alzaba allí mismo su cabaña, su casa? Además, estaba Michael. Era muy raro que no le hubiese cogido el teléfono, porque sí daba señal y tono de llamada.

Lo cierto era que Oliver, por lo general, era un hombre de fiar. Cumplía siempre su palabra, y como buen inglés con ancestros escoceses valoraba mucho los juramentos y las cuestiones de honor, pero en aquella ocasión no iba a cumplir su promesa. No podía quedarse sentado en su coche, agazapado y escondido en algún lugar hasta que pasase la tormenta. Aquel Estudiante, aunque no lo hubiese pretendido, había matado en un tiroteo al bebé que él y Valentina habían concebido, y había faltado muy poco para que también se la llevase a ella, que se había resquebrajado por dentro. De modo que Oliver Gordon tomó una decisión. Rebasó por fin aquella soporífera caravana camino de Suances y comenzó a marcar números de teléfono. Después apretó mirada y corazón y se dirigió sin perder un segundo hacia Villa Marina.

Las curvas de la carretera eran chirridos, y la velocidad era solo una forma de apaciguar la furia de la teniente, que ahora más que nunca deseaba matar a aquel horrible mercenario. Villa Marina podía ser un buen escondrijo, sin duda, pero ¿por qué el Estudiante se había arriesgado? Ignoraba qué clase de enfermo podía ser aquel tipo. Por fin sabía su nombre: Samuel Vargas. Deseaba la confrontación, mirarlo a los ojos y lanzarse sobre él, mostrarle que no le tenía miedo. Tal vez aquel sentimiento no la convirtiese en un ejemplo de serenidad, madurez ni sentido común, pero la sola idea de perder la pista de nuevo al sicario la llenaba de una rabia estridente y casi tangible. Su teléfono y el de Peralta, mientras volaban por la carretera, eran hervideros de llamadas. Habían tenido que reducir muy considerablemente el ritmo al aproximarse a la caravana, pero gracias a las luces azules y a las sirenas del vehículo habían podido continuar sin detenerse ni un segundo. Peralta acababa de colgar ahora al capitán Caruso, que estaba —como de costumbre— al borde del infarto y cuestionando aquella salida de sus agentes en masa hacia Villa Marina sin haber preparado ningún plan de ataque con calma. Peralta le había dicho que, sencillamente, no había tiempo, y sin más explicaciones había colgado. Después intentó tranquilizar a Valentina, arguyendo que a lo mejor el Estudiante se había refugiado en Villa

Marina no por una inquina personal, sino porque sabía que aquel sería el último lugar donde lo buscaría nadie, especialmente cuando la policía de medio país rastreaba carreteras principales y aeropuertos intentando localizarlo. Era lógico que hubiese buscado un refugio hasta que se enfriasen las cosas.

—¿Qué habría hecho usted si supiese que la busca todo el mundo, teniente? Esconderse y quedarse quieta, ¿verdad?

—Yo no habría matado a nadie, ¡para empezar!

Peralta no replicó ante aquella obviedad porque lo llamaban de nuevo a su teléfono; ya estaban mucho más cerca de Suances, y una patrulla desde Comillas también estaba a punto de llegar a Villa Marina, ya que por otra carretera —aunque había más distancia— se había ahorrado la caravana del accidente; sin embargo, quien telefoneaba ahora era el cabo Maza, que también estaba de camino, pues al parecer lo había contactado el equipo de Protección Civil de Suances.

—Ay, por Dios —se lamentó Valentina, nerviosa—, ¿y ahora qué coño pasa?

El brigada descolgó sin poner el manos libres y guardó un inquietante silencio mientras el cabo hablaba. Cuando colgó, al ver que no decía nada, Valentina no pudo contenerse.

—¡Si no me dice inmediatamente qué demonios pasa lo estrangulo aquí mismo, se lo juro!

La cara del brigada era un poema. Desde luego, desde que había conocido a aquella mujer no había parado de vivir situaciones fuera de lo común.

—Teniente —comenzó, tras un carraspeo y agarrándose a donde pudo en una curva cerrada—, posiblemente no sea nada, pero me comunica el cabo que Protección Civil está entrando en Villa Marina.

—Pero... ¿Protección Civil? —se preguntó ella, con una mueca de extrañeza—. ¡Si esos son voluntarios! ¿Qué pintan en...?

—Había algo de humo en la casa —atajó Peralta, circunspecto—. Los bomberos tardarán un poco desde Torrelavega porque la caravana no ayuda.

—¡Qué coño! ¿Pero está ardiendo Villa Marina? ¡Había huéspedes ahí! Dios mío... ¡Ay, Michael! ¿Sigue sin cogerle el teléfono?

Peralta iba a negar con un simple gesto, pero mientras terminaban de bajar desde la parte de arriba del pueblo y llegaban ya a la zona de playa de Suances, pudieron ver por unos segundos, desde el coche, cómo un humo denso comenzaba a subir al cielo desde Villa Marina, donde las llamas comenzaban a morder cualquier esperanza.

He sido torpe, y no tengo excusa. Ahora no queda más remedio que eliminarlo todo. Mis huellas están por todas partes. Me he confiado, creo que por puro cansancio. Si yo ya sabía que el cacorro de Michael Blake me tenía entre ceja y ceja, no sé para qué he seguido con el juego. Aunque nadie lo mandaba meter el hocico donde no debía. Y mira que no me caía mal, el tipo. Y el otro tampoco, el novio de la teniencita. Ella también es talentosa, pero vulnerable. Ahí falla. Aprecia a demasiadas personas a su alrededor, y así no se puede sobrevivir en la selva. Yo sigo siendo como el Rodión de *Crimen y castigo*, y no entiendo por qué en una guerra se le ofrece gloria a un soldado por arrojar una bomba contra una ciudad, y en cambio le dan castigo capital a un cualquiera por liquidar a unos pocos escogidos: malparidos, traficantes y defraudadores. ¿No es eso lo que hice en el Templo del Agua, gasear a unos cuantos hijueputas? Todo el mundo cree que es el bueno del cuento, ¿no es cierto? Pero ya no hay tiempo para los inocentes, porque de la maldad de este mundo también tienen culpa los que solo luchan para sí mismos. Algunos desgraciados creen que la injusticia solo puede desplomarse y caerle sobre la crisma a hombres simples e inferiores, pero se equivocan.

Lo siento por este lugar, porque es como un decorado, y vivir aquí es como estar dentro de una de esas novelas de la tele. Me he gozado la estancia, es verdad. Esta gente, no sé, es como si pensase que solo existe este mundo que se han inventado y no el otro, el de los demás.

No quiero hacer esto, pero ahora ya no queda remedio. Me va a llevar un buen rato si quiero asegurarme de que prende todo como debe. Villa Marina es más grande de lo que aparenta. Esta vida es una pichurria, pero al final siempre nos sale sobrevivir. Y a veces hasta el agua hay que quemarla con el fuego.

Cuando Valentina y Peralta llegaron a Villa Marina, el fuego ya se alzaba sobre el tejado como si estuviese hambriento, a punto de devorarlo. La teniente frenó de golpe, y el vehículo derrapó hasta que finalmente se detuvo tras dibujar una semicircunferencia casi completa en el suelo. Saltó directamente del vehículo y observó en un rápido vistazo que el coche de Oliver estaba aparcado cerca de la cabaña. Lo buscó con la mirada y pudo verlo cerca de la casa, con el teléfono móvil en la mano y gritándole algo a uno de los voluntarios de Protección Civil mientras el cabo Maza lo escuchaba atentamente y señalaba hacia el interior del pequeño hotel. Uno de los compañeros de Protección Civil se llevaba a la pequeña Duna, pero no pudo ver a la gata Agatha por ninguna parte; mientras, un tercer asistente de la brigada disparaba lo mejor que podía la manguera del jardín sobre las llamas.

A medida que Valentina bajaba corriendo y con su arma ya en la mano, vio algo que provocó chispas en su pulso: el coche del surfista todavía estaba allí, en el aparcamiento. Supo que era el suyo por la tabla de surf. De pronto, lo vio surgir de la nada, como si fuera una sombra. Allí estaba, por fin: el famoso y escurridizo Samuel Vargas. No muy alto, rasgos suaves y cabello negro y liso. En sus ojos apenas había brillo, pues eran oscuros como el fondo de un pozo. Cruzaron sus miradas tan solo medio segundo, y en ese breve lapso fue como si se clavase una lanza de hielo sobre una piedra ardiendo: dos mundos ajenos que colisionaban como lo hacen los animales salvajes cuando protegen su territorio. Pero el instante voló mientras el sicario seguía corriendo y Valentina se quedaba mirándolo, paralizada. En apenas tres movimientos, el Estudiante estaba dentro de su propio vehículo, arrancándolo y saliendo a toda velocidad. Peralta y Valentina cruzaron un gesto veloz de estupor y, después, de resolución. Entre ambos había nacido una compenetración mestiza, profesional y personal, de respeto mutuo. Ella hizo ademán de dirigirse al coche, pero él la frenó con el gesto y señaló hacia la casa en llamas. Era posible que su amigo Michael estuviese allí dentro. Oliver debía de ser, sin duda, el hombre que gesticulaba con un guardia y un voluntario de Protección Civil. Iban a necesitar su ayuda.

Peralta no dio opción a la teniente, y fue él quien ahora saltó sobre el asiento del conductor y salió a toda velocidad a por el Estudiante, seguido por la patrulla conducida por el sargento Marcos y por otra que había llegado desde Comillas: acababa de aparcar y el guardia que conducía parecía no entender nada de lo que estaba sucediendo, pero salió igualmente tras Peralta en la persecución. Solo se quedó en la finca el vehículo que conducía Riveiro, que sopesaba la situación: parecía que el Estudiante había huido, pero no sabían si tenía cómplices ni en qué circunstancias había dejado Villa Marina. ¿Era posible que hubiese gas sarín en alguna parte? Toda presencia policial era poca, y Riveiro había comprobado al frenar su vehículo que el único compañero en la finca era el cabo Maza. También él dudó sobre si salir o no a por el Estudiante, pero, como habría supuesto cualquiera que lo conociese, en su caso pesó más el sentido común y la prudencia. Se acercó a Valentina.

—Al final la medalla se la van a llevar los de la UCO.

—Pues no lo sé, pero espero que actúen ellos, porque Torres y Zubizarreta no tienen mucha experiencia de campo —se lamentó ella, mirando el coche de Riveiro y casi dudando sobre si salir disparada también hacia el vehículo para participar en la persecución. El sargento intentó razonar.

—Caruso ha mandado más unidades, vienen hasta helicópteros. Lo vamos a atrapar, tranquila. Ahora tenemos aquí otros problemas —observó, haciendo una mueca ante la triste estampa que ofrecían las llamas. Las nubes habían terminado por cubrir el cielo y, aunque era pleno día, un gris plomizo contrastaba con la viveza del fuego, que se dibujaba sobre las sombras. Valentina tomó aire. Su prioridad ya no era de pronto la venganza, ni apaciguar su orgullo ni su rabia, sino salvar a su familia. Bajó corriendo hasta donde se encontraba Oliver, que mostraba un semblante desencajado.

—¡No encuentro a Michael! —gritó desesperado tan pronto como ella llegó a su altura. Al tiempo, la miró de arriba abajo, como si estuviese comprobando que Valentina estaba entera.

—¿Has mirado en la cabaña?

—Sí —afirmó, con expresión consternada—, tiene que estar dentro —añadió, haciendo ademán ya de coger una chaqueta para ponérsela por encima y entrar en la casa.

—No entre ahí, señor Gordon —le advirtió uno de los voluntarios de Protección Civil, que miraba Villa Marina con espanto y alzando un brazo para protegerse del calor que emanaba de la vivienda.

—Ya están ahí los bomberos —advirtió el cabo Maza, que fue corriendo hacia la entrada de la finca para recibirlos y explicarles la situación; aún no podía verse su camión, pero se escuchaban cada vez más fuertes sus sirenas.

Valentina tomó del brazo a Oliver y le pidió calma. Era posible que Michael hubiese ido a dar un paseo, que su teléfono móvil se hubiese quedado sin batería... Pero, incluso a ella, al exponer aquella teoría, le pareció que era absurda. Ambos se miraron con desesperación: sí, los dos tenían la misma y oscura intuición de que su querido amigo estaba allí dentro, y sabían que tenían que tomar una decisión. En aquel instante entró el camión de bomberos en la finca, y Oliver se mostró firme.

—Tengo que entrar con ellos. Yo conozco la casa, tiene que estar en su habitación, joder, ¡tiene que estar ahí!

—O en la del Estudiante —observó ella, angustiada y mirando hacia las llamas, porque la parte superior de Villa Marina parecía estar siendo devorada por el fuego, mientras que en la parte inferior de la vivienda, curiosamente, el incendio todavía no parecía tan agresivo; y era allí donde estaba el cuarto de Michael.

Oliver negó con el gesto.

—Podría estar en cualquier parte, joder, ¡en cualquier parte! —gritó, desesperado.

—¿Y los huéspedes? —recordó Valentina, que con la desaparición de su amigo se había olvidado momentáneamente de ellos; miró instintivamente a la zona de aparcamiento y vio un vehículo que no conocía. Oliver la siguió con la mirada.

—No están, los he llamado a todos. Los de ese coche fueron a caminar por la playa y a comer al puerto, no hay peligro... Joder, ¡tendría que haber entrado ya!

Riveiro, que conocía a Oliver desde hacía ya varios años, lo frenó poniéndole una mano en el pecho, porque había visto su ademán de dirigirse ya hacia la casa. Intentó calmarlo y le rogó prudencia.

—No sabemos si el sicario nos ha dejado alguna sorpresa dentro, Oliver.

—Pero ¿qué iba a dejar? ¡Ni que fuera MacGyver! —replicó, enfadado y haciendo alusión a un personaje de televisión que siempre ideaba aparatos con temporizadores e ingeniosas ocurrencias.

—Cualquier cosa —replicó el sargento, muy serio e intentando imprimir a sus palabras fuerza y credibilidad, porque la actitud de Oliver era abiertamente defensiva—; el Estudiante es un profesional, y puede haber dejado en el interior elementos inflamables o explosivos programados, por no hablar del gas sarín.

—¿Qué? ¿Sarín?

Oliver abrió mucho los ojos y comenzó a reírse, como si estuviese al borde de un ataque de nervios. Se llevó las manos a la cabeza y se dirigió a Valentina.

—¡Así que el famoso gas era eso! Joder, ¡sarín! Qué bien, ¿no? ¡Solo nos falta un ataque nuclear!

—Oliver.

Valentina apoyó las manos sobre sus hombros y lo miró de frente, tratando de calmarlo. Él, sin decir nada, asimilaba la información e intentaba recomponerse. Riveiro consideró que era momento de actuar.

—Valentina, no podemos entrar ahí dentro —dijo, señalando el pequeño hotel en llamas—, y es mejor que nos alejemos lo máximo posible por si hay alguna explosión. Camargo y yo —añadió, cruzando una mirada con el cabo— vamos a acordonar la zona y a registrar cada palmo de finca y vuestra cabaña, ¿de acuerdo? Maza controlará la entrada y seguirá coordinando información por radio.

Valentina asintió, aunque de pronto fue consciente de que su presencia allí era inútil, pues se había quedado, al parecer, para no hacer nada. Sin embargo, mientras los bomberos ya bajaban de su enorme camión, llegaron el subteniente Sabadelle y el cabo Freire, haciendo una entrada ruidosa y similar a la que solo unos minutos antes había hecho Valentina. Con una agilidad sorprendente y nunca vista en Sabadelle, salió del vehículo y fue corriendo hasta donde se encontraba la teniente. Cuando ella, agobiada, ya iba a alzar la mano para decirle que no era el momento para cualquiera de sus ocurrencias, se encontró con una intervención completamente inesperada.

—¡Teniente, el sicario! ¡Lo están persiguiendo!

Ella mostró con una mueca angustiada que ya lo

sabía, pero que ahora su atención la requería un asunto muy distinto. Señaló con la mano el gran caserón en llamas.

—Creemos que un amigo nuestro podría estar dentro —replicó, haciendo ya ademán de dirigirse a un bombero que se acercaba junto al cabo Maza, y que estaba a solo dos pasos.

—¡Pero nos acaban de avisar por radio, ha habido un tiroteo y ha caído al menos uno de los nuestros! Somos los que estamos más cerca, ¿vamos? —preguntó, con expresión agitada y nerviosa, ya dispuesto a salir de nuevo corriendo a donde fuera.

Valentina se quedó quieta un instante y, sintiendo el calor sucio y afilado que salía de Villa Marina, miró a Oliver. Él, muy serio, ya había tomado una determinación.

—Ya están aquí los bomberos, yo me encargo. Ve a donde seas útil.

No había tiempo, y debía escoger. La vida estaba llena de historias que eran tragedias por una mala decisión. Oliver había sido más rápido y más listo: la conocía tan bien que sabía que Valentina nunca se perdonaría el no haber ayudado a sus compañeros. Y lo cierto era que, en apariencia, ella poco podía hacer contemplando el incendio, más que acompañar a Oliver, que la ayudó de nuevo a decidir: la besó muy rápido y la apretó contra su cuerpo en un abrazo veloz, despidiéndose con una mirada mientras se dirigía él mismo al bombero. Ella asintió con gesto firme y salió corriendo tras Sabadelle para ayudar con la persecución al Estudiante. ¿Quién habría *caído*? No quiso preguntar, y tampoco saber si era una baja definitiva o se trataba solo de un herido. Se vio a sí misma entrando como un rayo en el coche del subteniente mientras el cabo Freire, con expresión de apuro, intentaba hablar con alguien por radio.

—Joder, ahora ya no contestan, ¡no contestan!

Ella supo que se refería a las unidades que habían salido tras el sicario. Arrancaron a toda velocidad el vehículo y salieron casi derrapando de Villa Marina. El fugitivo había tomado el cruce de la calle Acacio Gutiérrez con la calle Madrid, que iba por la costa hacia Comillas; a los pocos metros del cruce había habido una colisión tremenda de su vehículo con uno de los coches patrulla que lo perseguían y, tras el encontronazo, un tiroteo del que al parecer había logrado huir. Valentina tomó aire y se preparó para lo peor. Aquel cruce estaba ya a solo unos metros, y, con su Sig Sauer P229 de 9 mm en la mano, se dispuso a actuar, fuera lo que fuera lo que encontrasen tras la última curva.

Justo en aquel instante Oliver acababa de terminar de hablar con el bombero jefe sobre las posibilidades y los riesgos de acceder al inmueble, y su propuesta de entrar él mismo con el equipo al interior de Villa Marina fue denegada desde el primer instante. El tejado de la vivienda daba la sensación de estar a punto de desplomarse, y cualquier acción en el interior de la casa parecía un suicidio. Oliver había argumentado que, tras heredar la vivienda y reformarla para convertirla en hotel, había puesto una placa de hormigón que separaba el primer piso del segundo, aunque la había recubierto después de madera para mantener el ambiente antiguo original. ¡La estructura tenía que resistir!

—Solo yo conozco el interior, déjenme entrar. Mi amigo Michael está ahí dentro, lo sé. ¡Se lo juro, conozco la casa como la palma de mi mano!

—Ahora está todo lleno de humo en el interior, señor Gordon. Es muy peligroso. Le aseguro que haremos todo lo posible por rescatar a su amigo, si es que está realmente ahí dentro. Confíe en nosotros.

Oliver se mordió el labio inferior y se llevó la mano derecha al cabello, como si quisiese peinárselo, al tiempo que mostraba un gesto afirmativo y de aceptación al bombero, que caminó hacia sus compañeros para seguir dándoles instrucciones. Al instante, y corriendo, Oliver fue hasta donde se encontraba el voluntario de Protección Civil que manejaba la manguera del jardín y que en aquellos instantes solo dirigía hacia donde el equipo de bomberos le había indicado. Se la arrebató de las manos.

—Oiga, pero ¿qué hace?

—Es un segundo, perdone. ¡Es que me estoy asando! —se excusó Oliver ante el voluntario al tiempo que se mojaba por completo el cuerpo y la cabeza con el agua de la manguera y, después, hacía lo propio con su chaqueta—. ¡Ahora se la devuelvo, de verdad! —se justificó mientras llevaba a cabo la operación y el voluntario lo miraba intentando comprender. No necesitó mucho tiempo para hacerlo, y hasta el propio jefe de bomberos, en la distancia, pudo ver sus intenciones. Salió corriendo en su dirección, pero Oliver fue más rápido. Sin perder un segundo, entró por la puerta principal del gran caserón que hasta entonces había sido un hogar y que, ahora, se había convertido en una enorme llamarada.

Sabía que debía caminar lo más agachado posible, porque el humo tendía a subir, y se dirigió directamente hacia el cuarto de Michael. Apenas se veía nada por culpa del humo, y su chaqueta empapada se la había llevado a la boca para evitar respirar el aire. Había compartido las suficientes cenas y cafés con Clara Múgica —cuando él y Valentina quedaban con ella y su marido— como para saber que la mayoría de las personas que fallecían en los incendios lo hacían más por inhalación de tóxicos que por las quemaduras del fuego.

—¡Michael! ¡Michael! —gritó muchas veces, hasta que sintió que era inútil. Era como si su voz fuese engullida por el humo y por el ruido de las llamas al comerse la madera. ¿Y a qué olía? Parecía gasolina. Oliver no tenía ni idea de qué podía explotar en aquellas circunstancias, pero deseó que, fuera lo que fuera, se esperase a que él hubiese salido de aquel horno. Al menos —pensó— en la cocina no había hornillos de propano, sino una sencilla cocina eléctrica, tostadoras y microondas, que resultaban más que suficientes para preparar los desayunos del hotel. Abrió por fin la puerta de la habitación de Michael, y fue como si el cuarto lo absorbiese y quisiera respirar el aire del pasillo. Allí no había fuego todavía, pero el olor a gasolina era muy fuerte y el humo se acumulaba como una nube en el techo de la habitación.

Oliver gritó de nuevo el nombre de Michael, y prácticamente fue arrastrándose hasta el baño, donde comprobó que tampoco había nadie. Abrió el grifo del lavabo, y para su sorpresa comprobó que el agua seguía saliendo; muy rápido, mojó una toalla y se envolvió con ella la cabeza. Después se acercó al armario y, casi a tientas, encontró una camisa, que empapó y se puso sobre el rostro haciendo un nudo con las mangas a la altura de la nuca, de modo que solo quedaban sus ojos al aire y llevaba la prenda sobre el rostro como si fuese un pañuelo de bandolero. Empezó a escuchar voces de dos personas llamándolo. Le pareció que al menos una de ellas podía estar dentro de la casa. ¿Qué estaba haciendo? Quizás Michael no estuviese allí, y ahora él estaba arriesgando su vida y la de algún bombero por culpa de un impulso irresponsable e infantil. Pero ya no era el fuego el que dirigía sus pasos, sino una fuerza irrefrenable que él mismo llevaba dentro: no había opción, tenía que hacerlo. Tomó aire en el baño, que todavía no tenía el oxígeno tan viciado, y salió corriendo lo más agachado que pudo. Calculó sus pasos hasta llegar a una zona del pasillo donde sabía que había un extintor. «Benditas normas de prevención de incendios en establecimientos turísticos», pensó mientras prácticamente lo arrancaba de su soporte. Siguió corriendo, abrumado por el enorme calor y la primera y gran lengua de fuego que vio dentro de Villa Marina. Por un instante, fue capaz de vislumbrar a un bombero, inconfundible con su uniforme cosido con líneas fosforitas, y supo que él también lo había visto.

—¡Señor Gordon, vuelva! —creyó escuchar, aunque el bombero llevaba una máscara y le resultaba difícil distinguir con claridad entre el ruido y sus propios pensamientos. Oliver siguió corriendo y atravesó el salón, en el que escudriñó como pudo y entre el humo si veía alguna sombra desplomada en alguna parte. Sin embargo, lo cierto era que no esperaba encontrar nada, porque en su cabeza retumbaba la idea que había sugerido Valentina. El cuarto del Estudiante. Oliver alzó la mirada y vio las hermosas escaleras de madera de Villa Marina, que, aunque aún no alimentaban las llamas, ya comenzaban a humear. Tenía que decidir de inmediato si subía o no al piso superior. Fueron sus piernas las que resolvieron por él. Se lanzó escaleras arriba, y allí encontró un infierno indescriptible, una llamarada que le impedía seguir caminando, porque el fuego era más fuerte que su piel. Contuvo la respiración. Tenía que evitar que aquel aire envenenado entrase en sus pulmones. Accionó el extintor y lo usó en su carrera para abrirse paso, llenando todo su camino de espuma blanca. La habitación del Estudiante era la última del pasillo, y cuando quiso abrir la puerta comprobó que estaba cerrada y que, además, su pomo ardía. Dio unos pasos atrás y se lanzó contra la puerta para derribarla, pero la estructura no se movió ni un milímetro.

Oliver no se daba cuenta, pero lloraba; y no solo por causa del horrible picor en sus ojos, sino por pura desesperación. De pronto, dos enormes figuras aparecieron a su espalda, y estuvo seguro de que, desde aquel momento, y si sobrevivía, en su mente los bomberos serían para siempre superhombres grandes y prácticamente extraterrestres. Uno de ellos había visto al instante la intención de Oliver, y tras intentar abrir la puerta sin éxito, también tomó carrerilla para tirarla abajo. No funcionó. El otro bombero sacó de su cinturón una especie de palanca, y con ella forzó en apenas dos movimientos la cerradura. Al abrir el acceso de golpe, el cuarto pareció tener vida propia y, al revés de lo que había sucedido en el piso inferior, en vez de absorber el aire pareció que lo escupiese hacia el pasillo, con el fuego ya desdibujando la forma del techo.

—¡Ahí está, ahí está! —exclamó Oliver, emocionado. Michael yacía, boca abajo, al lado de la cama. Se lanzó hacia su amigo, al que apenas podía ver con detalle por culpa del humo; no le pareció que tuviese ninguna herida visible, aunque tampoco supo constatar si estaba muerto: era literalmente imposible distinguir si respiraba o no.

Después, todo sucedió muy rápido. Oliver no llegaría nunca a recordar muy bien cómo, pero lo cierto fue que uno de los bomberos abrió una ventana, y el otro los arrastró —a él mismo y a Michael— hacia aquel espacio de escape y esperanza, que se había abierto como si fuese un húmedo oasis en el desierto más árido, seco y ardiente del mundo.

Oliver tuvo tiempo de mirar hacia la puerta por donde habían entrado solo unos segundos antes, y el pasillo de acceso era ya un jardín de brasas con hogueras de distintos tamaños surgiendo del suelo, de la pared y hasta de la techumbre. No había opción, solo podían salir por la ventana. La altura desde aquel cuarto de la primera planta hasta el suelo del jardín no era mucha, y lanzarse desde allí podía ser una opción aceptable a cambio de un posible esguince o de una rotura de tobillo, pero no podían saltar con Michael. En todo caso, también el aire exterior estaba contaminado y enrarecido, y Oliver comenzó a sentirse mareado. ¿Habría dejado el sicario gas sarín por alguna parte? No tenía ni idea. Le picaba la garganta y comenzaba a toser de forma compulsiva, incapaz de parar. Si se había quemado alguna parte de su cuerpo tampoco lo sabía, pero ahora solo podía pensar en Michael, que yacía inerte en los brazos de uno de aquellos enormes bomberos.

En el exterior, acudiendo a sus llamadas de grito y auxilio, ya se habían aproximado sus compañeros y el sargento Riveiro y Camargo. Todos los bomberos llevaban trajes especiales y máscaras, al igual que los dos hombres que estaban con Oliver, de modo que él y Michael eran los más desprotegidos ante el humo y las llamas. Se tardó menos de dos minutos en apoyar dos escaleras en aquel lado de la casa y en sacarlos del cuarto, llevándolos al otro lado de la piscina y a una distancia más que prudencial de la finca, mientras ya se escuchaba el aullido de varias ambulancias, a punto de llegar.

Tendieron a Michael boca arriba, sobre la hierba. Si tenía pulso, era débil e imperceptible. Si respiraba, tampoco podían asegurarlo. Los propios bomberos que lo habían sacado de Villa Marina se retiraron guantes y máscaras y procedieron a realizarle un masaje cardíaco y la respiración boca a boca, sin parar, hasta que llegaron los médicos en una UVI móvil y en otras ambulancias.

Fueron tres minutos interminables. Si la angustia pudiera ser descrita con un rostro, el de Oliver habría sido el semblante que mejor podría haberla dibujado. El sargento Riveiro le había puesto una mano en el hombro en señal de apoyo, pero él apenas escuchaba lo que le decía, y tampoco hacía caso a las recriminaciones de los bomberos. Que si estaba loco, que si había incurrido en una imprudencia grave, que podría haberlos matado a todos. Él asentía, asumía la culpa, pero sin perder de vista las expresiones de los médicos y auxiliares. Los veía como a cámara lenta: sus órdenes y la rapidez con la que actuaban, cómo trataban de devolver a Michael a la vida. De pronto, el cuerpo de su amigo se retorció, y, en su cara, pudo ver la mueca de alguien muy congestionado que estaba a punto de toser. Sin embargo, lo que hizo fue respirar. Absorber aire como si hubiese estado sumergido bajo el océano durante mucho tiempo. Oliver cayó de rodillas, aliviado, y vio cómo se llevaban a Michael a la UVI móvil camino del hospital de Valdecilla. Solo entonces, agotado, se atrevió a mirar aquel bello caserón que había sido Villa Marina.

Las llamas ya no dejaban espacio alguno para el

optimismo, y el aire estaba lleno de partículas de madera quemada, que flotaban como luciérnagas. Oliver apenas fue consciente de estar siendo sujetado por un médico y un auxiliar, que le tomaban las constantes vitales mientras le hacían preguntas para verificar su estado de conciencia. Le pusieron oxígeno y se lo llevaron en una camilla, creyendo que se encontraba en estado de shock. Pero Oliver, aunque paralizado, se sentía perfectamente lúcido. Su pensamiento estaba con su viejo amigo Michael, del que se sentía responsable. Y con su irreductible Valentina: tal vez todavía estuviese en plena persecución. El peligro es un latido que no se extingue nunca. Mientras se lo llevaban los médicos, la mirada de Oliver se fijó hasta el último instante en su pequeño hotel; a medida que se desmoronaba ofrecía un cuadro grandioso y lleno de autoridad, como si en aquella tragedia hubiese también cierta belleza.

En el aire ondeaban trozos de tela, de papeles y de materiales indistinguibles. Uno de aquellos pedazos de papel era uno de los naipes de la baraja de Michael, que solía dejar abandonada sobre alguna de las mesas del jardín. Agatha, la gata —en la distancia y escondida bajo una buganvilla en flor—, observó con inquietante indiferencia el dibujo en espiral que trazaba la carta en el aire. Por fin, el naipe se posó sobre la hierba y mostró al cielo el dibujo de un nueve de diamantes. En aquel instante, el tejado de Villa Marina terminó de derrumbarse y el encantador hotel marinero comenzó a convertirse en un esqueleto vestido de cenizas.

Lo que vio Valentina tras girar en aquel cruce la estremeció de tal forma que sintió de forma física cómo se le erizaba el vello de la nuca. El coche patrulla que solo un rato antes había conducido con temeridad desde Santander, se encontraba ahora destrozado y con su capó delantero arrugado, como si fuera papel, contra el muro de una bonita casa particular con tres tejadillos salientes tipo buhardilla. Los airbags del vehículo habían saltado y no parecía haber nadie en su interior. A solo unos metros, el coche de los compañeros que habían acudido desde Comillas estaba también reventado, aunque con balazos bien visibles en capó y en la luna delantera, completamente resquebrajada. En su interior, dos compañeros parecían estar atrapados, y uno de ellos gravemente herido. Un hombre mayor, que iba vestido de forma desenfadada y con ropa deportiva, y al que sin duda había sorprendido la escena en su paseo habitual, había introducido parte de su cuerpo por la ventanilla y sostenía algo parecido a un jersey en el cuello de uno de los guardias, como si estuviese conteniendo una hemorragia.

—¡Vengan, vengan! —los llamó, al ver que detenían el vehículo—. ¿Y las ambulancias? ¿No venían para aquí? —preguntó con gesto de desesperación, al haber escuchado sus sirenas.

El cabo Freire descendió veloz del coche y le aclaró que ya había dos unidades de camino, a punto de llegar, que las otras habían acudido a Villa Marina. Al tiempo, buscó con la mirada a su alrededor. Valentina hizo lo propio bajando también del coche patrulla. ¿Dónde estaba el brigada Peralta? Corriendo, se aproximó primero a su propia patrulla y comprobó que estaba vacía, y después al vehículo donde se encontraban sus compañeros, donde constató que uno había perdido el conocimiento, tal vez por el impacto. Sabía que era posible que tuviese alguna lesión interna, y que era mejor no tocarlo hasta que llegasen los médicos. El otro compañero, al que el jubilado intentaba bloquear la hemorragia, tenía aspecto de haber sido alcanzado por algún proyectil, y se acercó para tranquilizarlo y comprobar los verdaderos daños. Era un guardia muy joven, y a la teniente se le heló la sangre al ver la gravedad de la herida del cuello, que sangraba muchísimo. El muchacho, con extraordinario aplomo, tuvo fuerza para intentar decir algo, pero no pudo. En su mano izquierda sostenía todavía la radio del vehículo, y tuvo claro que había sido él quien había informado en primera instancia de lo que había sucedido. El guardia alzó despacio la mano derecha y, desde el interior del vehículo, señaló un punto difuso unos metros más adelante, justo donde terminaba el muro de la vivienda contra el que habían chocado; parecía una especie de camino de separación entre viviendas, pues a los pocos metros comenzaba el muro de la siguiente casa.

La teniente pidió al jubilado que siguiese taponando la herida, y se acercó corriendo hacia donde señalaba el guardia. Un segundo antes de rebasar el muro y ver qué había al otro lado, pudo distinguir en el suelo un hilo de lo que parecía sangre. Preparó el arma y saltó al otro lado del camino como si fuera un gato, con una agilidad que hasta a ella misma le sorprendió, como si fuera la adrenalina la que caminaba por ella. Pero a quien encontró tirado en el suelo, tendido y vencido, fue al brigada Peralta. Estaba consciente y se apretaba el estómago con entereza, aunque lo que más le sangraba era la pierna.

—¡Es Peralta! ¡Aquí, venid! —exclamó, llamando a sus compañeros, pues Sabadelle aún no había salido del vehículo, esperando indicaciones para salir volando si hacía falta. Dirigió el coche hasta donde estaba

Valentina, y al hacerlo el subteniente se fijó en que el muro blanco tras el que había caído el brigada tenía al menos dos impactos de bala. Cruzó un gesto con la teniente, pues estaba claro que el compañero había intentado protegerse tras aquella pared. El cabo Freire llegó en dos zancadas, y le sorprendió la lucidez del brigada de la UCO, que incluso parecía tener fuerzas para dar indicaciones a Valentina.

—Él también está herido, ¿de acuerdo? —explicó, refiriéndose al sicario. Peralta sudaba y hacía grandes esfuerzos para hablar—. Su coche se estampó contra el nuestro, es imposible que vaya muy lejos —le detalló a Valentina agarrándola del brazo, mientras ella intentaba hacerle un torniquete en la pierna con su propio cinturón.

—Pero una patrulla del sargento Marcos aún lo sigue, ¿no? —le preguntó, porque resultaba obvio que uno de los coches que había salido con ellos desde Santander no estaba allí ni en Villa Marina.

—Creo que sí —afirmó Peralta con el gesto contraído de dolor, pero con ánimo estoico. Valentina tomó aire.

—Ahora lo principal es que se recupere, Peralta. Déjeme ver.

Y le apartó suavemente la mano de la tripa. No pintaba nada bien, pero al menos ya se escuchaban las sirenas de las ambulancias. El brigada intentó alejar a Valentina.

—No diga gilipolleces, teniente. Lo principal ahora no soy yo —resopló, bañado ya en sudor—, sino que atrape a ese hijo de la gran puta. Váyase ya, ¡váyase!

Y la miró con una rabia que ella ya conocía, porque la llevaba dentro. Con esa furia por haber perdido la partida, pero con el ánimo vivo porque al menos hubiese valido la pena el esfuerzo de la lucha. Ella dudó, pero el cabo Freire tomó su posición y cubrió con su propia chaqueta al brigada, taponando como pudo la herida de la tripa.

—Vaya, teniente. Yo me quedo con él, las ambulancias y los compañeros ya están ahí. Me uniré en cuanto esto pueda dejarlo controlado —añadió, señalando con el gesto no solo al brigada, sino a los dos compañeros que agonizaban en el vehículo policial.

Sabadelle chasqueó la lengua.

—Hostia puta, ¿entonces vamos nosotros solos? —cuestionó, viendo la carnicería que había producido el sicario en solo unos minutos. Valentina apretó la mano de Peralta, intentando infundirle ánimos, y se lanzó literalmente al asiento del copiloto del vehículo donde estaba Sabadelle.

—Arranca.

—Vamos a morir todos —masculló él, negando con el gesto y apretando ya el acelerador.

Tardaron menos de un minuto en detener su vehículo, y el frenazo quedó marcado en el asfalto. El cielo se había vuelto más gris y oscuro, y las nubes eran tan compactas y abombadas que parecía que fueran a engullirlos. Valentina sintió cómo se aceleraba su corazón, lleno de rabia, cuando contempló aquel cuadro donde habían sido pintados el miedo, la muerte y la desesperación.

16

Era la primera vez que probaba la venganza. Me pareció un vino aromático, cálido y chispeante en el paladar; pero dejó un regusto tan metálico y corrosivo que me daba la impresión de haber sido envenenada.

CHARLOTTE BRONTË,
Jane Eyre, 1847

Avanzar por la carretera de la costa de Suances era, en circunstancias normales, una delicia. Los acantilados delineaban el contorno de la tierra con poderosa autoridad y resultaba imposible sustraerse a su belleza. A Valentina siempre le llamaba la atención, cuando llegaba a la vieja y enorme ganadería de La Tablía, el contraste entre las construcciones humanas y las de la naturaleza. Siempre ganaba el mar. Y los prados inmensos, sobre los que los ganaderos dejaban fardos de hierba esféricos para sus animales y que en verano se cubrían de salicaria, aquella bonita planta medicinal y casi mágica que con sus flores espigadas coloreaba de rosa los campos.

Pero ahora, a pesar de que ya casi se encontraban

en el mirador de la Tablía, ante los ojos de la teniente se dibujaba un cuadro grotesco. El coche patrulla que conducía el sargento Marcos de la UCO estaba en mitad de la carretera con la luna delantera rota, y un líquido viscoso salía de su motor, dejando una marca creciente sobre el asfalto. La carrocería estaba llena de agujeros. El sargento estaba sentado con la cabeza caída hacia atrás, como si estuviese mirando por la ventanilla. Sus ojos estaban abiertos y no pestañeaban, porque no veían nada. En su frente podía distinguirse claramente un balazo definitivo, un diminuto y sólido trozo de plomo que había puesto punto final a sus horas.

—Hostia.

Sabadelle tragó saliva, y de pronto se preguntó qué diablos hacía allí. Él, que acababa de ser padre. Que tenía una familia. A su lado, y en sorprendente contraste, Valentina parecía bastante serena y estudiaba el escenario con detalle. No había ni rastro de Marta Torres, ni del alto y desgarbado Zubizarreta. Tampoco detectaban al sicario por ninguna parte y, de hecho, no se veía a nadie. Como si de pronto se hubiesen instalado en una de esas tardes de domingo inhóspitas en que al salir a pasear resulta imposible encontrarse con ningún alma por el camino.

—Puede que Torres o Zubizarreta estén heridos dentro del vehículo —observó ella, sin dejar de vigilar el entorno.

—O muertos.

—Puede ser —reconoció la teniente, aparentemente imperturbable y sin apartar la mirada de los prados ni de la carretera. ¿Dónde estaría el Estudiante? Tal vez ya hubiese huido, y posiblemente solo podrían capturarlo los compañeros si lo interceptaban desde la otra dirección, porque a ellos ya les llevaba bastante ventaja. En todo caso, la teniente no quiso perder un segundo—. Acércate con el coche y cúbreme, voy a mirar.

Sabadelle acercó el vehículo hasta donde se encontraba el del sargento Marcos, y tanto él como Valentina bajaron del coche con la máxima precaución, utilizando las propias puertas como parapetos. Fue Sabadelle el primero que se asomó al interior del vehículo, y pudo ver en la parte posterior a Zubizarreta; tenía mucha sangre en un brazo y parecía estar herido también en el estómago, igual que Peralta. Se encontraba muy débil. Al verlos, sonrió con gesto de perdedor. Resultaba evidente que creía que iba a morir, pero aún tuvo ánimo para decir algo.

—Hasta el más fuerte teme a la muerte.

—Joder, chaval, ¿ya estamos con los refranes de los cojones? —le espetó el subteniente fingiendo burlarse, aunque Valentina pudo ver cómo contenía las lágrimas—. Tranquilo, ¿eh? A los *nerds* como tú nunca os pasa nada, ya llegan los médicos, ¿eh, chaval? ¡Resiste!

Y Sabadelle le sostuvo la mano al guardia mientras llamaba por teléfono y pedía refuerzos inmediatos, ambulancias y hasta helicópteros medicalizados, acordándose en sus peticiones, de muy malos modos, de las madres y familias en general de quien no fuese capaz de gestionar aquello a la mayor celeridad posible. Valentina, entretanto, aunque no quería consumir las fuerzas del joven guardia, no podía perder un segundo.

—¿Dónde está Torres, lo sabes?

Zubizarreta negó suavemente con la cabeza. Valentina caminó unos pasos, agachada, y observó el asfalto. Había más marcas en el suelo, y mucho más líquido derramado. Era muy posible que el vehículo del

Estudiante estuviese estropeado un poco más adelante. Ya iba a darse la vuelta para subir de nuevo al coche y salir disparada en busca del sicario, pero observó el pico de una tabla de surf tras una de las caravanas que estaba aparcada en la zona habilitada frente al mirador de la Tablía. ¿Sería posible? Iba a dirigirse hacia allí cuando un baile de disparos provocó que se lanzase de forma instintiva al suelo. Una bala le rozó el brazo, y se dio cuenta de que muchos de los tiros no iban en su dirección, sino hacia donde se encontraba el vehículo con la tabla de surf. Tras el murete de una vivienda particular pudo apreciar, a su izquierda, a Marta Torres. La estaba cubriendo y, muy posiblemente, acababa de salvarle la vida.

Valentina, arrastrándose primero y corriendo después, fue hacia donde se encontraba su compañera. Estaba asombrada: nunca había visto a Torres en acción, sino siempre en la oficina. Era la más joven de su equipo, y aunque era cierto que practicaba en la sala de tiro de la Comandancia con más frecuencia de la oficialmente pautada, no tenía la menor idea de su pericia con las armas.

Sabadelle se vio sorprendido por la escena mientras terminaba de dar indicaciones de posición por teléfono, y era la propia carrocería del coche del sargento Marcos la que los protegía a él y a Zubizarreta. Valentina saltó el pequeño muro y se dejó caer junto a Torres.

—Gracias —le dijo, mostrándole el brazo, del que solo caía un hilillo de sangre—. ¿Estás bien? —le preguntó, viendo que Torres tenía sangre en la cara, aunque no parecía que fuese suya.

—Sí, teniente.

—¿Qué coño ha pasado?

La agente parecía muy nerviosa.

—Íbamos tras el sospechoso y no sé, no sé cómo lo hizo... De pronto dio un frenazo tremendo, y a nosotros no nos dio casi ni tiempo a reaccionar. Sin bajarse ni del coche, y desde el mismo asiento del conductor, cogió un fusil y nos apuntó. El sargento Marcos iba a dar marcha atrás, o no sé qué iba a hacer, pero ya no le dio tiempo, porque juro que en dos segundos estaba muerto.

Valentina suspiró. «El sospechoso», había dicho Torres, calificándolo como si estuviese en un ejercicio de la academia. Samuel Vargas era un francotirador excepcional, no resultaba extraño que hubiera acertado al sargento Marcos desde una distancia razonable cuando le constaba que podía acertar a sus objetivos a más de un kilómetro.

—¿Y después?

—El sicario arrancó, pero Zubizarreta disparó también, y creo que le reventó al otro una rueda o algo, porque el coche se le fue. No sé qué tiene ahí, si una metralleta o qué diablos, porque ahí ya sí que salió del coche y nos acribilló durante muchísimo tiempo, y después pude escuchar cómo arrancaba y salí para ver si podía acertarle en el vehículo y frenarlo, pero no hizo falta. Lo dejó ahí, detrás de esa caravana, y yo creo que iba a coger otro para seguir huyendo o que iba a entrar en alguna casa, pero lo vi y disparé.

—¿Disparaste hacia las casas?

Torres se encogió de hombros, dándole a entender que ya sabía que no debería haberlo hecho, aunque todavía se estaba preguntando cómo era posible que ella misma siguiese viva. Continuó explicándose.

—En cuanto me detectó no dejó de dispararme, teniente. Conseguí arrastrarme hasta este muro y por eso no dije nada cuando llegaron, no quise desvelar mi posición.

Valentina asintió. En efecto, el sicario estaba demasiado cerca de las casas. No podía permitir que accediese a ninguna vivienda. No solo conseguiría un coche para huir, sino que pondría en peligro a más personas.

—¿Sabes si está herido?

—Creo que lo vi cojear, pero no sabría decirle —negó la agente, sin ocultar lo asustada que estaba—. ¿Y nuestros compañeros? ¿No vienen refuerzos?

—Eso digo yo, joder —resopló la teniente, infundiéndose valor—. Vale. Voy a avanzar hacia él. Cúbreme.

—Pero, ¡teniente!

Y Valentina salió corriendo tras los muros de las viviendas, saltándolos, hasta que llegó muy cerca del vehículo del Estudiante. Si había esperado un intercambio de pareceres, un saludo irónico y cordial, se había equivocado. Nada de echarse rencores en cara ni de ofrecerse explicaciones antes de abrir fuego, como en las películas. El sicario acribilló su posición sin miramientos mientras ella resistía tras un grueso muro de hormigón recubierto con finas piedras decorativas. Por fin, cuando él terminó de disparar, ella alzó unos centímetros la cabeza; lo vio levantarse y comprobó que lo hacía con esfuerzo. El brigada Peralta tenía razón, el Estudiante estaba herido. Y no solo en la pierna, sino que algo le impedía mover correctamente la cadera y parecía que sangraba por el cuello.

Por un instante, a Valentina le dio la sensación de que el Estudiante pensaba dirigirse hacia el acantilado de la Tablía: caminar hacia allí lo dejaría ante unas vistas extraordinarias, pero sin posible escapatoria. No había nada más que precipicio y abismo, que caía hacia una pequeña playa de arena dorada que ni siquiera existía a la vista cuando subía la marea.

Pero el sicario cambió de dirección. Había unos muretes decorativos en el mirador, y un par de coches aparcados allí mismo. Valentina entendió sus intenciones. Los dueños de aquellos vehículos debían de estar escondidos por allí o incluso dentro de los propios coches tras presenciar el tiroteo, pues no había nada más alrededor que el mirador del acantilado, y no se le ocurría ningún motivo por el que —en un oscuro día como aquel— nadie fuese a dejar su coche aparcado en mitad de la nada. No podía permitir que el Estudiante continuase avanzando. Disparó hasta en tres ocasiones, pero él se agachó y se refugió tras el murete del mirador.

—¡Samuel! ¡Samuel Vargas Moreno! —lo llamó, mientras se protegía tras el muro de una vivienda de planta baja, blanca, que estaba justo delante del mirador. No esperaba que él contestase, y le estremeció escucharlo.

—¡Diga, teniencita!

Era cierto que el hombre tenía la voz rota y desgastada: no parecía acorde a su edad. El sicario no se limitó a contestar, sino que añadió varios tiros a la réplica, y uno pasó muy cerca de la cabeza de Valentina; ella intuyó que eran más bien disparos disuasorios, porque un francotirador como aquel no necesitaba hacer tanto ruido para eliminar a nadie. La teniente procuró mantener la calma. Si era capaz de entretenerlo, tal vez podría ganar tiempo hasta que llegasen los refuerzos. Le habló a gritos.

—¡Deponga las armas, Samuel! Está rodeado y no hay escapatoria.

—Me he metido en un buen chicharrón, ¿eh, teniencita?

La calma con la que hablaba resultaba exasperante. ¿Por qué no seguía disparando? ¿Y por qué se había parado ahí, sin intentar huir? Al final, no parecía tener intención de asaltar ningún vehículo. Tal vez estuviese muy debilitado, pero a Valentina le resultaba imposible saberlo, pues desde su posición no podía verlo.

—¡Túmbese en el suelo boca abajo y deje sus armas a la vista! ¡Le estoy apuntando!

Él se rio, y la risa sonó como una cascada sucia llena de arena.

—Y si no qué, ¿me va a dar papaya?

Valentina no pensó. Tenía incrustados dentro a su bebé, al que ya nunca conocería, y a Michael, del que no sabía si estaba vivo o muerto, o calcinado. Al sargento Marcos, con aquel agujero negro en su frente, y a sus compañeros heridos; a Daniel Rocamora y a los muertos del Templo del Agua. No, aquel tipo vendría de defender sus ideales en la selva, pero ahora ni luchaba por la justicia ni contra la desigualdad, sino para sí mismo. La teniente saltó el muro y fue corriendo hacia el murete donde se refugiaba el Estudiante. La carrera solo suponía cruzar la carretera, pero hacerlo implicaba carecer de toda protección y resultaba una acción prácticamente suicida. Sabadelle la observó, atónito, mientras ya se escuchaban a lo lejos las sirenas de los compañeros.

—¿Pero qué coño hace esta loca?

Miró a la agente Torres, que también cruzó con él un gesto de asombro. Era imposible cubrir aquella carrera. Cuando Valentina llegó a la altura del sicario, le sorprendió estar viva. No había recibido ni un disparo. Pero el Estudiante ni siquiera la miraba. Contemplaba el mar, apoyado en el murete que hasta ese momento le había permitido estar a cubierto. Llevaba todo tipo de armas y un fusil Winchester Magnum colgado del hombro, con el que sin duda podría haberla matado a muchos centenares de metros de distancia. Ella se acercó muy rápido y sin dejar de apuntarlo, y él reaccionó e hizo lo propio, encañonándola con su pistola. Sonreía de una forma enfermiza y extraña. Caminaron en círculos, y ella observó que estaba gravemente herido y que perdía bastante sangre por el cuello. Sin dejar de apuntarla, el Estudiante se apoyó en un banco de madera que, sobre el acantilado, miraba al horizonte. Valentina lo rodeó y se puso frente a él, en tensión, con su pistola entre las manos y el dedo en el gatillo.

—¿A qué juega?

—Me quita las vistas, teniencita —le respondió. De pronto, bajó la pistola y dejó de mirarla a ella para dirigir de nuevo su atención hacia el mar.

Ella dudó. Era el momento de dispararle, de vengarse por fin; pero algo la frenó. ¿Dónde estaba el truco? ¿Llevaría con él, tal vez, gas sarín? Quizás solo estuviese esperando a que se aproximase para abrirlo. Incluso era factible que escondiese en la otra mano —que ella no podía ver, porque acababa de retirarla hacia su espalda— una granada o un explosivo.

—Póngase boca abajo y deje las armas a un lado, Samuel.

Él sonrió, desganado, y la miró a los ojos.

—No puedo. Los pendejos de sus amigos no solo me han roto el carro, sino que me han dado bien de plomo. ¿No ve que estoy herido?

Valentina no supo discernir si en sus palabras había un simple reconocimiento de los hechos o una ironía llena de maldad. Aquellos ojos eran los más tristes del mundo. El Estudiante inclinó un poco el rostro y miró de nuevo el mar, que bajo el cielo gris parecía un ser vivo y furioso. Valentina no entendía nada. ¿Era un demente? Actuaba como tal. Un loco que podía haberla matado varios días atrás, en cualquier momento. Un hombre que, sin duda, justificaba todo el mal que dejaba a su paso y que a ella también le había destrozado parte de su vida. Sí, podría matarlo allí mismo. Era el momento, y era lícito vengarse. Por ella y por todos los que habían caído. Sabía que lo correcto sería detenerlo: aquel era su trabajo, y el de los jueces impartir justicia. Pero también podría ejecutarlo allí mismo y terminar de una vez con alguien que ya no tenía remedio, que ya nunca podría adaptarse de una forma normal a la sociedad. Si apretaba el gatillo, el sistema la respaldaría y ella seguiría en el bando de los buenos, inocente de cualquier sospecha sobre su verdadero ánimo de venganza. Sostuvo el arma con los brazos estirados y firmes apuntando a la cabeza de Samuel, y él mantuvo la sonrisa.

—Qué jartera, la vida.

Movió levemente la mano que tenía oculta tras la espalda, y sonó un único disparo que retumbó en las paredes del viejo acantilado de la Tablía.

Y así fue como terminó aquel juego para siempre.

La venganza, ese elixir delicioso y adictivo. Se prepara y condimenta de todas las formas imaginables, y ese sueño nos mantiene vivos. Nos da una razón para seguir adelante, un objetivo. Sin embargo, cuando ves cómo se le arranca la vida a quien te ha hecho tanto daño, a quien sabes que si sigue vivo lo seguirá haciendo, no sientes nada. Estás ante una cáscara de piel y huesos que no habla y que solo espera para ver cómo su alma se desliga de la carne y se la lleva algún ángel maldito a cualquier infierno.

El Estudiante había movido aquella mano, oculta tras su espalda. Pero Valentina estaba casi segura de que allí no había nada, de que solo pretendía que ella disparase y acabase con todo, porque el sicario sabía que no había escapatoria y que ya estaba prácticamente muerto. No sintió lástima por él. Si no hubiese estado herido de muerte habría intentado seguir huyendo y habría eliminado a quien se interpusiese en su camino. Y a ella también. Era un superviviente.

«Teniencita», la había llamado. El disparo se le clavó a Samuel Vargas en el pecho, pero no murió al instante. Cayó de espaldas y se quedó mirando el cielo oscuro y cargado de agua de tormenta, como si fuese una premonición. A lo lejos, y con el faro de Suances como testigo, las gaviotas volaban en círculos y, en su danza coordinada, parecían prepararse para el temporal. Valentina se miró las manos. En la derecha, su pistola se mantenía firme y bien apretada, aunque en aquel último instante no la había usado. Alguien que estaba justo a su espalda había disparado por ella. La teniente, asombrada, giró lentamente la cabeza para comprobar quién había apretado el gatillo y tumbado al Estudiante. No disimuló su sorpresa cuando pudo ver a Sabadelle sujetando su propia pistola con ambas manos. Respiraba de forma muy acelerada y no apartaba la mirada del sicario.

Sabadelle. El torpe, el vago, el insufrible, el retrógrado que no soportaba tenerla dirigiendo la Sección de Investigación. Al que no le importaba ponerse las medallas que hubiesen ganado otros, que era malhablado e interesado y al que no le ocasionaba problemas de conciencia el abusar de vez en cuando de su posición de autoridad. Ahora resultaba que se había transformado en el héroe que había liquidado a uno de los delincuentes más buscados de Europa. Ella lo miró como si fuese la primera vez que lo tenía ante sus ojos.

—¿Qué... qué has hecho?

—Iba a por usted, teniente —replicó él, tragando saliva.

Valentina no supo si decía la verdad. Si, como ella, había visto al Estudiante caído y vencido, o si había creído que seguía siendo una amenaza. Le resultaba imposible saberlo con certeza y, viendo el reguero de destrucción que había dejado el sicario, tampoco iba a juzgar a su compañero. No pretendía aplicar criterios morales estrictos e incuestionables, y tampoco tenía ánimos para hacerlo. Tomó aire y, con precaución, se acercó a Samuel Vargas. Apartó las armas a su alcance, y aunque resultaba evidente que estaba agonizando, no dudó en registrarlo para comprobar que no llevase nada más encima. Al instante llegó Marta Torres, y en la carrera la acompañaban ya el sargento Riveiro y el cabo Camargo, que habían frenado su vehículo a solo unos metros de distancia. Las sirenas de las ambulancias se hicieron notorias, aunque se pararon a bastante distancia. Mientras la Policía Judicial no les confirmase que no había peligro no podrían avanzar hasta su posición ni ayudar a Zubizarreta. El sargento Riveiro, que constató en un rápido vistazo la situación, volvió corriendo al coche e informó a todas las unidades de lo que había sucedido, al tiempo que hacía señas a la primera ambulancia para que avanzase urgentemente hasta el coche del sargento Marcos.

Sabadelle, que lloraba, se acercó unos pasos hacia donde se encontraba el Estudiante. Valentina permanecía agachada observándolo, y miró medio segundo a su compañero cuando este se detuvo; con un solo gesto le mostró conformidad y reconocimiento por lo que acababa de hacer. Después volvió a concentrarse en Samuel Vargas. Solo le quedaba un hilo de vida, y le molestó que no estuviese muerto. Aquella agonía resultaba innecesaria.

El Estudiante también deseaba marcharse, terminar. Se sentía tan cansado. Le sorprendió notar cómo se le despegaba la vida, pues hasta ahora pensaba que la muerte era como dormirse, sin más. Se vio a sí mismo junto a Daniela, que lo abrazaba y reía. Ah, su Daniela. Viajaban a San Cipriano, y a ella le divertía llegar al pueblo sentada en las brujitas que iban sobre los viejos raíles del tren. De pronto, los engulló la selva. Se vio solo y rodeado de tucanes y garzas, orquídeas y mariposas, y se sumergió para siempre en la profundidad de uno de aquellos charcos mientras la bruma de Colombia lo envolvía todo y él, por fin, se refugiaba en su selva de cristal.

Cuando Valentina comprendió que Samuel había muerto, se levantó despacio. Miró a su alrededor, como si necesitase situarse y saber dónde se encontraba. Detuvo su atención en el cabo Camargo. Tenía que venir de Villa Marina.

—¿Michael? —acertó a preguntar, sin esperanza.

—Lo han llevado a Valdecilla, estaba dentro de la casa.

—Pero, entonces, ¿está vivo? —preguntó, incrédula.

—Eso creo, teniente. No sabría decirle su estado. Lo sacó su novio de la casa, no vea después la bronca con los bomberos —añadió, tiñendo sus palabras de algo de ligereza de forma deliberada. Era difícil asimilar todo lo que acababa de suceder. Valentina se limitó a asentir, y no pudo evitar que las emociones la venciesen. Sintió cómo, sin su permiso, unas lágrimas de agradecimiento a la vida humedecían su rostro. Era un milagro que Michael estuviese vivo, y se preguntó qué clase de moral había tenido el Estudiante. En el Templo del Agua había dejado vivo a Pedro Cardelús, pero solo siguiendo instrucciones y como elemento incriminatorio hacia Aratz Saiz; ¿por qué no la había eliminado a ella durante aquellos días en Villa Marina? Podría haberlo hecho sin mayor dificultad. ¿Y por qué habría atacado a Michael en el último momento? Tal vez hubiese averiguado de alguna forma —había soplones e informadores, ella era consciente— que lo habían descubierto gracias a las cámaras del hostal de Alceda y quisiese borrar sus huellas, pero para ello no tenía mucho sentido que se hubiese llevado a su amigo inglés por el camino.

Solo un tiempo más tarde, en el hospital y hablando con Michael, Valentina podría entender que Samuel Vargas nunca había llegado a saber que lo habían identificado en Alceda. Que se había limitado a eliminar un obstáculo sobrevenido llamado Michael Blake, y que había procurado además no implicarse a sí mismo de forma directa. Lo había dejado sin conocimiento en el suelo de su habitación, pero no maniatado ni en condiciones que hiciesen suponer un asesinato. La propia Matilda confirmaría que había enviado a Michael a poner los *detalles* en las distintas habitaciones de los huéspedes, de modo que no habría nada extraño en encontrarlo en el piso superior. Y la videocámara de seguridad de entrada a Villa Marina había sido inutilizada, sin que sus archivos registrados pudiesen ser localizados en ninguna parte. No era tonto, el Estudiante. Aunque resultaría difícil explicar la causa del incendio, a todas luces provocado: un acelerante como la gasolina dejaba huellas muy marcadas, pero no señalaba tan fácilmente quién había prendido la mecha.

Ahora, en el acantilado de la Tablía, ya no había mucho más que hacer, salvo recuperar el aliento e intentar salvar la esperanza que quedase dentro de cada una de las almas que habían contemplado aquel desgarrador estropicio. Llegaron coches y patrullas policiales desde la carretera de Suances y desde la que venía de Comillas, y por fin apareció el helicóptero en el cielo, reclamando la atención de todos los vecinos del pueblo que todavía no hubiesen escuchado el tiroteo. Las distintas sirenas y luces dieron una extraña seguridad a aquel decorado, que cada vez se hacía más gris y oscuro, como si la noche estuviese a punto de engullirlo. Valentina se acercó a Sabadelle, que estaba ahora completamente desmoronado, y lo abrazó con camaradería y sin artificios. Cuando se ha vivido tanto, hasta los que están rotos saben que el dolor también nos reconstruye.

No había sido fácil desenmarañar todos los puntos de aquel caso, y Valentina tuvo que asumir que muchos matices de aquella historia serían siempre opacos. Cuando Riveiro le informó de que habían encontrado sistemas de escucha en la cabaña de Oliver y, al parecer, también en la zona ajardinada de Villa Marina, sintió una inmensa curiosidad por el Estudiante. Le resultaba difícil comprender por qué le interesaban ella y su familia. En aquel lugar era muy poco probable que pudiese obtener información alguna sobre la evolución de su investigación. Podía llegar a entender que, en una maniobra enrevesada, el Estudiante hubiese ido a refugiarse precisamente allí, porque en efecto Villa Marina sería el último lugar donde ella buscaría a un asesino internacional, pero el riesgo que había asumido era innecesario y propio de alguien con un considerable desgaste mental. Como si, en realidad, quisiera ser atrapado y continuase con el juego solo por inercia, por no tener ningún lugar a donde ir.

Sin embargo, cuando Valentina estaba a punto de caer en la conmiseración ante aquella vida perdida y extraña, recordaba las muertes que Samuel Vargas había dejado tras de sí y no encontraba ninguna justificación. El material que llevaba oculto en su coche, bajo los utensilios de surf que nunca había utilizado, confirmaba que nadie debía romantizar las circunstancias del sicario: era un hombre muy peligroso. Entre otras armas, encontraron un AK-47, un fusil MK-12 y un MK-11, de mayor precisión; inhibidores, teléfonos satelitales y dispositivos encriptados de comunicación, además de tres cápsulas que contenían gas sarín —que posiblemente iba a dejar en el piso de Aratz Saiz en Bilbao—, varios pasaportes falsos y una cantidad enorme de dinero en efectivo. Desde luego, el Estudiante no era un hombre al que tomar a la ligera. La única sorpresa fue encontrar, entre sus cosas, un par de libros de filosofía clásica y una edición muy antigua y gastada de *Crimen y castigo*, de Dostoyevski. Estaba marcada y subrayada por todas partes, con comentarios y reflexiones en los márgenes; este hecho se acabó filtrando a la prensa, que terminó por rebautizar al Estudiante como el Filósofo.

Ahora que habían pasado ya cuatro días desde el incendio de Villa Marina, el equipo de Valentina se encontraba en la Comandancia de Peñacastillo y mantenía una reunión alrededor de una gran mesa con el capitán Caruso. Solo faltaba Zubizarreta, que permanecía en el hospital tras una operación para extraerle un proyectil que se le había incrustado cerca del estómago, aunque ya estaba fuera de peligro y su caso médico no había sido tan grave como el del brigada Peralta, que había requerido hasta tres intervenciones, y que ahora tendría que pasar algún tiempo ingresado. Hasta que se estabilizase no podrían trasladarlo a Madrid, y sus compañeros de la UCO habían regresado ya a la capital. La despedida entre el cabo Freire y el subteniente Sabadelle había sido sorprendentemente cercana.

—Aquí tiene un amigo, cabo. Avíseme cuando venga por el norte, que lo llevo a tomar el vermú montañés y unas rabas.

—Si baja a Madrid, lo mismo.

—¿Vermú?

Freire se había reído.

—Claro, hombre. Aunque me refería a que avisase.

Los agentes heridos que habían ido a apoyarlos desde el cuartel de Comillas también habían salido del trance; sin embargo, aunque el joven al que el jubilado había taponado la herida del cuello había resultado sufrir unas heridas más superficiales de lo que inicialmente aparentaba, las lesiones internas de su compañero al volante habían requerido mucha más atención médica. Por fortuna, estaban ya todos fuera de peligro.

—Estoy muy, muy orgulloso de su trabajo —afirmó el capitán Caruso, en tono paternalista—; son ustedes el máximum del cuerpo, un ejemplo y referente para sus compañeros. No me cabe la menor duda de que les otorgarán las medallas al mérito que correspondan, y quizás algunos ya sepan que pronto se anunciará la concesión de la Cruz de Oro al sargento Marcos —anunció, con tono solemne y con una expresión de profundo respeto por el fallecido en servicio—. En todo caso, no debemos olvidar los protocolos y formas de trabajar en esta Comandancia, y las irregularidades, aunque den resultado, deben ser tomadas como una excepción y no como la norma a seguir, ¿estamos?

—Capitán —intervino Valentina—, yo no sé si se refiere a...

—Me refiero, me refiero. Porque me hago cargo del impacto que les supuso, pero cuando supieron que el Estudiante estaba en Villa Marina no debieron salir sin más, como locos. Tendríamos que haber organizado un dispositivo en condiciones, y quizás las cosas habrían sido diferentes.

—Si llegamos a esperar, Michael Blake estaría muerto y el sicario habría volado.

—¿Seguro, teniente? —atajó él, muy serio—. Los bomberos habrían tardado lo mismo con o sin ustedes, y el sicario estaba ya identificado, de modo que no le habría resultado tan fácil trasladarse por el país y mucho menos salir de nuestras fronteras.

—Pero, capitán —intervino Riveiro—, Samuel Vargas tenía documentación falsa para viajar y podría haberse disfrazado de nuevo... Además, al sentirse acorralado, tal vez habría utilizado el gas sarín que llevaba en el coche o hubiera llevado a cabo una matanza con todas las armas que...

—¿Ahora trabajamos con conjeturas, sargento? —cuestionó el capitán, con expresión adusta—. Es más... Tanto usted como la teniente y el brigada Peralta asumieron un riesgo innecesario cuando interrogaron a Pau Saiz sin haber verificado las pruebas para acusarlo. Y aquí no trabajamos de farol, señores —añadió, repasando visualmente a todos los que estaban sentados alrededor de la mesa—. ¿Estamos?

—No había tiempo, capitán —se atrevió a defenderse Valentina—, y Pau Saiz podría haber ordenado al sicario que siguiese ejecutando personas. De hecho, ya había dado la instrucción al Estudiante para que dejase sarín en el piso de Aratz Saiz, y esto podría haber supuesto una nueva intoxicación en masa, porque no sabemos qué habría pasado con ese material al manipularlo. Y con todo respeto —afirmó, endureciendo el tono—, la idea de que las cosas hubiesen salido mejor trabajando de otra forma también es una conjetura.

Caruso sostuvo la mirada a Valentina. La conocía, y sabía que ella misma ya habría dado mil vueltas a la secuencia de los hechos. Cualquier camino habría sido mejor que el que había permitido la muerte de un compañero, pero comprendía que las circunstancias habían sido extraordinarias y que, además, había sido responsabilidad suya el permitir que Valentina siguiese en un caso en el que tenía un asunto personal pendiente con uno de los sospechosos. Él tampoco estaba libre de culpa. No replicó a la teniente, aunque su expresión mostraba que solo guardaba silencio porque no tenía nada más que decir, y no porque le diese la razón en forma alguna. Se levantó y se dirigió a la gran pizarra donde todavía estaban las notas y esquemas de la Operación Templo.

—Bien. Como saben, el juez Marín es quien lleva la instrucción del caso; ha ido a tomar declaración a Pau Saiz al hospital, donde ha confirmado todo lo que les confesó el otro día —comenzó; miraba a Riveiro y Valentina, aunque terminó por posar su atención en el sargento—. Muy detallado su informe, ha resultado muy útil.

—Gracias, capitán.

—Al final, no sé bien qué quería ese chico, ¿dinero?

—Y poder, capitán —replicó Valentina, que respondió sin pensar. Después miró a sus compañeros y a Caruso, y se explicó—. Creo que, como es lógico, no quería que se descubriese su forma ilegal de financiarse, pero que también buscaba desesperadamente una situación profesional y social reconocida y no ser siempre un segundón, un simple empleado. Imagino que es algo que masticó desde su infancia, quizás por el agravio comparativo que siempre vivió entre su familia y la de su tío, a pesar de que fuese él quien lo ayudase y le pagase los estudios.

El capitán suspiró.

—Qué horror, cuántos chalados por todas partes. ¿Tenemos ya algo del resto de los implicados? —preguntó, dirigiéndose de nuevo al sargento Riveiro, que era quien había gestionado más el asunto burocrático aquellos días, mientras Valentina se encargaba de los informes sobre lo que había sucedido en el acantilado de la Tablía y de otras gestiones.

—Hemos confirmado que los responsables de las dos empresas de Valencia que eran socias de Iter Company se han dado a la fuga y sus naves están abandonadas, por lo que podemos dar por hecha su implicación y su obstrucción a la labor policial —comenzó Riveiro, leyendo la documentación que tenía sobre la mesa—. En cuanto a los responsables de la empresa de Málaga, Inversiones Castillo & Yue, siguen sin poder ser localizados. La mujer del dueño y principal socio, el señor Castillo, atendió una única llamada y dijo que por cuestiones de salud se iban a una isla con mejor clima y sin humedad, pero no especificó adónde, y, según nuestros compañeros de Málaga, después de esto colgó sin más.

—Pero sobre esa empresa hablasteis en el informe... ¿Ese tipo, el dueño, no tenía hepatitis?

—Ya. Eso dijeron... Pero pensamos que, aunque hubiese algo de verdad en ello, ahora Castillo y su mujer deben de estar en Haití, Marruecos o Filipinas, que son los países con los que más operaciones cerraban y donde sospechamos que pueden tener contactos.

—¿Y el otro socio, el chino?

—Pues... En China, supongo, y sin paradero conocido ni concreto ahora mismo.

Caruso resopló. Iba a ser difícil dar con aquella gente, que podía estar a aquellas alturas en cualquier punto del planeta.

—¿Habéis pedido al juez que libre oficios a las compañías de teléfono para localizarlos?

—Ya están en ello, capitán. La Fiscalía Antidroga y el Grupo de Blanqueo de Capitales están también trabajando en el tema, pero parece que han desconectado todos los terminales antes de salir de la Península.

—Qué cabrones. Entonces, la chica que aún está en el hospital... ¿Cómo se llamaba?

—Elisa Wang, capitán.

—Eso es, Wang. ¿No está implicada? ¿La enviaron para cumplir con la invitación, sin más?

—Según las últimas declaraciones que Pau Saiz ha hecho al juez, parece que tanto las empresas de Valencia como la de Málaga sabían que en Puente Viesgo iba a suceder algo grave y definitivo para evitar que Rocamora entrase en la empresa, y por eso se quitaron de en medio, para no tener implicaciones legales de ninguna clase.

—Así que los de Málaga mandaron a la nueva por si la palmaba alguien y los de Valencia ya ni aparecieron —constató Caruso, mostrando en su semblante lo que le costaba asumir la crudeza de la naturaleza humana. Después pareció darse cuenta de algo—. ¿E Iñaki Saiz? No tengo muy claro por qué lo mataron. ¿No decían que estaba ya un poco mayor, senil? Pau Saiz podría haberlo manejado bien si se quitaba solo a Rocamora del medio, ¿no?

Riveiro dibujó con el gesto una mueca que sugería duda sobre aquella suposición.

—Tal vez sí, tal vez no. Parece que el señor Saiz había sido dócil y manipulable en los últimos tiempos, pero cambió cuando su hija le pidió meter a su marido en la empresa, y tras los conflictos con su sobrino por ese motivo creemos que la relación se podría haber enrarecido. Es muy posible que hubiese comenzado ya a sospechar sobre las operaciones que realizaba Pau, pero esto ya son especulaciones.

—Vamos, que sí, que también les venía bien quitarlo del mapa —opinó Caruso, pensativo.

—En realidad —intervino Valentina—, hemos descubierto que la práctica totalidad de las empresas que conformaban el BNI estaban en menor o mayor medida implicadas, capitán. Ya no directamente con el narcotráfico, pero sí con el blanqueo, aunque llevará tiempo recabar pruebas para poder presentar los casos bien atados ante un juez.

Caruso asintió, conocedor de la complejidad de aquellos entramados fiscales y del largo tiempo que podía suponer una investigación de tal calibre. Revisó la lista de iniciales sospechosos que había sobre la pizarra.

—¿Podemos eliminar a Aratz Saiz del entramado?

Valentina frunció el ceño y meditó su respuesta.

—Creo que sí, señor. La confesión de Pau Saiz pareció ser una sorpresa para ella, que tampoco tenía ningún motivo para matar a su padre ni a su marido... No creo que pudiesen hacer ningún teatro con eso.

—Entiendo. A veces la vida es un *summum* de desgracias, sin más. Esta mujer se ha ido ya para Bilbao, ¿no?

—Sí, capitán. Hablé ayer mismo con ella. Es muy fuerte, y creo que va a llevar ahora la empresa.

—Joder, sí que gestionan bien el luto, los vascos —bromeó Caruso, aunque nadie dijo nada. Ni siquiera Sabadelle, que estaba desconocido y no había abierto la boca, aunque fuese para hacer su famoso y desagradable chasquido. El capitán comprendió que todavía no estaba el ánimo de nadie para chanzas, ni siquiera el de los agentes más jóvenes, pues tampoco Marta Torres ni el cabo Camargo habían dicho nada desde el comienzo de la reunión. Posó su mirada sobre el último nombre de la lista de la pizarra.

—¿Qué pasó con el viejo? Lo suyo sí que fue una sorpresa, ¿no?

Valentina miró a Riveiro.

—En realidad, deberíamos dar las gracias al sargento por la detención de Rafael Garrido, capitán. Ya sabíamos que era socio capitalista de dos empresas de Valladolid, de Construforest y de la empresa de Málaga, y aunque se limitase a percibir rentas era extraño que no tuviese conocimiento de sus operaciones... Riveiro revisó las declaraciones y los hechos con calma y, bueno..., concluyó que el Estudiante podía saber que Daniel Rocamora estaba en el hospital, pero no de forma tan exacta dónde, porque un baño para discapacitados no podía ser un sitio donde buscar de manera tan rápida y directa a su víctima —explicó, dirigiendo su mirada hacia Riveiro, para que él continuase. Él aceptó la invitación.

—Yo... Tampoco fue muy difícil. Si la posición concreta de Daniel Rocamora no la había revelado Aratz, tenía que haber sido Garrido, porque no había otra. Él avisó a Pau con su teléfono móvil, y este envió un segundo mensaje al sicario para identificar la ubicación exacta del objetivo en Valdecilla. Además, Rafael Garrido era el único que sin ninguna causa aparente había rechazado la idea de acudir al Templo del Agua, y me llamó mucho la atención la primera vez que hablamos en el hospital, cuando me dijo que estaba seguro de que Pau no había dicho nada de interés. Hubo algo en la forma de decirlo que, en fin, no sé... Recapitulando todo, me dio la sensación de que no lo había comentado por mostrar lo mal encaminados que íbamos, sino para comprobar con nosotros que el chico no se hubiese ido de la lengua.

—Además —intervino Valentina—, también llegó a sugerir en el hospital que el atentado fuese cosa del azar, de algún loco... Procuraba evitar que centrásemos la investigación en ninguna de las empresas. Ya están revisando su situación patrimonial, pero imagino que los ingresos que percibía de las empresas del BNI debían de suponer para él una fuente económica muy importante.

—Sí —confirmó Riveiro—, y estoy seguro de que los oficios a la compañía de teléfono confirmarán el mensaje que Garrido envió a Pau para informarle de la ubicación exacta de Rocamora en el hospital. En su declaración de ayer mismo confesó que sabía que iba a suceder algo en El Templo del Agua, aunque aseguró que no le constaba que fuese a ser algo tan grave ni que fuese a afectar a tantas personas.

—¿Y qué pensaba que iba a pasar, entonces? —se extrañó Caruso.

—Que Pau iba a encargarse solo de Iñaki Saiz y de Rocamora, aunque este se libró por un tiempo al marcharse a las cuevas con él y Aratz. Con los antecedentes de salud de Iñaki, además, no sería difícil preparar alguna argucia para que se ahogase o le diera un nuevo infarto. Me aseguró que no sabía qué iba a suceder, pero que por si acaso decidió quitarse de en medio.

—Entonces, hay complicidad y omisión de socorro deliberada. ¿Pudo ser el inductor?

—No lo sé, señor —dudó Valentina, que mostró por el gesto que no había pensado en esa posibilidad hasta aquel mismo momento—. En su confesión, Pau Saiz parecía tener muy claros sus motivaciones y sus objetivos, pero la verdadera implicación moral de él y de Garrido la sabremos más por sus declaraciones y acusaciones mutuas, imagino. Y no es que la palabra de ninguno valga gran cosa a estas alturas.

—Bien. Pues fuese Garrido o no el inductor, nosotros hemos hecho nuestro trabajo... Ahora le corresponde a la justicia hacer el suyo. Por favor, terminen todos de redactar sus informes y de cerrar los cabos sueltos de este caso en coordinación con la UCO y los organismos de Madrid, ¿de acuerdo? Retírense, por favor. Usted no, Sabadelle. Teniente —añadió, mirando a Valentina—, quédese. Es la responsable de la Sección de Investigación y debe estar presente.

Ella miró al subteniente, que tragó saliva y tomó aire. Ya imaginaba qué venía a continuación.

Cuando los demás se marcharon, Caruso tomó una carpeta que había sobre la mesa y la abrió. La leyó con detenimiento mientras Sabadelle y la teniente Redondo, en silencio, esperaban. Ella dirigió un gesto de ánimo a su compañero. Por fin, el capitán cerró la carpeta, cruzó las manos sobre ella en posición de rezo y comenzó a hablar.

—Sabadelle, ha matado usted a un hombre en un acto de servicio, pero he visto que ha rechazado la asistencia psicológica. ¿Puedo saber por qué?

—Pues... Sé lo que hice, capitán. Fue en defensa propia, o en defensa de la teniente, más bien, porque pensé que iba a matarla. Y yo no necesito un loquero.

—Ya estamos. Un loquero, dice —murmuró, entornando los ojos—. Disponemos de un Servicio de Intervención Psicosocial Inmediato que...

—No lo necesito, capitán —cortó Sabadelle, sin levantar la mirada del suelo—. Gracias.

El capitán masculló algo sobre un agotamiento de sus reservas de paciencia y sobre la necesidad de jubilarse, pero volvió a ponerse serio.

—Ya volveremos sobre ese tema, Sabadelle. Pero sabrá que el juzgado ha abierto un expediente y que no se cerrará hasta que se determine su efectiva responsabilidad en la muerte de Samuel Vargas.

—Lo sé, señor.

—Yo testificaré a su favor —afirmó Valentina, que en realidad todavía dudaba del motivo real que había movido a Sabadelle a apretar el gatillo—, y creo que no habrá ningún problema, porque su actuación fue correcta... Había un riesgo probado y un peligro inminente, tanto para ciudadanos como para mí misma y para el resto de los componentes del dispositivo judicial.

—Que sí, coño —confirmó el capitán—, que estamos todos en el mismo barco. Hubo proporcionalidad de armas y causa mayor justificada. Pero quiero que sepan que la puerta de mi despacho está abierta para lo que necesiten, ¿estamos?

—Estamos.

—Bien. Teniente, ¿qué hay de lo suyo? ¿Cómo va su amigo, el músico?

—Le dan esta tarde el alta, capitán.

—Perfecto. En nada se nos casa y tiene el permiso, ¿no?

—Pues... No lo sé, capitán. Tenemos que decidir qué hacemos ahora con Villa Marina, y han surgido muchos papeleos y gestiones que realizar.

—Ah. Y... ¿Ha tomado estos días alguna otra decisión relevante sobre su futuro? —le preguntó, enarcando una ceja y provocando que por primera vez Sabadelle levantase la mirada, interesado. Ella comprendió de inmediato que se refería a su posible ascenso.

—No, señor.

—Comprendo.

El capitán hizo una pausa y se miró las manos, como si estuviese meditando muy profundamente un asunto importante. Después pareció abandonar la idea que ocupaba su mente y sonrió.

—Por cierto...

—¿Sí, capitán?

—¡Han visto el periódico? Está el balneario de Puente Viesgo lleno de turistas. Ya hay hasta lista de espera para entrar en el Templo del Agua, ¿qué les parece? ¿No es el máximum de los colmos, que un crimen tan horrible haya supuesto una publicidad tan extraordinaria? Si lo que decía yo antes... Chalados por todas partes. ¡En fin!

El capitán no dio opción a réplica, se levantó y les

deseó una buena jornada. Después les recordó que estuviesen atentos al *display*, pues él tenía todavía por delante una jornada con los medios de comunicación, ávidos de información sobre las últimas novedades de la Operación Templo y sobre la última detención, en este caso de Rafael Garrido. Al menos habían dejado de preguntar de forma tan insistente qué tipo de tóxico había provocado la muerte de tantas personas en el Templo del Agua, y Caruso deseó que el tiempo engullese aquella noticia lo antes posible para así evitar tener que mentir. El gas sarín, para él, no era ahora más que un mal sueño.

Cuando se marchó, Sabadelle no se movió de su sitio durante un rato. Valentina se acercó a él.

—¿Estás bien?

—¿A qué se refería el capitán con lo de las decisiones del futuro?

—Hum. No sé —le dijo sonriendo y mostrando que en realidad lo sabía perfectamente—, a lo mejor tenemos que ascenderte a capitán, ¿tú qué dices?

Sabadelle chasqueó la lengua, instantáneamente animado, y a ella le gustó que por fin volviese a la vida. Se lo había comentado en broma, pero de pronto la idea de quedarse con su puesto y dejar a Sabadelle como capitán no le disgustó tanto. Sería un caos, por supuesto, pero lo imaginaba cómodo en un despacho y tratando con la prensa. Todavía quedaba mucho por decidir, y lo cierto era que ella y Oliver no sabían qué iban a hacer ahora que Villa Marina había ardido hasta los cimientos. La vida no era más que un mapa hecho de incertidumbres.

Entretanto, en Puente Viesgo, cientos de visitantes disfrutaban su delicioso paisaje y su sencilla belleza, mientras que solo unos pocos centenares de afortunados conseguían —bajo la dirección de un atareadísimo Adolfo Bedia— una reserva para acceder al Templo del Agua, que volvía a ser el lugar amable de siempre. Un mirlo acuático daba volteretas en el aire y jugaba con la vida, sin pensarla, porque su única certidumbre era la de que tenía que respirar cada minuto. ¿Qué era la vida, sino comer, dormir y volar?

17

> Para los corazones que han sufrido por mucho tiempo, la alegría es parecida al rocío para las tierras abrasadas por el sol: corazón y tierra absorben esta lluvia bienhechora que cae sobre ellos, sin que exteriormente se vea nada.
>
> ALEXANDRE DUMAS,
> *El conde de Montecristo*, 1844

Los hospitales nos dejan al descubierto. Sin esfuerzo, nos muestran en un instante nuestra propia debilidad e insignificancia, y en cierto modo nos reconfiguran. Al menos, Valentina siempre sentía que la vida era más tangible allí dentro, porque la muerte estaba abiertamente presente. No le gustaba pasar mucho tiempo en el interior de ningún complejo hospitalario, pero —además de a sus compañeros— le debía otra visita al brigada Peralta antes de recoger a Michael, que estaba esperando los papeles del alta mientras Oliver le hacía compañía. Las lesiones por inhalación no habían sido severas, y por fortuna no había sufrido ninguna lesión térmica, de modo que tras unos días de descanso podría hacer una vida normal. Por fortuna tenían todavía la cabaña de Oliver, que había salido completamente indemne del incendio, y en la que solo había que lavar algunos textiles para quitarles el olor a humo.

Cuando llegó a la habitación del brigada, este estaba tumbado con el cabecero de la cama algo elevado, de forma que Gonzalo Peralta podía ver por la ventana un trozo de cielo y la pared blanca y azul de una construcción anexa. El pijama permitía intuir los brazos y su impresionante complexión, aunque daba la sensación de que en aquellos días había perdido algo de masa muscular. Estaba en una habitación individual con un sofá cama azul para acompañantes, que resultaba evidente que ya había sido ocupado por alguien.

—Buenas tardes, brigada —lo saludó ella, que señaló el sofá—. ¿Tenemos compañía?

—Mi padre, que se ha empeñado en venir —replicó él, que hizo una mueca por el esfuerzo de girarse para verla—, aunque creo que mañana ya me bajan a Madrid.

Ella miró a su alrededor buscando al padre, y Peralta explicó su ausencia.

—Ha ido a por un café; después de la comida no lo perdona.

Valentina se acercó y —en un signo de confortación— le tocó el único brazo que el brigada tenía libre, pues el otro estaba conectado a varios sueros y, por debajo de la sábana, salía al menos un tubo hacia el otro lado del colchón, que ella supuso que sería de drenaje.

—¿Qué tal estás? —le preguntó, tuteándolo y dejando de lado las jerarquías del cuerpo; había ido a visitarlo todos los días desde el ingreso, y ya habían establecido aquel nuevo nivel de confianza. Él dibujó un gesto de resignación.

—No sé. Dicen que en un mes estaré como nuevo, pero me noto muy flojo. Y no dejo de pensar en... Bueno, no dejo de pensar. En estos sitios no para uno de dar vueltas a la cabeza y de volverse loco —confesó, aunque no le aclaró que su aversión a los hospitales había nacido tras la enfermedad y muerte de su hermana, tanto tiempo atrás. En todo caso, Valentina asintió, comprensiva. Creía saber perfectamente qué ocupaba la cabeza del brigada.

—Parece que al sargento Marcos le van a dar la Cruz de Oro.

—Ya no le va a servir de nada —replicó él, con desgana. Después la miró a los ojos, conteniendo la emoción—. Fueron muchos años trabajando juntos.

—Lo sé.

Y Valentina se quedó sin nada más que decir sobre aquello, porque sabía que las palabras de consuelo no valían gran cosa ante lo irremediable. Se sentía responsable, además, por haber arrastrado a todos en aquella loca carrera hacia Villa Marina. Lo que le había dicho el capitán Caruso le había hecho pensar y cuestionar de forma mucho más profunda sus propios actos e impulsos.

—Creo que me precipité —reconoció a Peralta—. Si hubiésemos preparado una acción con calma se podría haber activado una Unidad Especial de Intervención y...

—Puede ser —le cortó él—, pero ahora ya no vale de nada lamentarse. Y no teníamos tiempo. Si llegamos a esperar, habría muerto vuestro amigo en el incendio.

—No lo tengo tan claro —negó Valentina, con gesto de tristeza—. Los bomberos habrían llegado igual.

—Pero tu novio no. Si no llegas a avisarlo, habría esperado en el atasco, tan tranquilo. ¿No fue él quien lo localizó, quien entró en la casa?

Ella asintió, pero miró al techo del cuarto y no pudo contener las lágrimas. ¿Había muerto el sargento Marcos por su culpa? Peralta no la consoló, pero sí le constató una realidad.

—Mi equipo de la UCO es bueno, teniente. Y estamos muy entrenados. Sabemos lo que hay ahí fuera y lo asumimos. Todo sucedió muy rápido y los hechos requirieron una toma de decisiones drásticas y extraordinarias, no hay más. Fueron solicitados todos los apoyos y refuerzos pertinentes, y si llegaron o no a tiempo ya es otro asunto. ¿Cuánto tardamos en llegar desde Santander hasta Suances, diez minutos? Que casi nos matas, joder —añadió, dibujando media sonrisa—. Si mides los tiempos, en realidad sucedió todo en menos de una hora e hicimos lo que pudimos. Yo también soy responsable. Y te recuerdo que el sicario era sospechoso de portar un arma de destrucción masiva, por no hablar de su peligrosidad en condiciones normales. Teníamos que actuar y punto. No le des más vueltas.

—Claro. Como tú, ¿no?

—Exacto —respondió él, que al moverse mostró de nuevo una leve mueca de dolor, que disimuló con un carraspeo—. La verdad es que en este asunto ha ido todo tan rápido que al final ni siquiera nos pusimos los nombres clave, ¿puedes creerlo?

Ella mostró una expresión de asombro. Se había olvidado por completo.

—Es verdad. Supongo que la Operación Templo ha sido la más rara de la historia —reconoció—. Por cierto, si viene Caruso por aquí, que sepas que ya nos ha llamado la atención por el interrogatorio de farol que hicimos a Pau Saiz.

Él se rio, y al hacerlo mostró de nuevo una expresión arrugada y dolorida.

—No es que me duela, es que tiran los puntos —se justificó—. Caruso ya estuvo aquí ayer por la tarde y no me dijo nada... Solo lo de la detención de Rafael Garrido.

—Sí, Garrido... No puedo decir que no esperase su implicación. Siempre me pareció algo siniestro.

—Ah, ¡las intuiciones de la teniente Redondo! —exclamó Peralta, con cierto tono de mofa—, siempre tan infalibles. Ya ves que al final tenías razón con lo de Hutchinson... Aunque reconozco que cuando soltaste lo de Escocia todos pensamos que estabas chalada, y el sargento Marcos el primero —añadió, con una sonrisa triste.

—Ya me lo imagino. Aunque si no llega a haber sucedido en la vida real, yo nunca lo habría imaginado. Es... No sé, demasiado retorcido. Matar a tantos para encubrirse a uno mismo; aunque con el trabajo que está haciendo el departamento de Blanqueo de Capitales estamos viendo que la gran mayoría de las empresas del BNI están implicadas de una u otra forma, tanto en las irregularidades fiscales como con el narcotráfico, y yo creo que es posible que Pau quisiese quitarse de en medio gente en la que no confiaba o que no le resultaba suficientemente colaborativa. Lo negará todo, claro, pero me resulta difícil encajar que orquestase todo esto para poder seguir manteniendo Construforest como tapadera para sus negocios.

—El poder corrompe, ya sabes.

—Ya.

—¿Cómo sigue el pájaro?

—¿Pau? Recuperándose. Custodiado por dos guardias las veinticuatro horas y, por lo que sé, preparando ya su defensa con un abogado muy caro. Y eso que aún no ha recobrado por completo la visión.

—Qué desgraciado. ¿Y tú?

—¿Yo? Decidiendo a ver qué hago de mi vida. Lo del incendio ha sido muy grave, y hemos tenido que reorganizar todos nuestros planes.

—Ah. ¿No hay boda, entonces?

Ella se encogió de hombros.

—La habrá, pero no sé si como la teníamos programada.

—Entonces, ¿aún estoy a tiempo de echarte el lazo?

Ella lo miró como si le siguiese una broma, aunque sabía que había algo de verdad en la pregunta del brigada. ¿Cómo era posible, si apenas la conocía?

—No, conmigo es imposible. He decidido condenar de por vida a Oliver con mi presencia, y ya no hay remedio.

—Pobre hombre.

—Le trasladaré tus condolencias.

—Oye —le dijo él, tal vez solo para cambiar de tema, pues aquel podía resultar embarazoso—, ¿cómo va el guardia de tu sección, el alto?

—¿Zubizarreta? Bien. De hecho, he ido a verlo hace un rato y creo que esta semana lo mandarán para casa. Ha quedado muy impactado por lo que ha sucedido, y va a necesitar asistencia psicológica; aunque me ha soltado algo así como que *de esperanza vive el cautivo*, y cuando él se pone con sus refranes es que la cosa no va mal.

—Ah, es verdad —se rio él—. Ese chico y sus refranes.

—Para que lo sepas, también he visitado al compañero de Comillas, que ya sabrás que al otro lo mandaron para casa. Todo va bien, no te preocupes. Eso sí, hay afuera una nube de periodistas... Todos quieren captar a Pau Saiz cuando lo saquen, y ni te cuento a los supervivientes del Templo del Agua, que les van dando el alta con cuentagotas...

—Ah, pues a lo mejor me hago un *¡HOLA!* —bromeó él, aludiendo a una revista del corazón.

En aquel instante entró un hombre diminuto y delgado por la puerta, llevando un café en un vasito blanco de cartón. Cuando la saludó y se presentó como el padre de Peralta, Valentina disimuló su asombro. De un hombre tan pequeño, ¿cómo podía haber salido un gigante como el brigada? Al instante imaginó cómo sería la madre, y el contraste de tamaño la hizo sonreír. Se despidió deseándole lo mejor a su compañero, aunque antes de ir al cuarto de Michael quiso hacer una breve visita a Clara Múgica; ya la había llamado por la mañana, y le había confirmado que posiblemente pudiese encontrarla en Valdecilla aquella tarde. Había un asunto en aquel caso que la había impactado, y esperaba que la forense pudiese, al menos, satisfacer su curiosidad. Sabía que aquel expediente estaría para siempre cubierto de sombras sobre las que no podría abrir un haz de luz, pero había una imagen que no podía sustraer de su mente, y era la de Iñaki Saiz al morir, con aquella expresión de terror en su rostro. Nunca había visto nada igual y esperaba no volver a verlo. El espasmo cadavérico. ¿Habría encontrado Clara alguna explicación para aquel fenómeno?

Cuando Clara Múgica cogió el teléfono, salía precisamente del cuarto de Michael Blake, al que había ido a visitar. Le resultó curioso que el inglés recordase de forma tan difusa lo que había sucedido en Villa Marina. Ni siquiera recordaba haberle pedido a Matilda llevar él mismo los bombones y tarjetas a las habitaciones del hotel, pero, en su memoria, sí guardaba el instante en que se había inclinado sobre una mochila y había visto la culata de una pistola.

—Ves, ya sabía yo —le había recriminado Oliver—, por meter las narices donde no debes. ¡Imagínate que se enterasen el resto de los huéspedes de que rebuscamos en sus cosas, me arruinarías el negocio!

—Cariño —había dicho Clara, poniendo un brazo sobre su hombro—, me temo que tú ya no tienes negocio.

—Ya —había reconocido Oliver, con gesto de fastidio. Su aspecto no era malo, pero se le notaba cansado y algo ojeroso. Se había sentado en la cama junto a Michael y le había dado un par de palmadas en la espalda—. Al menos tenemos al músico loco con nosotros, que casi nos mata de un susto.

—Perdone usted, don *no te montes películas* —replicó Michael, ofendido—. ¿Ves como yo tenía razón, que ese tipo estaba mal de la cabeza? ¡Un surfista escuchando a Chopin! —exclamó, mirando a Clara y esperando su conformidad ante lo sospechoso de aquel contraste. Ella le dio la razón.

—Sin duda, una pista clara de pertenencia al mundo criminal.

—Y mira que yo no digo que el tipo fuese tan terrible, ¿eh?

—Hombre, Michael, a ver... —se quejó Oliver—. Que ya te contamos todo lo que sucedió después, y te recuerdo que mató a un agente de la UCO en su huida. En menos de una semana liquidó e hirió a más de una docena de personas. A ti incluido. No era ningún angelito.

—*Hey*, *mate*, que no lo niego, pero ¿por qué no me mató a mí cuando pudo hacerlo? ¿Por qué no nos mató a los dos, de hecho?

—No sé, y no quiero saberlo. Era un loco y punto. Mira —le indicó, cogiendo el periódico que estaba doblado sobre el sofá del cuarto—, ¿has leído el *Diario Montañés* de hoy? No, ¿verdad?

Michael se inclinó hacia la página que le señalaba Oliver y negó con el gesto.

—¿Y qué tenía que leer? *Hey, man*, ¿no ves que me han dado una tonelada de pastillas para la migraña, que me han dicho que descanse la vista?

—Yo te lo leo, tranquilo —replicó Oliver, como si estuviese a punto de mostrar algo muy revelador—. Resulta que *tu amigo* el francotirador tenía especialmente marcadas algunas partes de *Crimen y castigo*, porque al chaval no le dio por leer libros de autoayuda como a todo el mundo, sino que se obsesionó con justificarse con un asesino ruso imaginario del siglo XIX, nada menos. Un loco, vamos. Escucha lo que tenía casi enmarcado en el puñetero libro, escucha:

> Si me dijeran, por ejemplo, *ama a tu prójimo* y yo pusiera en la práctica este consejo, ¿qué pasaría? [...] Partiría mi capa en dos, le daría la mitad a mi prójimo, y los dos quedaríamos medio desnudos.

—Ah, pues ya ves. Una crítica al comunismo, tal vez, porque...

—Espera —le cortó Oliver—, que no he terminado. Y siguió leyendo:

> Si no amamos a nadie más que a nosotros mismos, nuestros negocios marcharán de manera favorable y no tendremos necesidad de partir nuestra capa. [...] Cuantas más capas enteras se encuentran, más asentada se hallará esta sociedad y tanto más felizmente organizada. Por consiguiente, si solo trabajo para mí, trabajo también para todo el mundo.

Michael y Clara guardaron silencio unos segundos, para comprobar que ahora Oliver sí había terminado de leer aquella parte del artículo del periódico. Ni siquiera se preguntaron cómo era posible que la prensa se hubiera hecho ya con una copia del libro del sicario y de las partes que había señalado en concreto, pues ya sabían que las noticias volaban a una velocidad extraordinaria. Michael mostró un mohín de indiferencia.

—¿Y bien? No le veo yo la novedad al asunto. Un mercenario que justifica trabajar para sí mismo y de forma independiente a los intereses ajenos, que le resbalan. Hay cierta coherencia, de hecho.

Oliver resopló y se llevó el periódico a la cabeza, para después rebuscar con fruición algo más entre sus páginas.

—A ver. Que no lo entiendes, que el tío no solo justificaba lo que hacía porque solo debía preocuparse de sí mismo, sino que además tenía subrayadas otras perlas —añadió, leyendo ya de forma salteada—. Mira, a ver... «el crimen es una protesta contra el orden social mal organizado», «los crímenes son lícitos si persiguen un fin noble»... ¡Un fin noble! ¿Qué nobleza podía haber en un crimen masivo o en matar a un sargento de la UCO?

—Que sí, *quillo*. Que tienes razón. Pero todo esto lo dices porque era un mercenario. Imagina que fuese un espía de otro país que se cargase gente como si fuera 007 en una misión. En su casa sería un héroe.

—Si te parece le ponemos un monumento a ese cabrón.

—No te enfades. Esto es como lo que hablábamos el otro día de la batalla de Culloden y la matanza de Glen Cloe, que...

—No, no —zanjó Oliver, molesto—. No me vengas otra vez con tus teorías, que esta vez te recuerdo que casi nos morimos los dos.

—Pero ¿no ves que vivimos ante la constante paradoja del crimen? Tú mismo lo dijiste el otro día, ¿no? —insistió Michael, convencido—. Si estudiamos las conquistas de los romanos, los griegos y hasta los españoles cuando querían ampliar su imperio, en realidad no hablamos de supervivencia, sino de invasión y asesinatos.

—Anda, ¿y en tu lista no estamos los ingleses? La colonización británica también incluyó alguna matanza, *mate*.

—Que sí —se rio Michael, llevándose las manos al pecho en gesto de inocencia—. Si yo no defiendo a unos ni a otros, son cosas que suceden desde hace siglos y en todas las culturas. Además, tampoco podemos juzgar hechos históricos desde la perspectiva actual, porque los principios y valores son diferentes.

—Me da exactamente igual la perspectiva de los cojones, Michael. El asunto va en nuestros genes. Atacamos a modo de defensa preventiva, como forma de sobrevivir, porque sabemos que si no también nos terminarán atacando. Somos así, y la historia está llena de cabrones que se han llevado medallas después de cargarse a miles de personas. Pero te aseguro que, para mí, ninguno de ellos tiene justificación.

Clara los observó con gesto maternal.

—¿Siempre estáis así? Discutís como hermanos.

Oliver le mostró un mohín de desesperación, como si el comportamiento de Michael ya no tuviese remedio, y Clara comenzó a despedirse. Iba ya justa de tiempo. Les recordó que estaba allí para lo que necesitasen, que qué menos, y que para eso estaba la familia.

Al recibir la llamada de Valentina, decidió esperarla directamente a la salida del ascensor, pues era verdad que tenía que volver lo antes posible al trabajo.

—Si no puedes hoy, hablamos otro día —le dijo Valentina cuando se encontraron, solo dos minutos después.

—Ah, no, no... Dime, querida. ¿Qué pasa por esa cabecita?

—Pues... Iñaki Saiz. ¿Te acuerdas?

—Mujer, como para olvidarlo.

—Lo cierto es que tengo en mi cabeza su imagen, ¿sabes? No sé, aquella expresión de terror. Me habías explicado lo del espasmo cadavérico, pero nunca lo había visto antes... Y bueno, joder, espero no volver a verlo.

—Ya te dije que era un caso excepcional, y que en toda mi carrera solo lo había visto una vez.

—Sí, sí, lo recuerdo. Pero me contaste que había sido en un niño que había sufrido maltratos continuados. Y aquí no consta nada parecido. Me resulta inquietante el solo hecho de imaginar el pánico que debió de sentir el señor Saiz, ¿comprendes? Yo creo que fue más por su hija que por él mismo.

—¿Por su hija?

—Sí, porque se supone que Pau le dijo, justo antes de morir, que además de quererlo mucho —comenzó, con evidente cinismo— se iba a encargar después de Aratz.

—Qué horror —reconoció Clara, reflejando su desagrado ante aquel final.

—Pues sí, qué horror, pero yo me había quedado con lo del maltrato continuado, y el señor Saiz sufrió esa amenaza solo un momento, ¿no?

—Eso parece, querida. Pero hay instantes que lo marcan todo. ¿No tienes tú recuerdos de niña que se te vienen a la cabeza solo con una imagen, como si fuera un disparo? Si lo piensas, ese recuerdo casi siempre se corresponde a algo que nos asustó mucho o nos sorprendió de una forma muy marcada. Pues el espasmo cadavérico se supone que sucede cuando hay una gran tensión emocional muy fuerte antes de morir, y en especial si el deceso es rápido. Pero claro, son conjeturas... Son casos muy raros que habría que estudiar con detalle. ¿Por qué te preocupa?

Valentina se encogió de hombros.

—No sé. Creo que me estremeció que alguien pasase tanto miedo. Al menos es bonito imaginar que su último pensamiento fue para su hija y no para sí mismo. Debió de aterrorizarle saber que Pau podía atentar contra ella. No sé... ¿No lo ves? Es... Es como si ese hombre hubiese querido dejar un mensaje para nosotros.

—Ay, Valentina.

La expresión de la forense dejó claro que aquella idea de la teniente sobre la forma de morir de Iñaki Saiz no era muy realista. ¿Cómo iba a saber aquel pobre hombre que su cadáver iba a mostrar el pánico que le había dado la última persona con la que había hablado en vida? Sin embargo, cuando Clara se despidió y bajó en el ascensor, en el trayecto no pudo dejar de pensar que sí, que a lo mejor el señor Saiz había intentado arañar al futuro, en aquel último gesto, un poco de esperanza.

Cuando la teniente llegó al cuarto de Michael Blake, el inglés ya estaba recogiendo sus cosas y el papel del alta descansaba sobre la cama, mientras que Oliver hablaba por teléfono. Al verla, le hizo una señal. «Mi padre», le dijo, al tiempo que tapaba el micrófono medio segundo y parecía soportar una reprimenda. Valentina, mientras él terminaba, ayudó a Michael con sus cosas. Oliver tardó solo un par de minutos en colgar.

—Qué tal —preguntó ella—, ¿todo bien con mi futuro suegro?

Oliver frunció el ceño y sonrió.

—Dice que cada vez que nos llama, o estamos en el hospital o persiguiendo a un asesino o quemando la casa, así que acaba de solicitar formalmente que nos mudemos a Escocia. Que allí nunca pasa nada.

Michael se rio.

—¡Pero si cuando fuisteis de vacaciones también os cargasteis un castillo y ya estabais con un crimen en menos de una semana!

—Eso no fue culpa nuestra, ¿vale?

—Mirad: vosotros dos atraéis a los maleantes —aseguró Michael, muy formal—, y esta es una verdad contrastada y demostrable. Asumidlo.

Valentina le sacó la lengua a Michael y se acercó a Oliver, con el que se fundió en un abrazo.

—Qué desastre todo, ¿no?

—Todo no —replicó él, devolviéndole el abrazo y separándola después para explicarle las novedades—, porque el seguro me ha confirmado que se hará cargo de todos los gastos.

—¿Lo de la demolición y retirada de escombros también?

—También.

—Buf, menos mal.

—Ah, pero aquí el señor Gordon —intervino Michael, con gesto malicioso— tuvo otra llamada hace cinco minutos... Cuéntale, ¡cuéntale!

Oliver mostró por su expresión que aquello no tenía importancia, aunque se lo explicó enseguida a Valentina.

—Los de la inmobiliaria, ¿te acuerdas?

—Sí... Los que querían comprarte la finca, ¿no?

—Esos, sí. Pues, *baby*, no solo mantienen la oferta, sino que la aumentan. Al parecer ahora se van a ahorrar tirar la casa, porque ya sabíamos que lo que querían hacer era apartamentos...

—Vaya.

—Sí. Vaya.

Guardaron silencio unos segundos. Tenían muchas decisiones que tomar. Fue Michael quien interrumpió aquel breve lapso.

—Ya sé que tenéis que hablar de un montón de asuntos interesantísimos, pero, *quillos*, si no os importa, estoy hasta los mismísimos de estar en este hospital, así que podríamos marcharnos ya, ¿no?

—Claro —asintió Oliver, tras cruzar una mirada con Valentina. Ambos sabían que tenían todavía una conversación pendiente.

—Por cierto —dijo Michael, saliendo ya de la habitación—, en la cabaña no tendréis agazapado ningún criminal internacional ni nada parecido, ¿no? Que yo ya cuento con Oliver yendo de kamikaze para rescatarme —bromeó, aunque dirigiendo una mirada de agradecimiento a su amigo—, pero por saber, por ir preparado.

—Te está esperando Agatha —le contestó Valentina, dándole un suave empujón—, que tiene un carácter muy parecido al de un asesino en serie, ¿te vale?

—Me apañaré, *quilla*. ¡Ay, esa gata! Tenéis que ponerla a dieta, que parece un león de la sabana... Por cierto, ¿ya tenemos claro lo de la boda? ¿Qué vais a hacer?

Oliver y Valentina cruzaron de nuevo las miradas, pero fue él quien respondió.

—Lo habíamos dejado un poco en suspenso, en espera de ver cómo evolucionabas y... En fin, de cómo iba todo —explicó, serio—. Esta noche decidiremos.

Michael Blake detuvo el paso y, por fin, aparcó a un lado su cinismo y sus bromas. Los miró a ambos con un cariño inmenso.

—Pero ¿vosotros estáis con ánimos?

—No lo sé —reconoció Oliver—. En principio, no hemos cancelado todavía nada...

—Sí, menos mal que habíamos organizado todo en plan casero —completó Valentina— y no hay que echarse las manos a la cabeza por perder reservas ni nada parecido.

Michael mostró una expresión grave.

—Chicos, si es cuestión de dinero, yo puedo prestaros lo que necesitéis. Comprendo que ahora, con lo de Villa Marina, no vais a tener los ingresos del hotel, y bueno... Para eso están los amigos.

Oliver alzó las cejas.

—¿Sí? Ah, pues estaba pensando en un bodorrio tremendo y en un viaje de novios a las Maldivas a todo lujo, *of course*... ¿Tienes la chequera a mano?

Michael entornó los ojos y, con expresión teatral, echó a andar.

—Porque has hecho el numerito con los bomberos y me has salvado el culo, que si no...

Valentina lo vio caminar y apoyó la cabeza en el hombro de Oliver.

—Mira el lado positivo —le dijo—. Al menos no se nos ha traumatizado con el incendio.

Él la abrazó y le confesó que estaba deseando llegar a casa, a su cabaña. Ahora intentaban sobrevivir con bromas y comentarios deliberadamente frívolos, pero lo cierto era que sus vidas habían sufrido un golpe considerable. Otro más. Y cuando se acumulan adversidades no resulta tan fácil aplicar la inteligencia emocional ni el principio de que *el tiempo lo cura todo*, porque los dos sabían que a veces el tiempo solo discurría sin más, y que tras el paso de las horas no había nada.

No se tomó ninguna decisión aquella noche. Al tener ya a Michael en casa, fue como si el estado de constante alerta se hubiese desvanecido, como si sus cuerpos hubiesen dejado de liberar aquellas enormes cantidades de adrenalina que les permitían respirar sin sucumbir ante todo lo que habían vivido. Se durmieron. Agotados, Oliver y Valentina se dejaron envolver por aquella calma aparente, aunque fuesen perfectamente conscientes de que permanecían todavía en el fondo de un océano imaginario y lleno de problemas.

Por la mañana, temprano, dejaron descansar a Michael. Se asomaron a su porche para comprobar que el día amanecía limpio y fuerte, con un azul celeste tan hermoso que daban ganas de volar. Caminaron junto a Duna hasta las ruinas de Villa Marina, que no mostraba un espectro evocador ni romántico, sino un amasijo de materiales indescriptibles, sucios y quemados por el fuego. No quedaba en pie ninguna estructura ni nada que pudiese facilitar el recuerdo de tiempos mejores. Era doloroso contemplar aquel estropicio. Villa Marina no solo había sido el pequeño hotel marinero en el que Oliver había decidido poner sus ilusiones y comenzar una nueva vida, sino que también formaba parte de los veranos de su infancia. En aquellas cenizas también estaba parte de su historia personal.

Valentina vio cómo la pequeña Duna, investigando, pretendía colarse entre los escombros. La llamó y la cogió entre los brazos. Oliver, circunspecto, sugirió a Valentina ir a dar una vuelta con la perrita fuera de allí. Le enfermaba ver las ruinas desfiguradas de Villa Marina. Cogieron el coche y se dirigieron por la costa hacia Comillas, en principio sin rumbo. Cuando pasaron por la zona de La Tablía, ambos cruzaron las miradas.

—Tenías que haberle visto los ojos, Oliver. Te lo juro, no parecía un asesino.

—¿Alguno lo parece?

—No —concedió ella—, supongo que no. Pero el Estudiante era diferente, no sé cómo explicarlo. Un tipo triste, como si estuviese perdido.

—Pero ¿qué os pasa a todos con ese criminal? —se enfadó él, acordándose también de su conversación con Michael—. Te recuerdo lo que nos hizo. Y que ahora casi nos mata a todos. Como él hay muchos por ahí, y todos tienen una historia triste detrás, una excusa de mierda para ser como son. Y a mí no me vale, *baby*. No me vale.

Valentina asintió, conforme. No sabía por qué, de pronto, su ánimo de venganza y su odio se habían aligerado, como si aquel Samuel Vargas, en vez de rabia, le inspirase ahora cierta compasión. Quizás no sintiese piedad por él, sino por lo inevitable, por saber que siempre habría más asesinos como el Estudiante, hijos de un mundo a la deriva.

Durante unos minutos, ni Oliver ni Valentina dijeron nada más, y él continuó conduciendo sin dirección aparente, aunque Valentina sabía adónde iban. Existía una cala poco conocida por los turistas —y no señalizada— a la que Oliver iba de pequeño con su hermano y el resto de su familia. Pertenecía al municipio de Santillana del Mar, y algunos llamaban a aquel lugar Onzapera, aunque él siempre la había conocido como Zapera, sin más.

Aparcaron muy cerca de la pequeña ensenada; no había nadie. El mar estaba en calma y se mecía suavemente entre las escarpadas rocas de la cala, donde mucho tiempo atrás alguien había tallado unos toscos escalones en la piedra para poder acceder al baño, como si fuese una piscina natural. Alrededor todo eran prados verdes, densos y mullidos. Allí Oliver había disfrutado comidas familiares, juegos y baños de verano cuando el futuro todavía era un lugar limpio y ninguna herida se había instalado en la mochila del tiempo. Aquel espacio era un refugio, y recordaba a Oliver la existencia de su capacidad para soñar, aunque a veces sintiese que la había perdido. Caminaron con Duna sobre los prados, utilizando los sencillos caminos que se abrían sobre la hierba por el paso continuado del hombre. Dejaron que la perrita jugase e investigase el entorno mientras ellos se sentaban. Él se situó tras Valentina, acogiéndola en un abrazo y apoyando su barbilla sobre uno de los hombros de ella, y en esa posición dedicaron su atención a contemplar el hipnótico vaivén de las mareas dentro de aquel puerto escondido.

—¿Qué vas a hacer con la casa? —preguntó Valentina, sin apartar la mirada del mar.

—No sé. ¿Y tú con tu ascenso?

Ella resopló.

—He pensado que fuese Sabadelle el capitán, pero después lo he visualizado y me ha dado pánico.

Oliver se rio.

—¿Sabadelle de capitán? Todavía tienes el shock postraumático, está claro.

—Puede ser. Han sido demasiadas cosas en muy poco tiempo. Aún me sorprende que estemos todos vivos.

—Ya. Pero tenemos una decisión urgente que tomar. No podemos demorarlo más, *baby*.

—Ya lo sé —replicó ella, dándole un beso—. ¿Aún quieres casarte conmigo?

—Psa. Me van y vienen las ganas. Mi novia es muy problemática.

Ella simuló que le pegaba un puñetazo.

—¿Quieres que te tumbe aquí mismo, chaval?

—Por supuesto. Pero no sé si estará bien visto en este pueblo hacer el amor al aire libre.

Valentina se rio y se giró hacia él, mirándolo a los ojos. Después de un suave zarandeo se puso seria.

—Quiero casarme contigo, pero no sé si debemos hacerlo ahora, tal y como están las cosas. Con lo de Villa Marina, y mis compañeros heridos, y otro muerto... No sé, ¿no es como si me fuese de fiesta mientras los demás están hechos polvo?

Oliver mostró un gesto reflexivo.

—Te sientes culpable. ¿Es por lo que te dijo Caruso?

—Puede ser. Pero ya lo había pensado, no creas. Actué como una apisonadora, y no sé si podría haber evitado algo de todo lo que sucedió. Además...

—¿Sí?

—Tampoco te veo a ti con mucho ánimo.

Oliver se limitó a realizar un gesto afirmativo con la cabeza, pero su expresión se volvió enigmática e impenetrable. Guardó silencio durante un rato, y Valentina comenzó a preocuparse. Lo empujó suavemente.

—Di, ¿qué?

—Pues... Que hagamos lo que hagamos, Villa Marina seguirá siendo una ruina quemada y tu compañero no va a volver a la vida. Es duro decirlo, pero es la realidad. Y si algo nos han enseñado estos últimos meses es que el tiempo vuela y que todo puede desaparecer en un instante, sin más. Sea justo o no.

El recuerdo de la pérdida del bebé de Oliver y Valentina volvió a flotar en el aire, aunque ella controló su melancolía.

—¿Quieres que sigamos adelante, entonces?

—¿Por qué no? Además, tus padres seguro que ya tienen encargada la mariscada. No vamos a darles ese disgusto —argumentó, con cara de exagerada afectación—. ¿Cómo lo ves?

—Sí, visto así, sería un drama —concedió ella, fingiendo también disgusto—. Todo ese marisco a la basura. Y luego lo de Escocia, con el tinglado que ya habrá montado tu abuela. ¿De eso sabes algo, por cierto?

—Pues... —Oliver hizo una mueca, que evidenciaba que guardaba una información que todavía no había trasladado a Valentina—. Un banquete sencillito en el castillo de Stirling.

—Pero ¡cómo que en el castillo! —exclamó ella, realmente sorprendida—. ¿No iba a ser una *penny wedding* de andar por casa? Dios mío, ¿cómo no me has dicho nada?

—Prácticamente me acabo de enterar, y estabas con temas muy graves como para dedicarte a esto, no sé si lo recuerdas.

Valentina se mordió los labios, incapaz de disimular su emoción, mientras Oliver continuaba hablando.

—Piensa que seguirá siendo una boda pequeña, con pocos invitados y a nuestro aire. Y después haremos un poco de tiro al arco, lo típico.

—¿Qué?

—Una cinta con mi tartán y otra con el tuyo, las atamos y unimos para siempre, y después las ponemos en una flecha que lanzamos a las estrellas.

Valentina estaba boquiabierta.

—¿En serio?

—En serio.

—¡Pero si yo no tengo tartán!

—La abuela Emily ha preparado una cinta con la bandera de Galicia, blanca y azul. ¿Te vale?

Ella lo miró asombrada, sin asimilar siquiera que pudiera tener la suerte de ir a vivir algo así. Sabía que Oliver preparaba sorpresas y que había modificado algunas tradiciones escocesas para hacer algo diferente, pero desde luego no se esperaba nada como aquello.

—Ay, Dios mío. Nos casamos —afirmó ella, como si acabase de darse cuenta de lo que iban a hacer en solo unos días.

—Tengo que pillarte ahora, *baby*, porque como tengas otro caso de los tuyos a lo mejor no salimos vivos.

Valentina hizo un mohín conforme aquel comentario le había parecido desafortunado, aunque después lo besó despacio, disfrutando el instante y la magia de aquella cala escondida. De pronto, pareció darse cuenta de algo.

—Pero, y con lo demás, ¿qué hacemos?

Oliver tomó aire y lo meditó durante unos segundos.

—Podríamos vender Villa Marina y empezar de cero en cualquier otra parte. Mudarnos, por ejemplo, a la Riviera Maya y dedicarnos a llevar de buceo a los turistas, viviendo para siempre solo a base de piñas coladas y nachos con guacamole...

Por su expresión, Valentina no pareció a disgusto con la propuesta, aunque hizo otra sugerencia.

—O podríamos quedarnos y, con el dinero del seguro, hacer una nueva Villa Marina.

—También. Y podrías renunciar al puesto que te ofrece el capitán, o aceptarlo, o pedir un traslado a alguna parte donde hiciese un poco más de calor. ¿Tenerife te va bien? ¿Mallorca? Piensa que si te ponen a Sabadelle de capitán tu vida va a ser una tortura china. Seguro que nos obligaba a ir a ver todas sus obras de teatro.

—Qué tonto eres —se rio ella—. ¿Y si nos mudamos a Escocia?

—¿Todo el año? Hace mucho frío.

—Tienes razón. Mejor Suances. ¿Y Galicia? Allí están mis padres y mi hermana con los niños.

—Llueve mucho, habría que darle una vuelta. ¿Tu padre nos suministraría el marisco?

Valentina le hizo una mueca de burla, aunque dejó de fantasear.

—No es tan fácil decidir... Aquí también tenemos nuestros amigos, tu familia, mi trabajo y el tuyo en la universidad...

Oliver la abrazó y respiró profundo. Por fin, también él comenzó a hablar en serio.

—La verdad es que a mí me encanta donde vivimos.

—Y a mí —reconoció ella—. Nunca he sido más feliz en ningún lugar.

—Pues vamos paso a paso, *baby*. Primero, nos casamos. Y después, ya veremos.

Ella asintió y, al respirar, tuvo la sensación de que se le colaba dentro una paz que hacía mucho que no la habitaba, que le era tan esquiva como las aves que, en la tormenta, huyen del viento. No sabía qué le deparaba el destino, y, desde luego, ella y Oliver tenían muchas decisiones importantes que tomar, pero hacía ya tiempo que ambos sabían que el futuro era un lugar inmenso.

Valentina cerró los ojos y sintió cómo se adueñaba de sus sentidos el ambiente envolvente de aquel puerto escondido. Se tumbó sobre la hierba, abrió los brazos y miró al cielo. Oliver la imitó, y ambos supieron, sin necesidad de decirlo en alto, que cuando se habían conocido era cuando habían llegado a casa.

Curiosidades

Cada libro de la serie de «Los libros del Puerto Escondido» hace homenaje a un tipo de novela policíaca o enigma diferente. *Puerto escondido* fue un misterio con más cuerpo histórico y tono intimista; en *Un lugar a donde ir*, había un deliberado guiño al *thriller* científico. Con *Donde fuimos invencibles* procuré hacer un homenaje a la novela gótica, y con *Lo que la marea esconde*, a los clásicos misterios de «habitación cerrada». En la quinta entrega de la serie —*El camino del fuego*—, ambientada en Escocia, construí lo mejor que supe un evocador *domestic noir*.

¿Qué me quedaba por hacer? Sin duda, había muchos registros posibles, pero adentrarme en un crimen masivo y múltiple suponía un reto completamente nuevo. Quería una gran aniquilación que fuese, en apariencia, indiscriminada. Decidí llevar el MAL, con mayúsculas, a uno de los lugares de Cantabria más idílicos que conocía: el agradable y tranquilo pueblo de Puente Viesgo, con su fantástico balneario. El contraste entre el crimen y el natural ambiente del lugar me resultaba estremecedor. Para pergeñar el asesinato, recurrí como siempre a mis contactos con la Guardia Civil y el Instituto de Medicina Legal de Cantabria en Santander, aunque lo cierto es que lo que les planteé no había sucedido nunca en la zona. En consecuencia, la trama sucede dentro de los supuestos lógicos que experiencia y protocolo marcan, pero fabulé la evolución que habrían tenido todos estos procesos.

Sin embargo, todos los síntomas de las víctimas son reales y están documentados; las secciones de la Guardia Civil que se detallan existen, y son verídicas las alusiones históricas y científicas que se narran en esta historia, así como la maravillosa vía verde del Pas por la que discurre parte de la acción. Mi descripción del famoso Balneario de Puente Viesgo se ajusta a mi visión de la realidad, así como los paisajes del pueblo y su antigua estación de tren, que en efecto realiza las funciones de oficina de turismo; a su lado, reposa desde hace muchos años una fantástica locomotora. El estrafalario hostal Villa Rosita de Alceda, sin embargo, es fruto de mi imaginación, aunque procuré recrear los otros escenarios de la localidad lo mejor que pude.

El lector observará que el comienzo de cada capítulo se alimenta de una breve cita de obras de autores como Dumas o Dostoyevski: no se trata de meros adornos literarios que reflexionen sobre el crimen y la venganza, sino de pistas. Espero que los lectores disfruten esta aventura, quizás la más policíaca y con más acción de toda la serie.

Agradecimientos

En esta novela he intentado seguir protocolos policiales y forenses, aunque los hechos que se narran son tan inusuales y extraordinarios que mi imaginación ha sido un motor fundamental para construir una trama coherente y sólida, pues no disponía de referentes reales, al menos en España. En consecuencia, cualquier extravagancia procedimental es de mi completa responsabilidad, pero debo agradecer encarecidamente el asesoramiento desinteresado y amable de los siguientes profesionales:

Jesús Pastor, suboficial mayor de la Guardia Civil, antiguo integrante de la Unidad Central Operativa (UCO) de Madrid.

Jesús Alonso, del Destacamento de Seguridad del Juzgado de Santoña, en Cantabria.

Pilar Guillén, directora del Instituto de Medicina Legal y Ciencias Forenses (IML) de Cantabria en Santander.

Iñaki Bedia Abio, del Departamento Comercial, Marketing y RR. PP. del Gran Hotel Balneario de Puente Viesgo, sin quien posiblemente no habría conocido las instalaciones del viejo balneario y no habría pergeñado esta aventura. Gracias también a María Ángeles Pérez González, propietaria del hotel, y a

Eva Magaldi Oria, directora del mismo; agradezco mucho que me hayan permitido imaginar este misterio en su cálido y amable establecimiento y en su Templo del Agua.

Luis Prieto, facultativo especialista del área de urgencias del Hospital Universitario Marqués de Valdecilla, que me dio acceso al corazón del complejo hospitalario y me explicó el funcionamiento del servicio de urgencias y de los boxes vitales y sépticos. Gracias también a Silvia Gómez, que hizo en gran medida posible mi asalto al hospital.

Gracias a Katherine K., insustituible compañera de fatigas y alegrías en el mundo literario. Tenemos en España una potente y extraordinaria cantera de escritores.

Gracias también a Ediciones Destino y a todo su equipo por confiar en mi trabajo.

Por supuesto, mi agradecimiento infinito a los lectores. Fuisteis vosotros quienes empujasteis mis palabras por el aire, recomendando mis historias. GRACIAS. Incluyo en este maravilloso grupo de lectores a libreros y bibliotecarios de todo el país, que me consta que, como si dibujasen un nombre en la arena, decían el mío en muchas de sus recomendaciones.

Amigos y familia: mis padres, hermanos... Sabéis bien quiénes sois y resulta imposible nombraros a todos. Los que trasladáis siempre una palabra de ánimo, los que ayudáis con la logística familiar cuando tengo viajes y eventos, los que sonreís de verdad y sin mudo fastidio si obtengo algún pequeño logro. Gracias también a mi abuela Carmen, que se inventaba y me contaba increíbles historias cuando era pequeña, y que para este libro me detalló las curiosidades de La Tablía y de su abundante planta medicinal, la salicaria.

Siempre dejo para el final a mi marido y a mi hijo, quizás porque con ellos las palabras siempre me resultan insuficientes. Ambos comparten algunos de mis viajes, también mis tropiezos y desde luego gran cantidad de aventuras. Soy consciente de que lo mejor de mí no está en un espejo, sino en quienes caminan a mi lado.

Los libros del Puerto Escondido en Booket: